Vriendinn

Ann Brashares

Vriendinnen boven alles

De Fontein

Derde druk, eerste in deze uitvoering, mei 2014

Oorspronkelijke titel: *Sisterhood Everlasting*
This edition published by arrangement with Random House, an imprint of the Random House Publishing Group, a division of Random House, Inc.

Uitgeverij De Fontein, Utrecht
Vertaling: Aimée Warmerdam
Omslagontwerp: Oranje Vormgevers
Omslagillustratie: Shutterstock © Yellowj
Opmaak binnenwerk: Text & Image, Eexterveen
ISBN 978 90 325 1466 2
ISBN e-book 978 90 325 1326 9
NUR 302

MIX
Papier van verantwoorde herkomst
FSC® C014496

www.uitgeverijdefontein.nl

Alle personen in dit boek zijn door de auteur bedacht. Enige gelijkenis met bestaande – overleden of nog in leven zijnde – personen berust op puur toeval.

Proloog

Er waren eens vier zwangere vrouwen die elkaar in de aerobicstudio tegenkwamen. Nee, ik maak geen grap: zo begint dit verhaal. Deze sterke, sportieve vrouwen met zweetbandjes om kregen vier dochters die allemaal in of rond september geboren werden. Deze baby's begonnen hun leven samen, ze groeiden op van meisjes tot vrouwen. Je zou kunnen zeggen dat ze een zusterorde vormden.

Als ik aan hen terugdenk – aan ons – dan realiseer ik me dat we net zusjes waren, ook al hadden we geen bloedband. Tussen ons, de Septembers, zoals we onszelf noemden, gelden de wetten van geboortevolgorde, ook al zijn we bijna even oud.

Lena is de oudste. Ze is verstandig, gehoorzaam, offert zichzelf op als dat nodig is, is stabiel als een metronoom en nooit bang om je de waarheid te zeggen. Ze weet hoe ze voor je moet zorgen. Ze weet hoe ze volwassen moet zijn en ze weet hoe ze serieus moet zijn. Ze weet niet altijd hoe ze niet-serieus moet zijn.

Ik geef toe dat ik, Carmen, een typisch jongste kind ben. En daar komt nog bij dat ik als enig kind ben opgegroeid. Als ik goed op dreef ben, kent mijn egoïsme geen grenzen. Ik ben verwend en wild, maar ik ben altijd loyaal. Loyaal aan wie we zijn en wat we hebben. Ik aanbid mijn zussen en onze zusterorde. Ik ben niet cool, nee, echt niet. Ik voel me soms net een mascotte: degene met een groot pluizig dierenpak aan die je bij honkbalwedstrijden ziet, die zich daarbinnen een rotje zit te zweten. Als het om ons gaat ben ik bereid alles in de strijd te gooien.

Bee is de middelste – vrij als een vogel. Ze houdt van je maar het kan haar niet schelen wat je denkt. Ze is niet bang, daar heeft ze ons wel voor. Ze is vrij om te winnen, te vechten, te falen en daarom te lachen. Ze kan roekeloos zijn. Ze is niet bang om iets te verliezen, omdat ze lang geleden haar moeder verloren heeft. Ze heeft zo veel wilskracht dat ze soms vergeet dat ze beschadigd kan raken. Dan zie je haar worstelen en weet je dat ze je nodig heeft, lang voordat ze dat zelf in de gaten heeft. Je leeft met haar mee. Ze weet niet hoe ze haar eigen pijn moet voelen, maar ze voelt die van jou wel.

Tibby is onze op één na jongste, onze stille observeerder. Zij is het rustige kind binnen het grote Ierse gezin dat alleen afdankertjes draagt. Ze kan cynisch zijn, onverwacht oordelend, en vernietigend scherpzinnig. Ze kan ook 'van mening veranderen', zoals een oude vriend het verwoordde. Ze heeft de gave om leugens te ontmaskeren – de leugens die we andere mensen vertellen en de leugens die we onszelf vertellen. En dat zit allemaal om een bijzonder gevoelig hart heen. Ze gebruikt haar gevatheid bijna nooit tegen ons. Ze vermaakt ons ermee en gebruikt het voor haar verhalen en korte films. Was er maar eens iemand die ze wilde produceren. Soms gaat haar gevatheid verder en wordt het wijsheid. Dat is wat ze ons volgens mij geeft.

Er was een belangrijke periode in ons leven waarin onze vriendschap draaide om een broek die we deelden. Echt, een broek. We noemden hem de Reizende Spijkerbroek, en volgens onze mythologie bezat deze broek de macht om ons bij elkaar te houden als we gescheiden waren.

Onze broek raakte tien jaar geleden in Griekenland kwijt. Hoe is het dan met ons gegaan, vraag je je af. Dat is een goede vraag.

Volwassen worden is moeilijk voor de vriendschap. Het heeft geen zin om dat te ontkennen. Ik herinner me dat mijn moeder een keer heeft gezegd dat een goed gezin een gezin is dat je kunt verlaten, omdat dat is wat kinderen op een dag moeten doen. Ik heb me vaak afgevraagd of hetzelfde voor vriendschap geldt. Want dan zijn we daar niet in geslaagd. We hebben geen idee hoe we met het weggaan moeten omgaan. En ik ben waarschijnlijk de ergste van allemaal. Als je een beeld nodig hebt, stel je dan dit voor: ik hou mijn handen voor mijn ogen, doe net of er niemand weggaat en wacht tot we allemaal weer samen zijn.

Voor een weide heb je klaver nodig en een bij.
Eén klaver en één bij
en een dromerij.
Alleen een dromerij gaat ook,
als er weinig bijen zijn.

– EMILY DICKINSON

Op een dag, toen ze dertien was, was ze met een *Cosmo*-GIRL! in haar ene hand en een oogpotlood in haar andere naar Tibby toe gegaan en had verkondigd dat makeovers haar nooit zouden gaan vervelen.

Dat bleek niet waar te zijn. Terwijl ze begin oktober in haar make-upstoel zat, in een trailer die op de hoek van Bleecker Street en de Bowery in East Village van Manhattan stond, en haar haren voor de zeven miljoenste keer geföhnd werden door een meisje dat Rita heette, en de foundation met een spons op haar gezicht werd aangebracht door een meisje dat Genevieve heette, wist Carmen dat dit gewoon de zoveelste kilometer was op de hedonistische tredmolen. Alles ging op den duur vervelen.

Het was waar. Ze had er in TIME *Magazine* een artikel over gelezen. 'Zelfs chocola kan gaan tegenstaan,' had ze de avond ervoor tegen haar moeder aan de telefoon gezegd.

Haar moeder had een twijfelend geluid gemaakt.

'Dat stond er in elk geval.'

Een actrice in een televisieserie – en dit was zelfs een redelijk goede en redelijk succesvolle serie – moest uren in een make-upstoel zitten om een paar minuten te kunnen acteren. En al was je klaar met de make-up – voorlopig, want je was nooit klaar met de make-up – dan zat je nog een hele tijd *lattes* te drinken. Dat was misschien wel het best bewaarde geheim van de entertainmentindustrie: het was oersaai.

Toegegeven, Carmen had niet de belangrijkste rol in de serie. Ze was *special investigator* Lara Brennan en ze kwam in bijna alle afleveringen even in beeld bij de plaats delict en soms aan het eind, als getuige in de rechtszaal.

'Omhoogkijken,' zei Genevieve terwijl ze met een mascararoller op haar afkwam. Het was ongebruikelijk dat Carmen een aanwijzing nodig had. Ze wist precies op welk moment ze waar moest kijken als ze werd opgemaakt. Ze lette daar altijd op, omdat ze bang was dat ze anders net zo toegetakeld zou worden als al die poppen die ze als kind had gemarteld.

Carmen inspecteerde haar haren in de spiegel. Ze had ook nooit gedacht dat ze dat zat zou worden. Ze keek naar haar highlights. Ze waren een beetje koperkleurig, een beetje te licht deze keer. Ze had ze liever donkerder gehad, maar de regisseur wilde het zo hebben. Waarschijnlijk omdat de achternaam van haar karakter Brennan was en niet Garcia.

Carmen speelde met haar telefoon en vroeg zich af wie ze zou kunnen bellen. Ze had Lena al gesproken en ze had haar agent een paar keer gebeld. In gedachten zag ze heel even het gezicht van Tibby, niet omdat ze overwoog haar te bellen, meer uit loyaliteit. Sinds Tibby twee jaar geleden met Brian naar Australië was verhuisd had Carmen het idee laten varen dat ze haar nog direct zou kunnen spreken. Tibby was halsoverkop vertrokken, onvoorbereid en... Australië was ver weg. Het tijdverschil van zestien uur was altijd lastig. Tibby was van de ene plek naar de andere verhuisd en had heel lang geen vaste lijn. Op een gegeven moment had Carmen de hoop om haar aan de telefoon te krijgen opgegeven. Internationale gesprekken werden altijd gedwarsboomd door stomme complicaties, meestal van Tibby's kant. Over een paar weken. Over een maand. Volgende lente. Dan zouden ze wel weer contact hebben, zei Carmen tegen zichzelf. Ze dacht er regelmatig aan om ernaartoe te gaan. Afgelopen juni had ze een datum geprikt en Bee en Lena hadden onmiddellijk gezegd dat ze mee zouden gaan. Toen ze Tibby had gemaild had ze sneller dan anders antwoord gekregen: 'Het komt nu niet zo goed uit.'

Carmen trok het zich deze keer persoonlijk aan. 'Heb ik iets verkeerds gedaan?' had ze in haar volgende mail gevraagd.

'O, Carmen, nee. Je hebt niks verkeerds gedaan. Helemaal niks. Ik heb het alleen druk en we zijn nog niet helemaal gesetteld. We zien elkaar echt snel. Ik beloof het. Ik wil niets liever dan jou en Len en Bee zien.'

Wat Bee betrof: Carmen had haar niet meer gezien sinds de kerstvakantie, toen ze even in New York was geweest, maar er waren tijden geweest dat Bridget en Carmen elkaar elke dag spraken, als Bee tenminste haar telefoon niet kwijt was en ze haar rekening op tijd had betaald. Als je een uur in de make-upstoel moest zitten, kon je het beste Bee bellen. Toch twijfelde Carmen. Het liep de laatste weken niet helemaal lekker tussen hen, sinds Bee Jones een klootzak had genoemd.

Oké, om eerlijk te zijn had Bee niet gezegd: je verloofde is een klootzak. Om eerlijk te zijn had Carmen hem een klootzak genoemd en Bee was het te snel met haar eens geweest. Maar Carmen mócht hem een klootzak noemen. Zij was tenslotte degene die met die klootzak ging trouwen.

Carmens telefoon ging. Ze hoefde niet meer te bedenken wie ze zou bellen. Ze nam direct op. Ze had de dopjes al in haar oren. Ze was een van de weinige mensen die keek wie er belde terwijl ze opnam in plaats van voordat ze opnam.

'Hé schat.'

'Hé, Jones.'

'Zit je nog in de stoel?'

'Ja...' Jones zat in hetzelfde vak dus hij wist hoe het ging. Bovendien had hij haar een halfuur daarvoor ook al gebeld.

'Tot hoe laat draaien jullie vanavond?'

'Volgens Steven tot een uur of zeven.'

'Ga iets eerder weg, als het lukt, en kom dan direct door naar 't Mandarin, oké? Daar is de pre-party van het grote benefietfeest voor Haïti. Het is belangrijk dat je in elk geval je gezicht even laat zien.'

'Wat maakt het voor Haïti nou uit of ik op tijd op de preparty kom of niet?' Het was een van de drie benefietfeesten die deze week in haar agenda stonden.

'Het gaat niet om Haïti,' zei Jones, alsof ze achterlijk was. 'Het gaat om de familie Shaws. Zij hebben ons uitgenodigd, en ik wil die mensen te vriend houden. Zij wordt volgend jaar waarschijnlijk het nieuwe hoofd Productie. Om acht uur zijn we weg. Niemand gaat naar de avond zelf.'

'O nee, natuurlijk niet.' Hoe cynisch Carmen ook was, ze was nooit cynisch genoeg. Hoe kon ze nou denken dat het op het benefietfeest voor Haïti om Haïti ging en niet om de familie Shaws? Hoe kon ze denken dat het gala om het gala ging en niet om het feestje voorafgaand aan het gala? Als ze Jones niet had, zou ze zo'n dom blondje zijn dat dacht dat het om Haïti ging en dan zou ze de hele avond zijn gebleven.

Of je erbij hoorde of niet, hing van veel dingen af. De status van vip had Carmen met haar rol bijna vanzelf bereikt, maar ze had moeite om die status vast te houden. Zonder Jones zou ze er zo uit liggen, ze zou terugvallen in haar slechte gewoonten en waarschijnlijk nooit meer een rol krijgen.

'Je moet het spel meespelen,' zei hij vaak tegen haar als ze teleurgesteld was of was afgewezen voor een rol. 'Dat is wat je moet doen als je in deze business wilt werken. Heb je daar geen zin in, dan moet je een ander vak kiezen.' Hij was negenendertig en zij negenentwintig. Hij deed dit al zestien jaar, hielp hij haar regelmatig herinneren. Maar dat hoefde hij haar niet te vertellen. En of ze er nou een hekel aan had of niet, als het moest dan kon ze het spel heel goed meespelen.

'Ik probeer er voor zevenen te zijn,' zei ze.

Toen ze had opgehangen was ze geërgerd. Het was niet zo dat Jones niets om liefdadigheid gaf. Dat deed hij wel. Elke maand maakte hij vijf procent van zijn inkomen over aan een liefdadigheidsfonds. Wat dat betrof kon je hem niks verwijten.

'Was dat je vriend weer?' vroeg Rita.

Carmen knikte afwezig. Soms vroeg ze zich af wat je hem eigenlijk wél kon verwijten.

'Hij werkt toch bij ABC?'

Ze knikte opnieuw. Iedereen in dit vak was altijd op zoek naar nieuwe contacten.

'Jij hebt geluk!'

'Ja,' zei ze. Ze had geluk. En niet alleen omdat hij haar vriend was, maar omdat hij haar verloofde was. Als ze geluk had, dan moest ze dus wel gelukkig zijn.

Maar wat als dat nou niet zo was? Wat dan?

Lena legde haar voeten op de tafel. De roze nagellak die

haar zus Effie op haar teennagels had gedaan toen ze elkaar de laatste keer zagen, was allang afgebladderd. Lena legde haar schetsboek op haar knieën en begon erdoorheen te bladeren.

Ze had met zichzelf afgesproken dat ze vandaag haar appartement zou opruimen. Ze moest en ze zou een paar vuilniszakken troep weggooien. Haar huis was te klein om alles te bewaren. Tot nu toe was het haar echter niet gelukt om ook maar één van de zevenentwintig schetsboeken weg te doen. Het boek dat ze nu bijvoorbeeld voor zich had liggen was een oud exemplaar. Op de eerste pagina stond een pentekening van Mimi, Tibby's oude marmot, als een bolletje opgerold in het zaagsel. Hoelang het ook geleden was, Lena herinnerde zich nog precies hoe gelukkig ze werd van die penstreken dwars door elkaar, om het zaagsel te tekenen. Er was een tekening van Bridget toen ze zestien was. Ze zat met opgetrokken benen op de bank televisie te kijken en had een sombrero op haar hoofd. Het moest één of twee weken na haar voetbalkamp in Mexico zijn geweest. Het was een grove schets en Lena glimlachte toen ze naar de zachte lijntjes keek die ze op Bee's wangen had aangebracht om de suggestie te wekken dat haar huid gebruind was door de zon. Om de zoveel pagina's was er natuurlijk een tekening van Lena's voeten. Er was een onaffe tekening van een vijftienjarige Effie met een ochtendhumeur en drie studies van Carmens hand uit de tijd dat ze een *mood ring* droeg en nog op haar nagels beet. Hoe kon ze dit nou weggooien?

Misschien ging het met de nieuwere schetsboeken makkelijker, besloot Lena. Die waren van twee jaar geleden, toen Lena nog maar heel weinig tekende. Er stonden vooral voeten in. De laatste paar jaar had ze zich meer op haar schilderijen geconcentreerd, die beheerst waren, geometrisch en heel abstract. Met kleine potloodschetsen van je familie en vrienden en je eigen voeten werd je niet beroemd.

Waarom had ze zo veel tekeningen van haar voeten gemaakt? Ze had allesbehalve mooie voeten. Ze had maat 41, met sommige schoenen zelfs 42, en als ze zenuwachtig of bang was had ze last van zweetvoeten. Haar tenen waren behoorlijk lang, vooral de tweede en de middelste. Het enige voordeel van haar voeten was dat ze onder aan haar benen zaten en dat de afstand groot genoeg was om ze vanuit verschillende hoeken te bekijken. Ze bewogen en bleven stil wanneer zij dat wilde en ze vroegen geen modelvergoeding. Ze stelde zich voor wat mensen zouden denken als ze ooit in de toekomst de moeite zouden nemen om haar werk te bekijken. *Dat meisje had echt iets met haar voeten.* Misschien moest ze die twee laatste schetsboeken weggooien.

De telefoon op haar bureau ging. Zonder haar schetsboek te verplaatsen pakte ze hem van de tafel. Ze had geen nummerweergave. Dat kostte 6,80 per maand extra en ze wist toch bijna zeker dat het haar moeder was, haar zus of Carmen. Maar wie van de drie het ook was, ze had haast en belde met een mobieltje, 'alleen maar even om te horen of alles oké is'.

Ze schraapte haar keel voordat ze op het groene knopje drukte. Het was geen lesdag dus ze had vandaag nog niemand gesproken, en het was bijna drie uur. Ze had er een hekel aan als iemand dat kon horen.

'Hé, Lenny, met mij. Lag je te slapen?'

Godver. 'Nee, ik was...' Lena hoorde een ambulance op de achtergrond en heel veel getoeter. 'Waar zit je?'

'Op Greenwich Avenue. Ik heb net een gezichtsbehandeling gehad. Ik zie er vreselijk uit.'

Het moest Carmen of Effie zijn, maar er was nog steeds

te veel lawaai om te horen wie van de twee het was. Lena klemde de telefoon tussen haar oor en haar schouder en ging door met bladeren. 'Wat doe je vanavond?'

De enige drie woorden die ze kon verstaan waren: 'theater', 'liefdadigheid' en 'Jones'. Het was Carmen.

'O, leuk.' Lena wist niet goed welk woord ze het ergste vond.

'Jones heeft een tafel gekocht.'

Ja, ze wist het. Het ergste woord was 'Jones'.

'Ik wilde je wel uitnodigen, maar je gaat toch niet mee.'

'Klopt.'

'En jij...? Jij blijft zeker thuis film kijken met Drew?'

'Ja.' Soms maakte Carmen het haar heel makkelijk en hoefde ze bijna niets te zeggen. Maar er kwam altijd iets achteraan.

'Dat is zó saai.'

'Nee, dat is niet saai. Dat is wat ik het liefst doe. En trouwens, we kunnen niet allemaal rijk en beroemd zijn.'

'Len, het gaat niet om rijk en beroemd zijn. Je mag alleen geen saai leven leiden.'

Lena lachte. 'Hé, heb je die zoenscène al gedaan, met die criminele agent?'

'Nee, dat is vrijdag. Hij stinkt uit zijn mond.' Carmens stem werd opgeslokt door geronk, waarschijnlijk van een voorbijrijdende bus.

'Kom je volgend weekend naar New York?' vroeg Carmen toen ze weer verstaanbaar was.

'Zodat jij en Effie me om de beurt kunnen aanvallen tot er niks meer van me over is?'

'O, kom op, zo erg was het toch niet de vorige keer?'

'Wat dacht je van die dronken officier van justitie die vroeg of hij mijn rug mocht inzepen?'

'Oké, ik beloof je dat ik je deze keer niet zal meeslepen naar etentjes en ik zal ook geen afspraakjes voor je regelen.'

'Laat maar, ik kan toch niet. Zaterdagochtend geef ik les en ik moet een schilderij afmaken.' Lena keek oprecht uit naar een rustig weekend in haar studio.

'Je bent hier sinds Labor Day niet meer geweest. Vroeger kwam je hier altijd. Wat is er aan de hand?'

Wat was er aan de hand? Goede vraag. Het lag echt niet alleen aan de slijmende officier. Toen Bee, Carmen en Tibby allemaal op een kluitje op Avenue C woonden, ging ze zo vaak. Ze ging elk weekend. Maar dat was lang geleden, meer dan drieënhalf jaar. Dat was voordat ze dat appartement uit moesten, voordat Tibby bij Brian was ingetrokken en vervolgens naar de andere kant van de wereld was verhuisd, voordat Bee naar Californië was gegaan, voordat Carmen semiberoemd was geworden en iets met die verschrikkelijke Jones had gekregen. Het was voordat haar kleine zusje, Effie, naar New York was verhuisd en was opgegaan in een vaag leven van gratis drinkfeestjes, pedicurebehandelingen en *sample sales*. New York was niet meer wat het geweest was.

'Je hoeft helemaal niks,' beloofde Carmen. 'Je hoeft niks te kopen, niks te dragen en niks te zeggen. Wat onze sterjournaliste Effie doet, kan ik je niet beloven, maar ik zal je met rust laten. Voor mijn part ga je twee dagen door het Metropolitan slenteren als je daar zin in hebt. Hoe dan ook, Jones is de stad uit.'

Dat maakte het wel iets aantrekkelijker.

'Je laat het me nog weten,' zei Carmen, voordat Lena het kon zeggen.

Lena bedacht plotseling iets. 'Hé, Carma?'

'Hm-hm?'

'Heeft Tibby jou ook een mail gestuurd over iets wat per post zou komen?'

Carmen moest een winkel of een lobby zijn binnengelopen, want het was opeens rustig. 'Ja, vreemd hè? Maar je hebt nog niets gekregen, of wel?'

'Nee.' Lena had vandaag nog niet in haar postvakje gekeken. Ze nam zich voor dat straks te doen en voelde een soort spanning, een combinatie van nieuwsgierigheid en bezorgdheid. Ze hoorden zo weinig van Tibby dat het nieuws snel rondging als ze wel iets hoorden.

'Als het met de post komt, kan het niets goeds zijn,' zei Carmen.

Carmen was zo vergroeid met haar iPhone dat ze hem aan haar wang zou laten naaien in een iStore als het kon. Ze wantrouwde informatie die haar op een andere manier bereikte. Lena hield echter van de gewone post. En ze was geduldig.

Carmens telefoon begon te piepen. Uiteindelijk gebeurde dat altijd. 'Mijn agent,' zei Carmen. Haar stem ging weer op in de straatgeluiden. 'Ik spreek je snel. Dag lieverd.'

'Dag.'

Het duurde tien minuten voordat Lena's telefoon opnieuw ging. Deze keer was het haar moeder vanuit de auto. Ze hoorde dat altijd gelijk.

'Hoi liefje, ik wilde alleen even weten of alles oké was.'

'Alles is oké.' Haar stem was in elk geval niet meer schor.

'Hoe gaat het?' Haar moeder klonk ontspannen, dus had ze Effie nog niet gesproken. Ze belde haar dochters meestal na elkaar en Lena en Effie waren het erover eens dat het 't beste was om als eerste gebeld te worden. Haar moeder maakte zich altijd zorgen. Nadat ze Effie had gesproken maakte ze zich zorgen om al die feesten en haar creditcarduitgaven en alle gekke dingen waar Effie zich in stortte. Nadat ze Lena had gesproken maakte ze zich zorgen omdat Lena nooit uitging, niets uitgaf en zich nooit ergens in stortte. Lena hield vol dat hun moeder zich meer zorgen maakte om Effie, maar Effie hield vol dat het juist Lena was om wie ze zich meer zorgen maakte.

'Op een dag sterft ze alleen in bed, of met haar katten,' was Effies antwoord als iemand vroeg hoe het met Lena was. Maar oké, Effie had al een rustige avond als ze om drie uur 's nachts uit een club kwam in plaats van vijf uur.

'Heb je goed geslapen?'

Het maakte niet uit hoelang Lena al op was, haar moeder vroeg het hoe dan ook. En Lena antwoordde altijd: 'Prima', hoe goed of hoe slecht ze ook had geslapen.

'Heb je al geluncht?'

Lena keek op de klok. Hoorde ze al geluncht te hebben? 'Ja.'

'Wat heb je gegeten?'

'Mam, waarom wil je dat weten?' Het was alsof haar moeder bang was dat Lena niet meer zou eten als ze er niet naar vroeg. Alsof Lena niets meer zou vertellen als ze niet belde. Alsof Lena zou ophouden te bestaan als zij zich geen zorgen meer om haar maakte. Het was niet genoeg dat ze op een dag Lena het leven had geschonken. Haar moeder voelde de behoefte om het elke dag opnieuw te doen.

'Zomaar. Ik vroeg het me gewoon af.'

Ze hield van haar moeder en steunde op haar, en toch ergerde ze zich aan elk woord van haar.

'Een broodje kipfilet. Hoe is het met papa?'

'Goed. Ik heb Ariadne gesproken over het schilderij. Ze

zei dat 1 bij 1,20 prima is, maar ze vroeg of je ook iets had met meer blauw erin.'

'Meer blauw?'

'Ze is haar kamer opnieuw aan het inrichten. Ze heeft een nieuwe bank gekocht.'

'Meen je dat nou serieus, mam. Meer blauw?'

'Ik geef alleen door wat ze zei.'

'Ik heb geen andere landschappen in die afmeting. Ik heb wel mensen, maar die zijn niet blauw.'

'Lena, doe niet zo boos. Ze wil je helpen.'

Dat wist Lena en het zou goed uitkomen als ze iets kon verkopen. Als Lena niet wilde dat haar moeder haar best deed om haar schilderijen aan de man te brengen bij haar bemiddelde vrienden met blauwe banken, dan moest ze maar op zoek gaan naar andere manieren om haar werk te exposeren. Twee keer had ze een plek gekregen in een groepstentoonstelling, één keer in Providence en één keer in Boston. Beide keren had ze haar schilderijen verkocht en beide keren had ze heel goede besprekingen gehad in de lokale krant, en beide keren had ze een koortslipaanval gehad die zo erg was dat ze dagenlang niet had kunnen eten. Toen de galeriehouder haar belde om een goede recensie uit de *Herald* voor te lezen, waren haar sokken kleddernat geworden. Ook goede dingen konden traumatisch voor haar zijn.

'Nou, wie weet. Misschien komt je muze wel.' Haar moeder wilde het gesprek zonder ruzie afsluiten. Lena hoorde dat ze de motor afzette.

'De muze kiest de kleur niet uit.'

'Ik moet gaan, liefje. Ik bel je morgen.'

Lena hing op en staarde naar haar voeten. Als de telefoon nog een keer ging, zou ze niet opnemen. Ze zou hem net zo lang laten rinkelen tot hij ophield. Misschien moest ze net als Bee haar telefoon kwijtraken, of gewoon de rekening niet betalen tot ze werd afgesloten. Dan lieten ze haar tenminste met rust en hoefde ze geen broodjes kipfilet te verzinnen of uit te leggen waarom ze leefde zoals ze leefde.

Een uur later ging de telefoon opnieuw, maar ze liet hem niet gaan. Het zou Tibby kunnen zijn. Ze wist dat het niet zo was, maar ze kon de gedachte toch niet onderdrukken. Wanneer had Tibby haar voor het laatst gebeld? Wanneer had Tibby voor het laatst een e-mail beantwoord? En toch; ze dacht aan Tibby's laatste mailtje en voordat de telefoon voor de tweede keer kon overgaan, nam ze op. Natuurlijk zou het Tibby niet zijn, waarschijnlijk was het Effie, of misschien Carmen, die haar ging vertellen welke film ze die avond moest huren.

Lena zou het nooit toegeven, maar eigenlijk wachtte ze altijd op een telefoontje. Niet van de mensen die altijd belden maar juist van degenen die dat nooit deden.

'Bridget, wat ben je aan het doen?'

Bridget keek op. Eric kwam het pad op gelopen, maar door de ondergaande zon zag ze hem bijna niet. Hij maakte zijn stropdas en het bovenste knoopje van zijn overhemd los, zoals hij altijd deed als hij de laatste passen van zijn werk naar huis aflegde.

Ze stond op en gaf hem een zoen op zijn mond. 'Dit hebben we toch niet meer nodig.'

'Dat is mijn nachtkastje.'

'Je kunt je boeken net zo goed op een stapeltje op de grond leggen, toch?'

Bridget legde een berg kleren op het kastje en tilde het

op om het van hun stoepje naar de zijkant van de weg te brengen.

'Maar ik vind het prettig om een nachtkastje te hebben.'

'Ik wil de planten daar zetten, want die krijgen in de keuken veel te weinig licht. De bladeren worden geel. In de slaapkamer is het licht het best. Het wordt een intensive care voor planten.'

'Ik kan mijn koffiekopje niet op een plant zetten.'

'Je kunt het toch op de vloer zetten,' zei Bridget, terwijl ze met het nachtkastje in haar armen naar de stoep waggelde. 'We hebben geen echt bed, en een nachtkastje naast een matras op de grond staat raar.'

Eric schudde zijn hoofd, maar hij keek niet kwaad. Niet echt. 'Bridget, ik mag blij zijn als je mij niet op een dag op de stoep zet zodat ze me mee kunnen nemen.'

'Maak je geen zorgen, jou nemen ze niet mee,' verzekerde ze hem.

Het was waar dat ze altijd op zoek was naar iets wat ze weg kon gooien. Er was een groep daklozen die zich in Dolores Park ophielden en met wie ze min of meer bevriend was geraakt. Ze vond het niet prettig om spullen zo aan ze te geven, maar ze was blij als ze dingen op de stoep kon zetten waar iemand iets aan kon hebben of die ze op de vlooienmarkt konden verkopen. Het was haar tweemaal gebeurd dat ze per ongeluk iets had gekocht wat van haar was geweest.

Eric had voor de grap een keer gezegd dat ze eigenlijk zelf dakloos wilde zijn en dat ze het leven onder de sterren stiekem romantiseerde. 'Ik zou liever een cowboy zijn of een ontdekkingsreiziger,' had ze geantwoord. Misschien was ze in de verkeerde eeuw geboren.

'Wat gaan we eten?' vroeg hij opgewekt, terwijl hij achter haar aan de trap op liep naar hun appartement op de eerste verdieping.

'Geen idee. Waar heb je trek in? Taco's?' Ze wist dat hij had gehoopt dat ze al iets had klaargemaakt, of boodschappen had gedaan zodat ze iets konden klaarmaken. Dat had ze moeten doen. Ze had vandaag niet gewerkt. Ze was nog steeds uitzendkracht en ze was al een week niet gebeld.

Wat had ze gedaan? De helft van de dag was ze bezig geweest om spullen te zoeken die ze kon weggeven of weggooien. Tussen de middag had ze in het postkantoor in de rij gestaan om Lena en Carmen ieder per express een pakketje te sturen met echte maïstortilla's die ze van een Mexicaanse vrouw had gekocht die met een stalletje op Sixteenth Street stond. Het versturen van de pakketjes had vijf keer meer gekost dan de tortilla's. (Ze had er ook een paar voor Tibby gekocht, ook al wist ze dat ze geen postadres van haar had en dat Australië veel te ver weg was om iets op te sturen wat kon bederven.) Daarna was ze erachter gekomen dat ze iets te ijverig was geweest met weggooien en dus had ze de andere helft van de dag alle vuilnisbakken achter het huis doorzocht op zoek naar haar mobieltje. Met de vaste lijn van de buren had ze zichzelf minstens tien keer gebeld om te luisteren of ze iets tussen het vuilnis hoorde rinkelen.

'Gisteren hadden we ook al taco's.'

'Echt waar? Was dat gisteren?'

'Ja, dat was gisteren. Hebben we eieren? Ik kan een omelet maken,' bood hij aan.

Ze keek in de koelkast. 'Er zijn er vijf.'

'Dat is genoeg.'

'En ik heb een paar maïstortilla's.'

'Perfect.'

'We kunnen buiten eten,' stelde ze voor terwijl ze de ingrediënten bij elkaar legde. Ze deelden een kleine binnenplaats met twee andere stellen in het pand. Er stonden een paar recyclebakken, een plastic tafel, twee stoelen en een prachtige citroenboom.

Hij liep naar hun kleine slaapkamer om een spijkerbroek en een T-shirt aan te trekken.

'Hoe was het op je werk?' vroeg ze terwijl hij in de slaapkamer was.

'Goed. Ik heb een nieuwe zaak.'

'Immigratie?'

'Ja. Gaat om een jochie van zeven, Javier. Een geweldig ventje.'

Eric had altijd genoeg zaken en voor de helft ervan vroeg hij bijna niks. Zijn moeder kwam uit Mulegé, dus hij sprak Spaans als een echte Mexicaan. De meeste verhalen waren hartverscheurend en Eric wees nooit een zaak af. Mensen uit zijn jaar aan de rechtenfaculteit werkten bij grote bedrijven en verdienden twee keer zo veel geld om de contracten te regelen voor andere grote bedrijven, maar dat had Eric nooit gewild. 'Daar ligt mijn hart niet,' zei hij altijd.

Toen hij in een versleten spijkerbroek en een oud Amnesty International-T-shirt de kamer binnenkwam, keek ze op. Bijna elke keer als Eric ergens was geweest en thuiskwam of gewoon de kamer binnenkwam, voelde ze iets. Een steekje in haar maag, als een echo van de enorme bons die ze had gevoeld toen ze hem voor het eerst had gezien, tijdens voetbalkamp, vlak voordat ze zestien werd. Het gevoel was niet altijd even fijn.

'Wat jullie twee hebben heet chemie,' had een verwarde dronkaard in het park een keer tegen haar gezegd. De man heette Burnt Sienna.

'Ik heb je vandaag wel honderd keer gebeld,' zei Eric. 'Heb je mijn berichten niet gehoord?'

'Ik... ehm... nee... Ik had mijn telefoon niet bij me.' Ze wilde niet vertellen dat haar telefoon waarschijnlijk in een van de vuilnisbakken achter het huis lag.

Als ze haar telefoon weer eens kwijt was of een groot deel van hun spullen had weggegeven of de hele middag met een dakloze man die Nemo heette had staan vissen in de baai, kreeg Eric altijd een bepaalde blik in zijn ogen. Een uitdrukking die ergens tussen ongeduld en vermaak in lag. 'Niemand kan ooit zeggen dat het saai is met jou,' zei hij vaak als hij die uitdrukking kreeg. Eric had iemand als Bridget nodig, want hij was iemand met vaste gewoonten en zonder haar zou zijn leven een sleur worden, en dat wist hij. Wie zou hem anders meenemen naar festivals, gratis concerten, *bike-a-thons* en tuinprojecten in de wijk? Wie nam hem anders mee om te gaan surfen en een jiujitsules te volgen en om in hartje Chinatown enge beesten met lange poten in olie te gaan eten?

'Je bent hem toch niet weer kwijt, hè?'

'Eh, ik denk het niet.' Ze bladerde door de gratis krant die ze van het metrostation had meegenomen.

Hij keek haar aan met die blik. 'Bridget, als je geen telefoon wilt hebben, is het goedkoper om je abonnement gewoon op te zeggen. Dan hoeven Carmen en Greta en Perry en je vader en ik ook geen berichten achter te laten die je toch nooit afluistert. Dat zou ons een hoop moeite schelen.'

'Daar heb je gelijk in. Hé, kijk,' zei ze, en ze wees naar een advertentie in de krant. 'Er staat een studio in, aan Guerrero Street, voor 1850 dollar per maand. Dat is niet veel.'

'Ik vind het fijn hier. Ik heb geen zin om weer te verhuizen. We zijn de afgelopen anderhalf jaar vier keer verhuisd.'

'Guerrero is leuk. Het is vast op de vierde verdieping of zo, maar dat vind ik niet erg, als dat betekent dat je veel zonlicht hebt. Ik vraag me af ter hoogte van welke zijstraat het is.'

Ze was haar hele leven op zoek naar het zonlicht, op zoek naar het lichtste appartement van San Francisco. Het maakte niet uit hoe het er verder uitzag. Er was altijd een zonniger plek dan waar zij woonde, een betere plek voor de planten, en dat betekende dat ze moest verhuizen. Toen ze naar het appartement was gaan kijken waar ze nu woonden, had ze direct ja gezegd terwijl Eric aan het werk was. Toen hij thuiskwam was hun appartement al leeg en zij was hem vergeten te vertellen dat ze verhuisd waren. 'We wonen hier niet meer,' zei ze tegen hem toen ze hem uiteindelijk verward in hun lege slaapkamer had aangetroffen.

Ze had gedacht dat dit appartement de oplossing was, maar het bleek dat de keuken helemaal niet zo licht was.

Eric begon de eieren te breken. Hij morste eiwit op zijn spijkerbroek. Hij is ontzettend knap, dacht Bridget. En ondanks alles hield hij van haar en dat was wat je geluk noemde.

'Ik had je gebeld omdat ik tussen de middag anderhalf uur vrij had en ik je wilde meenemen naar dat kleine winkeltje achter Union Square om een nieuwe jurk voor je te kopen voor Anna's bruiloft.'

'O, oké...' Zijn nicht Anna ging binnenkort trouwen in Petaluma en hij keek ernaar uit. Hij vond bruiloften romantisch en ze boden hem de kans om over hun huwelijk te praten. Als Eric over verloven begon, kreeg Bridget iets vreemds over zich, iets tussen hoop en angst in. 'Ik hoef geen nieuwe jurk. Ik vraag wel of Carmen me een van haar jurken stuurt.'

'Carmen is tien centimeter kleiner dan jij en haar kleren passen helemaal niet bij jou. Weet je nog dat strakke rare ding, met die veren?'

Bridget lachte. 'Dat stond me inderdaad niet zo goed, dat geef ik toe.'

Hij kwam naar haar toe, sloeg zijn armen om haar heen en kuste haar in haar nek. 'Je zult de mooiste vrouw van het feest zijn. Ik wil dat je je haar los doet. Ik wil met je pronken. Heel af en toe wil ik ook lekker oppervlakkig zijn, oké?'

Bridget wist niet zeker of ze wel de mooiste vrouw van het feest wilde zijn. Je moest rekening houden met de bruid, dat ten eerste. En bovendien hoefde ze niet zo veel te bewijzen, wat dat betrof. Ze wist wel dat ze knap was. Dat had ze altijd geweten. Ze had er de attributen voor: blauwe ogen, lange benen, een sierlijke nek, lichtblond haar van zichzelf. Ze had verwacht dat haar haar doffer zou worden naarmate ze ouder werd, maar dat was niet zo. Ze had haar moeders haar, het haar van haar oma. Het was haar geboorterecht en zo makkelijk kwam je daar niet van af.

Bridget had geen last van vervelende dingen die je in de loop der jaren tekenden, zoals allergieën of acne, roos of een stijve rug, gesprongen adertjes in je ogen of behoefte aan vette of zoete dingen. Zij ging voor het echte werk, de woeste golven in de genenpoel, zoals depressiviteit, zo ernstig dat het haar moeder haar leven had gekost. Soms had ze het idee dat haar uiterlijk een totaal vertekend beeld gaf van haar innerlijk.

Ze wist dat ze zich af en toe beter moest verzorgen, in elk geval voor Eric. Ze vond het ook fijn dat hij er goed uitzag. Maar ze had nou eenmaal niet veel met make-up en kleding. Ze kon het zich ook niet veroorloven. Eric dacht dat het te maken had met een gebrek aan zelfvertrouwen, maar dat was niet zo. Ze wist hoe ze was.

Eric hield zijn hoofd schuin en liep naar het raam. 'Hoor je dat?'

'Nee. Wat?' Eric had extreem goede oren.

'Het lijkt wel een telefoon. Het lijkt jouw telefoon wel...'

Bridget liep naar hem toe en stak haar hoofd naar buiten. Het klonk inderdaad als haar telefoon. 'Ik had al zo'n idee dat hij misschien beneden lag,' zei ze.

Met die extreem goede oren volgde Eric het geluid, de trappen af, de achterdeur door, over de binnenplaats naar de grote vierkante plastic vuilnisbak. Ze hoorde hem lachen. 'God, Bee, heb ik de hele dag het vuilnis gebeld.'

Een hele berg herinneringen is nog niet
hetzelfde als een klein beetje hoop.

– CHARLES M. SCHULZ

'Verrassing!' zei Jones tegen Carmen toen ze twee avonden later hun loft binnenkwam. 'Ik heb dit weekend een kamer voor je vader gereserveerd – een mooie kamer, extra luxe, in het SoHo Grand.'

Jones had zijn jasje nog aan en zijn stropdas nog om, waaruit ze opmaakte dat hij een tafel had gereserveerd in een goed of hip restaurant, waar zij bijna niks zou kunnen eten omdat ze 's middags al een sandwich had gegeten en geen tijd had gehad om naar de sportschool te gaan. Je kon geen maatje 34 hebben als je 's middags én 's avonds at. Niet als je zo'n kont had als zij.

Carmen hing haar jas op en controleerde haar e-mails op haar iPhone. In het schijnsel van de huiskamercomputer praatte Jones verder.

'Maar ik had gezegd dat hij hier kon komen,' zei ze.

'Natuurlijk kan hij hier komen. Maar je moet toegeven dat het veel leuker is om daarnaartoe te gaan.'

Sinds de vrouw van haar vader was overleden, kwam hij om de paar maanden vanuit Charleston naar New York om haar op te zoeken, terwijl Jones' ouders altijd in Fresno bleven. De loft van haar en Jones was dan niet het SoHo Grand, maar het was behoorlijk mooi. Veel mooier dan waar veel van haar vrienden woonden.

'Ik zal het aan hem vragen,' zei ze.
'Ik heb het hem al gevraagd. Hij vindt het prima.'
'Heb je hem gesproken?'
'Ja, hij belde ongeveer een uur geleden.'
Carmen zuchtte. Zou haar vader dan nooit leren dat hij haar op haar mobiel moest bellen? 'Oké.'
'Ze hebben een geweldige bar. Misschien ontmoet hij wel een leuk meisje.'
'Jones.'
Hij glimlachte en zij glimlachte vanzelf terug. Met zijn mooie lach kreeg hij bijna alles voor elkaar.
Ze keek naar hem. Zijn vingers ratelden over de toetsen en het schijnsel van het computerscherm weerkaatste op zijn kale hoofd, dat hij met evenveel gedrevenheid schoor als zij haar schoonheidsregime volgde. Hij zei dat hij het zo het mooiste vond en het stond ook goed, maar Carmen wist dat er ook bepaalde plekken waren die kaal zouden blijven, of hij het nou mooi vond of niet. Het was verbazingwekkend hoeveel moeite ze deden voor de afwezigheid van dingen.
'Is dit alle post?' vroeg ze.
'Ik neem aan van wel. Hoezo?'
'Tibby zei dat ze iets had gestuurd.'
'Tibby?'
'Tibby.'
'Je hebt het bijna nooit meer over Tibby.'
'Dat is niet zo. Ik praat wél over haar. Ik praat bijna nooit meer mét haar.' Dat was juist waarom ze zo extatisch was om een bericht met Tibby's naam te zien binnenkomen en waarom ze snel naar huis had gewild.
Jones sloot af waar hij mee bezig was geweest, kwam naar haar toe en zoende haar op haar schouder. 'Trek iets moois aan, mooierd, ik neem je mee uit.'

'Waar naartoe?'

'Minetta Tavern.'

'O, nee...' Ze was dol op die tent. Godver. Hoe kon ze daarnaartoe gaan en niet eten?

In gedachten ging ze de kleren in haar grote kast langs. De nieuwe Gucci? De roze Stella McCartney van vorig jaar? Ze hoefde niet veel tijd aan haar make-up en haar haar te besteden, want daar waren ze al de halve dag mee bezig geweest. Misschien wel dat kleine jurkje van Catherine Malandrino dat Jones zo leuk vond. Dan zou de avond zeker eindigen met seks. 'Wat vieren we?'

Hij zoende haar zacht op haar oor. 'Ik heb een prachtige vrouw die mijn bruid wordt.'

Ze lachte. 'Dat heb je elke avond.'

'Ja, en dat wil ik vieren.'

'Doe maar kipfilet.'

Lena leunde met haar ellebogen op de toonbank en keek naar Drews rug terwijl hij de kipfilet sneed. Langzaam veranderde de bonk kippenvlees in een berg dunne lekkere plakjes. Hij ging net zo lang door tot de berg belachelijk hoog was en schoof toen alles op een grote volkorenboterham. Een van de goede dingen van dit baantje was dat hij gratis sandwiches kreeg.

'Sla, tomaten, peper, mosterd, geen mayo,' herhaalde hij en hij keek haar vragend aan.

'Ja, graag.' Ze bestudeerde zijn bruine T-shirt met de capuchon. Het leek wel of alles wat hij droeg een capuchon had. Soms had hij wel drie capuchons, als hij een T-shirt met capuchon droeg, een sweater met capuchon en zijn parka met capuchon.

Professioneel sneed hij de boterham in tweeën, legde

hem op een papieren bord met golvende rand en zette hem voor haar neus op de toonbank. Hij legde er nog een half augurkje op.

'Dank je,' zei ze.

Zoals altijd bleef ze staan en at de sandwich aan de toonbank op om hem gezelschap te houden. Ze was eraan gewend dat hun gesprekken onderbroken werden door klanten die sandwiches bestelden en vond het niet erg. Soms kwam het wel goed uit.

Ze keek naar hem terwijl hij een ingewikkelde wrap klaarmaakte met een soort kaas waarvan zij nog nooit had gehoord. Ze keek naar hem en kauwde op haar brood en vroeg zich af of hij het type was waarmee ze zou willen trouwen. Misschien wel. Ze wist niet of het door Tibby kwam, die ze al bijna twee jaar niet had gezien en die iets geheimzinnigs per post had gestuurd, maar ze moest steeds aan die tijd denken. Aan vroeger en aan de veranderingen die de jaren brachten of zouden moeten brengen. Ze zou dertig worden. Alle vier werden ze in september dertig. Het feit dat ze dat allemaal werden, maakte dat ze zich het minder aantrok.

Alhoewel Carmen beweerde dat ze verloofd was (misschien kwam het doordat Lena het zelf stiekem ook wilde, maar ze geloofde het verhaal niet helemaal), waren ze geen van vieren getrouwd. Toen Lena dit had opgemerkt tijdens een gesprek met een vriendin van haar moeder, Maria Santos, had Maria gezegd: 'Op wie wachten jullie?'

Toen Lena later over die woorden nadacht, wist ze eigenlijk niet of Maria had bedoeld op welke jongen ze wachtten of dat ze misschien op elkaar zaten te wachten.

Drew liet zijn baard staan. Aan de keren dat hij zijn kin aanraakte, kon Lena zien dat het belangrijk voor hem was.

Het groeide niet overal gelijk en het was lichter dan het lichtbruine haar op zijn hoofd, waardoor zelfs de stukken waar het wel groeide doorzichtig bleven. Hij was er al sinds het begin van het semester mee bezig en het schoot niet erg op. Volgens Lena was het hopeloos, maar ze probeerde niet te oordelen. Ze was voornamelijk opgegroeid tussen Griekse mannen, die als ze wilden tegen bedtijd een volle baard hadden, maar zich juist om die reden twee keer per dag schoren.

'Heb je zin om iets te kijken als je klaar bent?' vroeg ze tussen twee happen door.

'Tuurlijk.' Hij veegde de toonbank schoon.

'Een film? Of een seizoen van *The Wire*?'

'Maakt niet uit.' Hij zei dat niet zomaar, hij meende het echt. Hij was waarschijnlijk de enige die ze kende die niet eigenzinnig of koppig was.

'*The Wire* dan,' zei ze.

Hij had het liefst dat zij koos, want hij wist nooit, zelfs niet als ze al zaten te kijken, welke films ze mooi vond en welke afschuwelijk. En daar kon hij niets aan doen, want dat wat ze fijn of afschuwelijk vond, ervoer ze diep vanbinnen en zelfs de heftigste ervaringen kwamen niet direct naar boven.

Lena wachtte aan een tafeltje tot de laatste klanten weg waren. Ze leunde met haar kin op haar hand en keek toe terwijl Drew de etenswaren opborg, de keuken afsloot en de lichten uitdeed.

'Zullen we?' vroeg hij.

Ze liep achter hem aan de zaak uit, wachtte tot hij met veel kabaal het metalen hek had dichtgedaan en met een sleutel op slot had gedraaid. Toen ze wegliepen pakte hij haar hand niet en sloeg geen arm om haar schouder, en zij verwachtte dat ook niet van hem. Ze liepen naast elkaar over de donkere stoep. Hoe vertrouwd het ook met hem was, ze had het gevoel dat de donkere lucht hen alle twee apart omringde.

Een paar maanden daarvoor had Effie, die al twee verlovingen had verbroken (en twee ringen had verkocht op eBay), verklaard dat je – als je bijna dertig was – niet in een relatie moest blijven hangen met een jongen van wie je niet op z'n minst dacht dat je met hem zou kunnen trouwen. Lena wist niet zeker in welke categorie Drew viel. Of wel, als ze eerlijk was, dan wist ze dat wel. Drew was attent en slim. Hij had prachtige lichtblauwe ogen en hij hield van dezelfde dingen als zij. Maar ze zou niet met hem trouwen. Dat wist ze, en toch had ze geen haast om het uit te maken. Eigenlijk was het wel een opluchting dat ze daar helemaal niet mee bezig was.

Lena vond het fijn om naast hem te lopen, maar ze wist dat er meer was. Drew wist het misschien niet, maar zij wel.

In de zomer dat ze zestien werd had ze bij haar opa en oma op Santorini gelogeerd en was ze verliefd geworden op een Griekse jongen. Kostos was het stuk van het dorp en de kleinzoon van de beste vrienden van haar grootouders. Toen ze zeventien was had hij haar hart gebroken en later was ze erachter gekomen dat hij getrouwd was met een meisje uit het dorp, dat hij zwanger had gemaakt. Twee zomers later was hij naar de Verenigde Staten gekomen om haar op te zoeken, maar zij was nog steeds boos geweest en had hem weggestuurd.

De laatste keer dat Lena hem had gezien was op haar negentiende, toen Tibby, Carmen, Bee en zij waren teruggegaan naar Santorini om hun verloren spijkerbroek te zoeken. Kostos had de laatste avond een paar belangrijke dingen verteld. Er was geen baby. Er was nooit een baby geweest. Het meisje had hem gemanipuleerd, zijn huwelijk was nietig verklaard. Hij was altijd van Lena blijven houden, had hij gezegd. Hij zei dat ze op een dag samen zouden zijn, niet nu, maar op een dag. Hij had de woorden in het Grieks gezegd, in haar oor gefluisterd, en daar waren ze blijven hangen.

Toen Lena bijna tweeëntwintig was had ze de dag na haar afstuderen aan Rhode Island School of Design een brief van Kostos gekregen waarin hij haar vroeg of ze de zomer met hem op Santorini wilde doorbrengen. Voel je niet verplicht, had hij geschreven.

Het was alsof hij een ebolabacterie in de envelop had gedaan. Ze was ziek geworden van verlangen, van wanhoop, van onzekerheid. Ze zei ja. Haar onrust groeide. Ze kocht een ticket naar Fira, zou op 4 juli aankomen. Ze belde haar oma en maakte plannen.

Terwijl de dag steeds dichterbij kwam, werd ze zo nerveus dat ze niet meer kon slapen. Haar maag en darmen keerden zich tegen haar en deden uiteindelijk helemaal niets meer. Een paar dagen later moest ze midden in de nacht naar het ziekenhuis worden gebracht omdat ze vreselijke pijn in haar borst had en ze was bang dat niet alleen haar darmen maar ook haar hart zich tegen haar had gekeerd.

Op 3 juli, de ochtend voordat ze zou vertrekken, liet ze weten dat ze niet kwam. Per e-mail. 'Dit is niet het goede moment,' schreef ze, en ze gaf een paar redenen op die tijdens het typen al overkwamen als laffe excuses. Kostos liet twee dagen niets van zich horen. Hij probeerde haar niet over te halen. Hij was teleurgesteld, schreef hij, maar hij zou wel een manier vinden om eroverheen te komen. In plaats van naar Griekenland te gaan, bracht ze die zomer door in een studio in Providence.

Daarna had ze hem niet meer gezien of gesproken. Zes jaar waren voorbijgegaan zonder dat ze contact met elkaar hadden gehad. Haar leven kabbelde rustig voort, maar dat kon je van hem niet zeggen. De eerste keer dat ze daar iets over hoorde, was toen een zogenaamde vriendin in haar eerste jaar van haar vervolgopleiding een krantenbericht tussen haar schildersezel had geschoven. Het kwam uit *The Wall Street Journal* en er stond in dat Kostos Dounas de jongste partner was geworden in de geschiedenis van een bank. Bovenaan stond een tekening van Kostos. Zijn haar zat in een scheiding en hij keek serieus. Het artikel was een en al lof over de miljoenendeal tussen twee conglomeraten waarvoor hij de onderhandelingen had gevoerd. Lena had lang naar de schets gekeken, maar ze herkende Kostos er niet in. Ten eerste omdat het een stijf en slecht portret was, maar ook omdat hij onherroepelijk in een andere wereld terecht was gekomen.

Dat gevoel werd de jaren daarna alleen maar erger. Ze las bijna nooit financiële tijdschriften of economiebijlagen van de krant, maar nieuws over hem wist haar op de een of andere manier altijd te bereiken. Ze kon er niet omheen. TIME *Magazine* noemde hem als een van de meest invloedrijke mensen onder de vijfendertig. Niemand van Santorini kon het laten om over hem op te scheppen, dus ook haar oma niet. En zelfs haar vader prees hem af en toe de hemel in, zonder door te hebben dat zijn vrouw hem indringend aankeek. Toen Lena een keer langs de krantenkiosk op het station kwam, zag ze Kostos' gezicht op de voorpagina van *The Economist.*

Ik betwijfel of hij nog wel weet wie ik ben, had ze gemijmerd. Kostos keek haar vanaf de cover net zo aan als de andere passagiers en ze had ongewoon veel medelijden met zichzelf.

Kostos had gezegd 'op een dag', maar die opmerking kwam haar nu belachelijk voor. Zijn leven stond inmiddels zo ver af van haar rustige, kleine leven en hij vertegenwoordigde een andere wereld, die helemaal niks met die van haar te maken had. Hij stond niet meer symbool voor 'misschien', 'op een dag', maar voor een weg die ze niet was ingeslagen, een weg die plotseling zo'n andere kant op was gegaan dat ze niet eens meer kon zien waar hij liep.

Had ze spijt van haar beslissing? Die vraag stelde ze zichzelf af en toe. Wat zou er zijn gebeurd als ze in dat vliegtuig was gestapt? Wat als ze die zomer naar Griekenland was gegaan zoals hij gevraagd had? Zou een leven met hem bij haar gepast hebben?

Waarschijnlijk niet, besloot ze. De intensiteit van haar gevoelens, de angst voor haar hart, misschien was het allemaal te veel voor haar geweest. Ze hield van het leven dat ze leidde. Ze had haar vaste gewoonten. Ze genoot van een dag waarop ze niets bijzonders hoefde te doen, een lange, rustige dag in de studio.

Door dat rustige leven was ze een goede schilderes geworden en een goede lerares. Ze had haar talenten ontwikkeld. Ze was de enige student die een betaalde baan kreeg aangeboden als docent aan de Rhode Island School of Design terwijl ze haar masteropleiding nog niet af had. Nu was er een wachtlijst voor de studenten die haar lessen wilden volgen. Daar was ze trots op. Had ze dat allemaal kunnen bereiken als ze naast de machtige, wereldveroverende Kostos had gestaan?

Toen haar oma Valia vorig jaar januari op haar tweeënnegentigste was overleden had Kostos haar een prachtige condoleancebrief gestuurd. Hoe vreemd de Kostos uit de tijdschriften haar ook voorkwam, de woorden kwamen van degene van wie ze had gehouden. Zeggen dat de brief haar had geraakt zou niet in de buurt komen van wat ze had gevoeld. Twee weken lang had ze Kostos' brief bij zich gedragen. Ze had hem een brief teruggestuurd die ze vier keer had moeten overschrijven. Ze was er uren mee bezig geweest. Ze had geschreven en weer doorgehaald, opnieuw geschreven en zich weer bedacht, net zo lang tot er van de woorden niet zo veel meer was overgebleven. De intensiteit van de gevoelens die de brief had opgeroepen had haar afgemat.

En toch. Hoe zou een leven met hem eruitgezien hebben? Wat ze voor hem had gevoeld had ze nooit meer voor iemand anders gevoeld. Het kwam niet in de buurt. Ze wist dat het leuker zou zijn om later terug te kunnen kijken op een leven vol romantiek en avonturen. Maar terugkijken was makkelijk. Zo'n leven leiden was een ander verhaal. Er waren genoeg dingen waarop ze zou willen terugkijken maar die ze niet durfde te doen: paragliden, grotduiken, ecstasy.

Op de weg terug naar haar appartement stopten zij en Drew om een beker Ben & Jerry-ijs te kopen. Ze vond die met *cookie dough* erin het lekkerst, en hij ook.

Twintig minuten later stonden Lena en Drew in de hal van haar appartementenblok op de lift te wachten, toen Lena plotseling iets bedacht. 'Ik kijk nog even in mijn brievenbus,' zei ze. Drew liet de lift zonder commentaar komen en weer gaan terwijl zij de sleutels uit haar tas viste en het kastje openmaakte. Reclamefolders, zoals altijd, en een dikke gele envelop van Tibby. Met een tintelend gevoel van spanning, voor een deel leuk en voor een deel niet, scheurde ze de envelop open. Terwijl ze langzaam terugliep naar de lift, bekeek ze de inhoud. De eerste pagina was zo vreemd dat het even duurde voordat ze doorhad wat het was. Onder aan de pagina stond iets geschreven in Tibby's handschrift, slordiger dan anders: 'Het is een gek plan,' had ze geschreven. 'Zeg alsjeblieft dat je komt.'

Het leek een soort bevestiging van een e-ticket op Lena's naam, vertrek vanaf New York. De vlucht had 603 dollar gekost en was betaald met Tibby's creditcard. De vertrekdatum was 28 oktober, over minder dan vier weken, en de retourdatum was zes dagen later.

Op het volgende blaadje stond een soortgelijke bevestiging voor Carmen en op het derde blaadje voor Bee. In haar geval vertrok de vlucht vanaf San Francisco.

'Ik zal er een dag eerder zijn en wacht jullie op op het vliegveld,' had Tibby onder aan de laatste pagina geschreven. En daaronder stond: 'Lena, mail me als je dit ontvangen hebt!' En daaronder: 'Alsjeblieft, jullie moeten komen!'

Het meest schokkende was de bestemming: Fira, de hoofdstad van Santorini.

Als er iets was waar Bridget goed in was, dan was het met haar fiets de berg op klimmen. Dat bedacht ze terwijl ze in het namiddaglicht de berg overwon bij Duboce en Divisadero.

Op een paar foto's en een paar aandenkens van haar vriendinnen na, was haar fiets haar enige bezit waar ze aan gehecht was. Hij was stoer, ouderwets qua stijl maar modern wat de functies betrof. Eric had hem haar voor haar vijfentwintigste verjaardag gegeven, en de vier jaar daarna had ze hem aan haar smaak aangepast. Ze was niet erg creatief, maar ze had hem met felle lak en zijden bloemen versierd. Het was het enige wat ze naast een tas met kleren had meegenomen toen ze naar Californië ging.

In Mission en Castro stond ze bekend als het blonde meisje met de bloemenfiets. Ze was trots als ze buren of winkeliers over haar hoorde praten. 'Er is hier in de buurt geen heuvel waar ze de top niet van haalt.'

Vroeger, op de middelbare school, was ze altijd goed in sport geweest. Ze scoorde de meeste goals, had de meeste assists op haar naam staan, rende het snelst, deed de meeste push-ups. Ze opereerde binnen de gestructureerde en veilige wereld van het voetbalelftal op school, weliswaar op hoog niveau, maar het bleef altijd een spel. Daar dacht ze aan terwijl ze langs het Dolores-park naar beneden zoefde en zonder haar remmen te gebruiken de bocht nam naar haar straat.

Het probleem van die wereld was dat er een einde aan kwam, en dan werd je in één keer de chaos van het teamloze bestaan in geslingerd. Die chaos bleek geregeerd te worden door mensen die goed waren in praten en die het liefst binnenbleven. Bridget vond het moeilijk om een uitdaging te vinden die haar hetzelfde gevoel gaf als toen. Zoals in de bergen.

Toen ze naar beneden door de straat fietste, zag ze dat Eric op het stoepje zat te wachten. Het gebeurde niet vaak dat hij er was voordat zij thuiskwam.

Hij stond op, kuste haar en gaf haar een brief.

'Voor mij?' zei ze terwijl ze hem nog een zoen gaf.

'Ja,' zei hij. 'Hij is van Tibby.'

'Echt waar? Dat kan niet.' Opgewonden pakte ze hem aan en keek naar het adres van de afzender.

'Wanneer heb je voor het laatst iets van Tibby gehoord?'

Bridget schudde haar hoofd. 'Lang geleden.' Ze dacht na. 'Op haar verjaardag heb ik een foto gemaild die ik had gevonden, van haar in haar Wallman-kiel. Toen heeft ze me een kort bericht teruggestuurd.' Ze draaide de envelop om. 'Waarom heeft ze hem naar jouw kantooradres gestuurd?'

'Misschien omdat ze weet dat we geen vast adres hebben?'

'Dat hebben we wel,' zei Bridget. Ze werd opeens zenuwachtig en scheurde de envelop open. 'Het verandert alleen nogal eens.' Ze liet haar ogen over de pagina glijden. 'Wauw.'

'Wat is het?'

'Een vliegticket.'

'Voor wie?'

'Voor mij. Wacht even.' Ze las langzamer en liet de woorden tot zich doordringen, tot ze ook Tibby's krabbel onderaan had gelezen. 'O mijn god, ze heeft voor ons allemaal een ticket naar Griekenland gekocht. Ze heeft een reis voor ons geregeld.' Bridget voelde dat ze tranen in haar ogen kreeg. 'Ongelooflijk, hè?'

'Wauw. Dat is niet niks. Naar het eiland waar Lena's familie vandaan komt? Wanneer?'

'28 oktober. Ik geloof het gewoon niet.' Ze voelde haar benen slap worden.

'Voor hoelang?'

'Maar een week. Ik neem aan dat het een soort reünie is.'

Eric zag haar tranen en haar oprechte blijdschap. 'Dat is geweldig, Bee. Ik ben zo blij voor je. Ik zal je missen, maar ik ben heel blij voor je.'

Ze knikte. God, dit kwam zo onverwacht. Het was de vervulling van een wens die ze heel lang niet had durven uitspreken. 'Volgens mij is dit precies wat we nodig hebben.'

Plotseling schoten haar benen wortel en haar armen groeiden uit tot lange, dunne takken. Apollo kwam bij de laurierboom, en omdat hij nog steeds van Daphne hield, sloot hij de boom in zijn hart.

– ENCYCLOPEDIA MYTHICA

Zodra ze klaar was met haar werk ging Carmen die vrijdag naar het SoHo Grand om haar vader te zien. Het was een afschuwelijk lelijke lobby, met allemaal rechthoekige vormen, onderbroken oppervlakken en zo weinig mogelijk sfeer. Ze was een populaire actrice in New York met een grote loft in Nolita, een kast vol kleren waar iedereen jaloers op zou zijn, een vriend – verloofde, beter gezegd – die een *network executive* was. Dit was haar wereld, en zelfs zij voelde zich vreemd in deze kille omgeving.

'Albert Lowell,' zei ze tegen de fragiele vrouw met lange nagels achter de balie. 'Wilt u hem laten weten dat Carmen er is?'

De vrouw voerde het korte gesprek met Carmens vader op heimelijke toon, alsof hij bij haar hoorde en niet bij Carmen.

'Hij komt naar beneden,' liet de vrouw weten.

'Bedankt,' zei ze.

Ze ging in een van de stoelen met zicht op de lift zitten. Snel controleerde ze op haar telefoon haar drie verschillende e-mailaccounts. Ze realiseerde zich dat ze een beeld had van de man die uit de lift zou komen, en hoewel de man die eraan kwam in zijn blauwe Izod-shirt haar wel bekend voorkwam, was het hem niet. Haar vader was lang, terwijl deze man een beetje voorovergebogen liep. Haar vader had lichtbruin haar, terwijl deze man bijna grijs was. Haar vader maakte een zelfverzekerde indruk, terwijl deze man een beetje verwilderd keek. Als haar vader in haar appartement was hoefde ze deze dingen niet te zien. Maar een lift in het SoHo Grand kan al je ideeën veranderen.

Ze stond op. 'Hoi papa.'

Hij kwam naar haar toe en omarmde haar. 'Hoi pop.'

Ze hield hem iets langer vast dan anders. Ze was verdrietig. 'Hoe is de kamer?' vroeg ze toen ze hem losliet.

'Geweldig. Geweldig. Je hebt er van alles. In die minibar zitten van die lekkere nootjes. Van die gekruide nootjes.'

Ze was blij dat Jones er niet bij was en niet kon horen hoe opgewonden haar vader deed over een paar nootjes. Haar vader kwam op haar altijd over als een man van de wereld, maar nu niet. En toen vroeg ze zich af waarom ze Jones haar vader liet beoordelen, zelfs als hij er niet bij was.

Maar het kwam niet door Jones, het kwam door haar, toch? Ze kon Jones de schuld geven omdat zij zelf geen kritiek op haar vader wilde hebben en hem niet wilde beoordelen. Zij bleef liever onschuldig.

'Dat is geweldig,' zei ze. 'Wil je ergens heen gaan en een kop thee drinken? Of een borrel? Of we kunnen hier blijven en in de bar gaan zitten. Jones komt om acht uur naar een restaurant op Bond Street.'

'Is dat vlakbij?'

'Ja, best wel. Tien minuten lopen, misschien.'

'Wat wil jij doen?'

'Ik weet een tentje hier om de hoek. Laten we daar naartoe gaan.' Wat het SoHo Grand met hen deed, beviel haar niet.

Toen ze door de hal liepen viel het haar op dat haar vader een spijkerbroek aanhad. Hij droeg bijna nooit een spijkerbroek. Haar hart brak toen ze eraan dacht dat hij zijn kleren had uitgezocht en speciaal voor vandaag een spijkerbroek had aangetrokken, omdat hij dacht dat dat geschikt was voor het luxehotel in SoHo.

Ze gingen een Ierse pub op Grand Street binnen. Ze wachtte tot haar vader weer in zichzelf zou veranderen.

Hij bestelde een whiskey sour, die met een Maraschinokers werd geserveerd, en zij bestelde een witte wijn. Ze vond het nog steeds een beetje vreemd om in zijn bijzijn alcohol te drinken.

'Hoe is het met Paul?' vroeg ze. Ze wist eigenlijk wel hoe het met Paul was, omdat ze bijna elke week met elkaar mailden, maar Paul was voor hen allemaal zo'n held dat hij een veilig onderwerp was om over te beginnen.

'Ik ben blij dat hij terug is uit Afghanistan. Het gaat goed met hem. Hij vraagt altijd naar je. Wat een leven, hè?'

'Ja...' zei Carmen. Ze dacht aan Paul. Ze zag hem nog steeds als haar stiefbroer, maar was hij dat eigenlijk nog wel nu zijn moeder was overleden? Hij was de enige van haar familie die Jones nog niet had ontmoet.

'Hij heeft me een filmpje gestuurd van F16's die vanaf een vliegdekschip opstijgen. In een van die F16's zat hij. Ongelooflijk hoor.'

Vroeger zou Carmen zich misschien bedreigd hebben gevoeld door hoe trots haar vader duidelijk was, maar anderhalf jaar geleden was Lydia overleden aan borstkanker en het enige wat Carmen nu voelde was verdriet. En zij was trouwens een actrice. Ze wist dat haar vader ook trots op haar was.

'Hoe gaat het met Krista?'

Dit lag iets gevoeliger, en haar vader was slim genoeg om

dat te weten. Krista, Lydia's dochter, was degene bij wie haar vader elke zaterdag ging eten. 'Goed. De baby is... bijna één, denk ik.'

'Tommy, heet hij toch?'

'Nee, volgens mij is zijn tweede naam Tommy.'

Ze wist niet zeker of hij zijn verwarring speelde, voor haar. 'De baby heet... Joey?'

'Ja. En de oudste... die moet nu vijf zijn.'

'Jack.'

'Ja, Jack.'

Krista was jonger dan Carmen, en toch was het haar al gelukt om drie kinderen op de wereld te zetten. Soms leek haar dat geweldig, en soms bizar. Maar eigenlijk was het goed, heel goed, dat Krista de familie kleinkinderen schonk, want Jones was zeer stellig. Hij wilde geen kinderen.

'Heb je de laatste tijd nog op ze gepast?' Hij en Lydia pasten vroeger elke vrijdagavond op, en nu bood hij af en toe aan om het alleen te doen. In dat opzicht was hij heel dapper.

Hij knikte en zijn wenkbrauwen gingen omhoog. 'Maar er blijven nog genoeg dagen voor jou over, hoor.'

Carmen knikte ook. Ze was blij dat Krista in Charleston woonde, in een huis met een echte eetkamer, maar een paar kilometer bij hem vandaan, en dat ze haar vader kleinkinderen gaf en hem een beetje in de gaten hield. Daar was Carmen haar dankbaar voor. Wat ze verder ook van haar vond, haar dankbaarheid overheerste.

Het was verdrietig hoe alles eigenlijk klopte. Toen Carmen opgroeide, was haar vader meer het idee van een vader voor haar. Nu was zij meer het idee van een dochter voor hem.

'Hoe gaat het met je moeder?'

Haar vader vond altijd dat hij dat op een gegeven moment moest vragen. Voorheen kwam het altijd over alsof hij zich verplicht voelde om het te vragen, maar nu was de context anders.

Het was vreemd om te zien dat de rollen waren omgedraaid. Voorheen was haar vader degene met een gelukkig huwelijk en een druk gezin en haar moeder was alleen en onzeker. Het was haar moeder geweest die altijd een beetje droevig had gevraagd: 'Hoe is het met je vader?' Nu was haar moeder getrouwd met een succesvolle advocaat. Ze woonden in een groot mooi huis in Chevy Chase met Carmens elfenhalf jaar oude halfbroer, Ryan, en haar vaders gezicht verraadde verlangen als hij naar haar vroeg.

'Oké, ik heb je wat spannends te vertellen,' kondigde Carmen aan. Ze kon het niet langer voor zich houden en van alle mensen was haar vader de juiste persoon om het nieuws als eerste te horen.

'Wat dan?'

'Tibby heeft me gisteren een ticket gestuurd. Naar Griekenland. Naar Santorini.'

Zijn wenkbrauwen gingen omhoog. 'Santorini? Waar Lena's grootouders woonden? Waar jullie zijn geweest toen jullie op de middelbare school zaten?'

'Ja, precies.' Haar vader had altijd een goed geheugen gehad. 'Ze heeft ook een ticket naar Lena en Bee gestuurd. Het wordt een reünie.' De tranen sprongen in haar ogen toen ze dat zei. Niemand wilde dit liever, had dit harder nodig dan zij. Dat had ze zelf niet geweten totdat het aanbod kwam, en nu had ze het idee dat ze het niet zou overleven als ze niet zou gaan.

'Dat is geweldig nieuws.' Haar vader knikte. 'Tibby doet het kennelijk goed.'

'Ik denk dat Brian het goed doet, voor hen alle twee. Die indruk krijg ik tenminste. Hij heeft zijn eigen softwarebedrijf. Hij is een soort genie.'

'Nou, wat leuk voor ze. Wanneer ga je?'

'28 oktober,' zei ze, terwijl ze de datum tot zich liet doordringen. 'Ik vind het zo spannend dat we elkaar weer gaan zien.' Ze rook de typische geur van de bar en voelde dat de witte wijn al haar reserves liet smelten. 'Ik kan echt niet wachten.'

Haar vader nam een slok van zijn whiskey sour en keek haar indringend aan. 'Ik zie jullie nog zo voor me, toen jullie klein waren. Jullie waren zo met elkaar vergroeid dat ik nauwelijks kon zeggen waar de een ophield en de ander begon.'

Carmen knikte. 'Ik ook niet.'

De laatste vier jaar had Lena haar Grieks verder verbeterd door elke week een uur te converseren met Eudoxia. Ze was met haar in contact gebracht via de onlinecursus Grieks en in het begin had ze daar zestien dollar per uur voor betaald. Lena had makkelijk met andere mensen kunnen praten die vloeiend Grieks spraken, zoals haar ouders, maar al die mensen kenden haar en zij wilden over haar praten. Eudoxia had als voordeel dat ze in het begin een vreemde was geweest, en ze was oud en een beetje hardhorend en een beetje gek.

Na het eerste jaar had Eudoxia voorgesteld om de telefoon te verwisselen voor het (Griekse) café dat tussen hun twee appartementen in lag. Lena had daarna de zestien dollar betaald plus de rekening voor de koffie en af en toe de gebakjes, maar na een jaar had Eudoxia het geld geweigerd. En afgelopen jaar had Eudoxia erop gestaan de rekening te betalen aangezien haar man, een politieagent, met pensioen was en een baan als beveiliger in een schoenwinkel erbij had genomen. Lena had Eudoxia aangeboden om de helft van de tijd te helpen met haar Engels, maar Eudoxia had daar niks van willen weten.

Die woensdag om vier uur liep Lena zoals elke week het café binnen en zag Eudoxia aan hun gebruikelijke tafeltje zitten. Hoe vroeg Lena ook kwam, Eudoxia was er altijd als eerste. Eudoxia sprong op en omarmde Lena. Ze was dik en zacht en rimpelig, terwijl Lena strak in haar vel zat.

'Jij bent ergens zenuwachtig voor,' zei Eudoxia in het Grieks.

Lena gaf haar een zoen op haar wang en antwoordde in het Grieks: 'Hoe kan het toch dat jij altijd alles weet?'

De serveerster kwam, ook Griekse import, met donker, steil haar. Lena zag haar vaker dan haar beste vrienden. 'Voor mij vandaag alleen een koffie,' zei Lena in het Grieks, precies zoals Eudoxia het altijd zei. Lena was redelijk goed in nabootsen. Ze was er zo aan gewend om Eudoxia's uitdrukkingen en toonhoogte na te doen dat ze wel eens bang was dat ze sprak als een vierenzestigjarige vrouw uit Thessaloniki.

Nadat Lena haar koffie had gekregen onthulde ze het grote nieuws. 'Ik ga naar Griekenland.'

Eudoxia hield haar hoofd schuin en sloeg met haar platte hand op de tafel, zoals ze altijd deed als ze enthousiast was. Toen ze haar hoofd optilde bewogen haar krullen nog na en de kopjes trilden nog op hun schoteltjes. 'Dat is prachtig. Wanneer?'

'28 oktober. Tibby heeft het georganiseerd. Ze heeft voor ons alle vier een ticket gekocht, zodat we samen kunnen zijn.'

'Tibby?' Eudoxia kende hen allemaal bij naam en praatte over Lena's vriendinnen alsof het ook haar vriendinnen waren.

'Ja, Tibby.'

Lena hield haar kopje vast terwijl Eudoxia weer op de tafel sloeg. 'In Griekenland! Wat prachtig! Wat prachtig!'

'Ik kan het bijna niet geloven.'

'Ik ook niet.'

'Ik wist niet of ik het wel kon aannemen. Het is veel geld en zo. Maar ik heb Tibby gemaild en ze antwoordde dat ik wel moest. Ze zei dat mijn aandeel bestond uit het huis.'

'Gaan jullie naar het huis van je grootouders, in Oia?'

'Ja. Het staat nog steeds leeg. Mijn vader heeft het er voortdurend over dat hij ernaartoe moet om het te verkopen, maar hij heeft er nog geen tijd voor gehad. En nu, met de economische crisis, zoals het daar gaat...'

'Misschien wil hij het wel houden.'

'Nee, volgens mij wil hij het verkopen. Hij klaagt altijd, over de belastingen en de kosten voor het onderhoud.' Lena ging met haar vinger langs haar schoteltje en dacht even na. 'Maar ik denk dat hij niet met al hun oude spullen geconfronteerd wil worden en niet weet wat hij ermee moet doen. Hij vindt het vreselijk als hij niet weet wat hij moet doen.'

'Dan laat hij het dus aan jou over.'

Lena knikte. 'Misschien wel.'

Een van de goede dingen aan Eudoxia was dat ze behalve de wekelijkse lessen niets met Lena's leven te maken had. Ze was net een therapeut of een barvrouw. Lena kon over haar leven vertellen wat ze wilde, zonder er rekening mee te houden of ze oprecht was en zonder bang te hoeven zijn dat haar woorden bij iemand anders terechtkwamen.

Eudoxia nam een slokje van haar koffie. 'Is er iets met Tibby aan de hand?'

'Hoezo?'

'Je hebt haar lang niet gezien. Je spreekt haar bijna nooit. Je zei dat het vroeger anders was. Waarom denk je dat ze dit heeft georganiseerd?'

Lena tikte met de neus van haar laars tegen haar rugtas, die onder het tafeltje stond. 'Ik denk dat ze ons mist en dat ze samen wil zijn.'

'Denk je dat dat alles is?'

'Wat zou er nog meer kunnen zijn?'

'Ik ken haar niet. Ik zou het niet weten,' zei Eudoxia oprecht. Ze wenkte naar de serveerster en met haar gebruikelijke blik van opluchting en overgave bestelde ze een kaaspasteitje. Toen het gebracht werd sneed ze het aandachtig in stukjes. 'Misschien zie je je jongeman daar wel,' zei ze met een beetje ondeugende blik in haar ogen.

Eudoxia noemde Kostos altijd 'je jongeman' en Drew noemde ze 'de sandwichman'.

Lena wilde eigenlijk doen alsof ze niet wist over wie Eudoxia het had, maar dat zou geen zin hebben. 'Die kans is klein. Hij zal het wel druk hebben. Hij werkt nu in Londen.'

'Hij gaat heen en weer. Dat schreef hij in zijn brief.'

Lena drukte haar vingers tegen haar warme gezicht. Het was haar eigen schuld. Ze had het heel vaak over de brief gehad, stamelend in het Grieks. En ze had zo graag over de brief willen vertellen dat het in feite had geleid tot een doorbraak in haar Griekse conversatie. Ze had zich over een paar dingen heen gezet, en Eudoxia had het opgemerkt. Ze begon haar 'mijn Daphne' te noemen, en toen Lena had gevraagd waarom, zei ze: 'Ken je je klassieken niet?' Eudoxia vond het daarna altijd leuk als Lena over Kostos vertelde.

Als het over het onderwerp Drew ging, was er nooit sprake van een doorbraak.

'Je moet hem schrijven dat je komt,' zei Eudoxia. 'Je kunt het in het Grieks schrijven! Ik kan je helpen! Wat zal hij verbaasd zijn!' Ze sloeg opnieuw met haar hand op de tafel.

Lena twijfelde. Ze stelde zich voor hoeveel mensen uit zijn oude leven iets van Kostos wilden. Ze wilde hem niet lastigvallen.

In de stilte die viel realiseerde Eudoxia zich dat dit iets was waar ze niet op hoefde te hopen. 'Maar je moet me één ding beloven, mijn Daphne,' zei ze, en ze leunde naar voren. 'Beloof me dat je hem op z'n minst belt. Je belt hem voordat je het eiland verlaat.'

Lena lachte alleen. No way. 'Misschien,' zei ze in het Grieks. 'Je weet maar nooit.'

Als je in de lucht springt van blijdschap,
pas dan op dat niemand de grond onder je
voeten vandaan haalt.

– STANISLAW J. LEC

Carmen onderhandelde met God. Ze wist dat dat fout was, maar ze deed het toch. Op haar negende lag ze uren te woelen in haar bed omdat ze de volgende ochtend met Lena's familie naar Orlando zou vliegen en naar Disney World zou gaan. Ze was zo zenuwachtig dat ze dacht dat ze het niet meer zou uithouden. Terwijl de uren verstreken werd de spanning zo groot dat die omsloeg in angst. Ze vreesde dat ze de ochtend niet zou halen. Haar verlangen was afschrikwekkend groot en ze wist plotseling zeker dat het de gelukkigste dag van haar leven zou opslokken. Ze smeekte God om haar tot de volgende dag in leven te houden. Daarna mocht Hij doen wat Hij wilde.

Ze was twintig jaar ouder en toch had ze de avond van 27 oktober weer precies hetzelfde gevoel. Ze draaide en zuchtte. Ze stak af en toe een been onder de dekens vandaan om af te koelen en vroeg God om op haar te letten totdat ze de volgende dag op Santorini weer met haar vriendinnen samen zou zijn. Als ze dat zou halen, dan zou ze gelukkig zijn. Daarna kon Hij met haar doen wat Hij wilde.

Wat kon ze in ruil daarvoor aanbieden? Ze zou een beter mens zijn. Ze zou minder geld aan schoenen uitgeven. Ze zou op de honkbalclub met de liefdadigheidswedstrijd meespelen. Ze zou bijles gaan geven op een middelbare school. Ze zou van nu af aan haar vader twee keer per week bellen, zonder ook maar één keer over te slaan. Ze zou elke dag de redactiepagina van *The New York Times* lezen. Ze zou niet langer internet afspeuren naar afbeeldingen van vrouwen met cellulitis of uren zoeken naar de actrices die de rollen hadden gekregen waarvoor zij was afgewezen.

Alhoewel Carmen het stom vond, was ze ook blij dat ze bad tot God, die haar alles zou vergeven, in tegenstelling tot een ander, die er zeker iets voor zou terugvragen.

Lena was trots op haar abstracte denkvermogen, maar af en toe had ze het verstand van een hagedis. Pas toen ze bij de terminal van JFK Bridget en Carmen in levenden lijve op zich af zag komen rennen, hun haren wapperend in de lucht, begreep ze hoe vreselijk ze hen had gemist.

Bridget was het eerst bij haar en greep haar bijna zonder af te remmen beet. Lena werd in één keer teruggebracht naar al die vertrouwde momenten.

Carmen, op haar sandalen met hoge kurken hakken, was er een paar seconden later. Ze kneep zo stevig in Lena's arm dat Lena dacht dat ze er een blauwe plek aan zou overhouden. Ze schreeuwde zo hard dat Lena's oren ervan toeterden. Zonder erbij na te denken ging ze op Lena's tenen staan. Lena kreeg tranen in haar ogen en lachte. Het was zo goed om al die dingen te voelen, zelfs de dingen die pijn deden.

Bee maakte er een groepsomhelzing van. Ze probeerde de andere twee op te tillen. Nog meer vertrouwde stimuli drongen tot Lena door: Bridgets pepermuntshampoo, het fijne laagje foundation op haar zachte huid tegen Lena's wang, Carmens haar dat altijd naar grapefruit rook en haar glimmende lippen. De geuren waren bij hen intenser en de kleuren helderder dan bij andere mensen.

Lena had het liefst dat ze allemaal hetzelfde bleven en ze deden hun best om aan dit verlangen te voldoen. De afgelopen jaren was haar blijdschap om hen weer te zien altijd vermengd met een soort angst dat er tekenen waren die wezen op een verandering. Een minachtend opgetrokken wenkbrauw, iemand die een van hun kleine rituelen vergeten was, een nieuw paar kraaienpootjes, iets, iets wat erop wees dat een van hen zich afscheidde van de rest, of van hun verbond, van hun verleden.

Vooral Bee bediende haar wat dat betrof op haar wenken. Ze was een soort Bee-tentoonstelling. In haar verschoten lavendelblauwe T-shirt, dat ze al sinds de derde klas had, zaten een paar nieuwe vlekken en gaten. Haar blonde haar had nog altijd dezelfde lengte en zat zoals altijd door de war, met hier en daar een klein vlechtje, dat Lena deed denken aan Bee's cornrowsfase, die ze in de brugklas had gehad. Ze stampte op nog steeds dezelfde Israëlische houten klompen door de glimmende vliegveldhal. De klompen die ze met Lena op de kop had getikt tijdens een koopjesjacht op Eighth Street de zomer na hun eerste jaar aan de universiteit. Lena vergaf haar de blauwe lubberende sokken, die ze zonder schaamte tijdens hun laatste reis naar Griekenland van Lena had gestolen.

Carmen vertoonde wel tekenen van verandering, zelfs al had Lena haar twee maanden geleden nog gezien: haar highlights waren iets lichter, haar spijkerbroek iets strakker, haar wenkbrauwen iets dunner. Maar zij was de make-overkoningin, dus wat kon je anders verwachten? Bij Carmen waren het altijd dezelfde soort cosmetische veranderingen, die nooit iets veranderden aan haar enthousiaste uitdrukking. Carmen was zo veranderlijk als het weer. Het zou juist gek zijn als zij er hetzelfde uit zou zien.

Tibby zou hen op het vliegveld van Fira opwachten. 'Ze sms'te me dat ze gisterochtend is aangekomen. Ze heeft het huis al in orde gemaakt,' zei Lena opgewonden, ook al wisten de anderen dat al, omdat Tibby hen ook had gesms't.

Lena liep tussen Carmen en Bridget in. Ze hadden elkaars handen vast en in een schommelende rij liepen ze door de lange terminal. Lena had een tijdschrift onder haar arm, snoep in haar tas en een vreemd hongerig gevoel in haar maag. Ze voelde een ongelooflijk geluk als ze aan haar toekomst dacht en dat was iets wat ze zichzelf bijna nooit gunde. Ze keek uit naar alles, van het vliegtuigeten tot de vlucht door de nacht, samen onder de dekens, van Carmens geprutte in haar slaap (je mocht het vooral geen snurken noemen) tot de eerste blik vanuit de lucht op de krater van het eiland.

Waar ze het meest naar uitzag was het weerzien met Tibby zodra ze geland zouden zijn. Met een steek in haar maag dacht ze aan Tibby's sproeterige, hartvormige gezicht, dat ze al twee jaar moest missen. De laatste keer dat ze het had gezien was in de deuropening van de oude buurtkroeg op East Fifth Street, waar ze met z'n vieren hadden afgesproken om Carmens nieuwe rol in *Criminal Court* te vieren. Tibby had over haar schouder gekeken en had gedag gezegd. Dat was de laatste keer geweest. Lena had toen niet geweten dat het een afscheid was, maar Tibby misschien wel. Tibby had altijd moeite gehad met openlijke rituelen. En ze zou niet willen dat het ten koste ging van Carmens grote avond. Binnen een week had Brian echter een geweldige kans gehad en waren ze halsoverkop naar Australië vertrokken. Het zou maar voor een paar maanden zijn, had Tibby gedacht, maar het waren twee jaren, en nu ze elkaar weer zouden zien, begreep zelfs een hagedissenbrein hoelang dat was. De hereniging met Tibby zou haar geluk compleet maken.

Lena kon zichzelf heel goed dingen wijsmaken en ze had zichzelf voorgehouden dat ze best zonder haar vriendinnen kon. Terwijl ze met z'n drieën al kakelend naar de gate liepen, in de lange rij stonden met hun boardingpass, het vliegtuig in gingen, waar de dekens en kussens al klaarlagen, alsof er een internationaal pyjamafeestje gehouden zou worden, voelde ze dat haar gezicht een uitdrukking kreeg die ze zelf was vergeten. Lena herkende zichzelf in de vertrouwde dingen die ze tegen elkaar zeiden. Ze vond zichzelf terug in haar vriendinnen; daar was ze. Al die dingen die ze van zichzelf was vergeten. Ze kende zichzelf het beste als ze met hen was.

Carmen knipperde met haar zware, slaperige ogen tegen het felle licht dat op haar gezicht scheen en zag dezelfde vermoeide verwarring bij haar vriendinnen. Hun vliegtuig had een buik vol Amerika meegebracht, die verdampte zodra ze vanuit het vliegtuig het oververhitte, sidderende kleine vliegveld op liepen.

'Denk je dat we vertraging hadden?' vroeg Lena.

Bee tuurde naar het bord met ARRIVALS. 'Of zijn we te vroeg?'

'Ik weet niet of mijn telefoon nou de goede tijd aangeeft of niet,' zei Carmen terwijl ze hem bestudeerde.

Carmen had erop gerekend dat ze Tibby zouden zien zodra ze uit het vliegtuig stapten. Ze hadden hun ongeduld weten in te dammen tot aan dat moment en niet langer.

Dus na tien minuten hartkloppingen, draaien en turen was Carmen er vrij zeker van dat Tibby er nog niet was en begon hun opgewonden stemming om te slaan.

'Misschien staat ze bij de bagageband.'

'Ja, waarschijnlijk.'

'Dit soort dingen zijn altijd verwarrend.'

'Misschien is dat Tibby wel.' Bridget wees naar een mollige vrouw met een blauwe hoofddoek.

Carmen lachte. 'Wie weet. We hebben haar een tijd niet gezien.'

Carmen tuurde nog steeds in het rond. Door de glazen wand van de aankomsthal bestudeerde ze alle gezichten van de mensen die stonden te wachten. Ze had er spijt van dat ze haar bril voor ver weg in haar koffer had gedaan.

'Laten we teruggaan naar de bagageband.'

'Ja, ze staat vast daar.'

Als een vermoeid zesbenig wezen liepen ze naar het bord met BAGGAGE CLAIM erop terwijl ze alle drie verlangend uitkeken naar een magere sproeterige Amerikaanse.

Er hing een sterke sigarettenlucht en de hoeveelheid zonlicht strookte niet met het gevoel van nacht dat nog in hun lichamen zat. Bijpraten was tijdens de vlucht veel belangrijker geweest dan slapen. Op dat moment in elk geval wel. Carmen voelde onder in haar maag een vage misselijkheid van vermoeidheid.

Ze stonden bij de bagageband maar ze wilden Tibby zo graag vinden dat ze hun koffers steeds vergaten. Bee's grote legergroene duffeltas ging een paar keer rond zonder dat ze hem eraf haalde.

Ze probeerden zo wanhopig een glimp van Tibby op te vangen dat ze niet naar elkaar keken als ze iets zeiden. Ze moest er zijn... daar... achter een pilaar, achter de glazen schuifdeuren die opengingen. Ze was zo dichtbij dat Carmen haar bij wijze van spreken tevoorschijn kon toveren met haar verbeelding. Elk moment. Elk gezicht was heel even het gezicht van Tibby.

Uiteindelijk pakten ze hun spullen van de band en gingen er in het midden van de hal bovenop zitten. Carmen had het gevoel dat ze vijf meter voor de finish van een marathon tot stilstand waren gekomen. Alles was goed gegaan, tot aan dit moment. Ze hadden hun medailles al in ontvangst genomen, de felicitaties en omarmingen, en die gekke aluminium marathondekens. Ze hadden hier niet mogen stoppen.

'Er moet iets mis zijn gegaan,' zei Bridget. 'De tijd, de datum, iets.'

'Misschien is ze op weg naar het vliegveld verkeerd gereden,' probeerde Carmen.

'Het is niet makkelijk om op dit eiland de weg te vinden,' zei Lena. 'Oia uit komen is al een heel gedoe. Ze is vast te laat van huis gegaan. Of ze is opgelicht door een of andere louche taxichauffeur.'

'En ze heeft niet gebeld? Heb je op je telefoon gekeken?' vroeg Bridget. Carmen had nooit verwacht dat ze Bee die woorden zou horen zeggen.

'Ik heb hier geen bereik, dat zei ik toch al.'

'Ze probeert ons vast te bellen,' zei Lena.

Bridget knikte. 'We wachten gewoon.'

'Tot ze komt,' zei Lena.

De drie waren daar waarschijnlijk blijven zitten tot de avond was gevallen, als er niet iemand van de luchthaven naar hen toe was gekomen om hen vriendelijk te verzoeken de hal te verlaten en buiten op de stoep te gaan zitten. De medewerkers wilden eten. Mensen aten hier tussen de middag thuis. Alle bagage was weg en de komende twee uur zouden er geen vliegtuigen landen.

'Maar ik ben bang dat we elkaar mislopen als we nu naar Lena's huis gaan,' zei Carmen tegen de medewerker, maar niets wees erop dat hij ook maar een woord Engels sprak.

Lena probeerde het te vertalen maar dat leidde er alleen maar toe dat Carmen zich dom voelde. Het was niet iets wat je zei om gehoord of begrepen te worden. Het was iets wat je gewoon zei.

Verward propten ze al hun spullen en zichzelf in een taxi. Lena zei een paar woorden in het Grieks. Weggaan gaf Carmen geen goed gevoel. Dit was niet de manier waarop het had moeten gaan. Ze dacht aan wat vroeger altijd tegen haar als kind werd gezegd: 'Blijf altijd waar je bent; we komen wel naar je toe.'

Bridget leek Carmens gedachten te lezen. 'Maak je geen zorgen. Ze zit vast gewoon in het huis van je grootouders en vraagt zich af waar we in godsnaam blijven. Ze kon om de een of andere reden niet naar het vliegveld komen en ging ervan uit dat we wel naar het huis zouden gaan. Ze is vast daar. Waar zou ze anders kunnen zijn?'

Lena knikte en Carmen deed mee, maar de rest van de lange, dure taxirit zeiden ze bijna niets meer.

Het laatste stuk sleepten ze hun spullen achter zich aan naar boven. De weg was hier te smal en te steil voor een normale auto. Tegen de tijd dat ze halverwege waren droeg Bridget alle drie hun tassen.

'Wie heeft er nou een ezel nodig?' zei Carmen.

Lena rammelde aan de hendel van de eigeelkleurige deur, voor het geval Tibby binnen was, maar de deur zat op slot.

'Hallo?' riep Lena terwijl ze de sleutel omdraaide en de

deur openduwde. Duizelig van het zonlicht stonden ze met z'n drieën in de hal van het donkere huis. De luiken voor de ramen waren dicht. 'Hallo?'

'Tibby?' riep Carmen zo hard dat Lena ineenkromp.

Lena maakte een luik open en Bridget zette de tassen neer. Langzaam wenden Carmens ogen aan het licht en zag ze de vertrouwde vormen van het huis. 'Is er iemand?' riep ze.

'Volgens mij is ze er niet.'

'We hadden op het vliegveld moeten blijven,' jammerde Carmen uitgeput. 'Wat als zij nou daar is?' Hoe vermoeider ze was, hoe lastiger ze het vond om haar slechte humeur te verbergen.

'Waarschijnlijk zit ze ergens halverwege vast,' zei Lena op een verstandige toon, 'maar dan zal ze daarna toch hiernaartoe komen.' Ze liep verder het huis in. 'En kijk, ze is hier zeker geweest. Kijk, wat een bloemen!' Ze maakte nog een luik open. De meiden hadden van haar oma geleerd dat ze niet zomaar een luik open mochten zetten, dat het huis voornamelijk een fort was tegen de zon.

Er stonden roze rozen op de eettafel en witte op de lage tafel en in de kleine keuken. Op het aanrecht stond een grote schaal vol fruit en groenten.

'Ze heeft boodschappen gedaan,' zei Carmen. Er lagen twee broden op de kleine koelkast, die was gevuld met melk, kaas, boter, eieren en water. Ze zag een witte kartonnen doos van de banketbakker staan met een mooie taart erin.

Carmen voelde tranen in haar vermoeide ogen opkomen. In al die kleine dingen herkende ze de hand van Tibby. Haar aanwezigheid was zo voelbaar en toch was ze er niet.

'Ik durf te wedden dat ze zo komt,' hoorde ze Lena zeggen terwijl ze naar boven liep.

In de slaapkamers zag Carmen in koffiekopjes en lege jampotten nog meer rozen staan. Ze hadden al afgesproken dat Bridget en Tibby in één kamer zouden slapen en Lena en Carmen in de andere. De oude slaapkamer van Valia en Bapi zouden ze niet gebruiken, want dat zou griezelig zijn. Tibby wist dat de kamer aan de voorkant, met uitzicht op de krater, Lena's lievelingskamer was, en dus had ze haar twee tassen in de achterste kamer gezet. Bovendien had ze voor Lena's plezier haar spullen redelijk netjes achtergelaten, alhoewel ze allemaal wisten hoe slordig ze was.

Carmen hoorde dat Lena met de huistelefoon Tibby op haar mobiel belde. 'Ze neemt niet op. Ik krijg alleen haar voicemail,' zei ze tegen niemand in het bijzonder. 'Misschien heeft zij hier ook geen bereik.'

Carmen liep heen en weer in de kleine kamer. Tibby's spullen maakten haar aanwezigheid zo reëel dat Carmen half verwachtte dat ze elk moment onder het bed vandaan kon komen. De aanblik van haar oude schoenen overbrugde plotseling twee verloren jaren. Alleen al door die schoenen kon je een heel beeld van Tibby maken. Er was niks wezenlijks veranderd.

De anderen hadden allemaal grote voeten. Van Lena's maat 41 tot Carmens maat 39,5, en Bridgets maat ergens daartussenin. Zij drieën konden altijd elkaars schoenen aan als het nodig was. Maar Tibby's schoenen maat 37 leken naast die van hen net kinderschoenen. Ze konden nooit schoenen van Tibby lenen. Ze droeg altijd stevige, stoere schoenen, maar ze waren te klein om echt indruk te maken.

Door de vertrouwde geur van Tibby kreeg Carmen weer tranen in haar ogen. Het was geen zoete parfumlucht of zweetlucht of vieze schoenenlucht, maar gewoon een geur die zo uniek was dat hij alleen van Tibby kon zijn. Met de tranen kwam ook het vreselijke gevoel van gemis, haar afwezigheid al die tijd. Carmen had niet beseft dat ze dat gevoel al die tijd had verdrongen. Nu overviel het haar.

Lena had altijd gezegd dat ze kon treuren om dingen die nog niet eens waren gebeurd. Carmen begon te vermoeden dat zij zichzelf pas toestond om verdrietig te zijn nu hun lange scheiding voorbij was.

Het lot is geen adelaar, het kruipt als een rat.

– ELIZABETH BOWEN

Bridget zag hen als de drie mieren in de kraal van de ketting die Tibby's oma had gedragen. Het was vreemd wat voor dingen je soms bijbleven. Bridget had moeite om zich al haar verjaardagen te herinneren, of haar moeders laatste dag, of het huidige adres van haar vader en haar diploma-uitreiking, maar ze dacht nog heel vaak aan die stomme drie mieren in de kraal van Tibby's oma, die ook nog eens een beetje gek was.

Het was donker. Het liep al tegen etenstijd en Tibby was er nog steeds niet. Ze wilden niets eten, niets doen en zelfs niets zeggen zolang Tibby er niet was. Alle drie zaten ze verslagen in de woonkamer. Bridget had het vreemde gevoel dat dit de climax was van twee jaar wachten.

Ze waren met z'n vieren. Ze waren altijd met z'n vieren geweest. Het leek achterbaks om hun vriendschap voort te zetten terwijl een van hen ontbrak. Het was onmogelijk om zonder Tibby aan hun magische week te beginnen.

Lena keek gespannen. 'Zou ze echt verdwaald zijn? De wegen zijn hier soms wel verraderlijk. Ik hoop niet dat ze zelf achter het stuur zat.'

'Lenny, ze is negenentwintig. Ze redt zich wel. Ze is de op één na beste rijder van ons en zelfs als ze bij een ongeluk of zo betrokken is geweest, dan kan het nooit ernstig zijn.'

Lena knikte.

'Ze doet altijd haar gordel om en op deze wegen kun je bijna niet harder dan twintig kilometer per uur.'

Lena knikte nog steeds maar liep naar de keuken om te luisteren of de telefoon het deed. Het was nog een geluk dat haar vader te laks was geweest om de telefoon af te laten sluiten terwijl het huis leegstond. Lena luisterde en de telefoon deed het inderdaad nog, net als een halfuur geleden. 'Misschien heeft ze dit nummer niet,' mompelde Lena.

'Inderdaad,' zei Carmen terwijl ze rechtop op de bank zat. Bridget kon aan haar kaken zien hoe gespannen ze was.

Bridget hield haar hoofd schuin. 'Len, niet nog een keer bellen. Als ze ziet hoe vaak je hebt gebeld denkt ze dat je gek bent geworden.'

'Nee, doe ik ook niet,' zei Lena terwijl ze snel terugkwam naar de woonkamer. 'Ik wilde alleen weten of hij het nog deed.'

Carmen pulkte aan haar nagelranden. 'Aan de spullen in de keuken te zien was ze van plan om te koken. Wat er ook is gebeurd, ze zal in elk geval op tijd voor het eten terug naar huis proberen te komen, toch?'

Toen het bijna negen uur was, was het mysterie alleen maar groter geworden.

'Ze eten hier heel laat,' merkte Carmen op.

'Misschien is ze er met een of andere knappe Griek vandoor.' Bridget probeerde grappig te zijn, maar ze vond zichzelf niet eens leuk.

Tussen negen en tien hadden ze nauwelijks bewogen. Bridget was twee keer opgestaan, een keer om door het raam in het donker te turen en een keer om de deur open te doen. Ze keek de straat af in de hoop dat Tibby juist op dat moment de bocht om zou komen.

'Konden we maar iemand bellen,' zei Lena.

'Denk je dat haar ouders misschien iets weten?'

Lena schudde haar hoofd. 'En het is daar trouwens vier uur 's nachts.'

'En Brian?' vroeg Bridget.

Carmen keek op. 'Hebben jullie zijn nummer?'

Bridget schudde haar hoofd, net als Lena. Ze hadden alleen het nummer van Tibby's mobiele telefoon, geen nummer van een vaste lijn in Australië waar ze hem konden bereiken. 'Waar zou hij zijn?'

'In Australië, neem ik aan. Hier is hij niet.'

Lena keek bedachtzaam voor zich uit. 'Weten we eigenlijk nog meer van hem? Zijn ze eigenlijk nog wel bij elkaar? We weten dat ze samen naar Australië zijn vertrokken, maar wat er verder is gebeurd... Ze heeft het al heel lang niet over hem gehad.'

Bridget haalde haar schouders op. Haar benen sliepen doordat ze te lang in dezelfde houding had gezeten. 'Als het uit was, had Tibby het wel verteld.'

'Ze heeft de laatste tijd anders heel weinig verteld.'

Bridget knikte. Dit gesprek hadden ze al in veel verschillende versies gevoerd. 'Ik vraag me af waarom ze zo geheimzinnig deed.' In het licht van het nieuwe onzekere mysterie leek het helemaal vreemd – bijna onacceptabel – dat ze dit soort dingen niet wisten. Waarom hadden ze er niet eerder bij stilgestaan? Waarom waren ze gewoon doorgegaan?

'Dit gebeurt niet zomaar. Er moet een of andere reden voor zijn dat we haar niet kunnen bereiken,' zei Lena.

Carmen deed haar rechterbeen over haar linker en toen haar linker over haar rechter. 'Ze heeft ons wel gemaild. We hebben allemaal wel iets gehoord. En wat kun je verwachten als iemand aan de andere kant van de wereld gaat wonen? Nou ja, ze wilde hoe dan ook nu samen zijn. Dat is duidelijk.'

Bridget schudde haar hoofd, kwaad op zichzelf omdat ze de dingen had laten gaan, omdat ze zich niet genoeg om Tibby had bekommerd, desnoods op het vliegtuig was gestapt en naar Australië was gevlogen. 'Als ze straks opduikt zetten we die schat op een stoel en laten we haar niet eerder gaan voordat ze ons het een en ander verteld heeft.'

Carmen had haar armen over elkaar. 'Ze heeft het gewoon te druk gehad, net als wij. Brian is al vanaf haar vijftiende helemaal dol op haar, en zij op hem. Ze zijn echt niet uit elkaar. Wie heeft ze om over dat soort dingen te praten, behalve ons? Nee, als er zoiets groots aan de hand was geweest, dan hadden we het echt wel geweten.'

'Er is iets mis,' zei Bridget. Ze hadden stilzwijgend gewacht tot het middernacht was voordat ze dit konden zeggen, en ze hadden gewacht tot Bee het zou zeggen.

Lena's handen lagen in haar nek. 'Wat moeten we doen? De politie bellen? Het consulaat?' Sinds het donker was had ze zich dit al afgevraagd. Ze dacht aan alles wat ze tien jaar geleden hadden gedaan om de spijkerbroek terug te vinden. Was dat een voorteken geweest? Ze had het gevoel dat ze stikte.

Het eiland was verdomme een zinkgat waar alles in verdween. Het lag zelfs voor een groot deel onder de zee. Het was een verschrikkelijke plek om dingen kwijt te raken.

Bridget stond op en begon heen en weer te lopen. 'Het liefst zou ik nu naar buiten gaan om haar te zoeken,' zei ze.

'Ik denk dat we het beste eerst het consulaat kunnen bellen,' zei Carmen tegen Lena.

Lena vond het nummer in een oud telefoonboek van haar grootouders maar er nam niemand op.

Carmen keek bezorgd. 'De politie?'

Lena zocht het nummer van het plaatselijke politiebureau op en belde. Haar hart klopte in haar keel terwijl ze wanhopig naar de Griekse woorden zocht. De telefoon ging heel lang over voordat er iemand opnam.

'Engels?' was het eerste wat ze vroeg.

'Een beetje. Nee. Wil je later terugbellen?' vroeg de man in het Grieks.

'Nee. Ik moet nu iemand spreken,' zei ze, net als hij in het Grieks. Ze had niet door dat ze geen Engels sprak totdat ze had gezegd wat ze wilde zeggen. Ze legde de situatie uit, in het Grieks kennelijk. Ze praatte en luisterde een paar minuten en zag de verbaasde gezichten van Bee en Carmen.

'Hoe kan dat nou?' vroeg Carmen toen ze had opgehangen.

'Ik heb geoefend.'

'Wat zeiden ze?' vroeg Bridget.

'Hij zei dat we moesten terugbellen als er vierentwintig uur om zijn. Tot die tijd wordt ze officieel niet vermist. Maar hij heeft alle gegevens opgeschreven. Haar naam en leeftijd en beschrijving, en ons nummer en adres en zo.' Ze drukte haar lippen op elkaar. Ze was plotseling heel erg moe, maar het leek niet op slaap. 'Ik weet niet wat we verder nog kunnen doen.'

'Wachten,' zei Bee.

Niemand stelde voor om te gaan eten of te slapen. Praten was het enige wat ze konden doen.

Tegen de tijd dat het licht door de latten van de luiken kroop, wisten ze geen ander verhaal meer over wat er gebeurd zou kunnen zijn. Het was de tweede nacht zonder slaap, en de hele wereld maakte een vreemde indruk. Carmen had de achterkamer al doorzocht op zoek naar een briefje of een aanwijzing, iets wat erop kon wijzen waar Tibby naartoe was gegaan, en ook al voelde het vreemd om tussen haar spullen te zoeken, ze had ook haar tassen opengemaakt.

'Er moet een verklaring voor zijn,' zei Carmen tegen de anderen. 'Er is altijd overal een verklaring voor.'

Toen er op de deur werd geklopt was het al een tijdje licht. Alhoewel ze het afgelopen uur als verlamd op de bank en in de stoel hadden gezeten, sprongen ze alle drie in één keer op en waren bijna op hetzelfde moment bij de deur.

Het was Tibby niet. Het was het tegenovergestelde van Tibby. Voor de deur stonden twee mannen in uniform; één jonge man en de ander van middelbare leeftijd. De oudere man deed een stap naar voren. 'Lena Kaligaris?' zei hij.

Lena stak haar hand op, als een kind in de klas. 'Ja,' zei ze.

'Jij hebt vannacht het politiebureau gebeld,' zei hij tegen haar in het Grieks.

'Spreekt u Engels?' Wat hij haar ook te zeggen had, ze wilde niet de enige zijn die het hoorde.

'Ja, dat is goed,' zei hij in het Engels. Hij keek even naar zijn partner. Lena zocht naar een geruststellend gebaar, maar ze kon niets ontdekken. 'Je belde over jullie vriendin, Tibby.' Zoals hij haar naam zei, klonk het als 'Tiebie'. 'Ze is nog niet thuisgekomen?' Lena voelde dat Bee haar hand vastpakte.

'Nee, nog niet. Is alles in orde?' Haar woorden lieten een vreemd, fluisterend geluid na in het oog van de orkaan die door haar hoofd joeg. Mensen in uniform kwamen niet aan de deur als alles in orde was.

Hij keek nog een keer naar zijn partner. 'Vanmorgen vroeg kwam er een vissersboot langs Finika... Ze hebben de kustwacht gebeld. Ehm. Ze hebben een lichaam gevonden. Een meisje. Een zwemmer. Een badgast, zeggen jullie, toch? Ze moet uren daarvoor verdronken zijn. Het spijt me, maar we vermoeden dat het jullie vriendin is.'

Ergens klonk geluid. Misschien was het Carmen. Misschien zijzelf. Lena schudde hard met haar hoofd. Er waren gedachten, beelden, die bonkten en krasten, schreeuwden om binnen te komen, maar ze liet ze niet binnen. Ze voelde Bee's arm trillen in haar hand. 'Ik denk het niet, ik denk niet dat ze is gaan zwemmen. Ik denk dat het iemand anders is.' Het klonk als de stem van een ander, hij klonk vreemd genoeg als de stem van Valia, afstandelijk, koppig en zelfverzekerd. Nee, die verdronken zwemmer hoorde bij de tragedie van iemand anders. Het paste niet bij haar.

'Ben jij, of is er iemand van jullie familie van haar? Wat jullie eh... nabestaanden noemen? Als een van jullie mee kan gaan om...' – de agent haalde zijn zakdoek tevoorschijn en veegde zijn voorhoofd af – '... om het lichaam te identificeren, om te zien of het...'

'Het lichaam voldoet aan de beschrijving die je ons hebt gegeven,' zei de jongere agent formeel in het Grieks. 'Als dit een vergissing is, dan spijt het ons heel erg.'

En als het geen vergissing was? Lena kreeg geen lucht meer bij die gedachte. Wat zou hij dan voelen?

Maar het was een vergissing. 'Ze zou nooit gaan zwemmen. Het is eind oktober. Niemand gaat nu nog zwemmen,' hield Valia's stem vol.

De oudere agent schudde zijn hoofd. 'De stranden zijn de hele dag afgeladen met mensen. Het is erg warm voor de tijd van het jaar. Het water is nog niet zo koud maar de stroming is gevaarlijk.' Het zweet op zijn slapen bewees dat hij gelijk had.

Er was dat schrapende, woelende gevoel, ergens onder Lena's schedel, alsof er muizen zaten die probeerden te ontsnappen. Hoelang kon ze ze nog negeren?

'Wij zijn vriendinnen van haar,' zei Bridget. Lena's hart brak toen ze Bee's trillende lippen zag.

'Allemaal? Jullie zijn geen familie?'

Bridget schudde langzaam haar hoofd. Het voelde als een straf, alsof ze van hen afgenomen werd. 'Nee, alleen vriendinnen. We zijn geen familie.'

Lena hoefde maar even naar Carmens gezicht te kijken om te zien dat het opstandige kind in haar zich verzette. *Hoezo 'alleen vriendinnen'? We zijn meer dan familie! Hebt u enig idee wie wij zijn?!*

'Weten jullie waar haar familie is? Is ze niet getrouwd? We hebben kleren en een mobiele telefoon op het strand bij Ammoudi gevonden. De spullen hebben er vannacht gelegen. Misschien zijn het haar spullen. De telefoon staat geregistreerd onder een nummer in Australië. We hebben het nummer gebeld maar kregen alleen een voicemail.'

'Ze woont nu in Australië. Haar familie is in de Verenigde Staten. Ze is niet getrouwd,' zei Bridget.

'Maar wij zijn familie voor haar,' moest Carmen er wel aan toevoegen. Lena hoorde de snik aan het eind van de zin. Hij bleef in de lucht hangen.

Lena schudde haar hoofd hard heen en weer om een einde te maken aan het geschraap onder haar schedel. 'We kunnen haar ouders bellen,' zei Lena. 'Als u dat wilt.'

‘Wil je liever dat wij bellen?’ vroeg de oudere agent eerbiedig.

Lena deed haar best adem te halen. ‘Nee, ik wil niet dat jullie bellen. Ik zal ze bellen.’

Dit is hoe er een einde aan de wereld komt.
Niet met een klap maar met een snik.

– T.S. ELIOT

Later, toen Bridget terugdacht aan die verschrikkelijk lange dag, was het alsof haar verstand op twee systemen had gedraaid die nooit verbinding hadden gemaakt, als twee op volle kracht werkende mechanismen die te ver van elkaar vandaan stonden om contact te maken.

Er was het kleine mechanisme, dat de dingen in de gaten hield: Tibby ligt daar niet goed, waarom laten ze haar op die harde tafel liggen? Haar hoofd doet pijn. Tibby, ga daarvanaf. De oranje nagellak op haar tenen, de sproeten op haar scheenbenen, de glinstering van een klein gouden knopje in haar neus, de vreemde huidskleur. Waarom zat ze in een zak? Tibby was degene die al begon te schreeuwen als je met verstoppertje spelen een deken over haar hoofd gooide. 'Nee, niet dichtdoen. Nee, alsjeblieft, niet doen.' Waarom is het hier zo koud? Straks wordt ze nog ziek. Een gewone verkoudheid sloeg bij Tibby al over op haar longen.

Het tweede mechanisme hield zich bezig met de grote, abstracte, onvoorstelbare dingen: Tibby is niet echt meer hier. Tibby is weg. Ze komt niet terug. Nooit meer.

Er waren punten waarop de twee mechanismen samen konden komen, maar dat gebeurde niet. Ze bleven apart van elkaar werken zonder iets te bereiken.

Jij bent mijn vriendin. Je bent hier en ik heb je nodig. Dat was echt. *Je bent weg. Je komt niet terug.* Dat was ook echt.

Tussen leven en dood waren geen overeenkomsten.

Zelfs lang daarna wist Lena niet of haar hersenen die dag wel gefunctioneerd hadden. Ze deed dingen en zei dingen en zag dingen, maar alles kaatste als pingpongballetjes terug. Ze wist dat het verschrikkelijke dingen waren, die haar geluk in één keer hadden verwoest, maar tegelijkertijd vergat ze ze ook weer zodra ze gebeurd waren. Hoe ze naar het politiebureau was gekomen, het ziekenhuis, waar ze zat en wie hen had gebracht, hoe het souterrain van het ziekenhuis eruitzag, wat de rechercheur had verteld, en later, wat Lena tegen Tibby's moeder, Alice Rollins, had gezegd toen ze haar vanaf het politiebureau hadden gebeld, en wat zij tegen Lena had gezegd.

Ze vergat alles onmiddellijk, alsof ze helemaal niet over een opslagfunctie beschikte. Tegelijkertijd besefte ze met een misselijk gevoel dat haar ogen en oren alles waarnamen en opsloegen. De beelden en woorden zouden voor haar bewaard worden, ergens in een diepere laag van haar geheugen, en daar zouden ze op haar wachten tot ze op een dag boven zouden komen, misschien vanavond, misschien de volgende dag of over een paar maanden of misschien pas jaren later – en ze zouden haar gek maken en bang. Ze zouden plotseling opduiken in haar dromen en een onverklaarbare afkeer veroorzaken, een type auto dat ze verafschuwde zonder dat ze zich kon herinneren dat ze er ooit in had gezeten, of de specifieke parfumlucht van een persoon van wie ze niet meer wist dat ze met hem of haar had gesproken, of de smaak van een bepaald soort thee waarvan ze niet meer wist waar of wanneer ze die gedronken had.

O, je zult het je wel herinneren.

Haar bewustzijn was, net als haar geheugen, verdeeld in twee lagen. Met haar ene bewustzijn wist ze alleen dat ze overeind stond. Haar andere bewustzijn was bang dat ze in elkaar zou storten.

Later die avond keerden ze zonder iets te zeggen en zonder te eten terug naar Valia's huis en gingen een voor een naar boven. Bridget ging naar de kamer die ze met Tibby zou delen en viel op het bed als een boom die aan de onderkant van de stam wordt afgezaagd. Ze hoorde de anderen naar de badkamer gaan, maar ging zelf niet. Er werd niets gezegd. Er was helemaal geen geluid. Ze begreep het. Als het trauma zo groot was, dan moest je de kleine trauma's zo veel mogelijk vermijden. Zoals naar jezelf moeten kijken in de spiegel bij het tandenpoetsen, terwijl je wist wat je wist.

Na een tijdje ging Bridget in het andere bed liggen, waar Tibby's zachte tas op lag. Ze kroop onder de dekens en sloeg haar armen om de tas heen. Ze kon Tibby ruiken. Normaal gesproken rook ze Tibby niet, omdat de geur te vertrouwd was, zoals je ook je eigen geur niet kon ruiken. Maar nu rook ze haar. Dit was een deel van Tibby dat nog leefde, dat er nog was, en ze hield het vast. Er was hier nog meer van de levende Tibby aanwezig dan wat ze vandaag in het koude souterrain van het ziekenhuis had gezien.

Elke keer flitsten haar gedachten naar dat beeld, niet langer dan een seconde, een fractie van een seconde. Het verblindde haar als een flitser die na het licht een zwarte punt in het midden van haar hersenen achterliet. Nu al voelde ze dat dit beeld haar leven in tweeën zou delen. Haar leven tot vandaag was onschuldig en, zonder dat ze zich ervan bewust was geweest, gelukkig, omdat ze dit beeld nog niet had gezien. De rest van haar leven zou zich ontvouwen als het deel erna.

Misschien zou het tweede deel van haar leven het eerste deel overschaduwen. Misschien zou haar leven alleen nog maar bestaan uit het tweede deel. Plotseling zag ze voor zich hoe de duizenden waardevolle beelden van hun leven samen opkrulden en smolten in de oven in de kelder aan het eind van *Citizen Kane*. Ze had die film gezien omdat Tibby haar had gedwongen om hem uit te kijken. Tibby was bang geweest dat Bridget haar hele leven een filmbarbaar zou blijven, die alleen *Napoleon Dynamite* en *The Princess Bride* had gezien.

Het spijt me zo, Tibs. Maar ik denk dat ik altijd een filmbarbaar zal blijven en er is nu niemand meer die me kan helpen.

Carmen lag in het donker en probeerde zich voor te stellen waar Tibby was. Ze vroeg zich af hoe het moest zijn, daar waar ze was. Het was het ergste waar ze aan kon denken, maar ze probeerde dapper te zijn, omdat het verschrikkelijk dapper van Tibby was om dood te zijn.

Ze kon niet begrijpen hoe Tibby naar een plek kon zijn gegaan waar zij haar niet konden volgen. Ze probeerde zich het moment voor te stellen waarop het gebeurd was en vroeg zich af of Tibby bang was geweest. Het was de ergste gedachte en hoeveel pijn het ook deed, ze probeerde die niet stop te zetten, omdat ze niet wilde dat Tibby helemaal alleen was. Het was de enige manier die ze kon bedenken om samen met Tibby te zijn.

Later die nacht drong het met een klap tot Carmen door dat niets meer klopte. Ze had het gevoel dat Tibby's afscheid van dit leven meer overeenkomsten had moeten hebben met de manier waarop ze geboren was. Met z'n vieren hadden ze het daar vaker over gehad. Ze waren samen geboren. Ze waren samen opgegroeid. Ze zouden tegelijkertijd trouwen, of in elk geval rond dezelfde tijd. Ze zouden samen kinderen krijgen. Ze zouden samen over de overgang klagen en vrouwen veroordelen die een facelift lieten doen en samen oma worden, en tussen hun sterfdagen zouden niet meer dan zeventien dagen liggen. Zo had het moeten gaan. Carmen was ervan overtuigd dat er een fout was gemaakt, dat er iemand iets over het hoofd had gezien en dat het misschien, als diegene erop gewezen werd, allemaal nog ongeldig kon worden gemaakt, als de beslissing van een scheidsrechter. Het was een vergissing.

Maar misschien kon het niet worden herroepen. Dan stonden ze niet meer op de kaart; ze leefden een ander soort leven, een vreemd leven dat veel minder waard was en dat niet bij hen paste.

Maar Carmen geloofde het niet. Ze geloofde niet dat Tibby echt dood was, een begrip dat te groot was om te bevatten. Ze kon niet in een wereld zijn waar de dingen er niet meer toe deden. Ze hoorde bij hen.

Terwijl Lena midden in de nacht boven aan de trap zat, besefte ze dat een fundamenteel deel van hun geluk afhing van de band tussen hen vieren. Ze leefden hun eigen leven en hadden allemaal hun eigen dingen, maar hun vriendschap leek al die andere dingen betekenis te geven.

Een van hun gelukkigste momenten was toen ze op hun negentiende samen naar de plaats keken waar de zon met de zee samensmolt, op hun laatste dag op Santorini. Of die zomernacht toen ze vierentwintig waren en in New York de elektriciteit uitviel en ze dekens op de vloer hadden gelegd en omringd door kaarsen de hele nacht hadden zitten praten en alles hadden opgegeten wat nog in de koelkast zat en wat kon bederven, inclusief een liter ijs. Zelfs die laatste avond, in het café op East Fifth Street, het afscheid waarvan ze niet hadden geweten dat het een afscheid was, zelfs die avond had Lena naar de anderen gekeken en een vertrouwen en blijdschap gevoeld over de toekomst. Iets wat ze sindsdien niet meer had gevoeld.

Dat geluksgevoel werd zwakker als ze gescheiden waren, niet op elkaar afgestemd waren en niet met elkaar in verbinding stonden. Het wankelde die avond dat Lena erachter was gekomen dat Tibby naar Australië was verhuisd zonder het er zelfs maar met haar over te hebben en ze Bee en Carmen niet kon bereiken om te vragen of zij meer wisten.

En wat zou er nu gebeuren? Als hun geluk afhing van hun samenzijn, wat kon je dan in hemelsnaam over deze dag zeggen?

Hoeveel we ook hebben ontdekt,
als we een geliefde verliezen kunnen we niets.

– THE SHINS

Lena had haar best gedaan om Tibby's ouders zo goed mogelijk te ontvangen toen ze op Santorini aankwamen. Ze deden wat ze konden. Zij, Bridget en Carmen, met z'n drieën, stil en donker, als schimmen zonder lichamen. Het lukte ze om een auto te huren, naar het vliegveld te rijden en te wachten tot het vliegtuig landde. Het was een vliegveld waar ze een afkeer van hadden gekregen.

Lena had de slaapkamer van haar grootouders gelucht en lakens op de bedden gelegd, maar de ouders van Tibby wilden per se in een hotel overnachten en dat was misschien ook maar beter. Ze moesten alleen kunnen rouwen, had Tibby's vader gezegd. Lena vroeg zich af of je wat dat betrof wel een keuze had. Iedereen rouwde alleen.

Tijdens die drie donkere dagen kwam Alice Rollins, de moeder van Tibby, slechts één keer naar het huis in Oia. Lena zag Tibby's ouders nog een keer in het mortuarium. Ze deed haar best om de wens van de ouders te vertalen, die niet wilden dat er een volledige autopsie werd uitgevoerd. De doodsoorzaak was vastgesteld, dood door verdrinking, een ongeval, en ze wilden het lichaam zo snel mogelijk naar de Verenigde Staten overbrengen. Tijdens diezelfde drie dagen sleepte Carmen Lena en Bridget één keer mee naar het hotel in Fira om Tibby's verslagen ouders op te zoeken. Het was meneer en mevrouw Rollins gelukt om het enige sombere, grijze, kantoorachtige hotelgebouw te vinden in een afgeladen vakantieoord waar ze dag en nacht werden gestoord door luidruchtige cruiseschepen en massa's dronken toeristen die buiten op de terrassen zaten.

In de treurige lobby zaten ze met z'n vijven over hun theekopjes gebogen. Alice' huid was dun en kleurloos als magere melk. Tibby's vader beet driftig op zijn lippen.

Een van de vele onderwerpen waar ze niet over spraken was Brian. Nadat ze het lichaam op het politiebureau hadden opgeëist, had een rechercheur gezegd dat ze een overstuur klinkende man uit Australië hadden gesproken. Hij had teruggebeld omdat de politie die eerste dag een bericht had ingesproken op het antwoordapparaat van Tibby's nummer in Australië. De rechercheur noemde de naam van de man niet – hij had het in het dossier gezet. 'Niet haar man. Haar vriend,' had hij ongeïnteresseerd in het Grieks gezegd. 'Maar hebt u het verteld?' had Lena gevraagd. 'Ja, ik heb het hem verteld,' had hij geantwoord. Gezien zijn toon en zijn gebrekkige Engels betwijfelde Lena of het gesprek goed verlopen was. Het moest Brian wel geweest zijn. Ze voelde medelijden voor hem opkomen, maar was niet in staat om er goed over na te denken, laat staan om zelf contact met hem op te nemen. Ze was te bang voor haar eigen emoties om zich ermee te bemoeien. Ze wist niet of Tibby's ouders hem gesproken hadden. Ze betwijfelde het.

Terwijl ze naar de anderen keek, voelde ze een soort hardheid, alsof ze afgesneden was van zichzelf en van hen. Ze waren in dezelfde diepte gevallen en keken naar elkaar met een mengeling van schuldgevoel en ongeloof, alsof ze steeds opnieuw moesten beseffen dat de tragedie die hen hiernaartoe had gebracht onomkeerbaar was. Ze waren hier allemaal, maar ze waren niet samen. Om te overleven keerden ze zich naar binnen, waardoor ze vreemden voor elkaar waren die niets voor elkaar konden doen en niet in staat waren om contact te maken. In geval van nood had je een taak en een rol die je kon vervullen, maar de dood was een heel ander verhaal. Dan bleef er niets over.

Lena had het koud. Haar huid voelde koud aan en prikkelde, alsof de haartjes op haar armen overeind stonden. Ze voelde een droge tinteling in de lucht die de oppervlakte van haar huid aantastte, maar daaronder had ze een warm en onrustig gevoel, alsof er iets moest gebeuren.

Ze wisten geen van allen hoe ze elkaar konden troosten. Lena vermoedde dat ieder van hen zich heimelijk het meest geraakt voelde.

Die ene keer dat Alica naar Lena's huis ging, kwam ze Tibby's spullen ophalen. Het moest gebeuren. Bridget had aangeboden om de tassen naar het hotel te brengen, zelfs om de spullen samen uit te zoeken, maar Alice wilde dat niet.

Ze bleef een hele tijd met de deur dicht in de slaapkamer aan de achterkant zitten terwijl zij met z'n drieën naast elkaar op de bank zaten. Af en toe hoorden ze een kuch of snik. Geluiden die ze de afgelopen dagen steeds van elkaar hadden gehoord.

Uiteindelijk kwam Alice naar beneden en liet midden in de kamer een tas op de grond vallen. 'Ik denk dat deze spullen voor jullie zijn, meisjes,' zei Alice. Haar gezicht was vlekkerig. 'Oké.'

Ze staarden alle vier naar de tas. Geen van hen bewoog.

'Oké,' zei Alice nog een keer en ze keek naar hen alsof

ze verwachtte dat ze iets zouden doen, maar niemand wist wat ze precies wilde.

Bridget merkte op hoe weinig grond Alice onder haar voeten leek te hebben. Ze staarde alleen maar, alsof ze geen gewicht had.

Het spijt me dat wij nog leven, dacht Bridget. Ze nam het Alice niet kwalijk dat ze dit gevoel had, want dat moest ze bijna wel hebben terwijl ze naar de vriendinnen van haar dochter keek. Bridget had zo vaak gedacht dat iedere andere moeder dood mocht neervallen als zij daarmee haar eigen moeder kon terugkrijgen. *Je houdt van ons, ik weet het, maar als het erop aankomt zijn wij de dochters van anderen.*

Die kant gingen Bridgets gedachten op; een bijna cynische, gelaten stemming die ze nauwelijks van zichzelf kende.

Tot ze om Tibby's tas heen zaten en hem hadden opengemaakt en omringd waren door doosjes aardbeien-Pop-Tarts, kaasballetjes, plastic zakjes met zachte zuurtjes en ongebruikte kaarsjes, was het niet in Carmen opgekomen wat de bedoeling hiervan was geweest en hoe vreemd dit nu was.

Het was de laatste avond. Carmen en Bridget zouden de volgende dag vertrekken. Ze konden het niet langer uitstellen. De tas stond tussen hen in. Hoe hadden ze er anders allemaal tegelijkertijd in kunnen kijken? Dit waren de dingen in de tas. Er zat niets anders op dan ze eruit te halen. Carmen haalde de cd's eruit, een verzameling van van alles en nog wat, en het enige wat ze kon doen was de namen lezen die er in het kinderlijke handschrift van Tibby op stonden. De verschrikkelijke, slijmerige dansliedjes van eind jaren tachtig van Paula Abdul, Janet Jackson en George Michael.

Het moest een heel gedoe zijn geweest om in Australië aan echte Amerikaanse Pop-Tarts te komen en ze vervolgens mee naar Santorini te nemen.

Tibby, die een beetje had moeten lachen om het spijkerbroekenritueel, was hiernaartoe gekomen om het opnieuw te doen, ook al was er nu geen spijkerbroek. Na de eerste laag snoep en sfeerbrengers, bereikte Carmens hand een laag blaadjes, enveloppen en doosjes. Het eerste wat ze pakte was een echt artefact. 'O mijn god,' mompelde Carmen, en haar hart bonkte in haar keel alsof het door een dikke laag heen probeerde te komen. 'Ik wist niet dat Tibby dit had.' Ze hoorde onder Bridgets ademhaling dezelfde vochtigheid. Even waren ze uit hun verdoving ontwaakt.

Ze zagen het alle drie. Het voorzichtige handschrift van een vijftienjarige Lena, op het briefpapier van Gilda's aerobicstudio.

Wij, de Zusters, verklaren hierbij dat de volgende regels gelden voor het gebruik van de Reizende Spijkerbroek.

Het mocht niet. Het was een wreed spel om hiernaar te moeten kijken en het zich te herinneren. Carmen wilde zo snel mogelijk terugkeren naar de verdoving. Ze konden elkaar niet aankijken. Ze zette een doosje Pop-Tarts op het blaadje. Ze kon het niet langer aanzien.

Er was nog een blaadje. Volgeschreven in Tibby's handschrift, maar slordiger dan anders. Carmen zag al hun namen bovenaan staan. Zonder verder te lezen gaf ze het aan Lena.

Lena was stil. Haar wangen werden roder en toen verdween alle kleur uit haar gezicht. Ze keek op. 'Ik weet niet wat dit betekent.' Iets in haar toon maakte Carmen doodsbang.

Bridget stond op en liep achter de bank heen en weer. 'Wat staat er?'

Lena keek de andere kant op. Ze legde het blaadje neer. Haar handen trilden.

'Kun je vertellen wat er staat?' drong Carmen aan. Ze wilde het niet horen, maar het moest.

'Nee, dat kan ik niet. Want ik snap het niet.' Lena's lijkbleke handen grepen naar haar gezicht.

'Lees het dan voor.' Carmen voelde de paniek toeslaan. Het moest nu gebeuren. Dan hadden ze het maar achter de rug.

Lena keek haar aan met een blik die ze nog nooit had gezien. 'Dat wil ik niet.' Haar stem was hard en kil, zo had Carmen haar nog nooit horen praten.

Bridget stak haar arm uit en pakte het blaadje. Ze liep weer terug naar haar plek achter de bank en terwijl ze naar het blaadje keek schommelde ze heen en weer op de bal van haar voeten. Ze las het voor, onbewogen, alsof ze zelf niet wist wat ze zei.

Ik schrijf dit op omdat ik het niet kan zeggen. Omdat dit waarschijnlijk de laatste keer is dat we met z'n vieren zijn. Zie je, ik kan het wel opschrijven maar ik denk niet dat ik het tegen jullie kan zeggen. Ik doe dit niet om afscheid te nemen, alhoewel ik weet dat het erbij hoort. Ik doe dit om jullie te bedanken voor alles wat we hadden en gedaan hebben en voor elkaar betekend hebben, om te zeggen dat ik van jullie hou omdat jullie mijn leven hebben gemaakt tot wat het is. Jullie achterlaten is het allermoeilijkste. Maar het belangrijkste is dat het beste van mij bij jullie is, in jullie. Jullie zijn wie ik ben en wat ik in mezelf koester blijft in jullie voortleven.

Bridgets stem trilde, stokte en hield toen op. Ze legde het blaadje op tafel. Carmen zag dat ze naar de trap liep en naar boven ging. Ze zag dat Lena met een woedende blik de spullen terug in de tas stopte en hem dichtdeed. Carmen legde haar hoofd op de tafel. Niemand zei iets.

Daarna was Lena verdwenen. Bridget zag haar in het midden van de kamer staan, met een telefoon in haar handen om een taxi te bellen die hen naar het vliegveld zou brengen, maar ze was er niet. Ze was de donkere schaduw van een persoon geworden die je niet kon benaderen.

Hoe onredelijk ook, Bridget wilde dat Lena ophield met wat ze aan het doen was en haar kwam helpen. Ze was eraan gewend dat Lena naar haar toe kwam als er iets met haar aan de hand was. Het lot was hun tot nu toe goed gezind geweest, het had hen nooit alle vier tegelijk geraakt. Als er dus met een van hen iets ergs gebeurde, dan waren de anderen er om te helpen. De aanvallen waren altijd van buitenaf gekomen en om zich te beschermen hoefden ze maar bij elkaar te gaan staan om een groep te vormen.

Nu kwam de aanval van binnen de groep. Dit kwam van binnenuit.

Na de brief zag Bridget Carmen als een vreemde. Haar stem was iets te hard, haar tanden iets te wit, haar jukbeenderen staken te ver uit. Was dit hoe ze er echt uitzag? Hoe sterk herinneringen een gezicht konden kleuren, hoe mooi de liefde het gezicht van een vriendin kon maken, dat had je pas in de gaten als die kracht verdwenen was.

Gelaten dacht Bridget om de een of andere reden aan het oude appartement op Avenue C. Tweeënhalf jaar hadden ze heel weinig huur betaald. Dankzij de huurregels waar vele jonge hippe mensen voor hen tientallen jaren van hadden geprofiteerd was het bedrag maar heel langzaam gestegen.

Op een dag had de huiseigenaar twee Nicaraguanen met krachttrainingsriemen gestuurd om hun perfecte oude keukentje eruit te slopen. Drie weken lang hadden ze in een vochtig hol gebivakkeerd met een stelletje afgezaagde pijpen en buizen die op ooghoogte uit de muur staken. Uiteindelijk installeerde de chagrijnige aannemer een plastic kant-en-klaarkeukentje. Als dank daarvoor mocht de huur in één keer verdubbeld worden en betaalden ze opeens 'marktconform'.

Een maand later waren ze verhuisd. Het was het eind van een tijdperk. Tibby was met Brian naar Long Island City verhuisd. Bridget had een jaar lang rondgezworven en op huizen gepast en bij vrienden op de bank of de vloer geslapen voordat ze langzaam maar zeker naar San Francisco vertrok. Carmen deelde een etage in het centrum met een juridisch secretaresse die aan boulimia leed. Lena kreeg een betere baan als lerares en verbleef grotendeels in Providence. Dat wat je had en waar je van hield en wat je voor lief nam was plotseling niet meer wat het was en kostte meer dan je je kon veroorloven.

Bridget liep heen en weer door de woonkamer van Lena's grootouders en zou het liefst ergens anders haar tijd verdoen. Ze kon er niet tegen om de pijn en teleurstelling op Carmens gezicht te zien als ze naar haar keek. Ze sprong nog liever Tibby achterna, de caldera in, dan dat ze nog langer naar Carmen moest kijken en wat zij van haar verlangde. *Alsjeblieft, laten we van elkaar houden. Alsjeblieft, laten we doen wat we altijd deden. Alsjeblieft, laten we doen alsof we nog in ons geloven.*

Eén keer tijdens die vreselijke laatste dag kruiste Bridgets blik die van Carmen, maar ze zag iets anders dan ze had verwacht. Carmens ogen waren net zo levenloos als die van Bridget; ze verlangde helemaal niks van haar. En misschien was dat nog wel het ergste van alles: zien dat Carmen helemaal niets van haar vroeg en dat het niet nodig was om haar teleur te stellen. Misschien geloofde Carmen ook niet meer in hen.

Tibby, die niet van veranderingen hield, had een keer tegen Bridget gezegd dat het heden, wat er ook speelde, het verleden niet kon veranderen. Het verleden lag vast en was afgesloten.

Maar dat was niet waar. Elke keer als Bridget nu terugkeek, vervormde het verleden, of het nu lang of kort geleden was, in beelden en onzekerheden waar ze eerst niet eens bij had stilgestaan. Als dit met Tibby kon gebeuren, dan was niets van hun vriendschap, van hun verleden, meer zeker. Het leek ironisch om het nu oneens te zijn met Tibby, maar ze vertrouwde hun verleden niet meer en het was extra wrang dat Tibby degene was die de kwetsbaarheid ervan had aangetoond.

Carmen staarde uit het raam van de taxi. Ondertussen beet ze zonder erbij na te denken op haar dure nagels en spuugde de stukjes uit, iets wat ze sinds de middelbare school niet meer had gedaan. De taxi reed over de kustweg naar het vliegtuig dat hen weg zou brengen. Weg van hier. Voor zover ze zich kon herinneren was dit de eerste dag dat ze op het eiland was terwijl de zon niet scheen. De wolken hingen laag en het waaide hard en onstuimig. Ze probeerde zich te oriënteren aan de hand van de caldera – ze wist dat hij vlakbij moest zijn, maar ze kon hem niet zien.

In plaats daarvan zag ze de dikke envelop voor zich die

nu in haar tas zat. Haar naam stond erop geschreven in Tibby's slordige handschrift. Hij had in Tibby's tas gezeten. Er was er voor iedereen een en achterop stonden een paar instructies geschreven, met de data erbij waarop de enveloppen opengemaakt mochten worden. Lena had ze uitgedeeld voordat ze de tas definitief dichtdeed. Carmen en Bridget hadden verbijsterd toegekeken. Lena had gezegd dat ze de tas mee terug zou nemen naar het huis van haar ouders en hem daar in de kelder zou bewaren, tenzij een van hen een beter idee had. Dat hadden ze niet.

Als ze aan de tas dacht, verscheen er een ander beeld op haar netvlies: dat van het vel met de regels van de spijkerbroek: het manifest, zoals ze het gewichtig hadden genoemd. Hoe geweldig hadden ze zichzelf gevonden. Met een ongewoon minachtend gevoel kon ze niet anders dan zich afvragen hoeveel regels ze had overtreden. Ze hadden nooit afgesproken wat de consequenties zouden zijn als je de regels overtrad, en misschien hadden ze dat wel moeten doen.

Bezaten vier vijftienjarige meisjes zo veel kracht dat ze de regels konden bepalen? Hadden ze de spijkerbroek, en daarmee ook de zusterorde, verloren omdat ze de regels hadden overtreden? Kwam het doordat Carmen de broek een paar keer met een natte washand had schoongemaakt en ze dus regel nr. 1 had overtreden? Kwam het doordat ze terwijl ze de broek aanhad te vaak had gedacht dat ze dik was, wat in strijd was met regel nr. 3? Ze wist zeker dat ze meerdere keren in haar neus had gepeuterd, dat kon ze moeilijk ontkennen, en een paar keer had ze de broek gedragen met een riem en een T-shirt in de broek. Dus dat waren overtredingen van regel nr. 5 en 9.

Maar het was vooral regel nr. 10 die op haar netvlies

brandde. Wat regel nr. 10 betrof had ze echt gefaald. Ze hadden allemaal gefaald. En die regel was waar het eigenlijk om ging, de onvergeeflijke, ondenkbare kern van hun verlies.

10. Onthouden: Broek = liefde. Hou van je maatjes. Hou van jezelf.

Maar waarom zou je zo'n mooi hart willen breken?

— TAYLOR SWIFT

Nadat Carmen en Bridget met de taxi waren vertrokken zat Lena een tijdje aan het formica tafeltje in de keuken van haar grootouders. Hier at ze in de zomer waarin ze zestien werd altijd muesli met Bapi. Hij zat dan in de stoel tegenover waar zij nu zat en at rustig zijn ontbijt.

Het zag er anders uit dan toen. De keuken en alle andere kamers van het huis. Het was wazig, alsof ze alles van een afstand bekeek. Ze kon zich bijna niet voorstellen dat dit hetzelfde huis was. Op dit moment voelde echter alles zo. Zelfs haar eigen polsen en voeten kwamen haar vreemd voor. Misschien zat het probleem in haar ogen.

Soms kon ze zo diep in gedachten wegzinken – zonder aan iets bijzonders te denken, het was één vage brij – dat ze verbazingwekkend veel moeite moest doen om te bedenken waar ze ook alweer was en waarom. Het was bijna alsof ze op een dag heel vaak in slaap viel en weer ontwaakte, alles vergat en het zich weer herinnerde, waardoor ze in een soort slaaptoestand raakte, tussen slapen en wakker zijn in.

De telefoon ging en ze nam op. Het was weer de secretaresse van de onderzoeksrechter. De vrouw praatte snel, over papieren en handtekeningen en agenda's, en alhoewel Lena zo goed mogelijk probeerde te luisteren, raakte ze de draad steeds kwijt. Ze hoorde de woorden en kende de woorden en vergat ze en ze probeerde ze zich weer te herinneren, en tegen die tijd was de vrouw alweer een paar honderd woorden verder.

De laatste paar dagen had Lena het geprobeerd, echt waar. Ze wist dat de familie Rollins, Bridget en Carmen op haar rekenden. Deze plek, waar het was gebeurd, was haar plek. Maar haar Grieks was niet goed genoeg. Zij was niet goed genoeg. Waarschijnlijk waren haar hersenen in geen enkele taal in staat om dit te doen.

'Begrijp je het? Begrijp je het?' herhaalde de vrouw steeds.

Lena hield de telefoon met twee handen vast. 'Nee, helemaal niet,' zei ze.

Lena vond het nummer via de centrale en belde dezelfde middag nog. Nadat ze het eenmaal had bedacht, had ze geen moment getwijfeld. Het was een lokaal nummer, de telefoon ging een paar keer over en toen hoorde ze het bericht op zijn antwoordapparaat.

Ze luisterde naar zijn stem, naar zijn boodschap in het Grieks. 'Kostos, met Lena Kaligaris,' zei ze in het Engels met een stem die ze zelf nauwelijks herkende. 'Ik ben op Santorini en het spijt me dat ik je stoor, maar als je er bent: ik heb je hulp nodig. Bel me alsjeblieft als je dit hoort. Ik ben in het huis van mijn opa en oma.' Ze liet het nummer achter voor het geval hij dat niet meer had.

Ze hing op. Het duurde een tijd voordat haar hartslag weer normaal was. Even luisterde ze of ze de voetstappen van Carmen en Bee hoorde, ook al waren ze vertrokken en was het huis al de hele dag leeg.

Ze hadden elkaar niet kunnen aankijken om gedag te zeggen. Er stonden verwijten, angsten en schuldgevoelens tussen hen in. *Wat hebben we gedaan? Hoe hebben we dit kun-*

nen laten gebeuren? Wat wist jij? Wat wist ik? Wat heb je me niet verteld? Wat heb ik zelf niet verteld?

Ze hadden Tibby laten wegzakken in de duisternis en het niet eens geweten.

Wat zegt dit over ons? Wie zijn we nu? Wie zijn we geworden?

Toen Bridget Eric vanaf het vliegveld in Athene belde om te zeggen wanneer ze zou aankomen, zei hij dat hij had vrij genomen om haar op te halen en samen te zijn. Ze landde op het vliegveld van San Francisco en zag zijn bezorgde gezicht zodra ze vanuit de terminal in de bagagehal kwam.

Hij sloeg onmiddellijk zijn armen om haar heen. 'Het spijt me zo,' fluisterde hij in haar oor. Hij wiegde haar zachtjes heen en weer en herhaalde de woorden keer op keer.

Maar hoe vaak hij het ook zei, hoe zeker ze ook wist dat hij het meende, de woorden bleven in haar oren hangen en bereikten haar hart niet. Hij kon haar soms troosten. Soms kon hij zeggen wat ze nodig had, maar vandaag kon hij niet tot haar doordringen. Niets drong tot haar door.

Op weg naar huis staarde ze door het autoraam. Ze keek naar de bruine heuvels en vroeg zich af wanneer ze weer groen zouden worden. Eric liet haar met rust.

Toen ze het Mission District in reden leek het alsof de tijd vertraagde. Ze kon zich niet herinneren waar ze woonde. Ze zag steeds de plek voor zich waar ze hadden gewoond toen Eric voor het eerst hiernaartoe was gekomen, waar ze voor het eerst hadden samengewoond, de kleine woning in Oak Street. Ze kon zich niets herinneren van haar leven daarna.

Toen ze het appartement binnenging leek het van iemand anders te zijn, alhoewel zij het had uitgekozen en Eric zelfs had gedwongen om te verhuizen. Ze zag dat Eric allemaal dingen op tafel had gelegd waar ze van hield: een zwartebonenburrito van Pancho Villa, plakjes rijpe avocado, een kom met stukjes mango, een bord havermoutkoekjes en een kan limonade. Ze draaide zich om en bedankte hem door haar armen om hem heen te slaan. Ze was hem echt dankbaar, zelfs al had het voor haar gevoel allemaal niks met haar te maken. Zelfs al kon ze geen hap door haar keel krijgen.

'Oké, maar nu komt de echte verrassing,' kondigde hij aan, en hij gooide de slaapkamerdeur open.

Bridget staarde verbijsterd de kleine kamer in. Er stond een bed. Een groot houten hemelbed, met een dikke matras boven op de hoge boxspring, een zacht dekbed en een stapel kussens.

'Al het beddengoed en zo is ook nieuw,' zei hij trots. Hij liep ernaartoe en zij volgde hem voorzichtig.

'Ik realiseerde me dat we nooit een bed hebben gehad,' zei hij en hij sloeg zachtjes met zijn platte hand op de deken. 'We hebben altijd op een matras op de vloer geslapen of op een futon of zo. Ik vond dat het tijd werd om een echt bed te hebben, toch? Het was wel moeilijk kiezen. Je hebt allerlei soorten. Ik hoop dat je het mooi vindt.'

Hij draaide zich om en keek naar haar. Ze kon geen woord uitbrengen. Ze zat in de deuropening op de grond en barstte in tranen uit.

'Bee, wat is er?' vroeg Eric terwijl hij naast haar op de grond knielde. 'Wat is er?'

Ze kon niet stoppen met huilen. Hij sloeg zijn armen om haar heen, maar het lukte hem niet om haar te kalmeren.

'Alsjeblieft. Zeg me wat er is.'

'Ik... ik wil dat bed niet,' snikte ze.

'Waarom niet? Wat is er mis mee? Ik dacht dat je het mooi zou vinden.'

Ze keek op naar het bed. 'Het ligt niet aan het bed. Maar... maar weet je wel...' Ze maakte haar zin niet af en probeerde op adem te komen. 'Hoe moeilijk het is om dat bed te verhuizen?'

'Ik wil niet verhuizen. Ik wil hier blijven. Ik wil dat we ons ergens thuis voelen. Ik wil voor je zorgen, Bee.'

Ze had het gevoel dat haar keel werd dichtgeknepen. Er kwam geen lucht in haar longen. Wat ze voelde was belangrijk, maar ze kon het niet uitleggen. Ze zou het hem nooit duidelijk kunnen maken.

Lena vermoedde dat Bridget en Carmen de dag ervoor waren vertrokken. Het was middag en ze rekende uit dat ze de vorige middag de secretaresse van de onderzoeksrechter had gesproken en het bericht op Kostos' antwoordapparaat had achtergelaten. Ze was heel lang in de keuken blijven zitten en daarna was ze in het donker op de bank in de woonkamer gaan liggen terwijl de tijd voorbijging. Het was waarschijnlijk de volgende dag, maar voor hetzelfde geld was er nog een dag voorbijgegaan zonder dat ze het had gemerkt.

Ze vermoedde echter dat Kostos een dag nadat ze waren vertrokken was gekomen.

Ze hoorde een klop op de deur en dwong zichzelf op te staan en naar de deur te lopen. Ze had niet verwacht dat hij het zou zijn. Ze had niet verwacht dat het wie dan ook zou zijn. Natuurlijk betekende een klop op de deur bijna altijd dat er iemand was, maar net als de tijd was ook haar besef van oorzaak en gevolg door de war geraakt. Dingen verschenen gewoon voor haar ogen en bleven daar een tijdje of verdwenen weer. In dit geval verscheen Kostos voor haar ogen.

Hij spreidde zijn armen voor haar uit en zij liet zich erin vallen. Hij hield haar stevig vast en zij drukte haar gezicht tegen zijn katoenen shirt. De geur in zijn nek was zo vertrouwd. Opeens was hij terug in haar wereld. Ze registreerde de emoties, de verbazing en de verwarring, maar ze voelde ze niet echt.

'Kom binnen,' zei ze, en ze liep naar de bank. Ze had niet in de gaten gehad dat het donker was en dat alle luiken dichtzaten, tot hij naast haar ging zitten en zij zijn gezicht niet kon zien.

'Ik geloof dat het hier een beetje donker is,' zei ze zacht, en ze liep naar het raam aan de voorkant en opende het luik. Het zonlicht kwam hard naar binnen, meer dan welkom was.

Ze merkte op hoe verdrietig hij keek. Hij pakte haar hand en hield hem vast. Het kwam in haar op om te vragen wat er met hem aan de hand was. Ze was in de war en vergat weer waarom ze hier was. En toen drong het weer tot haar door. Het was prettiger om het niet te weten, maar het lukte haar nooit lang om dat vol te houden.

'Tibby is er niet meer,' zei ze. Ze had geen idee wanneer de tranen waren gekomen, maar opeens waren ze er. Haar wangen waren nat, ze moesten wel van haar zijn.

Hij knikte. Op de een of andere manier wist hij het al en dat was een opluchting, want ze wist niet of ze genoeg woorden achter elkaar kon uitbrengen om het uit te leggen.

'Ze is verdronken.'

Hij knikte opnieuw.

'Hier.'

'Ik heb het gehoord.'

'Ik dacht dat je in Londen zou zijn.'

'Dat was ik ook.'

'Hoe ben je dan hier gekomen?'

'Met het vliegtuig.'

Ondanks haar verwarring knikte ze. Betekende dit dat hij hiernaartoe was gekomen omdat zij hem had gebeld? Zou dat kunnen? Deze en andere gedachten bleven in de lucht hangen en ze kon ze niet omzetten in woorden. 'Ik dacht dat ik alles wel kon afhandelen met de politie en de onderzoeksrechter en de ambassade en al die andere dingen die nog moeten, maar tot nu toe heb ik er weinig van terechtgebracht.'

'Ik hoop dat ik je kan helpen.'

Ze knikte. 'Ze zijn allemaal vertrokken, gisterochtend, geloof ik.' Ze was even stil. Ze wilde iets zeggen over Tibby. Over het lichaam van Tibby, dat met hen mee was gegaan. Maar ze wist niet hoe ze dat onder woorden moest brengen. Er waren woorden voor dat soort dingen. 'Ik denk dat het gisterochtend was.'

'Ik snap het,' zei hij.

'Eerst dachten we dat het een ongeluk was, maar nu blijkt dat ze wist dat ze zou verdrinken.'

Hij hield zijn hoofd schuin en keek haar verward aan. 'Hoe bedoel je?' Hij keek nu niet alleen verdrietig maar ook verbaasd.

'Het lijkt erop dat ze ons hiernaartoe heeft laten komen om afscheid te nemen.' Dit waren de dingen die Lena tot nu toe tegen niemand hardop had durven zeggen en zelfs niet echt had durven denken, en nu zei ze het opeens tegen hem. Zij, die altijd over elk woord nadacht en twijfelde voordat ze iets zei, dacht nu helemaal niet na en liet de woorden gewoon komen.

'Waarom denk je dat?' Zijn gezicht was zacht. Hij had nog steeds haar hand vast.

'Omdat ze dingen voor ons heeft achtergelaten. Als afscheid.'

Kostos knikte. Hij was een tijdje stil. 'Weet je het zeker?' vroeg hij toen.

Ze schudde haar hoofd. 'Ik weet niets meer zeker, maar ze schreef ons dat we verder moesten gaan zonder haar. Ze heeft enveloppen voor ons achtergelaten die we later pas open mogen maken, als we niet meer samen zouden zijn, dus ze wist dat ze niet meer bij ons zou zijn.'

'Kan het zijn dat ze van plan was om weg te gaan? Om ergens anders te gaan wonen?'

Lena dacht na. 'Ze schreef over hoe ze wilde dat we ons haar herinnerden.'

Met zijn vrije hand wreef Kostos in zijn ogen. 'Het lijkt erop dat ze wist dat er iets ging gebeuren.'

'Ja.'

'En als dat zo is, ben je bang dat ze wilde dat dit gebeurde?'

Dat was de stap die Lena niet kon maken. Je zou het denken, maar het kon niet waar zijn dat ze wilde dat dit gebeurde.

'Heeft iemand hier met de politie of met de onderzoeksrechter over gesproken?'

Ze schudde haar hoofd, geschrokken. 'Omdat ik het me niet kan voorstellen.' Ze wist niet dat ze huilde, maar opnieuw waren haar wangen nat. Ze hoopte dat hij het niet zag.

'Maar het wijst er wel op.'

'Ja, het wijst er wel op.'

Bridget ging aan de volle keukentafel zitten en stond weer op. Ze liep door de zonloze kamer. Ze at een half plakje avocado en voelde het borrelen in haar maag.

Ze keek naar Eric maar het lukte haar niet om te focussen. Op niets eigenlijk. Het leek wel of haar ogen in hun kassen trilden. Ze wilde weer gaan zitten, maar het lukte niet. Ze kon haar benen niet stilhouden. Ze voelde Erics bezorgde blik en probeerde haar paniek te verbergen. Hij verwachtte van haar dat ze over Tibby zou vertellen, maar ze kon het niet.

'Ik ga naar buiten,' zei ze. 'Ik moet even iets bij de drogist halen.'

Hij stond op. 'Ik haal het wel. Dat vind ik niet erg.'

'Nee, dank je. Ik moet even bewegen. Ik heb zes uur in het vliegtuig gezeten.'

'Maar je hebt nog niets gegeten.'

Ze pakte een halve burrito voor onderweg. 'Ik heb een vrouwending nodig. Ik kan niet langer wachten.' Ze was al halverwege de gang voordat hij haar kon tegenhouden.

'Zal ik met je meegaan?' vroeg hij.

'Nee, nee. Ik ben zo terug.' Ze keek niet eens meer achterom. Ze rende de trap af en liet de grote deur beneden met een klap achter zich dichtvallen.

Ze liep. Ze liep snel zonder na te denken waar ze heen ging. Ze bleef alleen even staan om de halve burrito in een afvalbak te gooien. Het liefst zou ze op de fiets gaan, maar ze wilde niet teruglopen om hem te pakken. Ze liep niet naar de drogist. Ze moest geen vrouwending hebben. Ze moest blijven lopen.

Ze liep naar Divisadero Street en zag de zon ondergaan. De lucht was prachtig roze, oranje en donkergrijs, maar de schoonheid bereikte haar ogen niet. Die bleef aan de oppervlakte, als een reflectie.

Ze had door kunnen lopen tot aan de haven. Ze had de zee in kunnen lopen, maar er was een gedachte die steeds terugkwam en aan haar trok en haar niet met rust liet, als een wekker die steeds weer afgaat: Eric wachtte op haar. Eric zat aan de tafel met haar lievelingseten. Eric maakte zich zorgen om haar, en de gedachte aan hem liet haar niet gaan.

Uiteindelijk werd het gezoem van de wekker zo luid dat ze stilstond, zich omdraaide en in één keer terug naar Divisadero liep. Tijdens het hele stuk terug naar huis gebruikte ze haar paniek om een soort plan te bedenken. Een slecht plan, een verkeerd plan, maar het was het enige plan dat ze aankon.

'Ik begon me zorgen te maken,' zei Eric zodra ze binnenkwam.

Ze liep direct door naar de badkamer en deed de deur achter zich dicht. Ze had er niet aan gedacht om een plastic zakje mee te nemen. 'Je moet je geen zorgen maken,' riep ze.

Ze ging op de deksel van de wc zitten en liet haar hoofd in haar handen rusten.

Dit is de man van wie je houdt, zei een stem vanbinnen.

Ik weet niet eens wat dat betekent, antwoordde een andere stem. Ik weet niet hoe dat nu moet.

Ze dacht aan het bed. De vier hoge staanders. Zodra ze ertoe in staat was, kwam ze de badkamer uit.

Eric zat aan de keukentafel een juridisch tijdschrift te lezen. Hij had haar eten opgeruimd.

Ze stond te dralen in de deuropening. Ze ging met haar handen door haar warrige haar. Ze had het in geen dagen gewassen. 'Hoi,' zei ze zacht.

Hij glimlachte naar haar, maar zijn lach was onzeker. 'Heb je zin om ergens naar te kijken? Een film of zo?'

Ze knikte. Film kijken leek haar makkelijker dan praten.

Hij deed er lang over om iets uit hun kleine verzameling films te kiezen. Ze wist dat hij voorzichtig was. Niets met dood. Niets sombers of engs. Uiteindelijk zette hij *The Princess Bride* op. Hij wist dat ze die film leuk vond. Het zou haar afleiden en misschien kon ze er zelfs van genieten.

Hij zat op de bank en zij zat tussen zijn knieën op de grond en probeerde op de een of andere manier de onrust uit haar benen te verjagen voordat ze ze eraf zou hakken.

De film leidde haar niet af, laat staan dat ze ervan kon genieten. Tegen de tijd dat ze bij het Vuurmoeras waren aangekomen zat Eric te gapen en Bridget kon niet langer blijven stilzitten. Ze pakte de afstandsbediening en drukte op 'stop'.

'Ga jij maar vast naar bed,' stelde ze voor. 'Ik weet dat je moe bent. Ik pak nog even mijn spullen uit en dan kom ik ook.'

'Ik heb liever dat jij ook nu komt,' zei hij, maar met een blik waaruit bleek dat hij zich erbij neerlegde.

'Ik wil een paar dingen uitpakken. En ik heb last van een jetlag.' Ze hield zich in, voordat ze nog een slap excuus naar voren zou brengen.

Hij ging naar de slaapkamer en zij opende in de woonkamer haar tas en haalde er wat spullen uit. Al snel hoorde ze het geluid van zijn regelmatige ademhaling.

Eric viel altijd snel in slaap en hij sliep diep. Hij sliep de slaap van onschuldige en hardwerkende mensen.

Bridget stond zenuwachtig bij het keukenraam. Ze liep nerveus naar de deuropening van de slaapkamer en keek naar hem terwijl hij sliep. Ze kon niet naar bed gaan. Het deed haar denken aan een gevangeniscel. Ze haalde haar rugzak uit de kast en nam hem mee naar de woonkamer. Daar haalde ze de helft van de spullen uit haar tas en propte ze in de rugzak. Het hele huis voelde aan als een gevangenis.

Ze rolde haar slaapzak op, bond hem vast en legde hem bij de voordeur. Ze pakte haar mobiel van de tafel en stak hem in haar zak. Ze ging naar haar kant van het bed en boog voorover om hem een kus op zijn slaap te geven.

'Ik kan het niet. Het spijt me,' zei ze zo zacht dat hij het niet hoorde.

Ze schreef snel een briefje en legde het op tafel.

Ik kan hier niet blijven. Ik moet weg. Het spijt me. Ik hou van je.

Met haar tas op haar rug en steken in haar borst liep Bridget door de stad. Ze liep naar beneden, door Cole Valley, en omhoog, naar de wijk Haight, door de opstandige groepen nachtbrakers. Ze liep helemaal over Fulton Street naar de zee en bleef op het donkere strand staan. Ze trok haar schoenen en sokken uit en liep naar het water. De Stille Zuidzee was overweldigend. Hij kon alles opslokken. Ze haalde haar mobiel uit haar zak en gooide hem zo ver als ze kon in zee. Dat was een begin.

Ze rolde haar slaapzak uit op het zand en kroop erin in de hoop dat haar lichaam niet langer zou trillen. Ze lag op haar rug, staarde naar de stille sterren en vroeg zich af wanneer de mist haar kwam bedekken.

Haar lichaam was een gevangenis, haar gedachten waren een gevangenis. Haar herinneringen waren een gevangenis. De mensen van wie ze hield. Ze kon niet weglopen voor de pijn. Ze kon Eric achterlaten, het appartement uit lopen, blijven lopen zolang ze wilde, maar ze kon niet ontsnappen aan dat wat echt pijn deed. Vannacht leek zelfs de hemel een gevangenis.

Kostos had gezegd dat hij een paar dingen moest ophalen en verliet het huis van Lena's grootouders. Ze deed de deur achter hem dicht en dacht onmiddellijk dat het hele voorval een hallucinatie moest zijn geweest.

Niet lang daarna kwam hij echter terug met een aktetas en twee zakken met boodschappen. Binnen enkele minuten had hij een paar telefoontjes gepleegd, een met iemand die contacten had met het consulaat en een met het lokale politiebureau. Hij leek alles te weten en iedereen te kennen zonder dat zij hem ook maar iets hoefde te vertellen. Ze vroeg zich af of ze nog steeds hallucineerde.

Hij hing op, pakte de boodschappen uit en maakte brood met roerei en zoete thee voor haar. Ze zat tegenover hem aan de kleine keukentafel en at. Het was zo lang geleden dat ze wat in haar mond had gestopt dat het vreemd aanvoelde, alsof haar tong was vergeten hoe hij iets moest proeven en haar tanden hoe ze moesten kauwen. Halverwege stopte ze even en liet haar kin op haar hand rusten. Het was ongelooflijk vermoeiend, eten.

Ze bestudeerde zijn gezicht, niet in zijn geheel, meer in delen. Ze kon er niet in één keer helemaal naar kijken. Diep vanbinnen waren er die emoties, en alhoewel ze niet in staat was om ze echt te voelen, voelde ze wel aan dat ze sterk waren en ze maakten haar bang. Het was alsof je in een vliegtuig zat dat hoog boven een onweerswolk vloog, en alhoewel je er niet onder zat, wist je hoe het voelde om daarbeneden te zijn. En je wist dat je uiteindelijk toch zou moeten landen.

Zijn jukbeenderen, zijn neus en zijn kaak waren geprononceerder dan zij zich herinnerde. Zijn belangrijkste uitdrukkingen waren in zijn gelaat vastgelegd: de oogrimpels van het lachen, van bezorgdheid en misschien van slechtziendheid, de fijne lijntjes rond zijn mond. Ze keek hoe ze bewogen terwijl hij praatte.

Hij had stoppels van een dag oud, en op sommige plekken zat er een zilveren gloed doorheen. Je bent ouder, dacht ze. Maar dit was haar Kostos, de man die ze zich herinnerde, niet de man uit de bladen. Zouden er twee versies van hem bestaan? Ze had de neiging om te kijken of hij een ring droeg. Hij had geen ring om zijn ringvinger, maar wel een zilveren ring om zijn middelvinger. Ze had geen idee of dat in Griekenland of in Londen iets betekende, en ze kon haar eigen gedachten niet volgen.

'Wat gek is dit,' zei ze zacht, tegen hem, tegen haar eieren en tegen zichzelf.

Ik vermoed dat ik eigenlijk een geest ben.
Ik denk dat we dat allemaal zijn.

– JOHN ASTIN

Beste papa,
Ik waardeer het erg dat je zo vaak hebt gebeld en het spijt me dat ik niet heb teruggebeld. Het briefje dat je hebt gestuurd was echt heel lief. Ik weet dat je naar de begrafenis wilt komen, maar volgens Alice kun je beter naar de herdenkingsdienst in het voorjaar komen. Ik weet dat je wilt helpen, en dat waardeer ik echt. Ik bel je zodra ik weer in New York ben, of misschien kan ik een keer naar Charleston komen. Hoe dan ook, heel erg bedankt, pap, en ik spreek je snel.
Liefs, Carmen

Carmen keek lang naar haar e-mail zonder op 'verzenden' te drukken. Ze lag op haar oude bed, haar oude bed in haar moeders grote nieuwe huis, en op een vreemde manier kreeg ze het gevoel dat zij en haar vader van rol gewisseld waren.

Ze herinnerde zich hoe gefrustreerd ze altijd was omdat hij haar verdriet altijd negeerde en botte dingen zei zoals 'daar word je sterk van' of 'aan zelfmedelijden heb je niets'. Vroeger probeerde zij de belangrijke dingen met hem te delen, om dichter bij elkaar te komen. Nu was hij eindelijk in staat om haar verdriet te erkennen, om haar te steunen, en nu wilde zij er niets van weten. Wie was nu degene die de dingen vermeed? Ze kon niets met zijn verdriet en ze kon niets met haar eigen verdriet.

Ze keek naar het e-mailicoontje op haar telefoon. Het gaf aan dat er vijf nieuwe berichten waren en even zag ze daarin een paar minuten afleiding. Ze herkende de vertrouwde handelingen: het ontwijken, het doorgaan, erboven staan. Ze herkende ze omdat ze ze bij hem had gezien. En in die trieste eigenschappen herkende ze een oudere versie van zichzelf, die nog harder haar best deed om sterk te zijn.

'Wil je slapen?' vroeg Kostos aan Lena toen ze boven haar thee zat te gapen.

'Ik zou wel willen, als het kon,' zei ze.

Hij had een open, vriendelijk gezicht. Dat had hij altijd gehad – zelfs op de momenten waarop hij al haar hoop op een wrede manier de grond in had geboord. 'Ga jij maar op de bank liggen, ik neem de telefoon wel op of doe de deur open als er iemand komt. Ik waak wel over je.'

Ik waak over jouw verdriet, leek hij te zeggen. Ik waak over jouw zorgen en de grote, donkere vragen, zodat jij kunt slapen.

'Dank je. Ik zal het proberen,' zei ze. Ze ging met haar handen onder haar hoofd liggen en hij pakte een deken. Hij spreidde hem over haar heen alsof dit zijn huis was, niet dat van haar. En het was ook meer van hem dan van haar. Hij was hier zijn hele leven gekomen en zij maar vier keer, altijd om iets te verliezen: haar hart, haar opa, haar broek, Tibby en met Tibby het aangename idee dat ze iets van de wereld begreep of er ooit iets van had begrepen. Hij raakte per ongeluk haar enkel aan.

Hij ging tegenover haar in de groene leunstoel zitten. Toen hij opstond en aan de andere kant van de kamer zijn tas pakte en de krant eruit haalde, bestudeerde ze hem aandachtig. Ze vergat dat ze geacht werd te slapen en dat het vreemd was om zoiets te doen.

Hij legde zijn voeten op de salontafel en keek even naar haar. Ze sloot haar ogen, maar ze wilden niet dicht blijven. Haar oogleden voelden niet zwaar maar alsof ze van rubber waren en licht, en misschien alsof ze te kort waren voor haar ogen. Vreemd.

Ze draaide zich met haar gezicht naar de leuning. Misschien waren haar oogleden te kort geworden omdat ze naar hem wilde kijken. Ze staarde een tijdje naar het patroon van de bekleding: groene, blauwe, okergele en granaatrode hortensiablaadjes die helemaal niet op hortensiablaadjes leken, maar meer op een soort hallucinerende droom ervan. Dit was een bank waar geen enkel schilderij bij paste.

En toen vroeg ze zich af wat er met deze bank zou gebeuren. Dit zou een van de dingen zijn waar haar vader niet van wist wat hij ermee moest doen. Ze stelde zich voor dat de bank buiten stond, in het kronkelstraatje, en zolang niemand hem meenam had de felle Griekse zon vrij spel.

Ze zag haar grootouders voor zich, die de bank hadden gekocht. Ze zag de rechthoekige meubelzaak in Fira voor zich waar haar oma rond 1972 vast met grote gebaren over kleuren had staan praten, terwijl haar lieve opa waarschijnlijk niets had in te brengen. Ze stelde zich voor hoe de bank in haar studio in Providence zou staan. Hij was te groot. Dan zou ze haar bed weg moeten doen. Dat was een mogelijkheid.

Toen ze zich weer omdraaide zag ze dat Kostos' krant op zijn schoot lag, dat zijn hoofd naar achteren was gezakt en dat zijn ogen dicht waren. Met verwondering keek ze hoe hij lag te slapen. Ik neem aan dat ik nu over jou mag waken, dacht ze. De aanblik van een slapende Kostos was als een feestmaal voor haar ogen, uitnodigend en overdadig. Haar ogen waren hongerig, zelfs nu nog. Wat haar altijd tegenhield was dat ze het verschrikkelijk vond als iemand zag dat ze keek. En nu kon ze kijken wat ze wilde. Even was zijn gezicht niet van de belangrijke wereld, maar van haar.

Ze deed iets vreemds. Ze haalde haar schetsboek en haar houtskool uit haar tas. Die twee dingen had ze altijd bij zich, maar ze zaten nu al heel lang onaangeroerd in haar tas. Kostos sliep rustig door en zij tekende zijn gezicht, tekende alle drama's die daarop te zien waren maar die ze zich op dit moment niet herinnerde. Ook al begreep je verstand er niets van, je ogen konden het altijd zien. Zelfs als je hoog in de lucht was en op een donderwolk neerkeek, zolang je nog niet heen en weer geschud werd kon je nog tekenen. Dat was een zegen.

Toen hij zijn ogen opende had hij een paar seconden nodig om bij haar terug te komen. Er verscheen een verontschuldigende uitdrukking op zijn gezicht. Hij wilde over haar waken. Dat was hij echt van plan, maar verdriet en zorgen waren net onhandelbare kinderen en het was moeilijk om daarvoor te zorgen.

Kostos voerde in de keuken een telefoongesprek en Lena zat bij het raam en keek naar een klein deel van de straat en het huis dat een paar meter verderop stond. Ze kon naar boven gaan om het machtige uitzicht over de caldera te zien, maar soms was zo'n groots uitzicht te veel om te verdragen.

Ze luisterde naar zijn stem. Vroeger had zijn stem haar in vuur en vlam gezet, maar nu kalmeerde hij haar. Om de een of andere reden dwaalden haar gedachten af naar haar hyperactieve neefje, dat medicijnen nodig had om rustig te worden.

Kostos was, zoals ze had geweten, de meest geschikte persoon voor deze last. Hij was al de beste vrienden met de man van het consulaat en degene bij wie je moest zijn voor de laatste afhandelingen op het politiebureau. Op een bepaald moment merkte ze dat hij van het Engels naar het Grieks was overgegaan, maar het was haar niet direct opgevallen omdat ze hem was blijven verstaan.

Even dacht Lena aan Eudoxia. Ik heb hem dus toch gebeld, dacht ze verdrietig.

Kostos was opgehouden met praten en toen ze bij hem ging kijken, was hij bezig om de lekkende keukenkraan los te maken. Vanuit de deuropening stond ze een tijdje naar hem te kijken. Ze lette niet op zichzelf en vergat dat hij misschien wel op haar lette.

'Er heeft al lang niemand voor dit huis gezorgd,' zei ze. 'Wat gaat ermee gebeuren?'

'Mijn vader zegt dat hij het wil verkopen. Maar dat betekent dat hij hiernaartoe moet komen om het in orde te maken en alle oude spullen uit te zoeken.'

Hij knikte. 'Ik zou het verschrikkelijk vinden als dit huis van iemand anders wordt.' Toen de kraan weer in elkaar zat, keek hij op.

'Jij zou het kunnen doen.'

'Wat zou ik kunnen doen?'

'Zorgen dat het huis wordt opgeknapt.'

'Ik?'

Hij knikte. 'Ik zou je kunnen helpen.'

De onweerswolk onder haar barstte los. Ze knipperde snel met haar ogen. 'Maar ik moet terug.'

'Waarom?'

Het was niet eens omdat ze bang was. Misschien had ze kunnen blijven. Ze keek hem in zijn ogen. 'De begrafenis.'

Zijn gezicht betrok. 'O.' Hij knikte langzaam. 'Natuurlijk. Wanneer?'

'Morgen. Ik ga morgen terug. De begrafenis is de dag erop. Donderdag.' Ze had nog steeds geen besef van tijd, maar ze herinnerde zich dat Alice Rollins keer op keer donderdag had gezegd. Donderdag had niets met Tibby te maken, maar het was een van de vaste punten aan haar horizon.

Hij opende zijn mond alsof hij iets ging zeggen, maar hij zei niets. Hij wrong een spons uit boven de wasbak en begon de kastjes af te nemen.

Ze ging naar de badkamer om haar gezicht te wassen en haar neus te snuiten, en toen ze terugkwam was Kostos, de topfinancier, bezig om de scharnieren los te schroeven van de achterdeur, die niet meer openging.

Bridgets lichaam verzette zich tegen alles en haar verstand had er niets meer over te zeggen. Haar verstand had helemaal nergens meer iets over te zeggen. Ze dacht niets, had niets, hoorde nergens, bezat niets. Alleen haar fiets.

Ze was de tweede middag teruggegaan om hem op te halen, op het moment dat ze zeker wist dat Eric op zijn werk zou zijn. Tijdens de lange wandeltocht terug naar huis vroeg ze zich af hoe ze zonder de sleutel de garage in kon komen. Daar had ze hem de dag dat ze naar Griekenland ging in gezet.

Ze voelde een steek in haar maag. Ze was zo blij geweest vlak voordat ze naar Griekenland vertrok. Ze had zich voorgesteld dat haar leven weer een geheel zou worden in plaats van uiteen te vallen. Ze drukte de gedachte weg.

Eric had de garagesleutel altijd aan zijn bos zitten. Bridget gebruikte hem bijna nooit. Ze gebruikte de auto nooit en zette haar fiets liever aan het hek vast zodat ze hem snel kon pakken. Zou ze het slot kunnen forceren? Of door het raampje kunnen klimmen? Ze was in beide dingen opmerkelijk goed.

Toen ze echter bij hun huis kwam, stond de garagedeur wijd open, net alsof Eric hem voor haar open had laten staan. Haar fiets stond in de hoek.

Haar geest was bijna de hele tijd rustig. Het was beter zo. Ze reed hem naar buiten en bleef lopen. Pas toen ze bij Sixteenth Street kwam sprong ze erop. Ze was lang niet zo blij om hem te zien als ze had verwacht. Het voelde helemaal niet alsof hij van haar was. De nepbloemen vond ze opeens stom. Ze begreep niet dat ze die ooit leuk had gevonden.

Ze reed heuvelopwaarts, naar Pacific Heights, pijnigde haar benen op de steile hellingen en reed naar beneden naar Presidio. Ze ging richting het noorden en stopte bij Fort Port om de bloemen van het frame en het mandje af te halen. Ze stond op een muur en gooide de bloemen in het vraatzuchtige water. Die mocht de zee ook hebben.

Kostos dacht dat een wandeling haar misschien goed zou doen en Lena dacht dat hij misschien gelijk had. Misschien was ze beter in bewegen dan in stilzitten.

Toen ze naar buiten stapte was het zonlicht zo sterk dat ze ineenkromp. Ze knipperde en kneep met haar ogen en probeerde haar ogen en haar poriën te laten wennen aan de felle aanval.

Ze keek langs de weg naar beneden, naar het huis van Kostos' grootouders. Ze was nog steeds een beetje bang voor hen, omdat ze die eerste zomer zo'n drama had veroorzaakt. Het was lang geleden, dat zeker, maar ze had een uitstekend geheugen voor haar fouten. Ze was van plan geweest op z'n minst langs te gaan om gedag te zeggen. Ze had zich voorgesteld dat ze met Rena over haar oma zou praten. Ze had zelfs een klein cadeautje meegenomen en een briefje van haar moeder. Maar die eerste ochtend vroeg waren alle plannen uitgewist.

'Logeer je bij hen?' vroeg ze en ze gebaarde naar het huis. Het was zo dichtbij dat ze die eerste zomer wel eens had gedacht dat ze zo de deur uit kon rollen, over de steil aflopende straat, en als de voordeur van de familie Dounas zou openstaan, zou ze zo de woonkamer van Kostos' huis binnenrollen.

'Nee. Ik zoek ze wel altijd op als ik er ben, maar ik heb mijn eigen huis.'

Ze probeerde het zich voor te stellen. 'Heb je het appartement in Fira nog?' vroeg ze. Ze herinnerde zich dat hij daar was gaan wonen toen hij met Mariana was getrouwd.

Hij keek haar verward aan, en leek zich toen te realiseren welk huis ze bedoelde. 'Nee, nee.' Zijn uitdrukking maakte duidelijk dat ze er niet verder naast had kunnen zitten. 'Ik heb een paar jaar geleden een huis gekocht buiten Oia, met uitzicht op de caldera.'

'Je eigen huis?'

Hij keek een beetje ongemakkelijk. 'Een weekendhuis. Een vakantiehuis.'

'Kun je op vakantie gaan naar huis?'

Die opmerking nam zijn ongemak niet weg. Ze hield haar mond. Het was niet haar bedoeling geweest om wat voor domme vraag dan ook te stellen.

Ze liepen nu omhoog in plaats van naar beneden. Het maakte niets uit: elke weg was zwaar.

Terwijl ze de weg op klommen, praatte ze meer tegen zichzelf dan tegen hem. Ze was woedend op zichzelf omdat ze zo dom was geweest te denken dat hij nog bij zijn grootouders woonde, te vergeten wie hij nu was. De gedachte kwam niet eens bij haar op omdat zij niet over de wil en de middelen beschikte om een eigen huis te kopen – en al helemaal niet ergens waar je niet eens woonde. Lena had nauwelijks het lef en het geld om een grilloven aan te schaffen. Het weinige geld dat ze verdiende had ze nodig voor de huur en de boodschappen. Als het haar al lukte om wat geld opzij te zetten, dan had ze nog niet de behoefte om dingen te kopen of te verzamelen, behalve foto's, souvenirs en schetsboeken. Dat was heel normaal voor studenten, zeker aan de kunstacademie, en voor mensen die ontkenden dat de tijd voortging.

Die fase was Kostos natuurlijk allang voorbij. Hij was over de dertig. Hij had een ontzettend belangrijke baan. Hij had nota bene op de covers van tijdschriften gestaan. Lena had zichzelf vastgezet in de tijd, maar alleen in haar veilige droombeelden bevond hij zich daar ook.

Verder de heuvel op gaan was beladen, want daar, bovenaan, bij het plateau, bevond zich het kleine bos waar ze samen van alles hadden gedeeld, van schaamte, lust, bedrog en vergeving. Als hij haar daarnaartoe bracht, was ze bang dat ze in het hart van de storm terecht zou komen.

Dat deed hij niet. Hij leidde haar naar de kale uitstekende rotsen en daar gingen ze zitten, hoog boven het water, en ze keken uit over de zee.

Dit was het uitzicht dat ze steeds had geprobeerd te vermijden. Terwijl ze in de verte naar de horizon tuurde, begreep ze waarom. Iets in haar hersenen veranderde, misschien ging er iets open of juist dicht. De horizon werd troebel en de tranen rolden over haar wangen. Haar adem stokte en haar schouders schokten.

Het volgende moment lag haar hoofd tegen zijn schouder en ze dacht dat ze zijn arm om haar heen voelde. Het water leek één te worden met haar. Misschien kwam het door het zout van haar tranen, kon ze daar niet tegen, kromp ze ineen als een slak. Ze vocht er niet tegen. Ze had het toch niet kunnen winnen.

Ze herinnerde zich dat ze een keer zo had gehuild in Bee's armen, en toen was het om Kostos. En ze had een keer zo gehuild in haar moeders armen, ook om Kostos. En nu had Kostos zijn armen om haar heen terwijl ze om Tibby huilde en hun leven dat voorbij was.

Wie had ooit gedacht dat hij, de bron van al haar verdriet, op een dag haar bron van troost zou zijn? Ze had hem op zo'n hoog voetstuk geplaatst dat het nauwelijks denkbaar was dat hij nu, op dit moment, naast haar zat. Het leek een soort hallucinatie, maar niet een die je moest analyseren of waar je kritische vragen bij moest stellen, dus liet ze het gebeuren.

Ze huilde een hele tijd. Dat maakte ze tenminste op uit het licht dat was veranderd. Kostos was geduldig. Dat zat in hem; het was voor hem net zo'n natuurlijke eigenschap als zijn bescheidenheid, zijn schuldbesef en zijn grote verantwoordelijkheidsgevoel. Het schuldgevoel was voor haar.

Ze had eerder liefdesverdriet gehad. Ze wist hoe dat voelde, en het was anders. Haar hart voelde niet zozeer gebroken, maar... leeg. Het voelde alsof ze alleen een omtrek was, met niets erin. De omtrek huilde om het ontbrekende midden. Het verleden huilde om het heden dat niet meer bestond. Tibby maakte zo erg deel uit van wie Lena was dat ze niet zonder haar verder kon.

'Ik raak alles kwijt hier,' zei ze.

Hij kon niet weten wat ze precies bedoelde, maar hij dacht er toch serieus over na.

'Misschien vind je hier ook dingen,' zei hij.

'Misschien wel,' zei ze. Ze overdacht zijn woorden en schudde haar hoofd. 'Niets wat ik niet weer kwijt kan raken.'

Bridget gaf toe aan een van haar oude verlangens. Ergens rond middernacht, ze lette niet meer op de tijd, zette ze haar fiets vast aan een lantaarnpaal en rolde haar slaapzak uit op een bank in Dolores Park. Met haar tas onder haar hoofd ging ze languit op haar rug liggen en keek ze door de takken van een boom naar de verschillende stukjes van de hemel.

Ze probeerde zo onopvallend mogelijk te blijven zodat haar vrienden haar niet zouden zien, want anders zouden ze Eric – die ze 'de lange Mexicaan in pak' noemden – op de hoogte brengen en hij zou gelijk denken dat ze op slag een zwerfster was geworden. Terwijl het later en kouder werd, ontdekte ze echter dat de meesten van hen een slaapplaats zochten in een kerk of een opvanghuis, en helemaal niet in de openlucht sliepen, zoals ze altijd zeiden. In de donkerste uren was het erg stil in het park.

Ze sliep bijna toen ze voelde dat er iemand in de buurt was. Ze opende haar ogen maar zag niets, dus deed ze ze weer dicht. Er gingen een paar minuten voorbij en haar ademhaling was weer rustiger geworden, toen er plotseling een schaduw over haar gezicht gleed en haar tas onder haar hoofd vandaan werd getrokken.

Het had één voordeel om een lichaam te hebben dat door pijn en adrenaline was opgeladen: ze greep haar tas onmiddellijk vast en trok eraan.

Haar ogen deden er langer over om in het donker iets te zien. Het was een man met een wollen muts en een baard.

'Laat los,' gromde ze.

'Ik heb een mes,' zei hij dreigend.

Ze trok alleen maar harder aan haar tas. Het kon haar niet schelen dat hij een mes had. Dan had hij maar een mes. Dan stak hij haar maar dood met zijn mes. Dat was prima, maar haar tas kreeg hij niet.

Ze sprong overeind en torende hoog boven hem uit. Ze was veel langer dan hij en veel bozer. Ze had bijna alles wat ze bezat aan de mensen hier in het park gegeven, maar dat was op haar voorwaarden. Ze zou haar spullen niet op zijn voorwaarden geven.

Ze was sterker dan ze dacht en ze wrong de tas uit zijn handen. Hij kwam op haar af, probeerde haar te tackelen, maar haar balans was goed en sterk. Ze hield haar tas met één hand stevig vast en met de andere gaf ze hem zo hard als ze kon een stoot voor zijn kaak. Het deed pijn aan haar hand, maar ze wist dat zijn kaak ook pijn deed. Verrast bracht hij zijn hand naar zijn kaak en zij gaf hem nog een stomp tegen zijn oor.

Als hij een mes had, dan zag ze dat niet. Hij draaide zich om en liep weg. Hij scheen te begrijpen dat zij gekker was dan hij. Ze was geneigd achter hem aan te lopen en hem nog een keer te slaan. Misschien was hij een crimineel of een junkie, maar hij had meer om voor te leven dan zij.

'Fuck off,' riep ze hem na.

Haar hand deed pijn. Ze drukte haar tas tegen zich aan. Ze wilde niets meer weggeven.

Lena en Kostos zaten die avond op de bank. Eerst zaten ze allebei aan één kant, toen draaiden ze zich naar elkaar toe.

Lena legde haar benen over elkaar. Zijn mooie schoenen gingen uit en uiteindelijk, toen het later werd, leunden ze allebei naar achteren, symmetrisch, in de kussens die ze tegen de armleuningen van de bank hadden gelegd. Ze hadden hun knieën opgetrokken en hun voeten raakten elkaar net niet aan. Het gesprek kwam vanzelf op gang en stopte en begon weer, alsof het een derde persoon was die kwam en ging wanneer hij wilde en over wie ze geen van beiden echt controle hadden maar die ze allebei aardig vonden.

Ze dommelde even weg en toen ze wakker werd merkte ze dat hij zijn benen had uitgestrekt en dat hij haar grote voeten op zijn schoot had gelegd. Ze waren niet haar mooiste deel.

'Heb je enig idee hoe belangrijk die brief was?' vroeg ze zonder erbij na te denken. Het moest te maken hebben met de droom die ze had gehad. Ze vroeg zich af waarom ze het zei, omdat het zo uit het niets kwam en nergens mee te maken had. Maar waarom zou ze het niet zeggen? Wat had ze nog te verliezen? Dit was een hallucinatie en ze kon zeggen wat ze wilde.

Hij legde zijn hand op haar voeten. 'Welke brief?'

Welke brief. Was er nog een brief? God, wat was haar leventje klein. Het was waarschijnlijk een van de vijf brieven die hij in een week had geschreven. Ze zuchtte. 'De brief die je me hebt geschreven toen Valia was overleden.'

Hij knikte. 'Ik hield van haar alsof ze mijn eigen oma was. Elke keer dat ik hier door de straat naar boven loop wil ik naar haar toe gaan.'

'Ze was ook gek op jou. Dat weet je. Ze was zo trots op je. Ze had het idee dat iedereen hier wegging. Iedereen begint ergens anders een nieuw leven, maar jij, de held van Oia, komt altijd terug.'

Hij haalde zijn schouders op en schudde zijn hoofd. Er was bijna niets wat je hem kwalijk kon nemen. 'Iedereen gaat hier weg behalve de toeristen. De Duitsers. Die blijven.'

Ze glimlachte. Waarschijnlijk was het een glimlach. 'Ik begreep mijn eigen gevoelens voor Valia niet tot ik je brief las, toen begreep ik het wel.'

'Daar ben ik blij om,' zei hij. Hij keek naar beneden en dacht even na. 'Maar ik heb haar wel teleurgesteld.'

'Valia?'

'Ja.'

'Onmogelijk.'

'Echt waar.'

'Hoe dan?'

Zijn blik keerde zich naar binnen en ze wist niet of ze wel wilde horen wat hij te zeggen had. Hij hoefde bijna nooit naar woorden te zoeken, zoals nu. Hij sloeg zijn ogen op en keek haar aan. Hij glimlachte, maar ongemakkelijk. 'Ik ben niet met haar kleindochter getrouwd.'

Lena's voorzichtigheid leek haar gedachten te vertragen – ze kon de woorden bijna een voor een voorbij zien komen, alsof ze voor haar neus in de lucht getypt werden. Kostos trouwde niet met Valia's kleindochter. Lena was Valia's kleindochter – een van haar kleindochters, en waarschijnlijk degene die hij bedoelde. Kostos was niet met haar getrouwd, dat bedoelde hij. Kostos had met haar, met Lena, moeten trouwen en dat had hij niet gedaan.

Lena keek hem geschrokken aan. Ze had niet verwacht dat hij dat ooit hardop zou zeggen. Ze was te moe om de impact van zijn woorden te verwerken, en ook te moe om dat voor hem te verbergen.

Nee, hij was niet met haar getrouwd, hè? Hij was met iemand anders getrouwd. Hij was van iemand anders gescheiden. Hij was doorgegaan met zijn leven en had zich duidelijk door niets of niemand laten tegenhouden. Je kon je toch niet door een mopperende oude oma – en niet eens je eigen oma – laten vertellen met wie je moest trouwen?

Kostos' ogen waren een beetje naar beneden gericht, maar hij keek niet echt naar iets. Ze vermoedde dat hij in gedachten Valia voor zich zag. 'Voordat ze stierf vroeg ze me waarom niet. En ik kon het haar niet goed uitleggen, maar ik zei haar dat ik van je hield, en ze zei: "Wat heb ik daaraan?"'

Kostos keek op en richtte zijn ogen weer op Lena. Hij glimlachte, om het gesprek lichter te maken, maar aan haar gezicht was te zien hoe aangedaan ze was, dat wist ze. Ze had geen reserves om zich anders voor te doen dan ze zich voelde.

Hij keek haar aan alsof hij spijt had, misschien speet het hem voor haar. 'Het is allemaal zo lang geleden.'

Ze wist niet wat ze moest zeggen. Ze gaapte hem aan als een vis zonder ingewanden.

'Er is zo veel gebeurd,' voegde hij er snel aan toe. Hij wilde haar niet laten bungelen.

Ze knikte. Ze kon geen woord uitbrengen. Ze ging rechtop zitten en trok haar voeten terug.

'Sorry dat ik erover begonnen ben,' zei hij.

Lena wilde zo veel zeggen. Ze wilde dit onderwerp begraven, het netjes bedekken, zodat hij zich weer goed zou voelen, oversteken naar de andere kant en doorlopen.

Tegelijkertijd wilde ze ook verder graven, vragen of die liefde ook tot de verleden tijd behoorde. Aan de ene kant wilde ze hem vertellen dat ze nog steeds van hem hield, en dat die liefde haar nog steeds bezighield, ook al was hij hopeloos en voorbij. Het was één grote klittenbol en ze kon nergens het begin van de draad vinden.

'Het spijt me,' zei hij nog een keer. 'Je hoeft niets te zeggen.'

Hij stond op en liep naar de keuken. Lena drukte haar wang tegen haar opgetrokken benen. Ze vroeg zich af of ze een beroerte had, waardoor het spraakgedeelte van haar hersenen was uitgevallen.

Hij kwam terug met een brood en kaas, twee appels en een fles rode wijn. Voorzichtig sneed hij het brood en schilde de appels. Hij schonk de wijn in en langzaam werd de temperatuur in de kamer weer normaal.

Ze hield het glas in haar hand en liet het bord op haar knieën balanceren. 'Dank je,' wist ze uit te brengen.

Hij hield zijn glas in de lucht. 'Op vriendschap,' zei hij.

Ze knikte en hief ook haar glas. Zelfs een glimlach lukte. Misschien dat dat hielp.

Ze aten en dronken een tijdje zonder iets te zeggen.

'Weet je wat ik zou willen doen?' zei hij.

Ze schudde haar hoofd.

'Ik zou je ook een brief over Tibby willen schrijven. Ik zou dingen willen schrijven waar je iets aan hebt. Dat zou ik heel graag willen.' Het leek wel of hij tranen in zijn ogen kreeg. 'Maar ik weet niet wat erin zou moeten komen te staan.'

Ze was geraakt door de lieve uitdrukking op zijn gezicht. Het duurde even voor ze de goede woorden had gevonden. 'Ik weet ook niet wat erin zou moeten komen te staan.'

Hij knikte. Zijn uitdrukking was veranderd. Hij keek nu bijna verslagen en ze vond het vreselijk dat hij zich zo voelde. Hij had namens haar met drie lokale beambten gesproken. Hij had eieren gebakken en thee gezet, brood en wijn voor haar gehaald. De keukenkraan en de achterdeur gerepareerd, en zelfs de kastjes schoongemaakt, toen zij niet keek. Hij had uren met haar op de bank gelegen. Hij had haar voeten vastgehouden.

Wie wist waarom? Wie wist waarom hij die dingen had gedaan, behalve uit schuldgevoel en misschien uit een soort plichtsbesef tegenover Valia? Maar hoe vreemd het ook was, Kostos, die eerst de bron van al haar verdriet was, had haar nu ontzettend getroost.

Ze slikte het brood door en schraapte haar keel. 'Dat je hier bent, is net zoiets als de brief,' zei ze.

Lena lag later die nacht naar de wind te luisteren. Het leek erop dat het zou gaan stormen. Het was alsof ze het op haar huid kon voelen.

Het was al ver na middernacht en ze had verwacht dat Kostos op een gegeven moment wel naar zijn zogenaamde vakantiehuis zou gaan, waar vast een slaapplek was die comfortabeler was dan de oude bank van haar grootouders. Maar dat deed hij niet. Hij bleef bij haar, bij haar voeten, nam af en toe een slok wijn, zei af en toe iets en dommelde af en toe weg.

En ineens brengen we samen de nacht door, dacht ze. Haar verdriet, zijn schuldgevoel. Haar onzekerheid, zijn beleefdheid. Doorgaans dreven deze dingen hen uit elkaar, maar vannacht hadden ze hen dichter bij elkaar gebracht.

Was er geen aantrekkingskracht meer tussen hen? Die was er wel geweest, vroeger. Heel sterk. Maar ze was te ver van zichzelf verwijderd, te verdrietig en leeg en te verward om het nog te weten. Wat voelde hij nu voor haar, behalve medelijden?

Hij was groot en indrukwekkend en beroemd, en hij voelde zich thuis in deze wereld, terwijl zij zich onvolwassen voelde en klein, iemand die niet vooruitkwam, een houterig iemand met grote voeten.

Ze stelde zich voor hoe het voor hem moest zijn. Als je niet bereid was om met die treurige kleindochter te trouwen, dan kon je op z'n minst medelijden met haar hebben.

Hij raakte haar niet aan, niet op een romantische manier tenminste. Zijn lichaamstaal was niet suggestief of uitdagend, ook al zat hij vlak bij haar op de bank.

Wat als het anders was?

Dat zou helemaal verkeerd zijn geweest. Het zou haar misschien heel even gevleid hebben en zekerder hebben gemaakt, maar op dit moment in haar leven zou het vooral wanhopig en verdrietig hebben gevoeld. Als hij op die manier toenadering had gezocht, zou het haar niet uit haar misère hebben gehaald. Het zou haar nog kleiner hebben gemaakt. En later zou ze het hem kwalijk nemen. Het had geen zin om teleurgesteld te zijn over onvervulde wensen terwijl je ze niet vervuld wilde zien. Dat had ze al te vaak in haar leven gedaan en dat was niet de weg naar geluk, als die weg al bestond.

Of hij ooit met haar had willen trouwen of niet, hij leek in elk geval precies te weten wat hij voor haar moest doen op een moment in haar leven dat ze heel kwetsbaar was, en dat op zich was eigenlijk al een soort liefde. De liefde van iemand die heel dicht bij je staat, van een oude vriend. Wat het ook was, ze was te verslagen om af te wijzen wat hij haar nu gaf.

Ze was er zeker van geweest dat ze nooit in slaap zou kunnen vallen met zo veel ledematen – zijn ledematen nog wel! – en toch zag ze toen ze haar ogen opende licht onder de luiken door kruipen. Voor het eerst in dagen had ze geslapen, echt geslapen.

Tegenover haar zag ze Kostos, die nog vredig lag te slapen, met zijn armen om haar enkels. Ze wilde dit beeld in haar hersenen prenten, in haar geheugen beitelen, zodat ze het later, als ze weer in staat was om te voelen, terug kon roepen.

God geeft vaak noten aan mensen zonder tanden.

– MATT GROENING

De volgende ochtend was Bridgets hand nog steeds opgezwollen en pijnlijk. Ze vroeg zich af of ze hem gekneusd had of dat hij misschien gebroken was. Van een oud T-shirt scheurde ze een paar repen en die wikkelde ze om haar hand. Het hielp niet tegen de pijn, maar ze had in elk geval het idee dat hij een beetje beschermd was.

Ze ging Pancho Villa binnen voor een laat burrito-ontbijt en was blij om de vertrouwde gezichten van de dames met hun haarnetjes te zien. Ze glimlachten naar haar. Sprak ze maar Spaans. Was ze maar zoals Eric, die zelfs in het Spaans droomde. Het liefst dacht en droomde ze op dit moment in een taal die ze niet begreep.

Ze had niet echt honger, maar ze moest iets eten. Ze at twee derde van de burrito op en nam een blikje Mexicaanse frisdrank. De rest gooide ze weg, omdat ze misselijk was. Ze had er een hekel aan om eten te verspillen. Als het had gekund, had ze het opgegeten.

Terwijl ze het slot van haar fiets haalde, kreeg ze een idee. Ze trapte flink door tot ze bij een benzinepomp kwam. Daar kocht ze van het weinige geld dat ze bij zich had een plattegrond van Californië. Ze was er goed in geworden om met haar tas op haar rug te fietsen en dus ging ze op weg, richting het oosten, door Great Central Valley, met een hoed op haar hoofd, een zere hand en drie flessen water.

Davis was ruim honderd kilometer fietsen, en het grootste stuk liep door ruig en droog landschap. Zelfs op de kleinere wegen had je hele stukken zonder schaduw. Wil je zon? leek de lucht uitdagend aan haar te vragen. Dan krijg je zon.

Het was bijna vijf uur toen ze bij de kleine grijze bungalow aankwam. Ze zette haar fiets op de veranda. Ze klopte aan en probeerde door de ramen naar binnen te kijken, maar er was niemand. Waarschijnlijk zou het haar wel lukken om binnen te komen, maar ze besloot het niet te proberen. Dat zou misschien niet zo'n goede indruk maken.

Ze ging in de schommelstoel op de veranda zitten, eindelijk in de schaduw, en moest in slaap zijn gevallen. Toen ze haar ogen opendeed zag ze Perry aan komen lopen. Ze stond op en omarmde hem. Toen ze hem losliet zag ze dat hij oprecht blij was om haar te zien maar ook niet goed wist wat hij moest zeggen.

'Ik heb het gehoord... eh... over Tibby. Wat erg...'

'Ja, ja,' zei ze snel. Zij wist ook niet hoe ze op zijn zin moest antwoorden.

'Gaat het met je?'

'Ja...' zei ze, te snel om wie dan ook te overtuigen. Ze sloeg haar tas om haar schouder. 'Is het goed als ik een paar dagen bij jou en Violet blijf?'

'Geen probleem. Je kunt zo lang blijven als je wilt. Waar is Eric?'

'Thuis.' Ze zei het op een manier die duidelijk maakte dat hij niet moest doorvragen.

'Wat heb je met je hand gedaan?'

Ze twijfelde even en toen haalde ze haar schouders op. 'Ik heb ergens tegenaan geslagen. Het is niet erg.'

Haar broer was redelijk goedgelovig, en daar was ze nu dankbaar voor. Hij draaide zich om om de deur open te maken. Zijn haar was weer blond, door de zon in Californië. Hij zag er veel sterker en gezonder uit dan toen hij nog in het oosten van het land woonde. Alhoewel ze hem om de paar maanden had gezien sinds hij hier woonde, verwachtte ze toch steeds weer de oude Perry te zien.

'Hoe is het met je studie?' vroeg ze.

'Goed. Bijna klaar. Ik begin in juli met mijn klinische opleidingsperiode.'

'Ongelooflijk. En kan ik je dan dokter noemen?'

Perry lachte. 'Wat je wilt. Maar ik kan je geen medische hulp bieden.'

'Tenzij ik een vogel ben,' zei ze, en ze liep achter hem aan het huis in.

'Ja. Of een hond of een paard of een zwaardvis.'

'Een zwaardvis?'

'Oké, misschien geen zwaardvis. Een dolfijn. Dan zou ik je kunnen helpen.'

'Werk je nog bij die olie-vogelopvang?'

'Opvang olieslachtoffers. Ja.'

Perry besteedde per week naar haar idee een miljoen uur aan zijn studie, en in zijn vrije tijd, die hij niet kon hebben, maakte hij deel uit van een reddingsnetwerk voor gewonde dieren. Ze wist dat dat het belangrijkste voor hem was.

Tegen de tijd dat Perry limonade had gemaakt en andere schoenen had aangetrokken, kwam Violet thuis. Ze was verbaasd toen ze Bridget zag, maar niet op een vervelende manier. Ze drukte Bridget tegen zich aan. 'Wat erg allemaal voor je,' zei ze. Violet had een puntige kin, donkere ogen, sproeten en een serieuzemeisjesbril. Ze werkte in het laboratorium en deed onderzoek naar besmettelijke ziekten bij dieren. Perry en zij waren twee jaar geleden tussen de zeeolifanten op het strand van Monterey getrouwd. Violet was drieëndertig. Ze had Bridget verteld dat ze wilden proberen zwanger te worden zodra Perry zijn scriptie af had.

Perry maakte pasta met pesto en Violet maakte een salade. Bridget at haar buik rond en viel toen direct in slaap op de bank. Ze had niet eens haar tanden gepoetst. Ze werd even later wakker door de afwasgeluiden in de keuken. Ze gingen er kennelijk van uit dat zij sliep.

'Denk je dat het wel goed met haar gaat?' hoorde ze Violet zachtjes vragen.

Perry's antwoord was niet te verstaan.

'Zou Eric weten dat ze hier is? Moeten we hem niet bellen?'

Bridget kon niet meer in slaap komen, maar het lukte haar ook niet om op te staan. Wat een verandering had er de afgelopen tien jaar plaatsgevonden. Zij was altijd degene geweest bij wie alles lukte. Zij was degene met veel vrienden, degene die naar een goede school ging, in het schoolteam zat, terwijl Perry zich op zijn kamer opsloot en zo opging in zijn obscure computergames dat hij nauwelijks at. Perry was degene geweest over wie ze fluisterden, over wie ze zich zorgen maakten. Niet zij.

Nu had Perry een vrouw, een huis, vrienden, een doel, en in mei een doctoraaldiploma. En wat had zij? Haar school deed er niet meer toe, zelfs haar team deed er niet meer toe. Maar de vrienden, de vriendschap... zonder dat wist ze niet wie ze was. Zonder hen, zonder het beeld van hen, had ze niks.

Kostos maakte 's ochtends koffie voor Lena en bracht haar snel naar de haven. Ze was blij dat ze eerst met de boot ging en daarna pas met het vliegtuig. Ze begon te trillen als ze eraan dacht dat ze de oppervlakte van de aarde moest verlaten als het vliegtuig opsteeg. Voor haar gevoel kon nog steeds alles zomaar verdwijnen.

Hij tilde haar zware tas en de tas van Tibby. Hij trok haar aan haar hand toen ze de boot dreigde te missen. Hij had haar beloofd dat hij het huis zou afsluiten en ervoor zou zorgen dat alles in orde was voordat hij wegging. Hij zei het zo nadrukkelijk dat ze bijna vermoedde dat hij de muren zou witten en de vloeren zou lakken voordat hij vond dat hij genoeg had gedaan.

Het was een haastig afscheid, waar ze het heel lang mee zouden moeten doen, vermoedde ze. Misschien wel de rest van hun leven. Ze drukte zich dicht tegen hem aan; haar lichaam was beter in staat te uiten wat ze voelde dan haar verstand. Ze hield haar gezicht even tegen zijn borst. Hij moest hetzelfde gevoeld hebben. Hij sloeg zijn armen om haar heen alsof ze iemand was die hij misschien nooit meer zou zien.

Hij kuste haar hard, niet op haar mond maar boven haar oor. Ze vroeg zich af wat voor een soort kus dit was.

Ze lieten elkaar los. Hoe moesten ze dit afsluiten? Ik bel je snel? Vergeet niet te schrijven? Tot de volgende keer? Alles leek verkeerd.

Waarom zouden ze dat soort dingen zeggen? Wanneer zouden ze elkaar weer zien? Bapi was er niet meer. Valia was overleden. Het huis zou binnenkort verkocht worden. Hun paden hadden elkaar altijd gekruist, zonder dat ze ervoor gekozen hadden. Ze waren altijd door de omstandigheden, nare omstandigheden meestal, bij elkaar gekomen. Deze laatste paar dagen waren ze in een veilig holletje weggekropen. Ze hadden een time-out genomen van hun leven –

van zijn grootse en voorspoedige leven en van haar dramatische leven. Het was tijd om daarnaar terug te keren.

'Dank je,' zei ze met tranen in haar ogen. Die woorden sloegen tenminste wel ergens op.

Ze sleepte de twee tassen de laatste paar meter de boot op, zwaaide naar hem tussen de andere passagiers door, en zette de tassen op de eerste de beste vrije plek in het bagagerek. Snel draaide ze zich om om nog een glimp van hem op te vangen. Even voelde ze de wanhoop toeslaan toen de motoren begonnen te ronken en het schip verwijderd raakte van de kade. Ze wilde aan hem denken zoals hij nu was. Ze wilde hem niet kwijt.

Had haar leven zo kunnen zijn? Had dit het gezicht kunnen zijn waar ze naar uitkeek als ze aankwam, in plaats van het gezicht waar ze afscheid van nam? Wat zou er gebeurd zijn als ze jaren geleden hier was aangekomen op Onafhankelijkheidsdag? Ze stelde zich Kostos voor zoals hij daar nu stond, maar dan terwijl de kade dichterbij kwam in plaats van dat hij steeds verder weg raakte, en dat de boot haar naar hem toe bracht, misschien wel voor altijd. Wat als ze dapper was geweest? Had ze dan een ander leven verdiend? Een leven waarin ze Tibby niet had verloren?

Hij stond nog steeds op dezelfde plek op de kade. De andere mensen verspreidden zich en vertrokken, maar hij bleef staan, terwijl de afstand tussen hen steeds groter werd. Er stond echter zo weinig wind en de zee was zo kalm dat ze zich makkelijk kon voorstellen dat hij degene was die zich van haar verwijderde en zij degene die stilstond.

Ze had niet gekozen voor een dapper leven. Ze had gekozen voor een klein, angstig leven. Het was haar niet gelukt om Tibby te houden.

Uiteindelijk stopte ze met zwaaien. Ze liet haar armen

langs haar lichaam hangen en keek alleen maar naar hem terwijl hij steeds kleiner werd. Het gaf haar het gevoel dat haar herinneringen het al overnamen. De afstand tussen hen werd steeds groter en werd uiteindelijk verbroken. Het lukte haar nooit om iets te houden.

Ze draaide haar hoofd naar de horizon, de troebele lijn tussen het water en de lucht, het grote vacuüm; de plek waar de dingen naartoe gingen als ze haar achterlieten.

Maar deze ochtend was het niet leeg. Deze keer kon ze haar ogen nauwelijks openhouden om ernaar te kijken, doordat er zich in het midden iets groots en fels bevond: de zon.

Ze was niet iemand die dacht dat ze het cadeau kreeg in het leven.

– LARRY McMURTRY

Carmen lag na de begrafenis op haar moeders bed en liet zich door haar over haar rug aaien, zoals haar moeder altijd had gedaan wanneer er vroeger iets naars was gebeurd. Carmen voelde een soort heimwee naar die nare gebeurtenissen, waarbij een aai over haar rug en een huilbui op haar moeders kussen altijd hielpen. Nu hielp niets.

De begrafenis was tenminste achter de rug en daar hoefde ze dus niet meer tegen op te zien. Het was klein en sober geweest; een handjevol mensen die in het grijze novemberlicht bij elkaar stonden. Tibby's familie, Carmen en haar moeder, Lena en haar ouders. Ergens vroeg ze zich af hoe het met Brian zat, wat hij wist en waar hij was. Ze vroeg zich zo veel dingen af, maar ze voltooide geen enkele gedachte. Ze was bang voor wat ze wist en bang om nog meer te weten te komen. Dat was misschien niet goed van haar, maar ze had geen kracht om iets goeds te doen.

Ze mompelden de gebeden mee terwijl ze op het harde gras stonden, maar niemand probeerde echt iets moois over Tibby te zeggen. Alleen de dominee sprak over Tibby, en hij noemde haar steeds Tabitha. In de lente zou er een echte herdenkingsdienst komen, had Alice gezegd. Nu was het nog te vroeg, iedereen was nog in shock, het zou te gehaast zijn, te verwarrend. Dit was alleen een poging om zo snel mogelijk een lichaam te begraven dat van Tibby moest zijn en dat uit een vliegtuig kwam. In de lente, had Alice gezegd, dan zouden ze weten wat ze moesten doen. Alice had nadrukkelijk laten weten dat ze nu niet hoefden te komen, maar alleen Bridget had ernaar geluisterd. 'Ik kom in de lente,' had Bridget onhandig gezegd, en Carmen had geweten dat het Bee zelf nog het meeste verdriet zou doen als ze er niet zou zijn, maar de kloof tussen hen was momenteel te groot om dat tegen haar te zeggen.

Carmen had gedacht dat ze na de begrafenis wel een soort opluchting zou voelen, maar die kwam niet. Voor die tijd had ze al haar emoties kunnen richten op de begrafenis, maar waar moest ze zich nu op richten? Wat moest ze nu doen? Ze kon deze verschrikkelijke ellende niet meenemen naar haar gewone leven. Het paste niet door de deur van haar loft. Maar welk ander leven had ze nog?

Zou ze hier kunnen blijven, met haar benen opgetrokken op haar moeders bed?

Nee, dat kon niet. De huid op haar rug werd gevoelig onder de hand van haar moeder. Haar hele lichaam deed pijn. De druk op haar borst werd zo groot dat ze rechtop moest gaan zitten.

Christina trok haar hand terug en ze keek Carmen bezorgd aan. Ze wist dat het niet hielp. Haar gezicht was vol medelijden, maar Carmen zag dat ze ook bang en onzeker was.

Zelfs jij kunt me nu niet bereiken, dacht Carmen.

Perry en Violet waren te stil. Ze praatten zacht. Ze aten zacht. Wanneer ze muziek luisterden was dat zacht.

Bridget maakte veel geluid. Ze stampte als ze rondliep en probeerde haar schreeuwende gedachten onhoorbaar te maken, maar het werkte niet. Na een week kon ze er niet langer tegen. Ze liet een briefje voor hen achter en fietste in het donker naar Sacramento.

Aan de rand van de stad zag ze de neonlichten van een poolbar. Ze stopte bij het parkeerterrein, zette haar fiets op slot, sloeg haar tas over haar schouder en ging naar binnen. Dit was pas lawaai.

Ze haalde het elastiekje uit haar haar, schudde het los en liep naar de bar. Ze lachte naar de vijftigplus-barkeeper, haalde haar tas van haar schouder. 'Denk je dat ik dit zolang achter de bar mag zetten?' vroeg ze hem zo lief mogelijk. Ze glimlachte en als hij al reserves had gehad, dan liet hij die nu varen.

'Voor deze keer,' zei hij, en hij pakte de tas en schoof hem onder de bar. 'Wat kan ik voor je inschenken, schatje?'

'Doe maar een biertje,' zei ze. Ze dronk niet vaak maar als ze dronk, dan nam ze geen vrouwendrankjes. Ze dacht aan Carmen en haar witte wijn met bubbels.

Het zou zeker niet haar laatste glas van die avond zijn, maar wel het laatste waarvoor ze zelf betaalde. De jongen die de volgende twee glazen voor haar bestelde zag eruit alsof hij net van de middelbare school kwam. Toen hij naar haar toe kwam om te vragen of ze met hem wilde dansen, had hij een dwingende blik in zijn ogen en ze vond hem niet aardig. 'Nee, dank je,' zei ze zonder arrogant te doen of wat dan ook.

Hij leek eerder geïrriteerd dan teleurgesteld. 'Kom op, meisje, ik heb je op twee biertjes getrakteerd.'

'En daar heb ik je voor bedankt. Maar daarmee heb je mij niet gekocht.'

Ze liet hem bij de bar staan en liep naar het gedeelte waar

de pooltafels stonden. Het was er druk en de muziek stond hard.

Er dook een serveerster op met een dienblad met een fles bier erop. 'Van die jongeman bij de jukebox,' zei ze terwijl ze een knipoogje gaf.

Bridget keek de richting op waarnaar ze had gewezen. De jongen keek haar aan en tikte tegen zijn hoed. Hij had een gebruinde huid, donker steil haar tot op zijn schouders en een oude cowboyhoed. Hij had een geblokt overhemd aan en zijn mouwen waren opgerold, waardoor de tatoeages op zijn armen goed te zien waren. Ze liep naar hem toe. 'Hé, bedankt,' zei ze.

'Geen dank.' Hij bekeek haar zonder schaamte. 'Kan ik je overhalen om een potje te poolen, schoonheid?'

Hij klonk totaal ontspannen en zelfverzekerd. Hij was niet oud, waarschijnlijk halverwege de dertig, maar zijn gezicht was getekend door de zon en de buitenlucht en ze nam aan dat hij op een boerderij of een ranch ergens in de buurt werkte.

De bovenste knoopjes van zijn overhemd stonden open en ze zag nog een tatoeage, die vanaf zijn borst naar zijn nek kronkelde. Ze vroeg zich af wat voor afbeelding het was.

'Tuurlijk, graag.'

Door de snelheid waarmee er een tafel werd vrijgemaakt toen hij aangaf dat hij wilde spelen, begreep ze dat hij hier vaker kwam en dat hij een serieuze speler moest zijn.

Hij zag Bridget bij de rij keuen staan kijken. 'Wordt dit een spelletje of een les?' vroeg hij.

Bridget speelde de onschuld zelve. 'Wil je dat ik je laat zien hoe het moet?'

Hij lachte, en hij had een fantastische, gulle lach. Het was voor het eerst in dagen dat er iets gebeurde wat Bridget opvrolijkte.

Ze stak haar hand uit. 'Ik heet Bridget,' zei ze.

Hij gaf haar een hand, een beetje geschrokken door haar plotselinge beleefdheid. 'Travis,' zei hij.

'Travis,' herhaalde ze. 'Ik wil altijd graag de naam van mijn tegenspeler weten voordat ik hem versla.'

Terwijl Bridget hem drie keer achter elkaar versloeg, haalde hij nog twee biertjes voor haar. Ze werd een beetje duizelig. Duizelig door het bier en door het winnen, duizelig door de mensen die om hen heen stonden, duizelig door de manier waarop Travis naar haar keek.

Ze was zo duizelig dat ze het vierde potje verloor. Ze lachte toen hij de hele bar meekreeg met zijn overwinningsrondje.

Hij kwam hier kennelijk uit de buurt en hij was duidelijk populair. Hij was net zo'n goede speler als zij, of nog beter, maar ze had hem overvallen door het eerste potje te winnen. Hij was in de war geweest en daar had ze gebruik van gemaakt. Ze had talent en ze had beschamend veel uren gespeeld toen ze op de middelbare school zat en in de doelloze jaren erna.

'Wat denk je ervan als we als team spelen?' stelde hij voor. 'Dan houden we de hele avond deze tafel.'

Hun eerste tegenstanders waren twee serieuze oudere Mexicanen en zij maakten het hun moeilijk. Toen Bridget de laatste beslissende stoot gaf en het spelletje in hun voordeel afmaakte, stond de tent op z'n kop. Travis tilde haar op en zoende haar op haar mond.

Waarschijnlijk had hij verwacht dat ze hem weg zou duwen, maar dat deed ze niet. De zoen ging door en werd vuriger toen het gejuich van de toeschouwers wegstierf.

Bridget voelde haar bloed kloppend van haar hoofd naar haar buik stromen. Ze voelde het bier achter haar ogen schommelen en ze wist nauwelijks meer wat er tweeënhalve week geleden was gebeurd waardoor ze zo verdrietig was geweest. Ze kon bijna vergeten dat de begrafenis had plaatsgevonden en dat ze er niet bij was geweest.

Ze hielden de tafel niet de hele avond vast. Ze waren uiteindelijk veel meer in elkaar geïnteresseerd dan in een potje pool. Ze konden hun handen niet van elkaar afhouden. Ze hield haar biertje stevig vast terwijl Travis haar mee naar buiten nam. Zolang ze zou blijven drinken en zolang hij haar bleef zoenen, kon ze blijven doen alsof er geen verdriet bestond.

Hij nam haar mee naar de zijkant van het gebouw, waar het donker en stil was. Hij nam zijn hoed af en liet hem in het gras vallen. Hij tilde haar op en drukte haar tegen de muur. Hij zoende haar zoals ze heel lang niet was gezoend en ze hijgde. Het gevoel was zo sterk dat ze zich erin kon verliezen.

Ze voelde zijn handen op haar rug, onder haar blouse. Zijn handen gingen naar voren. Hij maakte haar bh los en toen haar blouse en ze schrok. Het was lang geleden dat ze onbekende handen op haar huid had gevoeld.

Je bent dronken, zei ze tegen zichzelf, en ze voelde hoe het in het midden van haar hoofd begon te draaien.

Ze maakte de knoopjes van zijn overhemd los zodat ze zijn tatoeage kon bekijken, maar die liep rond zijn hele torso en ze was te dicht bij zijn borstkas om het te kunnen zien. Hij drukte zich tegen haar aan en ze kon door zijn en haar spijkerbroek heen voelen dat hij een stijve had. Ze wilde hem iets vragen over de tattoo, maar voordat ze iets had gezegd was ze de vraag al vergeten.

Ze voelde zijn handen bij haar middel en toen bij de knoop van haar spijkerbroek. Ga ik dit echt doen? Hier, nu? vroeg ze zich met haar laatste beetje nuchterheid af. Ondertussen ging ze echter als een razende door.

Voor ze er erg in had, had hij haar knoop en haar rits opengemaakt. Ze voelde zijn beide handen op haar blote kont.

Hoe bedwelmd ze ook was, er was iets wat ze moest weten. Ze hield op met zoenen. 'Heb je iets bij je?' vroeg ze. 'Een condoom of zo?'

'Nee. Hebben we dat nodig?'

'Dat hebben we nodig,' zei ze.

'Ai, shit,' zei hij. Hij haalde zijn handen uit haar broek. 'Weet je het zeker?'

'Ik weet het zeker.'

'Oké.' Hij keek gekweld. 'Ik ga naar binnen om er een te halen. Blijf jij maar hier.'

Terwijl Bridget de rits van haar broek dichtdeed voelde ze de eerste steek van schaamte, de tweede op het moment dat ze haar bh vastmaakte en haar overhemd dichtdeed. Ze ging in het gras zitten. Ze keek omhoog, naar de maan, die niet meer dan een flinterdunne sikkel was. Ze voelde de tranen over haar wangen lopen.

Waar ben ik mee bezig?

Travis kwam terug. Hij merkte dat haar stemming was veranderd. 'Gaat het?'

'Nee,' zei ze. 'Helemaal niet.' Dronkaards vertelden de waarheid.

Ze sloeg haar armen om haar opgetrokken benen. Haar lichaam was niet langer beschikbaar.

'Moet je overgeven?'

'Nee, dat is het niet.' Ze was even stil en dacht na. 'Of

misschien ook wel.' Ze liep naar de achterkant van het gebouw en ging over haar nek. Ze voelde zich beter en slechter. Misselijkheid weg, realiteitszin terug.

Ze liep terug en ging weer in het gras zitten. Travis kwam naast haar zitten. 'Opgelucht?'

'Niet echt,' zei ze. Ze sloeg haar armen weer om haar opgetrokken benen en legde haar hoofd op haar knieën. God, wat heb ik een hekel aan mezelf.

Hij streek zacht met zijn hand over haar rug. 'Je bent een prachtige meid en een goede pooler,' zei hij.

'Dank je,' zei ze tussen haar knieën door.

'Heb je zin om een keertje uit te gaan? Morgen of zo?' vroeg hij. 'We kunnen het rustig aan doen.'

Ze tilde haar hoofd op en verzamelde al haar kracht om naar hem te glimlachen. Als ze van plan was geweest om een geheime, destructieve onenightstand te hebben, dan had ze er tenminste wel een goede jongen voor uitgekozen.

'Ik heb een vriend,' zei ze.

'O.' Hij knikte. 'Ja, natuurlijk heb je een vriend. Geluksvogel.'

Ze schudde haar hoofd. 'Volgens mij is hij niet zo gelukkig.'

Je moet iemand zijn.

– BOB MARLEY

'Ik weet niet of we de bruiloft moeten laten doorgaan,' zei Carmen tegen Jones.

Ze zaten aan de tafel in de keuken van hun loft. De keukentafel bij haar moeder thuis was van vurenhout of kersenhout of zoiets dergelijks, en hij zat onder de kringen en krassen. Hij was zacht. Deze tafel was van roestvrij staal, net als alle andere dingen in de keuken. Je kon hem makkelijk schoonhouden, maar hij was hard onder haar kopje, hard en koud onder haar elleboog. Had Jones hem uitgezocht? Had zij dat gedaan? Waarschijnlijk had Annaliese, de designer, hem uitgekozen. Ik blijk er een hekel aan te hebben, dacht Carmen.

Jones keek op van de espressomachine. Ze wist dat hij op het punt stond om op de knop te drukken, maar hij wachtte, want het zou nogal bot zijn om na zo'n opmerking de schreeuwende stoommachine aan te zetten.

'Carmen.'

'Hoe kan ik daar nu mee bezig zijn? Hoe kan ik nu over bloemen en hors-d'oeuvres nadenken? Dat kan ik niet.'

'Waarom niet? Kom op. We hebben het er toch over gehad? Waar ga je allemaal over nadenken? Over Tibby? Ga je de hele dag aan haar zitten denken? Aan jullie vriendschap? Aan één stuk door? En denk je echt dat dat op dit moment helpt?'

Carmens tranen brandden in haar ogen, maar tegen de tijd dat ze bij haar kin waren en langs haar hals op de tafel drupten, waren ze ijskoud. 'Ik weet niet wat ik anders moet doen.'

'Je moet verder. Bel je agent, bel castingbureaus. Regel een paar audities. Kijk naar bloemen, bezoek een stel cateraars, koop verdomme de mooiste, duurste trouwjurk van heel New York.'

Carmen bestudeerde een traan die op het metalen oppervlak van de tafel was gevallen: een brutale druppel, alsof hij de enige was. Waar hij vandaan kwam zaten er echter nog veel meer. Met haar vinger maakte ze er een natte veeg van. 'Ik weet niet of ik dat kan.'

Jones wist wat rouwen was. Je kon niet zeggen dat hij niet wist waar hij het over had. Zijn broer overleed op z'n achttiende aan een overdosis. Jones was zestien. 'Het mag je leven niet gaan beheersen,' had hij gezegd toen ze elkaar drie maanden kenden en hij haar het verhaal had verteld. Daarna had hij er nooit meer over gesproken. Hij was heel goed in rouwen of juist heel slecht. Carmen wist het niet.

'Denk je dat het een soort eerbetoon aan haar is als je hier dag in, dag uit in je joggingbroek blijft zitten?'

Carmen schudde haar hoofd.

'Carmen, de eerste week, dat snap ik. Tien dagen, oké. Maar wat je nu doet, daar help je niemand mee.'

Carmen schudde opnieuw haar hoofd.

'Ik zeg niet dat je het moet vergeten. Dat gaat natuurlijk niet. Je neemt het verdriet met je mee, maar je gaat wel door. Het wordt een deel van je leven, en de pijn wordt steeds zachter.'

Ze knikte. Dit verhaal had hij al eerder gehouden.

'Oké?' zei hij, als een coach die haar terug het veld op stuurde.

Ze haalde haar schouders op. 'Ik weet niet of het me lukt.'

Jones stond een tijdje naar haar te kijken. Ze wist dat haar haren door de war zaten en dat haar gezicht bleek zag. De joggingbroek was niet erg charmant. Hij besefte nu waarschijnlijk hoe lelijk ze eigenlijk was. Waarschijnlijk was hij opgelucht dat hij niet met haar hoefde te trouwen. Ze dacht aan de knappe meisjes op Jones' kantoor die de hele dag om hem heen dartelden met hun mooie steile, glanzende haren.

Hij liet met een klap zijn kopje in de gootsteen vallen. Ze schrok.

'Goed, Carmen. Als jij niet wilt trouwen, dan is dat jouw beslissing.' Hij liep naar de deur en draaide zich om. 'Ik hou van je. Ik wil met je trouwen. Vandaag nog. Ik wil vooruit blijven gaan. Je kent me. Maar als jij dat niet wilt, dan is dat jouw besluit.'

Carmen hield haar handen voor haar gezicht.

'Maar ik blijf niet stilstaan,' zei hij terwijl hij zijn jas aantrok. Hij deed de voordeur open om weg te gaan. 'Dat doe ik gewoon niet.'

Bridget sliep voor de derde nacht op rij op een veldje en werd wakker onder een hete, stekende zon. Dit gebied was ongetwijfeld de zonnigste plek van Californië en zij vond het niet prettig.

Ze had nog steeds een kater van die nacht in de poolbar en het lukte haar niet om ervan af te komen. Het was al te lang geleden om het nog op de alcohol te gooien. Was het haar schuldgevoel? De zelfhaat? Ze fietste Sacramento in, op zoek naar iets gezonds wat haar maag tot rust kon brengen. Na een zuurdesembroodje en een kop jasmijnthee fietste ze naar het kantoor van het gezondheidscentrum.

Aan de ene kant kromp ze ineen als ze eraan dacht wat ze die avond bijna had gedaan, aan de andere kant had ze er spijt van dat ze het niet had doorgezet. Ze wilde een grens over gaan, ze wilde niet meer aan deze kant van haar leven blijven. Ze wilde alles afbreken en het lef hebben om zich nog slechter te voelen.

Ze liep als een zelfverzekerde vrouw het gebouw binnen en vulde haar naam in op een lijst. Zoals haar was verteld, ging ze naar de wc en liet een urinemonster achter. Ze tekende een zonnetje op haar warme plastic bekertje. In de wachtkamer klonk er een oud liedje van Earth, Wind & Fire en ze merkte dat ze vanzelf ging dansen. Ze had geen zin om weer te gaan zitten.

Ze was vrij. Dat was in elk geval iets. Ze hoefde nergens heen, hoefde niets uit te leggen. Ze sliep onder de sterren. Al zou ze in de goot terechtkomen, ze zou in elk geval vrij zijn.

De verpleegster kwam de wachtkamer in en riep haar naam. 'Bridget Vreeland.'

'Ja,' zei ze. Haar naam was wel iets waar ze aan vastzat, en daar had ze gemengde gevoelens over. Misschien kon ze hem veranderen. Ze kon zichzelf Sunny noemen, Sunny Rollins, zoals de saxofoonspeler. Of Sunny Tomko. Ze had Tibby's oude naam al een keer eerder gebruikt toen ze iemand anders moest zijn; Tibby zou het niet erg vinden als ze hem nog een keer leende.

Ze liep achter de verpleegster aan de behandelkamer in. 'Moet ik zo'n hemd aan?' vroeg ze. Ze was nergens bang voor.

'Laten we eerst maar eens praten,' zei de verpleegster. Ze was redelijk oud. Minstens een jaar of zestig. Ze had hoopvolle ogen, dacht Bridget, maar ook een beetje verdrietig. Het was moeilijk om te zeggen wat de overhand had. 'Wat kan ik voor je doen?'

'Ik heb anticonceptie nodig.'

'Gebruik je nu iets?'

'Ik had zo'n ring die je om je baarmoedermond doet. Ik denk dat hij uitgewerkt is. Ik weet niet meer precies wanneer ik hem had moeten wisselen, maar wel al een tijdje geleden, denk ik.'

'Wanneer ben je voor het laatst ongesteld geweest?'

Bridget dacht na. Ze had geen idee. Ze had er de laatste tijd niet zo op gelet. 'Ik heb geen idee,' zei ze eerlijk.

'Ben je seksueel actief?'

'Nu? Vandaag?'

'Nou, niet per se vandaag. De laatste twee of drie maanden.'

De laatste keer dat ze met Eric naar bed was geweest was de dag voordat ze naar Griekenland ging. 'De laatste paar weken niet, maar daarvoor wel.'

'Ben je getrouwd? Heb je een relatie?'

'Ik heb een vriend.' Ze wist niet waarom ze dit bleef zeggen. Ze had haar zogenaamde vriend zonder iets uit te leggen verlaten. Ze kon eigenlijk niet meer zeggen dat hij haar vriend was.

'Wil je opnieuw een vaginale ring?'

'Ja. Ik denk het.'

'Oké. Is er een mogelijkheid dat je zwanger bent?'

'Nee.'

'Oké. Kleed je maar uit en trek een hemd aan, met de opening aan de voorkant. Ik doe een klein onderzoekje en dan help ik je om hem in te brengen.' Eerder hoopvol, haar blik, besloot Bridget. En kwetsbaar. Dat was vreemd, voor iemand die al zo lang meeging.

'Mooi. Bedankt.' Dit ging makkelijk.

'Heb je een urinemonster afgegeven?'

'Ja, mevrouw.'

De vrouw kwam terug toen Bridget het hemd aanhad en ze keek heel anders.

'Denkt u dat het niet goed voor me is, de ring?' vroeg Bridget luchtig. 'Kan ik misschien beter de pil nemen? Maar die vergeet ik misschien. Vandaar dat ik destijds die ring heb genomen.'

'Bridget.'

De toon waarop haar naam werd gezegd schudde haar wakker. 'Ja?'

'Ga zitten.'

Bridget hopte op de tafel. Ze trok het hemd aan de voorkant samen en legde haar benen in de beugels.

'Nee, dat hoeft nog niet. Ga zitten. Ik wil even met je praten.'

Bridget kwam overeind en liet haar benen bungelen.

'Ik kan je nu geen ring geven of wat voor voorbehoedsmiddel dan ook, want je bent zwanger.'

Bridget keek naar het gezicht van de verpleegster. Ze lette op haar uitdrukking. Ze keek in haar ogen om te zien of ze de woorden op de een of andere manier anders kon interpreteren.

'Denkt u dat ik zwanger ben?'

'Ik weet dat je zwanger bent. Ik heb de test twee keer laten doen. Verkeerde uitslagen komen na vier of vijf weken bijna nooit voor.'

'Ik denk niet dat ik zwanger ben. Dat kan denk ik niet.

Weet u zeker dat ze het goede bekertje hadden?' Bridget probeerde haar voeten stil te houden en normaal adem te halen. Ze deed haar armen over elkaar.

'Als je wilt dat ik het nog een keer test, dan doe ik dat, maar ik weet bijna zeker dat de uitslag hetzelfde zal zijn.'

'Maar ik heb die ring.'

'De ring voorkomt maar voor een bepaalde tijd dat je zwanger wordt. Hij was inderdaad uitgewerkt.'

Haar keel werd dichtgeknepen. Ze wilde ademhalen. Lucht kon haar de kans geven om te doen alsof er niks aan de hand was, maar ze kreeg geen lucht. Haar borsten waren opgezet en pijnlijk, dat waren ze al een tijdje. Ze had steeds een vage misselijkheid gevoeld, maar dat had ze geweten aan het verdriet en de chaos in haar leven, en niet te vergeten aan de kater die ze had gehad.

Ze dacht aan haar maag, aan haar baarmoeder, waar kennelijk op dit moment van alles gaande was. O mijn god. Ze hield haar handen voor haar gezicht. Ze kreeg het vreselijk benauwd onder die handen. 'Ik moet gaan,' zei ze. Haar stem klonk niet goed.

'Bridget.'

Bridget besefte bij de deur dat ze het papieren hemd nog aanhad en dat haar kleren op een hoop in de hoek lagen. Ze verstijfde. Ze wist niet wat ze moest doen. Het leek haar onmogelijk om naar de hoek te lopen en zich aan te kleden.

Ze voelde dat de verpleegster achter haar stond en haar hand pakte. Bridget voelde dat haar hele lichaam trilde. Haar hand was ijskoud en die van de verpleegster was warm en droog. De hand nam haar mee naar de tafel en liet haar op de stoel zitten. De verpleegster kwam naast haar zitten en legde haar arm op haar schouder. De wereld was te vreemd om je nog te kunnen schamen. Bridget kreeg eindelijk wat lucht en ze kon weer nadenken.

'Kan het weg?' vroeg ze. Ze wist dat dit niet de woorden waren die je hoorde te gebruiken.

De verpleegster knikte langzaam. 'Je kunt de zwangerschap beëindigen.'

'Oké. Dan doen we dat,' zei Bridget snel. 'Kan dat nu gelijk?'

'Bridget, het is een moeilijke keuze. Ik doe dit werk al heel lang en ik heb in de loop der tijd veel geleerd. Als je dit doet zonder er eerst goed over na te denken, dan zul je het jezelf nooit vergeven.'

Bridget schudde haar hoofd. Ze wilde geen moeilijke keuzes maken. Ze wilde helemaal niet goed nadenken. Ze wilde dat dit voorbij was.

'Ga naar huis. Vertel het je vriend. Praat er samen over. Kom terug als je zeker weet dat je het wilt, en neem hem mee zodat hij je hand kan vasthouden.'

Bridget moest ongewild aan Eric denken. De tranen kwamen van diep vanbinnen. Ze huilde niet alleen om Eric maar om alles wat ze had verloren en kapotgemaakt, of wat ze op het punt stond te verliezen of kapot te maken. Want ze verdiende helemaal niks. Ze verdiende hem niet of wie dan ook. Ze verdiende het om alleen te zijn.

De verpleegster streelde zacht haar hand en liet haar huilen. Na een tijdje legde ze haar hand op Bridgets rug en pakte een doos tissues. Bridget verdiende haar zorgzaamheid ook niet, maar ze liet het toch toe.

'Ik denk niet dat ik het hem kan vertellen,' zei ze uiteindelijk.

'Als je van hem houdt, dan moet je het proberen,' zei de verpleegster rustig. 'Of je nu wel of niet ooit een baby met hem wilt krijgen, ik kan je vertellen dat jullie relatie het niet overleeft als je het hem niet vertelt.'

Die heeft het niet overleefd, dacht Bridget, maar ze had te veel respect voor deze verpleegster om weg te gaan zonder haar te beloven dat ze er goed over zou nadenken. En als ze het wilde doen zonder erover na te denken, dan moest ze ergens anders naartoe gaan.

De verpleegster liep met haar mee naar de uitgang. Bridget merkte dat ze haar hand nog steeds vasthad. De vrouw haalde een kaartje uit haar zak. Ze schreef haar mobiele nummer op de achterkant. 'Je kunt me altijd bellen, goed? En ik bedoel dus echt: altijd.'

'Bedankt,' zei Bridget. Ze keek naar de naam op het kaartje en toen naar de naam op het naamkaartje op de borst van de vrouw. Ze zag nu pas dat de verpleegster Tabitha heette.

Carmen lag te huilen op een jarenvijftigbank van chroom met oranje bekleding van een materiaal dat een hippe naam had maar dat eigenlijk gewoon een soort plastic was. In tegenstelling tot de bank die in het appartement van haar en haar moeder had gestaan, een oude chesterfield waarop elke traan die erop was gelaten bewaard bleef, bleef er op deze bank niets achter.

Toen Carmen eindelijk opstond en naar de badkamer slofte om haar neus te snuiten en te plassen, keek ze in de spiegel. Ze zag er afschrikwekkend uit. Afschuwelijk afschrikwekkend. De eerste week na Griekenland had ze in de spiegel gekeken en medelijden met zichzelf gehad. Nu verafschuwde ze zichzelf.

Wat moest ze doen? Zette ze er echt een punt achter met Jones omdat ze te verdrietig en te verward en te bang was om te trouwen? Zou ze vanavond bij hem weggaan? Haar spullen pakken en een paar weken in een hotel logeren, op zoek naar een nieuw huis?

Wat had ze zonder hem? Zonder dit huis? Niets. Ze zou alleen zijn. Bij wie kon ze anders uithuilen? Bij niemand. Niet bij Lena. Niet bij Bee. Ze wist niet eens meer hoe ze nog met hen moest praten.

Opnieuw schoten de tranen in haar ogen. Niet bij Paul. Niet bij haar vader. Er was te veel dood, te veel verdriet, te veel mensen die te gekwetst waren om op te leunen.

Ze had haar moeder. Maar haar moeder wist niet wat ze moest bieden en Carmen wist niet wat ze haar moest vragen. Haar moeder was bezig met haar drukke leventje, met haar huis en met het zoeken naar een nieuwe school voor Ryan. Zij was blij met kleine problemen die snel opgelost konden worden, zoals zijden bloemen en hors-d'oeuvres. Ze mocht Jones. Carmens wanhoop maakte haar bang.

En haar vrienden? Haar vrienden in New York? Dat waren haar styliste en haar visagiste, haar manager, haar pr-adviseur en haar personal assistant die de lattes voor haar haalde. Zij waren mensen die iets van haar verwachtten. Ze maakten deel uit van het publiek. Het waren geen mensen bij wie je je liet gaan.

En haar medeacteurs? Die waren onmogelijk. Misschien gingen ze iets met je drinken, maar je bleef voor altijd in dat verdomde wij-zijn-beroemd-en-geven-elkaar-één-zoen-op-de-wang-stadium. Net als bij haar kwamen al hun echte vrienden uit de tijd voordat ze beroemd werden. Niemand had nieuwe vrienden nodig.

Om zeven uur 's avonds had Carmen haar Catherine Malandrino-jurkje aan; ze zette Billie Holiday op en schonk voor Jones een martini in voor als hij zou thuiskomen. Het lag er allemaal een beetje dik bovenop, maar het werkte wel.

Jones danste met haar door de kamer. 'Gaan we het doen? In september?' vroeg hij blij.

'Ik dacht eerder aan april.'

Hij staakte zijn dans. 'April? Volgend jaar?'

'Dit jaar.'

Hij lachte breeduit. Hij hield zijn hand in de lucht om een high five te geven. 'Hé, zo ken ik je weer!'

Na de high five droeg hij haar naar de slaapkamer en vree met haar, zelfs zonder de smaakvolle beddensprei opzij te schuiven en zonder haar jurkje uit te trekken. Zijn telefoon rinkelde, bliepte en trilde, maar eindelijk negeerde hij het een keer.

Daarna bleven ze een hele tijd liggen en spraken over de locatie en over de gastenlijst en over waar ze heen konden gaan op huwelijksreis. Carmen was een verdomd goede actrice, moest ze tegenover zichzelf toegeven.

Toen Bridget uit het gezondheidscentrum kwam, zocht ze heel lang naar haar fiets. Ze was verdoofd, haar hoofd bonkte en haar ogen prikten. Misschien had ze hem bij de bakker laten staan.

Ze liep in de blakerende middagzon heen en weer door de straten en probeerde na te gaan waar ze was geweest. Weer leek het of het leven had stilgestaan en opnieuw moest beginnen. Eerst was er het leven met Tibby en de Septembers geweest, een band die richting gaf aan haar leven en waar ze op kon bouwen. Dat leven was in één klap geëindigd en er was een nieuw leven begonnen zonder hen. Een verdrietiger leven, alleen met Eric en een matras op de vloer, maar ook dat had ze achter zich gelaten.

Er was een leven begonnen op straat, zwervend, vuil en zwanger, en in het bezit van een fiets. Maar nu was dat leven kennelijk ook voorbij.

Een paar meter voor het gezondheidscentrum zag ze haar kapotte slot liggen. Dus dat was er met haar fiets gebeurd.

Ze stond niet eens stil. Ze bleef lopen. Ze keerde zich naar het westen en bleef gewoon lopen. Ze vroeg zich af of ze zich kon aansluiten bij een lagere dierklasse, zoals die van garnalen of termieten, die niet gehinderd werden door zelfbewustzijn.

De volgende middag was haar tas te zwaar en de zon te heet. Zelfs iets uit de laagste dierklasse kon pijn lijden. Bridget stak haar duim op. Met haar haren los in de wind zou het niet lang duren voor ze een lift kreeg, hoe vuil haar haar ook was. Ze liet de eerste twee auto's die afremden voorbijgaan. In de derde zaten een man en een vrouw. Ze kon achterin zitten.

'Waar moet je heen?' vroeg de man achter het stuur. Hij was ongeveer achter in de veertig, had een netjes getrimd sikje en droeg een hawaïhemd.

'Waar gaan jullie naartoe?' vroeg ze.

'Sonoma.'

'Klinkt goed.'

De vrouw had kroezig lichtbruin haar. Ze draaide zich om. Ze had een moederlijke bezorgdheid over zich. 'Waar woon je?'

Zelfs met het verstand van een termiet wist Bridget nog te bedenken dat ze geen alarmbellen moest laten afgaan, dat ze de mensen die haar een lift gaven niet ongerust moest maken. 'San Francisco,' antwoordde ze.

'Wil je dat we je daar afzetten?' vroeg de vrouw.

'Nee, bedankt. Ik ben op vakantie,' zei Bridget.

'Wij ook,' zei de man. 'Ik ben Tom, en dit is mijn vrouw, Cheryl.'

'Sunny,' zei ze. 'Leuk om jullie te ontmoeten, en vast bedankt voor de rit.'

Op een benzinestation op Route 88, iets ten zuiden van Sonoma, nam Bridget afscheid van Tom en Cheryl. Ze liep in de richting van de ondergaande zon. Tegen de tijd dat hij in zee onderging, was het haar gelukt om tot aan Petaluma te komen. Ze ging op een bankje voor een bankkantoor zitten en dacht aan de bruiloft van Anna, het nichtje van Eric. Anna behoorde tot dat andere leven, samen met haar fiets en haar lege baarmoeder en haar gezonde verstand.

Bridget kocht toen ze de stad uit liep een stuk pizza en liep in het donker richting het westen. Auto's zoefden voorbij en ze bedacht dat ze wel doodgereden kon worden.

In de wazige dagen die volgden sliep ze in parken, at in snackbars en wegrestaurants, en liep net zo ver richting het westen tot ze niet verder kon. Dat was bij Point Reyes, bij de Stille Oceaan. Haar armen waren felrood door de zon en haar haar was dof en smerig, maar ze voelde niets meer. Ze was nog lager gezakt dan de klasse van termieten en garnalen, een ding zonder centraal zenuwstelsel. Misschien een bacterie, een amoebe, een blauwalg.

Ze was bij de oceaan aangekomen, maar ze kon niet stoppen met lopen, en dus ging ze richting het zuiden. Ze bracht de dagen slapend of lopend door, van Inverness naar Dogtown naar Bolinas naar Stinson Beach. Je kon helemaal doorlopen naar Mexico. Ze stelde zich voor dat ze net zo lang doorliep tot ze bij Half Moon Bay was, Big Sur, San Luis Obispo, Redondo Beach, Ensenada, helemaal tot aan

Cabo boven aan Baja, en ook al voelde ze niets, ze begon zomaar te huilen. Het was iets wat haar lichaam deed en waar ze niet op zat te wachten, net zoals het zweet dat over haar rug liep. Ongeveer een kilometer lang huilde ze. Toen hield ze op en ging zitten.

Op het strand van Stinson gooide ze haar tas in het zand. Ze besefte dat ze toch iets voelde, maar het was geen verdriet. Het was woede. Ze was boos. Hoe meer ze erover nadacht, hoe kwader ze werd. Ze was woedend op dat stomme bed. Ze was woedend op Eric omdat hij het in huis had gehaald en had gedacht dat zij het mooi zou vinden.

Ze was woedend op haar baarmoeder. Ze was helemaal niet in staat om voor wat dan ook te zorgen, niet eens voor zichzelf. Waarom was daar geen rekening mee gehouden? Deze kapitein liet het schip zinken, het kon haar niet schelen wie er aan boord was.

Ze was woedend op haar fiets omdat hij gestolen was. Ze was woedend op het slot omdat het niet gewerkt had. Ze was woedend op haar vader omdat hij haar oude fiets had weggedaan zonder aan haar te vragen of dat goed was. Ze was woedend op hem omdat hij al hun spullen had weggedaan toen hij hun huis had verkocht en naar een appartement was verhuisd. Hij had alles weggedaan, zelfs haar moeders schoenen.

Ze dacht aan haar moeders schoenen en hoelang ze ze wel niet hadden bewaard. Ze waren anderhalve maat te klein voor haar en ze zou ze waarschijnlijk toch nooit gedragen hebben, maar dat wilde niet zeggen dat je ze zomaar weg kon doen.

De woedegolven werden ruiger. Hoe kon haar moeder hen met al die schoenen hebben laten zitten terwijl ze niet wisten wat ze ermee moesten doen? En al die kleren? En al die gardenia's die een voor een doodgingen in de donkere kamer? Al die spullen die Marly had achtergelaten – wat dacht ze dat daarmee zou gebeuren? Kon het haar iets schelen? Dacht ze soms dat de wereld ophield te bestaan op het moment dat zij besloot eruit te stappen?

En Bridget was boos op Tibby. Ze was woedend op Tibby. Ze schopte in het zand, dat opwaaide en in haar ogen en mond en haren kwam. 'Hoe kon je dat doen?' schreeuwde ze tegen de oceaan. 'Dat zou ik jou nooit aandoen!'

Had Tibby dan niet van haar gehouden?

Als één synchroonzwemmer verdrinkt,
verdrinken de anderen dan ook?

– STEVEN WRIGHT

Sommige mensen zeiden dat de eerste maand het ergst was. Andere zeiden dat het de eerste drie maanden waren. Rouw was als een pasgeboren baby, en de eerste drie maanden waren hels moeilijk, maar na zes maanden herkende je de verslagenheid, ging ernaar leven en maakte er ruimte voor.

Terwijl Lena langs de rivier in Providence liep, rillend in een wollen jas die allang aan vervanging toe was, had ze het gevoel dat ze de verkeerde kant op ging. Ze rouwde zoals ze zo veel dingen deed, achterstevoren en op de verkeerde manier.

De eerste maand was niet de ergste geweest. Ze kon het niet geloven, was door elkaar geschud alsof ze met een schep een klap op haar achterhoofd had gekregen, maar ze had niet echt geloofd dat Tibby verdwenen was. Deze decembermorgen was het ergens voorbij de helft van de tweede maand, en nu geloofde ze het eindelijk. Een vacuüm ging tegen de wetten van de natuur in en in die leegte binnen in haar, in het midden van het niets, kwam een zwart, somber iets.

Elke dag die voorbijging werd de afstand tussen haar en de tijd dat Tibby nog leefde groter en elke dag maakte haar dood groter. Elke dag die voorbijging zakten Lena's oude ideeën over de wereld verder de grond in.

Die ochtend werd ze wakker en voelde ze medelijden met Carmen. Het was een gevoel dat ze had weggedrukt, maar in haar sluimerende droomgedachten van de vroege ochtend was ze kwetsbaar en kon haar medelijden bovenkomen. Ze zag een wazig beeld van Carmens vervloekte iPhone. Elke keer als Carmen naar haar telefoon keek, verscheen die foto van hen vier. Vier kleuters die net over de leuning van een bank keken, als een minimeidengroep. Carmen keek er minstens vijfhonderd keer per dag naar. Hoe kon ze dat aan?

Terwijl Lena om Carmen en de foto op haar telefoon huilde, wist ze waarom ze zo hard haar best deed om niet aan het verdriet van Carmen en Bee te denken. Omdat hun verdriet hetzelfde was als haar verdriet en als ze zichzelf toestond om dat te voelen, dan zou die pijn haar meesleuren.

Op dit moment had ze geen idee hoe het over zes maanden zou zijn. Ze zou een verschrompelde zwarte bal zijn. Zwarter en nog kleiner, en haar hoop zou te diep begraven zijn om nog boven te kunnen komen. Haar leven zou geen ruimte maken om te rouwen, het zou gewoon nog kleiner worden en ze zou zich overgeven.

Ze liep veel. Vaak langs de rivier zonder de rivier echt te zien. Ergens had ze het idee dat de verdrietigste herinneringen zich niet zo scherp zouden aftekenen als ze in beweging bleef. Het was niet waar, maar stilzitten was onmogelijk.

Haar rode koude vingers deden pijn toen ze de sleutel in het slot stak. Ze deden continu pijn, maar ze was haar wanten kwijtgeraakt en ze kocht geen nieuwe. De minder erge pijnen, zoals de pijn in haar vingers, wedijverden om aandacht, maar zoals het vijfde of zesde kind in een groot gezin, kregen ze dat maar weinig. Het waren de eerstgeboren pijn en de jongste pijn waar je het meest aan dacht.

Er stonden nieuwe berichten op haar telefoon. Het waren de twee gebruikelijke berichten, van haar moeder en Effie – Carmen belde niet meer – en hun berichten klonken steeds bezorgder en neerbuigender, als dat nog kon. Ze had geen zin om naar de berichten te luisteren. Het werden er almaar meer.

Ze zat met haar jas nog aan, aan het bureau in haar kleine appartement. Ze deed haar armen over elkaar en keek naar het plafond. Ze wilde niets zien. Aan de muren hingen foto's, de foto's die ze niet had weggehaald of omgedraaid. Er waren tekeningen, allemaal uit een andere tijd, die haar herinnerden aan hoe ze zich had gevoeld en hoe ze zich nu niet meer kon voelen. Er was niets wat ze wilde voelen, of proeven, of zich zelfs maar wilde voorstellen.

Ze speelde met de muis van haar grote, logge computer, wachtte tot hij op gang kwam en onderwierp zichzelf aan haar eigen versie van Carmens telefoon, haar dagelijkse marteling. Op het grote scherm verscheen een van de weinige foto's die ze niet snel wegklikte of had opgeborgen: zij met z'n vieren op de dag van hun diploma-uitreiking van de middelbare school, met die dikke, vettige gehuurde toga's aan en die gekke petten in hun handen. Om hen heen stonden familieleden, hun liefste naasten. De foto was genomen op een moment waarop hun leven zo groots, zo hoopvol en veelbelovend was. Ze had haar arm om Tibby heen, zo vurig en onvoorwaardelijk. Haar gezicht straalde en haar blik was zo open dat ze zichzelf er nauwelijks meer in herkende.

Er was een scheur, een breuk in haar identiteit gekomen, en dat was niet lang daarna gebeurd. Ze was niet meer degene die ze was geweest. Ze keek naar de gezichten op de foto, van Tibby naar Bee, naar Carmen en weer terug naar Tibby.

Dit waren de mensen die haar hadden gevormd en zonder hen was ze anders. Ze had zich bijna koppig aan hen vastgeklampt en aan haar oude ik. Ze had het proberen vast te houden, het gevierd, opgehemeld zelfs, in plaats van zelf een nieuw, volwassen leven op te bouwen. Jarenlang had ze het gedaan met de koude kruimels van het grote feest, in de veronderstelling dat ze het daarmee zou redden.

Maar wat was dat grote feest? Het was het idee van hun vriendschap, hun gedeelde kracht, hun onvoorwaardelijke liefde voor elkaar, hun steun, hun vertrouwen, hun eerlijkheid en de vrijheid die er leek te bestaan. Het was een idee dat zo groots was geweest dat ze er jaren op had kunnen teren.

Nu was dat onherroepelijk voorbij en drongen zich grotere vragen op. Was het echt zo'n feest geweest? Was het wel echt geweest? Als het echt was geweest, hoe had dit dan kunnen gebeuren? Hoe was het mogelijk dat Tibby zo veel voor hen had achtergehouden? Als de kracht en steun echt waren geweest, hoe kon het dan dat Tibby het had opgegeven? Hoe hadden zij dat kunnen laten gebeuren? Hoe hadden zij haar zo ver kunnen laten afdwalen?

Er was een eenduidig, verschrikkelijk antwoord op al deze vragen: als het echt was geweest, dan hadden ze dit niet kunnen laten gebeuren. Dan had zij het niet kunnen laten gebeuren. Het was niet echt geweest.

Lena had niets meer van de restjes van het feest gegeten; ze had helemaal niet meer gegeten. Ze was uitgehongerd, maar zo gehecht aan haar waanbeelden dat ze niet meer in staat was om zich op een normale manier te voeden.

Haar blik viel op de envelop die Tibby voor haar had achtergelaten. Hij stond onaangeraakt op haar bureau, dag na dag. Ze bestudeerde Tibby's handschrift – op de voorkant alleen Lena's naam en op de achterkant een aanwijzing om hem na 15 december te lezen – maar de envelop had geen geheimen meer voor haar. Ze had er al zo vaak naar gekeken en zo lang dat hij niets meer kon onthullen. Ik kan hem nu openmaken, dacht ze, en onmiddellijk verwierp ze dat idee, zoals elke keer. Ze zou hem later openen, niet nu, nooit nu. Tibby had gewild dat ze hem na 15 december zou openmaken. Ze had niet geschreven hoelang daarna.

De telefoon deed haar uit haar gedachten opschrikken. Ze staarde ernaar zonder zelfs maar te overwegen om haar arm uit te strekken en hem op te nemen. Even later drukte ze op het knopje en luisterde ze naar het bericht. Ze had zich niet eens gerealiseerd dat het kerstavond was totdat de robotstem van haar antwoordapparaat de datum verkondigde.

'Len, ik ben het. Ik zit nu in de trein want je gaat Kerstmis niet alleen doorbrengen. Ik ben nu bij... Ik weet het niet, New Haven? Ik denk dat dat het laatste station was. In mijn vorige bericht had ik gezegd dat ik om één uur bij je zou zijn, maar ik denk dat het halftwee wordt. Bel me terug als je dit bericht hebt gehoord.'

Lena verslikte zich bijna. Effie was onderweg. Ze kwam naar haar toe om haar met Kerstmis gezelschap te houden en dat was wel het laatste wat ze wilde. Haar ouders hadden na lang aandringen niet meer gevraagd of ze naar huis wilde komen met kerst, maar ze had kunnen weten dat het daarmee niet klaar was.

Waarom had ze haar berichten niet afgeluisterd? Als ze dat had gedaan, dan had ze Effie tegen kunnen houden terwijl ze nog veilig in New York was, en niet terwijl ze al voorbij New Haven denderde. Effie was op weg naar haar toe, wat moest ze doen?

Ze kende Effie maar al te goed. Ze zou haar lastigvallen met vragen en meningen en haar mee uit eten nemen en moeilijk doen over cadeautjes die ze elkaar moesten geven en ze zou in één bed met haar slapen. Effie zou haar niet met rust laten. Ze zou als een lintworm Lena's kostbare stilte in kruipen.

Lena greep naar haar hoofd. Moest ze Effie direct terugbellen? Voordat ze in de staat Rhode Island was? Lena dacht snel na. Wat voor excuus kon ze verzinnen waardoor Effie terug naar huis zou gaan? Lepra? Wandluizen? Geen warm of koud water?

Nee, Effie kwam naar haar toe. Ze kon haar niet tegenhouden. Lena wist dat haar ouders achter dit bezoek zaten en dat zij de reis betaalden. Als Lena niet uitkeek, zou Effie ook nog een hotelkamer voor hen reserveren met massages en manicurebehandelingen en alles erop en eraan.

Er was maar één ding dat Lena kon doen. Ze kon zo ontzettend vervelend en saai zijn dat Effie haar de volgende dag alleen zou laten. En daarvoor hoefde ze weinig moeite te doen.

Jones besloot impulsief dat ze de kerst in Fresno zouden doorbrengen, in Californië. Kerstmis moest je met familie vieren en zijn ouders moesten voor de bruiloft kennismaken met zijn verloofde, vandaar.

En dus zat Carmen op kerstavond opeens aan een eettafel in een vrijstaand huis in een buitenwijk van Fresno tussen meneer en mevrouw Jones.

In de woonkamer stond een kunstboom en er stond een vruchtentaart op het aanrecht, maar toen ze aan tafel gingen zitten om te eten viel het Carmen op hoe weinig ceremonie er was. Er werd niet gebeden of geproost, ze begonnen gewoon. Ze dachten er niet eens aan om de televisie uit te zetten.

'Ik kan niet horen wat hij zegt,' zei meneer Jones een beetje geërgerd toen hij zijn ham half ophad.

Carmen vond niet dat Jones veel zei, maar ze sprong van haar stoel om de televisie zachter te zetten zodat ze er niets van hoefden te missen als hij wel wat zou zeggen.

'Nee, de andere kant op,' blafte meneer Jones, en ze realiseerde zich dat hij bedoeld had dat hij de man op de televisie niet kon verstaan.

'O, oké. Sorry.' Carmen herinnerde zich nu dat ze als kind heel graag onder het eten televisie wilde kijken en dat het van haar moeder nooit mocht, zelfs niet als ze ziek was.

'Heerlijk,' zei Carmen tegen mevrouw Jones terwijl ze naar de ham wees.

'Dank je. Ik heb ahornglazuur gebruikt.'

'Vandaar. Erg lekker.'

'Als je wilt zal ik je het recept wel meegeven.'

'Oké. Ja. Ik kook erg weinig de laatste tijd, maar ik wil het graag leren.' Ze twijfelde of ze wel het juiste antwoord had gegeven en keek naar Jones, maar die staarde naar de televisie.

'Vindt u het leuk om te koken?' vroeg Carmen, en toen mevrouw Jones haar met een lege blik aankeek, voelde ze zich dubbel stom. Ze besefte hoe vreemd en verwend het klonk, alsof koken een hobby was waar je voor kon kiezen of niet.

'Is dat een citroenboom?' vroeg Carmen en ze wees uit het raam.

'Ja.'

'Dat is wel geweldig als je in Californië woont, hè?' Carmen wist dat ze te snel praatte. Ze vond de stiltes die er vielen pijnlijk en haar antenne voor dit soort dingen werd steeds gevoeliger.

'Ja, het schijnt.'

Na een tijdje hield Carmen haar mond en liet de televisie het overnemen. Geen wonder dat Jones weg was gegaan.

Terwijl ze haar macaroni over haar bord heen en weer schoof, gingen haar gedachten naar Bridget. Ze had op internet de afstand opgezocht tussen Fresno en San Francisco. Ze had bedacht dat ze zou bellen, maar nu ze hier was wist ze dat ze het niet zou doen. Als ze had geweten hoe ze zou moeten beginnen, had ze het misschien gedaan, maar ze kon het niet. Ze kon Bee niet vragen hoe het met haar ging. Ze kon niet vertellen waar zij mee bezig was. Elke gewone openingszin leek zo ongelooflijk nep te zijn en een serieuzer gesprek was onmogelijk.

'We kunnen morgenavond wel naar de bioscoop gaan,' zei Jones later, nadat ze zijn ouders welterusten hadden gewenst.

Onderweg naar boven zag Carmen een foto van Jones met een andere jongen, die zijn oudere broer moest zijn. Het was in het huis de enige foto van de overleden broer die ze tot nu toe had gezien. De twee jongens zaten aan een picknicktafel met grote stukken meloen op hun borden. Jones moest er ongeveer zeven zijn. Carmen stond stil om ernaar te kijken, maar Jones wachtte niet op haar. Hij liep de trap op. Ze staarde naar zijn rug en Carmen betwijfelde of hij en zijn ouders het nog wel eens over zijn broer hadden. Ze probeerde zich zo'n gesprek voor te stellen, terwijl de televisie aanstond.

Carmen had zich vaak afgevraagd waar Jones' manier van rouwen toe leidde. Misschien wist ze dat nu.

Bridget werd een tijdje nadat de zon was opgegaan wakker op Stinson Beach. Ze ging rechtop zitten en keek naar de golven. Ze stelde zich voor dat elke golf op haar afkwam, als een stok van een slingerende trapeze: op haar af en van haar af, op haar af en van haar af, haar uitnodigend om het water in te komen en hem vast te grijpen. Ze kon het water in lopen en doorgaan, slingerend van de ene naar de andere golf. Tibby had het gedaan. Waarom zou zij het niet doen?

Ze dacht aan de verpleegster Tabitha. Dat was nog eens een sombere keuze. Het was de moeder van de sombere keuzes, waardoor je in één keer ook voor alle kleinere keuzes moest zorgen.

Tabitha zou teleurgesteld zijn in haar, en vreemd genoeg was het haar afkeuring die Bridget raakte, en niet die van haar vader of van Carmen of van Lena of van Eric.

Dat zal ik je niet aandoen, dacht ze, zoals ze al meerdere keren had bedacht.

De ochtendzon brandde een gat boven op haar hoofd. De zon kon haar gestolen worden. Waarom regende het hier nooit? Voor de eerste keer in haar leven wilde ze dat er een bulderende, verwoestende onweersbui zou losbarsten.

Ze maakte haar tas open en haalde de brief eruit die Tibby voor haar had achtergelaten. Ze mocht hem eigenlijk pas over twee weken openmaken, maar dat was onzin. Tibby had er niets meer over te zeggen. Als ze nog ergens recht op had willen hebben, had ze maar moeten blijven. Het kwam even in haar op om de brief ongelezen in het water te gooien, maar ze kon het niet over haar hart verkrijgen.

Ze scheurde de envelop open. Er zat een brief in en een andere gesloten envelop, waar ook een datum op stond. Ze vouwde de brief open.

Liefste lieve Bee,

Ik stel me je voor terwijl je dit leest. Ergens in de zon, zeker één of twee weken voor de datum die ik op de envelop heb geschreven.

Ik weet dat je je door mij in de steek gelaten voelt, en dat begrijp ik. Je bent nu waarschijnlijk kwaad op me, en als je dat nog niet bent, dan word je het nog wel. Of in elk geval zou je het moeten zijn. Je vertrouwde me en ik zou er altijd voor je zijn en ik ben er niet. En god, ik zou er alles voor overhebben om er te kunnen zijn. Alsjeblieft, dat moet je geloven. De gedachte dat ik het latere leven van mijn prachtige Bee niet zal meemaken, maakt het bijna ondraaglijk. Alles lijkt op dit moment ondraaglijk.

Ik denk dat dit van ons allemaal voor jou het moeilijkst zal zijn, en ik zou willen dat ik iets kon doen om het te verzachten. Ik zou willen dat ik je je zo sterk en mooi kon laten voelen als je bent. Het lukt je wel, juist omdat je dat bent, en omdat je dat hebt wat bij mij zo zwak is: hoop en geloof. Niet per se in een God, maar in een ding met veren. Jij straalt, Bee. Jij bent hoop. Hoe diep je ook af en toe gaat, je hebt het altijd. Dat maakt jou anders dan je moeder en anders dan ik, ben ik bang.

Ik zie jouw geest als een geel, fladderend, gonzend, vliegend ding, en hoe verdrietig je je ook voelt, het is er altijd. Het is wie je bent.

Bridgets woede verdampte en het verdriet kwam terug. Woede was makkelijker. Het was van haar en zij had er de macht over, terwijl verdriet de macht over haar had.

Het was als een sterke stroming die haar de oceaan in kon sleuren, en niet omdat ze daarvoor koos, maar omdat ze machteloos was en zich niet kon verzetten. Misschien was dat wat er met Tibby was gebeurd. Misschien kon ze er niets aan doen.

‘Waarom trek jij steeds zo’n gezicht?’ vroeg Effie, die met gekruiste benen op Lena’s bed zat. Het was nog geen vier uur en Lena had al geen afleidende gespreksonderwerpen meer.

‘Waarom praat jij zo hard?’ Lena vroeg zich af of de dunne muren van haar kleine appartement zich net zo ongemakkelijk voelden als zij nu haar eenzame rust na weken stilte werd verstoord.

‘Ik praat niet hard. Ik praat gewoon.’

Lena ging er niet tegenin. Effie was dol op bekvechten. Het was beter om oppervlakkig en saai te zijn.

Effies telefoon trilde om de paar minuten, maar ze had kennelijk met zichzelf afgesproken om hem niet op te nemen. Ze keek er echter steeds naar. ‘Hoe is het met die jongen?’

Lena antwoordde niet meteen. Voor Effie waren woorden net zuurstof, en als Lena ze afsneed, ging ze misschien eerder weg. ‘Welke jongen?’

‘De jongen die op een hasj-rokende Scooby-Doo lijkt.’

‘Over wie heb je het?’

‘Die jongen met het rommelige baardje. De jongen die sandwiches maakt.’

Lena wilde het liefst doen of ze niet wist over wie Effie het had, maar als ze niet uitkeek werd die verwarring interessant. ‘Drew, bedoel je,’ zei ze vlak.

‘Ja. Precies. Drew. Wat is er met hem gebeurd?’

‘Er is niks gebeurd. Hij werkt nog steeds in die broodjeszaak.’

Effie schudde ongeduldig haar hoofd. ‘Ben je nog steeds met hem?’

Lena zuchtte. Ze trok de wasmand naar zich toe en begon de was op te vouwen. ‘We zien elkaar af en toe.’

Na Griekenland had ze hem één keer gezien en dat was om hem te vertellen dat ze even een pauze nodig had. Alsof de relatie op de een of andere manier te intens was. Het was het klassieke het-ligt-niet-aan-jou-het-ligt-aan-mij-verhaal, en hij had er zonder haar tegen te spreken mee ingestemd.

'Gaan jullie met elkaar naar bed?'

Geen ontploffing. Geen discussie. Lena haalde haar schouders op.

Effie drukte een paar toetsen van haar telefoon in en legde hem weer neer. 'Echt, ik weet niet welk antwoord ik wil horen. Aan één kant vind ik het belachelijk als je je tijd verdoet met zo'n loser, aan de andere kant zou ik het fijn vinden om te horen dat je in elk geval nog een beetje menselijk contact met iemand hebt. Papa en mama zouden het ook fijn vinden, dat weet ik. Zelfs papa. Ik maak geen grap.'

Geen ontploffing. Lena klemde haar kaken op elkaar. Effie was de menselijke variant van benzine die over de hele keukenvloer ligt. Een ontploffing lag voor de hand, maar een hele vuurzee was ook niet moeilijk.

'Je hoeft je geen zorgen te maken, Ef. Het gaat prima. Ik heb menselijk contact. Jullie hoeven je niet druk te maken,' zei ze kalm, en op een saaie toon ging ze verder: 'Ik geef twee middagen en een ochtend les. Ik ben veel in de studio. Ik ga veel met andere docenten om.' Effie keek verveeld, dus ging ze verder. 'Ik ga bijna elke week naar een open les of een lezing. Ik heb Susan geholpen, ehm... Murphy, met zijn PowerPoint-presentatie...' Lena raakte uitgepraat. Ze zou willen dat ze meer had. Effies blik was afgedwaald naar haar telefoon, maar ze had hem nog niet opgenomen. 'Ik heb heel veel menselijk contact.'

'Heb je eigenlijk wel vrienden?'

Het was typisch iets voor Effie om dat direct te vragen en door haar verhaal heen te prikken, om haar zorgvuldig opgebouwde bescherming, hoe zwak ook, af te breken. Lena slikte en hoopte dat er niets aan haar ogen te zien was. 'Tuurlijk.'

'Ik bedoel niet oude vrienden, maar hier. Vrienden die je ziet.'

Dit was precies waarom Lena wenste dat ze haar antwoordapparaat had afgeluisterd, zodat ze op de een of andere manier had kunnen voorkomen dat Effie kwam. Ze wilde dat haar zus naar huis ging. Ze wilde dat ze nooit was gekomen.

'Tuurlijk,' zei Lena weer en ze boog voorover om de wasmand op te pakken. Ze tilde hem naar haar bureau en zette hem daar neer. Langzaam, vermoeid, begon ze de was op te ruimen, sok voor sok.

Toen ze haar gezicht weer in de plooi kon houden, draaide ze zich naar Effie. Ze schraapte haar keel. Het kostte haar moeite om uit zichzelf over Effies werk bij het tijdschrift *OK!* te beginnen, omdat Effies verhalen over tweederangs beroemdheden en de absurd ijdele meisjes met wie ze werkte haar misselijk maakten. Bovendien zou Effie het leuk vinden om erover te praten.

Tweeënhalf uur nadat Effie was aangekomen was Lena echter op dat punt beland. Ze zuchtte opnieuw en ging op de grond zitten. 'En hoe is het op je werk?'

We zijn heer en meester over de verzwegen woorden, maar slaven van de woorden die ons ontglippen.

– WINSTON CHURCHILL

Lena had een voorstel gedaan voor het restaurant. Ze had een plek uitgezocht waar het vol, druk en rumoerig zou zijn. Zo'n plek waar ze geen reserveringen aannemen, dus als je daar zat, stonden er altijd mensen vlak bij je die honger hadden en die jouw tafeltje wilden. Ze wist dat het slecht zou zijn voor haar zenuwen, maar ze wist ook dat ze zich zo kon beschermen tegen Effies vlijmscherpe blikken en benzinebranden.

Vooraf bestelde Effie een martini en gerookte zalm, daarna een entrecote en twee glazen dure rode wijn. Effie had minstens zo weinig geld als Lena, maar ze wist hoe ze gratis etentjes moest regelen. Lena betwijfelde of haar ouders wisten wat voor soort etentje ze sponsorden.

Lena bestelde één glas rode wijn en toen ze halverwege was voelde ze al dat ze rode wangen had en een beetje duizelig was. Ze begon de kerstversiering uitermate deprimerend te vinden. Wanneer had ze voor het laatst gedronken? Ze dacht terug aan Kostos en de bank in het huis van haar grootouders. Ze hield haar hand tegen haar rode wang.

De verlichting werd zachter en de muziek langzamer. Het was Ella Fitzgerald, die kerstliedjes zong. Effie bestelde een warme chocoladecake met vanille-ijs die ze zouden delen.

'Ik ben blij dat ik bij je ben, Len. In dit soort tijden heb je je familie nodig.'

Lena keek om zich heen. Effie begon, net nu het rustiger werd in het restaurant, soft en serieus te doen. Juist op het moment dat Lena had gedacht dat er rijen mensen kwaad hun kant op zouden kijken omdat ze hun tafeltje wilden hebben, was het restaurant veranderd in een fijne, intieme plek.

'Net als toen met Valia. Je bent toen zo'n steun voor me geweest. Ik nam haar maar voor lief. Ik wist helemaal niet hoeveel ze voor me betekende en hoeveel ik van haar had geleerd.' Effie laste een dramatische stilte in en sloot even haar ogen. Als Effie over Valia begon, dan wist Lena dat de andere gevaarlijke onderwerpen snel aan bod zouden komen en God weet wat nog meer.

Lena keek wanhopig naar de deur in afwachting van de hordes mensen die hier altijd kwamen. Waar was iedereen? Wat was er met deze plek aan de hand? In Providence kon je ook nooit ergens op rekenen.

Effie keek alsof ze zou gaan huilen. Ze strekte haar arm uit en pakte Lena's hand. 'Eerst Valia en dan Tibby,' zei ze. 'Het is echt ongelooflijk.'

Lena verstijfde. Ze voelde dat ze diep vanbinnen door elkaar geschud werd en ze hoopte dat ze het kon onderdrukken als ze heel, heel stil bleef zitten. Ze dacht aan de keer dat ze een voedselvergiftiging had opgelopen door een kung pao-garnaal; hoe ze doodstil in bed had gelegen, vechtend tegen de misselijkheid in de hoop dat het niet naar boven zou komen als ze niet bewoog.

Valia was tweeënnegentig geweest. Tibby negenentwintig. Valia had kinderen en kleinkinderen, ze had een restaurant gerund en een lang, gelukkig huwelijk gehad. Tibby, met alles wat ze had, haar intelligentie, haar liefde, had alles ontkend. Valia had alles uit haar leven gehaald wat erin zat, terwijl Tibby vanbinnen in het geheim zo'n leegte had gevoeld dat ze niet verder had gekund. *Beweeg niet. Beweeg niet.* Het kwam omhoog.

'Ik vind het zo erg, van Tibby. Echt, heel erg.' Het waren de martini en de wijn die aan het woord waren. Lena hoopte dat haar wijn geen antwoord zou geven.

'Ik weet hoe erg je haar mist, Len. Ik mis haar ook.'

'Waar. Heb. Je. Het. Over.' Lena's woorden kwamen tussen haar opeengeklemde tanden door. Ze kon het niet onderdrukken. Het kwam omhoog.

'Maar ik mis haar echt. Tibby en ik hebben wel een paar keer ruzie gehad, maar dat betekent nog niet dat ik niet van haar hield.'

O god. Het kwam. Het was het moment waarop je al boven de wc-pot hing en wist dat het zou komen. In haar mond verzamelde zich speeksel. Haar maag kwam omhoog. Nu moest je het kwijt en kon je alleen maar hopen dat je je daarna beter zou voelen.

'Je hield niet van haar.' Lena ontplofte, allemaal gal en viezigheid. 'Hoe durf je dat te zeggen? Je weet dat het niet waar is.'

Effie keek gekwetst. Dat was een blik waar ze goed in was. Lena gaf zichzelf niet eens de ruimte om zich af te vragen of het echt zo kon zijn.

'Je was kwaad om dat stomme gedoe met Brian.' Er kwam nog een golf. Lena kon het niet tegenhouden. 'Hij hield van Tibby en niet van jou, en dat heeft je nooit losgelaten. Dat heb je haar altijd kwalijk genomen. Dat heb je gedaan.' Het was smerig, uiteindelijk, als het naar boven kwam.

Effies ogen glinsterden. 'Hoe kleinzielig denk je dat ik ben?'

'Daarom heb je onze broek gestolen! En je bent hem kwijtgeraakt!' Toen deze zure herinnering in haar opkwam, wist Lena dat die kinderlijke gedachte nog altijd diep in haar genesteld zat. Als ze de Reizende Spijkerbroek nog hadden gehad, was dit niet gebeurd. De broek zou hebben voorkomen dat dit met Tibby en met hen allemaal was gebeurd. De broek zou hen hebben beschermd.

'Heb je me dat nou nóg niet vergeven? Je hebt gezegd van wel, maar je hebt het nooit gedaan en je zult het ook nooit doen.'

Lena drukte haar lippen op elkaar. Ze veegde de tranen van haar wangen. Effie en zij zaten allebei te schreeuwen en te huilen, merkte Lena, en het was maar goed dat het restaurant zo leeg was. Ella Fitzgerald zong verder over Frosty the Snowman en Lena zat te trillen op haar stoel.

'Dat is niet waar,' zei Lena met een zachtere stem dan daarvoor.

'Hoe dan ook, ik was niet boos op Tibby,' siste Effie. 'Ik was ook niet kwaad op Brian. Ik was kwaad op jou.'

Lena voelde haar kin trillen, haar schouders schudden.

'Ik was kwaad op jou omdat je altijd voor haar koos en niet voor mij. Ik was kwaad op je omdat je altijd voor je vriendinnen koos en nooit voor mij. Ik ben je zús! Dat heeft nooit iets voor je betekend, of wel?'

Lena keek hulpeloos toe terwijl Effie opstond. 'Jawel, dat betekende wel wat,' zei ze.

'Niet waar!'

'Effie.'

'Ik ben hier omdat ik je wilde helpen, Lena. Maar dat

kan ik niet. Ik beteken niet genoeg voor je om je te kunnen helpen.'

Lena huilde hard. Ze hield haar handen voor haar gezicht. 'Dat is niet waar,' probeerde ze te zeggen.

Effie zocht in haar tas en gooide vijf briefjes van twintig op de tafel. De tranen stonden nog steeds in haar ogen toen ze de tas om haar schouder sloeg en naar buiten liep.

Lena keek naar de rug van haar zus, en toen Effie weg was bleef ze naar de deur van het restaurant staren in de hoop dat Effie weer naar binnen zou komen.

Bridget liep langzaam terug naar Bolinas en ging de Sea Star Inn binnen. Ze had honger en het was de eerste plek die ze tegenkwam. Ze bestelde gebakken eieren met worstjes en brood met boter en nog meer brood.

Ze had er niet aan gedacht dat het Kerstmis was tot ze overal kerstversiering zag en de liedjes op de radio hoorde.

'Hebben jullie voor vannacht nog een kamer vrij?' vroeg ze aan de serveerster, die ook de barkeepster bleek te zijn. Het hotel-restaurant was een beetje armoedig, dus hoopte Bridget dat de prijs meeviel.

Voor veertig dollar per nacht kreeg ze een kleine kamer met gebruik van toilet en douche op de gang. Die avond kroop ze tegen zonsondergang in het krakende bed. Toen ze midden in de nacht wakker werd, hoorde ze de regen tegen de ramen slaan.

Na twee dagen in een bed te hebben geslapen en warm eten te hebben gehad, was haar geld op. De barkeepster annex hotelhoudster, Sheila, zag Bridget in de lobby staan met haar tas op haar rug.

'Ga je al? Wat jammer,' zei ze.

'Ik zou nog wel willen blijven,' zei Bridget, 'maar mijn geld is op.'

Ze zag de blik in de ogen van de vrouw. 'Ik bedoel niet dat ik de rekening niet kan betalen,' zei Bridget snel, en ze haalde haar portemonnee uit haar tas. 'Ik heb genoeg, maar niet voor nog een dag.'

Sheila knikte. Ze had een bandana strak om haar haar gebonden, net zoals Bridgets oma Greta soms deed. 'Ik heb hier nog wel wat klusjes,' zei ze. 'Ik wil je wel een paar dagen onderdak bieden als je bereid bent om te werken.'

Om de een of andere reden bracht het woord 'werken' zoals Sheila het zei een soort sprankeling teweeg, zoals nieuwe wielrenschoenen of een bananenmilkshake.

'Ik wil heel graag werken,' zei Bridget.

'Goed dan.' Sheila knikte. 'Leg je spullen maar op je kamer, dan beginnen we in de keuken.'

Die avond ging Bridget naar de oude muntjestelefoon in de lobby en belde Eric. Ze belde hem op zijn werk omdat ze wist dat hij daar niet zou zijn. Ze liet een bericht achter, wenste hem een fijne kerst en zei dat ze van hem hield. Ze twijfelde of ze meer wilde zeggen, maar ze kon het niet. Toen ze de telefoon ophing, klopte haar hart in haar keel.

De volgende ochtend ging ze weer naar de telefoon en belde Tabitha, de verpleegster.

'Heb je met je vriend gesproken?' vroeg Tabitha.

'Nee. Nog niet.'

'Ga je dat doen?'

'Ik weet het niet.' Bridget duwde met haar vinger tegen het schommelende deurtje van het wisselgeldbakje. 'Hoelang heb ik?'

'Hoe bedoel je?'

'Om de beslissing te maken. Om het af te breken, bedoel ik.'

'Bridget, je bent waarschijnlijk negen weken zwanger. Dat is nog niet lang. Volgens de wet kun je in Californië een zwangerschap tot vierentwintig weken beëindigen. Maar als je er goed over hebt nagedacht en het zeker weet, dan raad ik je aan om niet lang te wachten. Uit ervaring weet ik dat het na de veertiende week een stuk zwaarder is.'

'Voor je lichaam?' vroeg Bridget.

'Voor je hart.'

Terug in de stilte van haar kamer deed Lena Effies spullen voorzichtig in een kartonnen doos. Alhoewel ze verspreid lagen, vielen ze direct op. De flesjes knalrode en turkooizen nagellak, de geelgroene panty, twee kerstsokken, de gouden laarzen met hoge hakken, een roze string van kant – nog in de verpakking –, de drie verschillende haarproducten in neongroen plastic, de toilettas vol make-up. Het was alsof Lena's eentonige appartement die kleurige, geurige, feestelijke spullen niet kon verwerken.

Lena staarde miserabel naar de vrolijke verzameling in de doos. Kerstmis met manicurebehandelingen, pedicures, maskers en make-overs. Ze wilde Lena's ondergoed vervangen. Ze wilde haar een nieuw kapsel geven. Ze dreigde zelfs nieuwe muziek op Lena's iPod te zetten. Ze was gekomen om Lena op te vrolijken. Dit waren de dingen die Effie kon bieden.

'Je moet mensen van je laten houden op de manier die bij ze past,' had Tibby een keer tegen Lena gezegd.

Lena plakte met tape de flappen van de doos dicht en zette hem bij de deur om naar het postkantoor te brengen.

Effie was met al haar intimiteit en enthousiasme het huis binnengedrongen en dat was meer dan Lena kon verdragen. Lena was Effie helemaal niet waard.

Het is niet omdat je niets voor me betekent, het is juist het omgekeerde, zei Lena in gedachten tegen haar zus.

Nu de sombere rust was teruggekeerd, kon ze haar verdriet weer omarmen. Ze ging op de rand van haar bed zitten, op haar handen. Dit was toch wat ze had gewild? Effie was weg, ze was niet eens blijven slapen. Lena's teennagels waren niet gelakt. Ze hadden geen kerst gevierd. Haar kapsel was even saai als altijd. Lena was weer alleen, mistroostig en teruggetrokken. Het was haar gelukt om Effie weg te jagen, misschien wel voor altijd.

Lena liet zich opzij zakken en drukte haar wang tegen de kriebelende overdeken. Ze vroeg zich opnieuw af waarom ze zo naar dingen verlangde die haar diepongelukkig maakten.

Lena werd midden in de nacht met een schok wakker. Ze lag een tijdje met haar ogen wijd open naar het plafond te kijken, alsof het midden op de dag was. Ze stond op en liep de vier stappen naar haar bureau en ging op de stoel zitten.

Haar appartement had één groot raam, dat uitkeek op een luchtschacht. 's Ochtends en 's nachts wisten respectievelijk de zon en de maan haar kamer één uur binnen te dringen. Nu kwam het zachte maanlicht door het vuile draadglas en verlichtte de envelop die daar dag na dag ongeopend op het bureau stond.

Ze keek even naar de bruine doos bij de deur die klaarstond om naar het postkantoor te worden gebracht. Ze dacht aan Effie. Ze keek naar haar handen en zag hoe ze de dikke envelop pakten en hem voorzichtig openmaakten. Ze beschouwde haar bewegingen met een soort afstandelijk ongeloof, maar wat kon ze anders doen? Waar wachtte ze op? Wie zou het anders doen?

Je dacht dat je een keuze had om stil te blijven staan of door te gaan, maar dat was niet zo. Zolang je hart bleef kloppen en je bloed bleef stromen en er zuurstof in je longen kwam, ging je door. De scherpe pijn die ze om Tibby voelde had iets met jaloezie te maken. Je kon voor niets stil blijven staan, zelfs niet voor de dood, en God wist dat ze het had geprobeerd.

Doorgaan was al moeilijk genoeg, maar zonder Tibby leek het onmogelijk. Hoe kon zij doorgaan terwijl Tibby dat niet kon? Het leven was niet hetzelfde zonder haar. Lena wist niet hoe ze dat leven moest leven. Ze wist niet of ze dat wel wilde. Maar had ze een keuze?

En toen kwamen de hardere gedachten. Tibby had gedacht dat ze een keuze had gehad en zij had nee gezegd. Zij had haar leven afgewezen. En hen. En Lena. Diep vanbinnen was Lena het kind dat niet kon geloven dat Tibby haar met opzet zou verlaten.

Waarom? Waarom had ze het gedaan? Waarom had ze hun niet verteld wat er aan de hand was? Waarom had ze het zover laten komen? Had ze hun zo veel mogelijk pijn willen doen?

Nee. Dat kon Lena niet accepteren. Zelfs als het waar was, kon ze het idee niet bevatten. En het gevolg was dat haar leven in tweeën spleet en zij met haar ene voet aan de ene kant stond en met de andere aan de andere kant en ze geen stap kon zetten. Ze kon niet accepteren wat er was gebeurd, maar wat was het alternatief?

Ze had de neiging om zich af te sluiten voor informatie,

omdat elk beetje informatie tot dusver zo ongenadig veel pijn had gedaan.

Ze keek naar de doos bij de deur. Ze zag Effie voor zich, die alleen in haar mooie feestkleren in de nachttrein naar New York zat. Hoe moest het met hen? Ze kon niet langer stil blijven staan.

Haar handen zweetten. Ze haalde de inhoud uit de envelop. Er was een brief, twee blaadjes vol geschreven, de voor- en achterkant. Er waren nog twee kleinere dichtgeplakte enveloppen. Op de ene stond LENA, en op de andere stond, vreemd genoeg, KOSTOS.

Lenny,

Hoe moeilijk het ook is om me jouw leven voor te stellen zonder mij, ik heb mezelf gedwongen het te doen, maar ik ben te vergroeid met jou om mezelf weg te laten als ik je voor me zie, zelfs al kan ik niet lijfelijk bij je zijn.

Wat je achterlaat zijn de mensen van wie je hield. Je blijft zelf achter in hen. Ik kan me niets mooiers voorstellen dan in jou achterblijven, Len. Ik zie mezelf graag voor me in jouw prachtige gezicht. Als je een plek voor me hebt, dan is dat waar ik zou willen voortleven. In jou en Bee en Carmen. In wezen heb ik daar altijd gewoond.

Ik kan niet accepteren dat ik er niet zal zijn om je te prikkelen, uit te dagen en je te ergeren, dus vergeef me dat ik dat alsnog doe. Ik wil dat je iets voor me doet. Ik heb twee brieven in deze envelop gedaan: een voor jou en een voor Kostos. Ik wil niet overbodig geheimzinnig doen, maar ik wil jouw bekende tegenwerking vermijden. Dus wees alsjeblieft zo goed om de brief voor Kostos aan hem te geven: persoonlijk, van jouw hand in zijn hand, in levenden lijve. Het is veel gevraagd, dat weet ik, maar ik weet ook dat je het zal doen, want zo iemand ben jij.

Ik heb er een datum op gezet, en ik wil dat jullie de brieven pas daarna openmaken. Ik weet dat ik ongelooflijk vervelend ben en dat je wel moet doen wat ik je vraag omdat ik er niet meer ben, maar ik heb er wel een tijdje over nagedacht.

Je zult me haten of van me houden, maar vergeet niet dat ik het heb gedaan omdat ik van je kon. Of het nu fantastisch wordt of verschrikkelijk, ik hoop dat je me het niet kwalijk neemt dat ik je aanwijzingen geef.

Er is nog iets wat ik je wil vragen. Zou je af en toe naar Alice willen gaan? Niet vaak, gewoon om de paar maanden of zo. Ik wil niet dat je over ernstige of verdrietige dingen praat. En natuurlijk zou ik het fijn vinden als je Nicky en Katherine en mijn vader af en toe ziet, maar waarschijnlijk heeft Alice het het meest nodig.

In plaats van één brief die haar achtervolgde, had Lena er nu twee. Twee verzegelde enveloppen met een datum in maart erop. In plaats van alleen zichzelf en Tibby, moest ze nu ook Kostos ontwijken.

Maar hoe erg ze er ook tegen opzag, ze had iets wat ze voor Tibby moest doen. Twee opdrachten, waaronder Alice opzoeken. Opdrachten waren dingen, zoals haar stromende bloed en haar kloppende hart, die haar op gang hielden, of ze dat nu wilde of niet.

Geen pen, geen inkt, geen tafel, geen kamer,
geen tijd, geen rust, geen overtuiging.

– JAMES JOYCE

Er was iets vreemds met bruiloften. Hoeveel tijd je er ook in stopte, er kon altijd meer bij. Er was altijd iemand anders die je nog kon bellen, een andere vraag die je kon stellen, iets anders wat je kon kopen. Je kon al je zorgen, al je verlangens, al je grillen en alle uren van de dag in je bruiloft stoppen en nog was hij niet vol.

En bruiloften waren vrolijk. Een bruiloft plannen was vrolijk. De kleuren waren helder en de mensen met wie je erover praatte waren lief en lachten snel. Vrolijk en lachend stalen ze je geld.

Een bruiloft was een kans om controle uit te oefenen. Je kon jezelf en je leven en je echtgenoot in spe presenteren zoals je wilde en er zouden honderden foto's gemaakt worden om het te documenteren. Zo lang je leefde kon je jezelf vertellen dat je er op je bruiloft uitzag zoals je echt was en niet als iemand waar je moeite voor had gedaan en waar je een hoop geld voor had betaald.

Controle betekende dat je ook dingen op je bruiloft weg kon laten.

'Mam, weet je wanneer oude Carmen in Puerto Rico is?' vroeg ze nonchalant toen ze haar vanaf de set belde.

'Van 1 maart tot half april.'

'Weet je tot wanneer ze daar precies is, in april? Hebben

we het over de twaalfde? De zestiende?'

'Ik weet het niet – eerder de zestiende dan de twaalfde. Je kunt haar even bellen. Hoezo?'

'Ik probeer een datum voor de bruiloft te prikken.'

'Je doet het toch niet voor de zestiende, hè?'

'Nou...'

'Carmen.'

'Wat?'

'Je probeert het toch niet zo te regelen dat *abuela* niet komt?' Haar moeder doorzag de dingen af en toe vervelend snel.

'Nou ja, als ze in Puerto Rico is, dan verwacht ik niet van haar dat...'

'Carmen, het kan me niet schelen, al zit je oma in Timboektoe, zij gaat je bruiloft niet missen. Al moet ze op haar knieën naar de kerk kruipen, ze zal erbij zijn.'

Het leek Carmen niet het goede moment om te zeggen dat de bruiloft niet in de kerk zou plaatsvinden. 'Maar mám.' Ze klonk als een vijfjarig meisje. 'Misschien wil ik het wel heel klein doen.'

Haar moeder zuchtte. 'Al is je bruiloft zo klein dat je niet eens een bruidegom hebt, je oma zal zorgen dat ze erbij is. Echt waar, Carmen, zet die gedachte maar uit je hoofd. Ze heeft het al over je bruiloft sinds de dag dat je geboren bent.'

Carmen liet haar blik langs de lange namenlijst gaan die ze had opgesteld. Ze mokte. 'Oké.'

'Carmen?'

Het hoofd van de nieuwe PA verscheen in de deuropening van de make-uptrailer en Carmen drukte op 'ophangen'. 'Ja?' Ze kon niet op de naam van de jongen komen.

'Ze hebben je op de set nodig.'

'Nu?' vroeg ze geïrriteerd, alsof ze haar hadden mooi gemaakt en ze betaald werd om vanuit de trailer via haar iPhone haar bruiloft te regelen.

Overdag wiedde Bridget de eenvoudige tuin van de Sea Star Inn en herstelde de stenen muur. 's Avonds waste ze glazen en borden af in de cocktaillounge, waar de geuren haar helemaal gek maakten. Tijdens al die uren dacht ze aan Tibby. Ze had die gedachten tot nog toe onderdrukt, maar nu liet ze ze komen. Ze dacht terug, stelde vragen en giste.

Sommige dagen begon ze bij het verleden: de eerste herinneringen aan hun kindertijd, de tijd op de middelbare school en de jaren erna. De jaren van de Reizende Spijkerbroek. En daarna de tijd nadat ze waren afgestudeerd. Tibby die in New York ging wonen, in de bediening werkte en haar scripts schreef, en niet veel later zij en Carmen die ook naar New York gingen. Ze dacht terug aan de ruim twee jaar dat zij, Tibby, Carmen en onofficieel Lena, een huis deelden op Avenue C. Daarna trok Tibby bij Brian in. Eerst in Long Island City, daarna in Greenpoint, en vervolgens verhuisden ze naar Bedfort-Stuyvesant, altijd op zoek naar een goedkoper appartement, terwijl Tibby haar scripts aan de man probeerde te brengen en een producer zocht voor haar films en Brian zijn softwarebedrijfje van de grond probeerde te krijgen.

Ongeveer een jaar later, kort na hun zevenentwintigste verjaardagen, verdween Tibby. Bijna zonder waarschuwing verhuisde ze naar Australië. Bridget herinnerde zich dat ze haar met Halloween wilde verrassen en naar het benedenhuis van haar en Brian was gegaan in Bed-Stuy. Bridget had haar Indiana Jones-pak aan, inclusief de hoed en de zweep, en had een doos met karamelappels bij zich. Ze belde aan en bonsde op de deur, maar er deed niemand open. Uiteindelijk klom Bridget omhoog om door het raam naar binnen te gluren en zag dat het appartement leeg was.

Tibby mailde Carmen en Lena niet veel later om uit te leggen waarom ze waren verhuisd. Brian had een groot project. Het betaalde erg goed. Het zou waarschijnlijk maar voor drie maanden zijn. 'Te gek, hè?' schreef ze. 'Australië!'

Die eerste paar maanden mailde Tibby regelmatig. Bellen was lastig, maar ze was niet uit het zicht verdwenen. Ze stuurde iedereen met kerst grappige e-cards. Maar toen waren er drie maanden voorbij. Toen vier en toen zes en toen acht. Ze wachtten tot ze terug zou komen, maar ze kwam niet. Ze vielen haar de hele tijd lastig. Wanneer kom je terug? Dat was het onderwerp boven aan elke mail die Bridget haar stuurde. Wanneer? Wanneer? Wanneer?

Ongeveer vier maanden nadat ze was vertrokken liet Tibby steeds minder van zich horen, juist rond de tijd dat ze haar terugverwachtten. Daarna waren er nog maar een paar e-mails gekomen en de toon ervan veranderde. Plotseling deed ze geen uitspraken meer over wanneer ze terug zou komen.

Het duurde een paar maanden voordat ze doorhadden dat er iets was veranderd, voordat ze begrepen dat ze geen van allen wat hoorden. Pas in juni spraken ze af om samen in New York te eten om het erover te hebben. Ze stelden elkaar gerust.

'Ze werkt waarschijnlijk aan iets groots,' giste Carmen. 'Je weet hoe ze is als ze midden in een script zit.'

'Misschien hebben ze besloten om de zomer in de bush door te brengen en te gaan duiken bij het Great Barrier Reef,' had Bridget gezegd. 'Dat zou ik doen, als je toch daar bent. En als je daar zit, kun je niet bellen of mailen.'

In de e-mailberichten die Tibby met hun verjaardagen stuurde stond eigenlijk niks. Ze gaf geen informatie en haar woorden waren afstandelijk. Achteraf gezien waren ze angstaanjagend leeg.

Rond die tijd moesten de echte problemen begonnen zijn, voor zover Bridget kon nagaan. Ze waren niet voorbereid op Tibby's vertrek. Ze wisten niet hoe ze ermee om moesten gaan. Ze konden voor zichzelf niet eens toegeven dat het echt waar was, dat Tibby ver weg was. Het ging niet om de fysieke afstand, dat hadden ze eerder meegemaakt. Het was het feit dat een van hen voor het eerst in hun leven echt, met opzet, afstand nam. Ze konden zich niet voorstellen dat dat waar was.

Terwijl ze terugdacht had Bridget duidelijk het gevoel dat ze vanaf dat moment allemaal hadden stilgestaan. Ze hadden het nooit hardop tegen elkaar gezegd, maar het klopte niet om samen leuke dingen te doen terwijl Tibby er niet was, om grote beslissingen te nemen, om toe te staan dat er veranderingen plaatsvonden of belangrijke dingen gebeurden zonder dat Tibby erbij was. Ze wachtten tot Tibby terug zou komen, misschien niet fysiek, maar in elk geval spiritueel, zodat ze hun levens weer konden oppikken. Ze hadden haar afwezigheid nooit geaccepteerd. Ze wisten niet hoe ze moesten leven als hun levens uit elkaar liepen.

Daarom was Bridget, net als de anderen, zo blij geweest over Griekenland. Blij en opgelucht, omdat er een einde zou komen aan de verwarrende, eenzame periode in hun leven. *Goddank komen we weer bij elkaar.* Bridget had nooit gedacht dat ze uit elkaar zouden groeien, maar dat was wel gebeurd. Dat zag ze nu in.

Waarom had Tibby het gedaan? Waarom was ze op die

manier vertrokken? Dat was het deel waar Bridget niet uit kwam.

Andere dagen begon ze bij het heden, bij de weken voordat de tickets kwamen. Ze probeerde een verband te leggen tussen die dagen en de dagen ervoor en de dagen daarvoor. Ze probeerde de rode draad te volgen die leidde naar de tijd dat ze Tibby nog wel dacht te begrijpen en haar leven nog klopte.

In gedachten zocht ze naar een verklaring, naar het ontbrekende puzzelstuk. Misschien was Brian bij haar weggegaan en had hij haar hart gebroken. Misschien wilde ze daarom geen contact hebben. Maar had ze dan niet juist haar problemen met hen willen delen?

De twee mensen aan wie Bridget dingen wilde vragen waren Brian zelf en Alice, Tibby's moeder. Wat wisten zij? Haar drang om achter de waarheid te komen werd echter overtroffen door haar angst dat geen van beiden wist wat er echt was gebeurd. Bridget had Alice twee dagen geleden te pakken weten te krijgen, maar het gesprek ging nergens naartoe. Voor zover ze wist geloofde Alice dat Tibby verdronken was. Het was een stomme tragedie, een ongeluk, en dat was alles. Misschien wilde Tibby niet dat iemand anders de waarheid te weten kwam, en Bridget wilde niet degene zijn die het hun vertelde.

Op een avond leende Bridget Sheila's laptop en zocht op 'Tibby' en 'Australië'. Het kostte haar een tijd en ze moest de zoekopdracht verfijnen, maar uiteindelijk kwam haar naam naar voren, met een adres. Bridgets hand trilde terwijl ze het adres op een kaart opzocht. Ze zoomde steeds verder in en toen ze midden in het stadje was, gebruikte ze de satellietfunctie. Het was een klein stadje. Een dorp, eigenlijk. Bridget navigeerde langs alle gebouwen in elke straat. Op de satellietbeelden zag ze mensen en ze vroeg zich af hoe oud die beelden zouden zijn en of een van hen Tibby kon zijn.

Dat was het moment waarop ze op het idee kwam. Ze wist precies wat ze zou doen. Het was iets wat ze achteraf gezien had moeten doen toen Tibby nog leefde, besefte ze met pijn in haar maag.

Het leek misschien laf om een weekend uit te zoeken waarvan ze zeker wist dat Effie niet bij hun ouders zou zijn, maar Lena was behoorlijk laf. Ze belde haar moeder en haar vader, allebei, om te zeggen dat ze kwam en om de stemming een beetje te peilen. Haar moeder was doortrapt genoeg om iets te regelen waardoor Effie en zij elkaar wel moesten zien, maar haar vader niet. Die flapte altijd alles eruit, en meestal juist dat wat hij niet geacht werd te vertellen. Hij deed het niet expres, dat wist ze. Hij hield het alleen nooit allemaal bij en juist de geheime dingen bleven voor in zijn mond liggen.

'Lieverd, ik ben zo blij dat je bent gekomen,' zei haar moeder voor de derde keer toen Lena in hun grote glimmende keuken zat en thee dronk die haar moeder had gemaakt. In de thee zat meer melk en suiker dan Lena erin gedaan zou hebben, maar hij smaakte goed.

'Ik ben ook blij,' zei Lena. Ze wilde open tegen iedereen zijn, zonder dat ze de indruk wekte dat ze haar aan een verhoor konden onderwerpen.

Voordat ze vertrok had ze gedacht dat haar moeder haar honderdduizenden vervelende vragen zou stellen, dat ze haar moederlijke schijnwerper op haar zou richten en alle zwakke en geheime plekken zou onderzoeken die er te vinden waren. Dat had ze echter niet gedaan. Ze was aangenaam rustig. Ze ruimde een paar boodschappen op.

'Heb je een tijd afgesproken met Alice?' vroeg Ari nadat ze de laatste plastic zak had leeggehaald en in de recyclebak had gedaan.

Lena schudde haar hoofd. Dit was het deel van het weekend waar ze het meest tegen opzag. 'Nee, ik heb alleen tegen haar gezegd dat ik in de namiddag zou langskomen.'

Haar moeder knikte. 'Vind je het fijn als ik met je meega?'

Lena keek verrast op. Ze was vergeten dat haar moeder op haar leeftijd zoiets voor haar kon doen, dat er echt iets was wat haar moeder kon doen om haar te helpen. Ze kon de spanning van haar moeders gezicht aflezen, maar ook de oprechte wil om het te doen, en om die reden hield ze van haar.

Lena twijfelde. 'Dank je voor het aanbod. Ik vind het echt heel lief. Maar ik denk dat ik alleen moet gaan.'

'Oké,' zei Ari.

'Ben je er al een keer geweest?'

'Een paar keer.'

Lena knikte. 'Je hebt vast eten gebracht?'

'Pannen vol.'

Lena zag het voor zich en ze kreeg er honger van. 'Spanakopita, of niet? Daar is Nicky zo gek op.'

'Onder andere.'

Haar moeder ging zitten, iets wat ze zelden deed. Ze keek ernstig. 'Het is moeilijk om te weten wat je voor iemand kunt doen.'

Lena vroeg zich af of ze nog zo als haar moeder kon worden, of dat het daar te laat voor was. 'Je probeert het tenminste,' zei ze. 'Je hebt in elk geval iets gedaan.'

Ze zaten in de keuken terwijl Alice koffie probeerde te maken. Lena zat aan de tafel en keek naar Alice, die van alles zocht. De koffiefilters. Geen koffiefilters. Ze zocht steeds op de vreemdste plekken, zoals in de koelkast en onder het aanrecht. Er was een stuk van de koffiemolen afgebroken. De gebruiksaanwijzing moest ergens liggen. En de melk? De melk was net op. Het was een vreemde wisseling van de rollen, dacht Lena.

'Het geeft niet. Ik wilde eigenlijk toch geen koffie,' zei Lena.

Alice zat ondertussen al op haar hurken en doorzocht een van de onderste keukenkastjes. 'We moeten nog ergens oploskoffie hebben.'

Lena wilde dat ze iets kon zeggen waardoor Alice zich meer op haar gemak voelde en gewoon aan tafel kwam zitten, maar Alice belde Loretta al, de huishoudster die sinds jaar en dag bij hen kwam, om te vragen waar de oploskoffie was, en Lena begreep dat Alice niet met haar aan tafel wilde zitten. Lena begreep het, want ze wist heel goed hoe het was om geen moment rust te vinden. Daar had ze de hele tijd last van.

Alice wilde niet dat hun blikken elkaar zouden kruisen, dat er een bedreigende stilte zou vallen. Ze wilde niet dat er ruimte zou zijn waarin ze over Tibby zouden moeten praten en over wat er was gebeurd en hoe het was gebeurd en hoe erg ze haar misten. Het was duidelijk dat Alice er doodsbang voor was.

Lena wilde niet dat Alice over iets praatte waarover ze niet wilde praten – van iedereen was Lena de laatste die haar dat wilde aandoen. Lena wilde over niets moeilijks of verdrietigs beginnen. Ze wilde alleen dat Alice kwam zitten. Ze wilde alleen dat Alice wist dat ze om haar gaf. Moest dit voor de mensen om Lena heen ook zo zijn? Zoals haar moeder? Zoals Carmen, Effie en Bee? Zoals Tibby?

'Hoe vindt Nicky het op zijn nieuwe school?' vroeg Lena luchtig. Ze wist dat hij van de openbare school, waar ze allemaal op hadden gezeten, af was gegaan en voor de vierde klas naar Maret was gegaan.

Voor de eerste keer sinds Lena er was keek Alice haar aan. 'Hij vindt het wel leuk,' zei ze.

'Volgens mij is het een geweldige school,' zei Lena. 'Maar wel hard werken. Harder dan in Bethesda, denk ik.'

'Ja, zeker.' Er was iets van trots in Alice' ogen te zien terwijl ze langzaam naar de tafel toe kwam waar Lena zat. 'Hij werkt een stuk harder dan hiervoor en haalt allemaal achten. Voor natuurkunde heeft hij zelfs een negen gehaald. Daar was hij behoorlijk trots op.'

Lena schudde haar hoofd. 'Ik herinner me natuurkunde nog wel. Ik heb nooit een negen gehaald.'

Alice leunde aarzelend met haar heup tegen de rand van de tafel. 'Het gaat er anders aan toe op deze school. Nicky heeft twee nachten doorgewerkt voor zijn proefwerk geschiedenis.'

'Wauw,' zei Lena.

Alice lachte en schudde haar hoofd. 'Dat was met jullie meiden wel anders. Jullie lagen de hele middag te zonnebaden op ons dak als jullie moesten leren...' Alice hield haar mond. Haar gezicht betrok en haar ogen werden vochtig. Ze keek naar beneden, naar haar hand, en draaide aan haar ring.

Lena hoorde de knarsende wielen van de angstmachine die weer op gang kwam en ze wou dat ze die kon stilzetten. Maar deze ene keer waren het niet haar wielen die zo veel geluid maakten. Het lawaai van Alice' machine legde die van haar het zwijgen op. Het maakte Lena invoelender, minder hard.

We moeten het voelen, we moeten erdoorheen, dacht ze.

Perry had niet genoeg geld om iets aan Bridget te lenen. Ze wist het omdat ze hem had gebeld en het had gevraagd.

'Ik wou dat het kon,' had hij gezegd. 'We hebben een schuld op onze creditcard en we moeten alle restjes bij elkaar schrapen om deze maand de huur te kunnen betalen. Vraag het me in juli nog een keer, als ik klaar ben met studeren en een baan heb, dan kun je zo veel krijgen als je wilt.'

Ze belde haar vader twee keer en werd kwaad. Hij nam nooit zijn telefoon op en hij kon nu niet terugbellen op een moment dat het hem wel uitkwam, dus ze liet ook geen boodschap achter.

Ze liet het er niet bij zitten, nam een bus naar San Francisco en liep Erics kantoor binnen. Ze had voor de gelegenheid schone kleren aangetrokken. Haar haren kammen was niet gelukt, want de plukken zaten zo in de klit dat het bijna dreadlocks leken, maar ze had het in elk geval netjes naar achteren gedaan. Toen ze Sheila een zoen had gegeven en na drie weken in de Sea Star Inn afscheid van haar wilde nemen, had Sheila haar van een afstandje bekeken en gezegd: 'Meis, dat heb je goed gedaan.'

Eric was verbaasd haar te zien. Zo verbaasd dat hij geluk en opluchting uitstraalde en niets anders. Hij sloeg onmiddellijk zijn armen om haar heen. 'Ik ben zo blij om je te zien,' zei hij. 'Ik ben zo blij dat alles in orde is.'

Toen ze gingen zitten hadden ze tranen in hun ogen, maar ze maakten elkaar geen verwijten. 'Ik ben helemaal niks zonder jou.'

'Het spijt me,' zei ze. Ze was geraakt door zijn liefde voor haar, zelfs na alles wat ze had gedaan. Het stak haar dat ze hem zo veel dingen niet vertelde. 'Het spijt me dat ik zomaar ben weggegaan. Het spijt me dat ik niet heb gebeld. Het spijt me dat ik hier ben.'

Hij nam haar hand en bekeek haar vingers een voor een. Hij keek niet boos. Hij had een begrijpende blik in zijn ogen. Hij wist wat dit met haar had gedaan. 'Waarom ben je hier?'

'Ik blijf niet. Ik ben gekomen omdat ik geld moet lenen.'

Hij knikte. Ze verwachtte dat hij zou vragen waarom en waarvoor, maar hij hield zijn mond. Ze wilde bijna dat hij vragen zou stellen en eisen en haar zou beschuldigen, want dan kon ze misschien boosheid voelen in plaats van dit vreselijke gemis.

'Hoeveel?'

Daar had ze nog niet over nagedacht. 'Ik denk...' Ze rekende. Hoeveel was een ticket naar Australië? Ze kon een enkele reis kopen en dan later maar zien hoe ze het geld bij elkaar kreeg. 'Duizend? Met achthonderd red ik het misschien ook.'

'Oké.' Zijn gezicht was niet alleen knap, het was ook een deel van haar. Hij had zweetplekken onder zijn oksels en inktvlekken op zijn handen. 'Loop je met me mee naar de bank?'

'Tuurlijk.'

Toen ze over straat liepen, sloeg hij zijn arm om haar heen en ze liepen gelijk in een goede pas. Het was zowel verdrietig als fijn om bij hem te zijn.

Ze wachtte in de hal van de bank terwijl hij naar een balie liep en met een medewerker sprak. Hij kwam terug en overhandigde haar een envelop.

Ze keek naar beneden zodat hij haar gezicht niet zag en alles wat daarop te lezen viel. 'Dank je,' zei ze. 'Ik verdien het niet.'

'Moet je gelijk gaan?'

Ze staarde naar zijn licht gekreukelde broek, de kale plekken op zijn kantoorschoenen. Ze wilde wel blijven. Ze zouden naar Chinatown kunnen lopen, dimsum gaan eten. Ze zouden de toiletten in kunnen glippen en kunnen vrijen.

Met een steek in haar maag dacht ze opeens aan Tabitha. Ze raakte met haar hand haar buik aan. Ze zou het hem kunnen vertellen. Ze zou hem alles kunnen vertellen. Zou ze dat kunnen? Ze dacht aan de woorden waarmee ze zou beginnen, en haar blik vernauwde, alsof ze ging flauwvallen. Ze voelde de pijnlijke rusteloosheid in haar gewrichten en een tinteling, alsof ze met haar voeten in een nest rode mieren stond.

Ze kon het niet. 'Ja, ik ga gelijk weer,' zei ze. Ze leunde naar voren en kuste hem op zijn lippen. Er zat duidelijk passie in de kus, zelfs na alles wat er was gebeurd. Als ze te lang zo dicht bij hem bleef staan, zou ze niet weg kunnen gaan, en ze wist dat ze ook niet kon blijven.

Ze liep weg, Pine Street in, richting Powell. Haar borst deed pijn. Ze wilde niet omkijken, maar ze moest wel. Ze draaide zich om en daar stond hij nog, te kijken hoe ze wegliep. Hij zwaaide of lachte niet. Hij keek verdrietig. Toen ze zich voor de tweede keer omdraaide, was hij verdwenen.

Ze had niet in de envelop gekeken totdat ze bij het busstation stond en een kaartje moest kopen. Hij had haar geen duizend dollar gegeven, maar tienduizend.

Lena's ouders martelden haar niet met vragen of adviezen, waar ze bang voor was geweest. Ze namen haar mee naar de Libanese taverne, bestelden zeven verschillende gerechtjes en een fles wijn en praatten over de belabberde staat van de Griekse economie.

'Het zal niet makkelijk worden om het huis in deze tijd te verkopen,' zei haar vader.

Lena liet haar gedachten afdwalen naar het straatje, omhoog, naar het huis van haar grootouders. Ze moest weten hoe pijnlijk het was voordat ze naar binnen kon gaan.

Lena schraapte haar keel. 'In de toeristische gedeelten zal het geen probleem zijn. Als er één eiland is dat het overleeft, dan is het Santorini.'

Ari knikte. 'Dat heb ik ook al gezegd.'

'Ik moet ernaartoe,' zei haar vader gelaten. Alleen al het uitspreken van die zin vermoeide hem kennelijk. 'We kunnen het huis niet nog een jaar zo laten staan. Straks stort het in elkaar.'

Lena zag Kostos voor zich die met onderdelen en gereedschap om hem heen op de grond zat en de scharnieren van de achterdeur uit elkaar haalde. Het beeld was vrolijk genoeg om de pijn een beetje uit te bannen. Ze knikte.

'Hij heeft de reis al twee keer uitgesteld,' zei Ari.

'Ik had een zaak die voor de rechter kwam.'

Lena knikte vriendelijk. Ze wist echter dat de zaak niet de reden was dat haar vader er zo afgepeigerd uitzag. Ze stelde zich voor hoe het voor hem moest zijn om geconfronteerd te worden met de wereld van zijn ouders, met hun kleren, met de geuren, met zijn schuldgevoel omdat hij ze had achtergelaten en altijd had beloofd dat hij een keer langer zou blijven als het rustiger was op de zaak, misschien zelfs wel een sabbatical zou nemen, maar dat nooit had gedaan.

Haar vader wilde daar allemaal niet over praten. Hij

praatte over de zaak die moest voorkomen en over niets anders.

Lena dacht aan de twee dichtgeplakte enveloppen die tussen de blaadjes van haar schetsboek zaten. Ze dacht aan haar opdracht en haar hart begon sneller te kloppen.

'Als je wilt, ga ik,' zei ze.

Haar vader draaide zich naar haar om alsof ze uit haar stoel was verdwenen en weer tevoorschijn gekomen met een nieuw gezicht. 'Hoe bedoel je?' vroeg hij.

'Ik kan gaan om het huis te verkopen.'

'In je eentje?'

Hij zei het alsof ze nog twaalf was.

'Natuurlijk.'

Op zijn gespannen gezicht verscheen langzaam een uitdrukking die het midden hield tussen enthousiasme en opluchting. 'Denk je dat je dat redt?'

'Jawel. Ik ken het huis. Ik ken het eiland redelijk goed. Ik denk niet dat je daarvandaan hoeft te komen of een jurist hoeft te zijn om uit te kunnen zoeken hoe dat in z'n werk gaat.'

'Je moet wel Grieks spreken,' merkte haar moeder op.

Haar vader hief zijn hand op. 'Niet per se. Iedereen spreekt daar tegenwoordig Engels.'

'Je wilt niet dat je bedrogen wordt of gemanipuleerd. En het is wel handig als je de papieren kunt lezen,' waarschuwde haar moeder.

Haar vader had het idee vastgegrepen en zou het niet snel loslaten. Lena kreeg niet eens de kans om te zeggen dat ze tegenwoordig behoorlijk goed Grieks sprak. Hij was opeens zo vol van het idee dat hij niet zelf hoefde te gaan, dat hij waarschijnlijk Bubbles, de kat van de buren, nog zou sturen om het huis te verkopen.

'Lena kan de papieren faxen of scannen en mailen, en ik kan alles hier nalezen. Trouwens, ik verwacht toch niet dat ik de hoofdprijs voor dat huis krijg.'

Waarschijnlijk zou hij op dit moment Bubbles toestemming geven om elk bod boven de vijf dollar te accepteren, als de koper maar bereid was om de inboedel over te nemen.

Haar moeder was duidelijk minder enthousiast. 'Lena, weet je zeker dat je het niet erg vindt om nu al terug te gaan naar die plek?' vroeg ze oprecht bezorgd.

Haar vader opende zijn mond om iets te zeggen, maar Ari legde hem met haar blik het zwijgen op.

'Ja. Ik zat het me ook even af te vragen.'

Ari legde haar hand op die van Lena. 'Liefje, ik vind het een heel genereus aanbod van je, echt waar. Maar waarom denk je er niet even een tijdje over na zodat je zeker weet dat het goed voelt.' Ze wierp nog een strenge blik naar haar man, die bijna ontplofte.

Lena knikte.

'Want een huis verkoop je niet in een paar dagen. Dat kan wel even duren,' voegde haar moeder eraan toe.

Haar vader kon zijn mond niet houden. 'Heus niet zo lang.'

'Het is een grote klus.'

'Heus niet zo groot.'

'En het kost natuurlijk veel geld om ernaartoe te gaan.'

'Ik betaal je vliegticket,' zei haar vader.

Lena kreeg bijna de neiging om te lachen. 'Om eerlijk te zijn heb ik er al eerder over nagedacht. Dit is niet de eerste keer dat het idee bij me opkomt.' Ze leunde ongewoon ontspannen naar achteren. 'Natuurlijk heb ik pijnlijke herinneringen aan het eiland, maar ik moet iets doen, en ik geloof dat ik wat anders moet doen dan ik tot nu toe heb gedaan. Het is op dit moment niet goed voor me om in Providence te zijn.' Haar openheid verbaasde haar.

Haar ouders keken ook verrast, in plaats van haar te belagen met vragen zodat ze meer zou vertellen. Dus deed ze dat maar uit zichzelf. 'Ik kan het niet blijven ontwijken. Ik moet iets doen, en dit idee voelt goed.'

Ari knikte. Ze keek alsof ze vijftig vragen en honderd opmerkingen had, maar ze zei niets en Lena was haar daar dankbaar voor.

Lena zag zichzelf als Alice, die de keuken ondersteboven haalde omdat ze geen contact durfde te maken, terwijl haar moeder alleen maar wilde dat ze ontspande en bij haar aan tafel kwam zitten.

Haar vader klapte in zijn handen. 'Volgens mij is het een prachtig plan,' zei hij.

Ik heb geboorte en dood gezien,
maar ik dacht dat ze verschilden.

– T.S. ELIOT

Er was een lijst met 119 dingen erop waar Carmen mee bezig was. Er was ook een lijst met één ding waar Carmen niet mee bezig was. En het was de tweede lijst waar Carmen het meest aan dacht.

Ze stopte de envelop die Tibby voor haar had achtergelaten ongeopend in haar la met ondergoed. Eerst omdat ze hem dan daar kon vinden, daarna probeerde ze hem te verbergen door er spullen bovenop te leggen. Het bleek echter dat haar ondergoed te dun was om wat dan ook te verbergen.

Soms pakte ze de envelop op, voelde hoe zwaar hij was, schudde, probeerde te raden wat erin zat. Soms bestudeerde ze Tibby's handschrift en vroeg zich af of ze haast had gehad toen ze Carmens naam erop had geschreven. Soms nam ze hem mee als ze ergens naartoe ging. Het enige wat ze niet deed was hem openmaken.

Tot de avond waarop ze tijdens een borrel met haar agent op een lege maag een gin-tonic en twee glazen wijn had gedronken.

Ze had drie dagen achter elkaar zo weinig gegeten dat ze zich sterk en trots voelde. Ze had zeker een week niets zinnigs gezegd of gedacht en ze was op zoek naar diepgang. En Jones was niet thuis, dus voelde ze zich min of meer volwassen. Ze had het gevoel dat ze onkwetsbaar was, of op z'n minst dat ze de komende paar dronken minuten onkwetsbaar was.

Ze haalde de envelop uit de onderbroekenla en rukte hem open. *Hit me with your best shot,* dacht ze, met zo veel diepgang dat ze alleen in Pat Benatar-teksten kon denken. Ze liet de inhoud van de envelop op het bed vallen.

Tot haar verbazing viel er een iPhone uit. Ze keek er even snel naar. Het was de nieuwste, met het grootste geheugen, de snelste processor en een betere camera. Het was precies het type dat ze ontzettend graag wilde hebben, maar niet had gekregen omdat haar contract nog niet was afgelopen, en hij kostte zeshonderd dollar. Ze staarde naar de telefoon. Ze had zich voorbereid op een steek in haar hart en in plaats daarvan kreeg ze een iPhone.

Er zat een kort briefje bij.

Carma,

Brian heeft deze voor me gekocht en ik heb er niets aan, maar jij waarschijnlijk wel.

Liefs,
Tibby

En dat was het? Dat was te makkelijk. Er zat nog een opgevouwen blaadje in de envelop.

Carmen,

Ik hou het kort, m'n liefste Carma Carmena, want wat ik voor jou voel past toch nooit op een blaadje. Ik kan het niet eens proberen, dus vraag ik je maar één ding. Wil je op of niet lang na 2 april naar het adres gaan dat ik hieronder heb opgeschreven? Natuurlijk hoeft het *niet, als je het niet wilt. Ik weet dat je het heel erg druk hebt, maar het is slechts anderhalf uur van New York City. Ga, als je kunt, want ik wil graag dat je iemand ontmoet.*

Liefs, Tibby

Carmen keek in de envelop of er nog iets in zat, maar hij was leeg. Er was niets waar ze zich in kon wentelen, niets om over te huilen. Ze was zo hyper en dronken en hongerig, en had er zo op gerekend dat ze zou moeten huilen, dat ze haar hoofd op het bed legde en alsnog begon te huilen.

Bridget had bij een van de balies op het vliegveld het goedkoopste ticket naar Sydney gekocht.

Haar vlucht was de volgende ochtend vroeg vertrokken. Ze keek naar beneden, naar het laatste stuk van de kust, dat verdween in elfduizend kilometer water. Zolang het nog licht was keek ze om de paar uur naar beneden en vroeg ze zich af of de aarde nog wel uit iets anders bestond dan water. Ze had geen idee wat ze in Australië zou aantreffen. Ze wist niet eens waar ze naar op zoek was. Het was een lange reis om voor niets te maken. Maar het voelde goed om je met honderden kilometers per uur te verplaatsen, hoog boven in de lucht.

Ze herinnerde zich weer die onzekerheid die rond haar vijfentwintigste was begonnen toen ze het appartement op Avenue C uit moesten, waar ze gelukkig was geweest. Het was een van de weinige plekken geweest waar ze niet het gevoel had gehad dat ze weg wilde.

Tibby was bij Brian ingetrokken. Carmen had haar hippe agent gevonden en begon echte rollen te krijgen. Lena kon les gaan geven in Providence en zat zeker vijf dagen in de week daar. Eric was afgestudeerd aan de rechtenfaculteit van de Universiteit van New York en kreeg een baan die hem twaalf uur per dag bezighield. En wat had Bridget gedaan? Verhuizen. Van de ene tijdelijke woonplek naar de andere. Ze had tegen vergoeding honden uitgelaten, voor een hovenier gewerkt – als het mooi weer was –, van een fantastische, gekke man in Central Park geleerd om op rolschaatsen te dansen; niets hoogdravends of ambitieus, als ze maar buiten kon blijven.

Het moment waarop ze dat appartement uit moest, was duidelijk het moment waarop ze volwassen had moeten worden, maar had ze toen haar mogelijkheden bekeken en erover nagedacht? Had ze een baan gezocht of een woning die paste bij wat ze wilde? Nee. Ze was van de bank naar de vloer gegaan, van het ene appartement naar het andere, van de ene impuls naar de volgende, anderhalf jaar lang, tot ze in een vliegtuig was gestapt om naar de andere kant van het land te verhuizen. Bij twijfel, blijven bewegen.

Ze keek naar de oceaan onder zich. Ze had het heel wat gevonden om naar de andere kant van het continent te gaan, maar nu ging ze naar de andere kant van de wereld. Dat was pas wat.

Vanaf het vliegveld nam ze een trein naar Sydney, en vanaf Sidney reed ze met een CityRail twee uur richting het zuiden, naar Bowral, New South Wales. Het was een leuk stadje, met cafés, winkels, een paar kunstgalerieën. Het was minder vreemd dan ze had verwacht van iets wat aan de andere kant van de wereld lag. Misschien kwam dat doordat ze er op het scherm van Sheila's computer in de Sea Star Inn al zo lang naar had zitten kijken.

Het adres bracht haar bij een bungalow die niet heel erg

verschilde van die van Perry en Violet, maar het was de omgekeerde versie ervan. De andere-kant-van-de-wereld-versie. De bungalow van Perry was paarsachtig grijs en deze was botergeel. Aan weerszijden van Perry's bungalow stonden soortgelijke huizen, terwijl deze omringd was door grasvelden die kennelijk tot het erf behoorden. Aan het eind van Perry's kleine achtertuin stond een rij oude eucalyptusbomen met donkere bladeren. Deze tuin ging over in een bos met jonge bomen die aan de bovenkant zo groen waren dat het bijna pijn aan je ogen deed. Het roze namiddaglicht viel op een andere manier, de schaduwen verspreidden zich anders onder haar voeten.

Had Tibby hier gewoond? Tijdelijk? Voor een korte tijd? Een lange tijd? Was dit het huis waar ze op het laatst had gewoond of was ze al eerder vertrokken?

Het was de tegenovergestelde, omgekeerde wereld. Het water in de gootsteen liep hier andersom door het putje weg, had een jongen in de trein haar verteld, en je moest de bekende tulpen in Bowral zien – in september. Herfst was lente, winter was zomer, grijs was geel, avond was ochtend. Misschien was dood leven. Misschien was Tibby hier.

Bridget zweefde bijna over het stenen pad. Ze was moe en gedesoriënteerd. Er was niets wat haar kon verrassen, niets wat ze niet zou laten gebeuren.

Ze zag een auto op de parkeerplek achter het huis. Ze deed een paar stappen naar voren en stond in de schaduw van de veranda. De gaasdeur was dicht, maar de deur zelf stond open. Ze klopte op de houten deurpost. Ze hoorde iemand achter in het huis praten. Ze deed de gaasdeur een stukje open.

'Hallo?' riep ze. Ze voelde opnieuw die overgang, een fase in haar leven die werd afgesloten en een nieuwe die op het punt stond te beginnen.

Ze zag hem door de gang naar de deur toe komen. De zon ging achter het huis onder en maakte een silhouet van hem tegen de achterramen, dus zag ze eerst alleen een figuur, geen kenmerken. Zijn tred was zowel vertrouwd als vreemd. Pas toen hij vlak bij haar was, wist ze dat hij het was.

'Bee,' zei hij.

Hij kwam naar buiten, op zijn blote voeten en ook gedesoriënteerd. Ze sloeg haar armen om hem heen en hij was magerder en brozer dan ze had verwacht.

'Tibby zei wel dat je ons zou vinden,' zei Brian toen ze elkaar loslieten. 'Maar ik had nooit gedacht dat je helemaal hiernaartoe zou komen.'

Voordat Tibby iets kon vragen, kwam er een andere figuur van achter uit het huis, een klein figuurtje. Bridget keek gebiologeerd toe terwijl het langzaam zichtbaar werd.

Het kleine figuurtje strekte haar arm uit om de gaasdeur open te doen en liet hem achter zich dichtvallen. Het figuurtje werd een klein meisje, dat naast Brian kwam staan en haar armpje om zijn been sloeg.

Bridget staarde verwonderd naar het meisje: de grote bruine ogen, het scherpe gezichtje, de ernstige mond. Ze kende dit meisje. Dood was leven en het heden was het verleden. Ze was teruggegaan naar haar vroegste jeugd om haar vriendinnetje weer te zien.

Brian pakte de hand van het meisje en leidde haar naar voren. 'Bee, dit is Bailey. Onze dochter.'

Lena was terug in Providence, terug in haar kleine, donkere studio, terug bij de lange, stille en lege dagen, maar één ding was anders: ze had een opdracht.

Als je een opdracht had, dan was het veel makkelijker om te doen alsof je iemand anders was. Je kon doen alsof je Nancy Drew was, bijvoorbeeld, of Maria uit *The Sound of Music*, of de gevoelige, grappige huishoudster uit *The Brady Bunch.*

In haar Nancy Drew-stemming zocht Lena het telefoonnummer op van Kostos' zogenaamde vakantiehuis op Santorini en belde. Ze kon haar personage niet lang genoeg vasthouden om ook een bericht in te spreken op het antwoordapparaat, maar in de loop van de week belde ze nog drie keer. De derde keer werd er opgenomen door een vrouw die in het Grieks gedag zei. Lena vroeg in haar voorzichtige Grieks of Kostos er was.

'Nee, hij is er niet. Hij komt pas in februari weer.' Het was een krakende, zware stem, waarschijnlijk van een oudere, nogal gezette vrouw.

'Ik ben Lena Kaligaris, een vriendin van vroeger.'

'Je hebt een Amerikaans accent.'

'Ja, ik ben Amerikaans. Mijn familie is Grieks.'

'Ik ben Aleta. Ik pas op het huis. Je kunt hem beter in Londen bellen.'

'Oké.' Zou Nancy Drew zijn nummer vragen?

'Lena, toch? Als ik hem spreek, zal ik dan zeggen dat je hebt gebeld?'

'Nee, nee, dat hoeft niet,' zei ze geschrokken en nul procent Nancy Drew-achtig.

Toen ze had opgehangen klopte haar hart in haar keel. Haar hart had zich nog niet vereenzelvigd met haar personage.

En nu? Ze moest binnenkort naar Griekenland en kon niet lang meer wachten. De Atlantische Oceaan oversteken en hem de brief niet overhandigen was ondenkbaar. Ze wekte haar computer uit de sluimerstand en keek op de websites van goedkope reisbureaus. Ongeveer de helft van de vluchten naar Santorini maakte een tussenstop in Londen. Het was minder duur dan een vlucht die direct door naar Athene ging, en het onderbrak de reis een beetje.

Achter uit haar la met ondergoed haalde ze de brief die Kostos had geschreven toen Valia was overleden. Het adres dat achter op de envelop stond was in Londen. Ze controleerde het adres op internet maar ze kon geen telefoonnummer vinden.

Het zou natuurlijk beter zijn om te bellen voordat ze doorzette en een ticket via Londen boekte. Maar als ze zich probeerde voor te stellen dat ze de hoorn opnam om hem op te bellen, dan was ze – en met haar haar nieuwe personages – eigenlijk wel opgelucht dat ze geen nummer had.

Ze had zijn adres. Ze zou zijn telefoonnummer hoe dan ook achterhalen, al moest ze Aleta nog een keer bellen. Als een moedige durfal in de rol van Maria-uit-*The-Sound-of-Music* boekte ze haar ticket.

Bridget keek verwonderd toe terwijl Brian Bailey de laatste hapjes van haar eten gaf. Ze keek toe terwijl hij haar waste.

Bailey zat op de rand van het aanrecht, met haar voeten in de gootsteen en haar handjes onder het stromende water uit de kraan. Ze gilde als het water te warm werd en lachte als het te koud werd. Toen het water de goede temperatuur had deed Brian de stop erin.

Bailey ging staan en Brian trok haar jurkje over haar hoofd uit en maakte haar luier los. Ze was klein genoeg om in de gootsteen te zitten. Brian draaide de kraan dicht en duwde hem opzij zodat ze haar hoofd niet kon stoten.

Af en toe keek het meisje nieuwsgierig, een beetje wantrouwend naar Bridget. Bridget keek terug, zonder iets te zeggen of te doen.

Brian zei dat ze haar gang moest gaan en haar tas in de logeerkamer kon zetten. Hij wees haar de kast waar extra lakens en handdoeken lagen. Toen hij haar vroeg of ze mee wilde gaan om Bailey in bed te stoppen en een verhaaltje voor te lezen, liep ze achter hen aan alsof ze haar tong was verloren. Ze ging op de vloer in Baileys kamer liggen en luisterde twee keer naar *Welterusten maan* terwijl in haar hoofd een storm van tegenstrijdigheden woedde.

Bridget deed niet haar best om met Bailey te praten of haar aan te raken. Toen Brian Bailey een nachtzoen gaf, stond Bridget verlegen in de deuropening. Ze durfde nauwelijks iets te zeggen. Het was niet Baileys verlegenheid die haar verwarde, het was die van haar.

Bridget ging naar de keuken en begon zonder erbij na te denken Baileys eetresten op te ruimen. Ze had geen woorden. Ze kon de gedachte niet van zich afschudden dat ze door een tijdzone was gegaan en de kleine Tibby gevonden had. Ze kon er niets tegen doen, maar deze kleine Tibby was haar alter ego.

Ze was aan de onderkant van de wereld, maar ze wist niet meer waar ze zich op haar eigen tijdslijn bevond. Ze had het idee dat ze maar met haar ogen hoefde te knipperen om zich in de tijd te verplaatsen.

Ze liep naar de veranda aan de voorkant en ging op het trapje zitten. Ze keek naar het donker. Hier waren ook vuurvliegjes. Waar je ook in de tijd of de ruimte naartoe ging, je kwam ze overal tegen.

Brian kwam naar buiten en ging naast haar zitten. Ze dacht terug aan het moment waarop hij als excentrieke figuur in Tibby's 'jankumentaire' was opgedoken, in de zomer toen ze zestien werden. Ze wilde eigenlijk tegen hem zeggen: je komt nog niet voor in ons verhaal, we zijn nog klein.

Ze zaten een tijdje zonder iets te zeggen naast elkaar terwijl Bridget zich probeerde te herinneren hoe het verhaal ging, hoe alles teruggebracht moest worden tot de juiste volgorde.

'Hoe oud is ze?' vroeg ze uiteindelijk.

'Twintig maanden.' Hij was moe en gespannen, zag ze aan de blauwpaarse adertjes onder zijn ogen en op zijn slapen.

'Je bent vader. Ik kan bijna niet geloven dat je vader bent.'

'Ik kan me niet meer herinneren dat ik ooit geen vader was.'

'Tibby is haar moeder.' Bridget keek even naar Brian maar zag dat hij snel zijn blik afwendde. 'Sorry, was haar moeder.'

Brian bleef de andere kant op kijken. Ze zag zijn verslagenheid aan zijn lichaamshouding.

'Ze lijkt zo erg op Tibby dat het bijna beangstigend is.'

Brian knikte maar keek haar nog steeds niet aan. Hij wilde er niet over praten, begreep ze. Ze kon aan de manier waarop hij zijn hoofd schuin naar beneden hield zien hoezeer hij dat niet wilde.

Voor de eerste keer sinds Griekenland kon Bridget haar gedachten aan Lena en Carmen niet onderdrukken. Zij wisten dit niet. Zij moesten het weten.

'Zou je het erg vinden... Mag ik Carmen en Lena over haar vertellen?'

'Over Bailey?' Hij keek ongemakkelijk. 'Heeft Tibby het jullie dan niet verteld?'

'Nee, ze...'

'Dan wacht ik liever tot we terug zijn in de Verenigde Staten. Tibby wilde dat jullie persoonlijk met Bailey kennismaakten.'

'Wilde ze dat?' Bridget slikte. *Hoe kun jij weten wat Tibby wilde?*

'Daarom gaan we terug.'

'O.' Er was een opening en ze was te wankel om te weten wat ze ermee moest doen.

'Volgende maand. De verhuiswagen komt 21 maart.'

'Waar gaan jullie wonen?'

'We hebben iets in Pennsylvania gekocht. Een boerderij. Tibby heeft het uitgezocht.'

Ze wachtte tot hij meer zou zeggen, maar hij was stil.

'Hoe heb je ons gevonden?' vroeg hij na een tijdje.

'Internet.' Ze geneerde zich een beetje om het toe te geven. Maar ze had niet geweten wat ze zou aantreffen. Ze had zich voorgesteld dat het adres het begin zou zijn van een lange zoektocht naar Tibby's mysterieuze jaren. Ze had niet verwacht dat het gelijk raak zou zijn.

'Ik nam aan dat je zou wachten en ons in ons nieuwe huis zou komen opzoeken.'

'Hoezo?'

'Omdat Tibby zei dat ze jullie een uitnodiging heeft gestuurd om daarheen te komen.'

Het woord 'uitnodiging' galmde na in haar oren. 'Dat heeft ze waarschijnlijk ook gedaan. Ik heb de envelop nog niet opengemaakt.' Toen Bridget dit zei besefte ze hoe ontzettend impulsief haar actie overkwam en hoe ontzettend mis ze het weer had. 'Het spijt me dat ik in één keer voor je deur stond,' zei ze.

Brian schudde zijn hoofd. 'Het is goed dat je er bent, ik was alleen verrast.'

Hij pulkte aan een loszittend stuk van zijn schoenzool. Ze keek naar de zijkant van zijn gezicht. Ze vroeg zich af wat er met hem en Tibby was gebeurd. Was hun relatie een bron van ellende geweest? Was Bailey niet gewenst geweest?

Brian was de enige informatiebron die ze had, en als ze naar zijn verkrampte lichaam keek en zijn weggedraaide gezicht, vroeg ze zich af of hij zich het ergste wel realiseerde, en hoe ze het moest vragen. 'Ik wil alleen weten wat er is gebeurd,' begon ze opeens. 'Kun je me iets over haar leven hier vertellen? Want ik wil gewoon weten wat er...'

Brian stond op. Hij keek haar aan en toen keek hij de andere kant weer op. 'Bridget, ik geloof niet dat ik dat nu aankan.'

'Maar je kunt toch...' Bridget stond ook op. 'Hadden jullie problemen? Had ze spijt dat ze helemaal hiernaartoe was verhuisd?' Terwijl ze de woorden uitsprak wist ze dat het de verkeerde vragen waren.

Hulpeloos keek ze toe terwijl Brian het huis binnenging en de gaasdeur met een klap achter zich liet dichtvallen. Ze voelde zich beschadigd en te veel en ze kon hem niet volgen. Wat kon ze doen?

Misschien nam hij het haar kwalijk. Misschien dacht hij dat zij het hem kwalijk nam. Misschien wilde hij hun fouten niet naast elkaar leggen.

Misschien wist hij niet wat er echt was gebeurd. Misschien dacht hij, net als Alice, dat het een verschrikkelijk ongeluk was geweest. Of hij wist de waarheid, maar was even overdonderd, verward en verslagen als Bridget. Misschien had Tibby's dood zijn idee van het leven net zo door elkaar geschud als dat van haar.

Ze wachtte tot het stil was in het huis en ging toen zachtjes naar de logeerkamer om haar spullen bij elkaar te pakken. Ze was halverwege het pad toen Brian haar inhaalde.

'Bridget, niet weggaan,' zei hij.

Ze zag dat hij had gehuild en ze had medelijden met hem. Ze was gekomen in de verwachting dat hij de hoofdrol wilde spelen in haar tragedie, dat hij haar het ontbrekende puzzelstuk zou geven dat haar leven draaglijk kon maken. Maar hij had zijn eigen tragedie waar hij doorheen moest, en bovendien had hij een kind. Moest hij soms opnieuw een kwelling ondergaan omdat zij dat verlangde?

'Ik kan beter gaan,' zei ze.

'Nee, helemaal niet. Tibby zou het me niet vergeven als ik je zou wegsturen.' Sommige trekken in zijn gezicht waren anders dan net. Opener.

'Ik snap dat je met rust wilt worden gelaten.' Ze had oprecht met hem te doen. De afgelopen drie maanden was zij ingestort, maar dat kon hij zich niet veroorloven. Hij zag er wel uit alsof het elk moment kon gebeuren: een skelet met elastieken benen. Ze kon hem niet dwingen haar vragen te beantwoorden. Het was een misvatting te denken dat ze hier zou vinden wat ze nodig had.

'Luister.' Hij praatte nu in elk geval tegen haar en niet tegen de zijkant van de veranda. 'Ik heb een project voor mijn werk dat af moet. Het had een paar maanden geleden al af moeten zijn, maar... oké. Hoe dan ook, het is een grote softwareklus en ik moet overeind blijven en het afmaken voordat we verhuizen. Het is niet dat ik niet over Tibby wil praten, maar ik was er niet op voorbereid. Ik kan het nu niet.'

Er was iets bijzonders aan Brian. Zijn wenkbrauwen en de eerlijke manier waarop hij keek, bijna zonder met zijn ogen te knipperen. Ze had innig met hem te doen en schaamde zich voor haar egoïsme. Vreemd genoeg was ze ook een beetje bang voor hem, voor het verdriet dat hij onder dit dak had laten groeien.

Ze keek naar de lucht boven zich. Als ze Tibby's stappen wilde reconstrueren die haar naar de afgrond hadden gebracht, zou ze dat zonder zijn hulp moeten doen.

Pas toen Bridget die avond in het logeerbed lag dacht ze weer aan wat er in haar baarmoeder aan het gebeuren was. De gedachte kwam niet met een schok. Ze dacht eraan alsof het een abstracte gebeurtenis was, maar zelfs als een abstract iets beviel het haar niet.

Ze zag Brian voor zich, die op zo'n vanzelfsprekende manier Bailey waste en haar voorlas en wist wanneer ze een schone luier nodig had en wat ze moest eten en wat ze aan moest als ze ging slapen. Ze kon zich niet voorstellen dat zij dat zou weten of kon doen. Het was haar net zo vreemd als voor een collegezaal staan en een lezing over scheikunde geven.

Ze vroeg zich af of haar eigen moeder zich zo had gevoeld. Ze zag nog voor zich hoe ze keek als ze Bridgets rollerskates moest aantrekken of als Bridget kauwgom in haar haar had. Het was simpelweg te zwaar, te vreemd, te veel. Ze vroeg zich af of Tibby zich zo had gevoeld.

Kijk omhoog... en zie ze. De wijze sterren, buiten het bereik van aanbidding en kwade tongen.

– DOROTHY DUNNETT

Lena vond het vreemd om kleren uit te zoeken en zich mooi op te maken zonder Effie of Carmen te bellen voor advies. Ze gooide alle kleren die in aanmerking kwamen op haar bed en probeerde alle mogelijke combinaties.

Na het marineblauwe jurkje met de riem en voor de zwart-witte rok met de witte blouse stond ze in haar onderbroek voor de spiegel. Ze bekeek haar lichaam uitvoerig en eerlijk, zoals ze in lange tijd niet had gedaan. Ze had zich heel lang onopvallend gekleed, kleren die haar stil en onzichtbaar maakten in plaats van mooi.

'God, wat een verloren schoonheid,' zei Effie vaak.

Maar was dat nog wel zo? Was ze nog wel mooi? Deed ze geen moeite om dingen te verbergen die ze niet meer had?

Ze ging dichter bij de spiegel staan, zo dichtbij dat haar twee ogen één cyclopisch oog werden. Toen stapte ze weer naar achteren. Ze wist het oprecht niet. Haar haar was nog dik en glanzend, maar het was lang en het viel niet mooi omdat ze in geen jaren naar de kapper was geweest. Haar ogen hadden nog steeds die vreemde lichte kleur van selderij. Misschien waren ze zelfs lichter geworden naarmate ze ouder werd. Het was moeilijk om te zeggen of ze mooi waren.

Ze was magerder dan anders. Ze was mager naar de maatstaven van gewone mensen, maar niet naar Kate Moss-maatstaven. Niet eens naar de nieuwe Carmen Lowell-maatstaven. Ze keek goed en was onzeker. Ze wilde dat Kostos haar mooi vond. Dat was voor haar het enige belang van mooi zijn.

Dit jaar werd ze dertig. Als ze veertig of vijftig was, zou ze misschien terugkijken en denken: waarom heb ik er toen niet meer van genoten? Waarom heb ik in die jaren dat ik zo mooi was in donkere kleren rondgelopen met mijn hoofd naar beneden? Waarom trok ik niets roods of paars aan en wilde ik die make-up nooit hebben die Effie me altijd wilde geven?

Lena sjokte terug naar haar kast om iets roods te zoeken. Ze had één rood ding en dat durfde ze nauwelijks uit de kast te halen. Het was een rode zijden jurk – of misschien was het kunstzijde – eenvoudig, een beetje aan de korte kant, maar hij viel mooi. Tibby en Carmen hadden hem voor haar gekocht toen ze haar eerste expositie in een galerie had, een groepsexpositie bij Larker, maar Lena had zich er op het laatste moment niet goed in gevoeld en iets bruins aangetrokken.

Ze wist zeker dat Effie zo tien dingen had die ze met alle liefde had uitgeleend. Ze zouden een beetje te groot voor Lena zijn, maar Effie zou een riem pakken of het met haar magische handen vastspelden en het zou Lena transformeren. Lena zou er tien keer knapper uitzien en zich tien keer ongemakkelijker voelen.

De gedachte om het goed te maken met Effie voelde alsof ze aan een Ironman-triatlon moest beginnen: belachelijk slopend, maar Lena wist welke stappen nodig waren om bij de finish te komen. De gedachte dichter bij Carmen te komen gaf haar het gevoel dat ze een tijdmachine moest fabriceren met niet meer dan het gereedschap dat ze in haar keuken had liggen. Ze had geen idee waar ze moest beginnen en ze had al helemaal geen vertrouwen in de afloop.

Sommige nachten, als ze wakker lag, probeerde ze zich voor te stellen hoe Carmens dagen eruitzagen. Andere nachten dacht ze aan Bee. Ze zag voor zich hoe ze hun dagelijkse dingen deden. Ze zag Bee tegen een heuvel op fietsen en falafel kopen bij een stalletje aan de rand van Dolores Park of een burrito eten bij Pancho Villa. Ze zag Carmen in de trailer die op de Bowery stond of op Seventh Avenue, in de make-upstoel met een bekertje koffie in haar ene hand, haar script in haar andere en haar iPhone op haar schoot. Ze zag Carmen aan de arm van Jones een druk restaurant binnengaan, Jones met zijn pretentieuze bril.

Als ze echter in hun hoofden probeerde te kijken, probeerde te bedenken wat er in hen omging, dan had ze geen idee. Als ze zich probeerde voor te stellen hoe ze de dingen interpreteerden, of ze dingen wisten die zij niet wist, hoe ze met de harde feiten omgingen, hoe ze hun leven probeerden op te pikken, welke herinneringen ze met zich meedroegen, dan lukte dat niet. Aan die methode had ze haar hele leven iets gehad, en nu werkte ze niet. Ze waren haast vreemden voor haar; ze kon ze alleen van buitenaf zien.

Bridget was degene om wie ze zich het meest zorgen maakte, zelfs van buitenaf. Bridget was degene met de diepste breuklijnen. Zij was het minst in staat haar eigen toestand in te schatten en voor zichzelf te zorgen.

Terwijl de dagen voorbijgingen was er een deel van Lena, haar zorgende, moederlijke kant, dat Bee niet kon loslaten. Om de paar dagen sprak ze een bericht in of stuurde haar een e-mail, ook al wist ze dat die waarschijnlijk direct in de digitale prullenbak verdween. Ze had echter geen idee wat ze anders nog kon doen.

Ze had Bee's vader zelfs een keer gebeld en een bericht ingesproken. Ze had niets belangrijks gezegd en het verbaasde haar niet heel erg dat hij haar niet terugbelde, maar toch. Lena vond het lastig om ouders te hebben die altijd en eeuwig haar problemen probeerden op te lossen, maar hoe moest het zijn om een vader te hebben die niet eens zag dat je problemen had?

Ze hoorde haar mobiel, die tussen al haar ingepakte spullen op bed lag, en ze was zo verrast dat ze direct opnam. Er was nog maar één iemand die haar belde, en Ari liet tegenwoordig berichten op haar voicemail achter omdat die – in tegenstelling tot het antwoordapparaat van haar huistelefoon – niet vol was.

'Lena?'

'Ja?'

'Waarom kunnen we de komende twee weken niet afspreken?' zei een harde stem in het Grieks.

'Hé Eudoxia!'

'Ga je weg?'

'Ja.'

'Waarom heb je me dat niet verteld? Waar ga je heen?' Normaal gesproken maakten ze hun woensdagmiddagafspraken per mail. Ze hadden elkaar in geen jaren via de telefoon gesproken.

Lena haalde diep adem. Ze probeerde Annie B. Davis op te roepen in haar rol als de gevoelige huishoudster in *The Brady Bunch*. In het Grieks. 'Naar Santorini.'

'Ga je terug? Waarom?'

Ze dacht met een beetje weemoed aan de tijd dat Eudoxia nog een anonieme Grieks-sprekende stem aan de telefoon was en toen aan Eudoxia als de mollige, pasteitjes etende vreemde. Maar Eudoxia was allang geen vreemde meer. Het was frustrerend hoe mensen die van je hielden een belang in je hadden en zich soms zorgen maakten en zich persoonlijk aantrokken wat je wel of niet deed. Lena zou willen dat liefde iets was wat je kon in- of uitschakelen, zodat je het kon aanzetten als je je goed voelde en je vond dat je het waard was, en uit als je je moest verbergen of zelfdestructief was en niets te bieden had.

'Ik ga proberen om het huis van mijn grootouders te verkopen, eindelijk.'

'O.' Het was een ingewikkelde 'o'. Daar zou Eudoxia het niet bij laten.

'Mijn vader was behoorlijk blij toen ik het aanbood.'

'Dat geloof ik graag. Wanneer ga je?'

'Morgen.'

'Jee. En wanneer kom je terug?'

'Ik heb een open ticket voor de terugreis. Ik weet niet hoelang het gaat duren.'

'Vind je het niet moeilijk om terug te gaan? Na alles wat er is gebeurd?'

Lena dacht er niet meer over na hoe je deze dingen in het Grieks moest zeggen. Ze zei ze gewoon. 'Natuurlijk wel. Ik vind alles moeilijk na wat er is gebeurd. Ik vind het moeilijk om hier te zijn en om daar te zijn. Ik vind het moeilijk om eraan te denken en moeilijk om er niet aan te denken. Ik vind het moeilijk om te lopen en ik kan niet stilzitten. Ik moet iets doen.'

'Och, mijn kleine toch,' zei Eudoxia lief.

Lena kreeg tranen in haar ogen. Ze dacht aan Tibby's moeder. 'Het is voor iedereen moeilijk,' zei ze.

'Wil je dat ik met je meega?'

Lena was verbijsterd, maar door de toon waarop Eudoxia het zei wist Lena dat ze het meende. Langzaam verscheen in haar gedachten een beeld van hen tweeën achter een karretje door de hal van het vliegveld en strompelend door de nauwe kronkelstraatjes van Oia. 'Doxie, ik vind het heel lief dat je het aanbiedt.'

'Ik heb spaargeld, hoor. Ik kan je gezelschap houden. Ik kan je met het huis helpen. Ik weet wel iets van vastgoed en volgens Anatole zou het mij nog lukken om een bijbel aan de paus te verkopen.'

Lena zag zichzelf met Eudoxia naast zich, terwijl ze Tibby's brief bij Kostos in Londen gingen afgeven. Ze schoot bijna in de lach bij de gedachte. Stel je voor dat Eudoxia Kostos zou ontmoeten. Dan zou Lena niet eens meer aan het woord komen.

'Het vliegtuig vertrekt morgenochtend vroeg,' zei Lena.

'Ik heb mijn spullen zo gepakt. Ik neem nooit veel mee. Dat weet jij natuurlijk niet.'

De tranen in Lena's ogen liepen nu over haar wangen. 'Het betekent heel veel voor me dat je het aanbiedt. Echt waar. Maar ik kan je niet zo lang bij Anatole weghalen. Wat moet hij beginnen zonder jou? Hij zou doodgaan van eenzaamheid. Bovendien komt het echt wel goed. Ik vind het helemaal niet erg om alleen te gaan.'

Eudoxia zuchtte. Even zei ze niets. 'Goed dan. Maar als je van mening verandert, kun je me vanavond altijd nog bellen. Het maakt niet uit hoe laat. Ik ben thuis.'

'Dank je wel, Doxie. Ik zal het onthouden.'

'Je Grieks zal er wel op vooruitgaan.'

Lena hing op, ging op haar bed liggen en huilde een flink verwarrend potje. Het was maar goed dat je liefde niet aan en uit kon zetten, want soms had je het nodig ook al wilde je het niet.

'Ik heb iets bedacht,' zei Brian op de tweede vreemde ochtend in Bowral tegen Bridget.

Ze keek op van het computerscherm in de keuken. Ze was op zoek naar een goedkoop ticket terug naar de Verenigde Staten en had spijt van het feit dat ze alleen een ticket voor de heenreis had gekocht, dat ze niet over haar toekomst had nagedacht en dat ze zelfs geen idee had wat ze de volgende dag moest doen.

'Of eigenlijk is het meer een gunst,' zei hij.

'Oké,' zei Bridget. Ze voelde zich schuldig. Ze wilde iets voor iemand anders doen.

'Ik had het toch over dat softwareproject waar ik mee bezig ben?'

'Ja.'

'Nou, ik vroeg me af of jij misschien kunt helpen.'

Ze draaide zich naar hem om. 'Ik weet helemaal niets van software,' begon ze, 'maar eh...'

'Nee.' Hij glimlachte bijna. 'Ik vroeg me af of je een paar dagen op Bailey kunt passen zodat ik kan werken.'

'O.' Ze geneerde zich en dat gevoel was niks voor haar. 'Goed. Ja.' Gewoon nee tegen hem zeggen was ondenkbaar. 'Ik weet eigenlijk ook niks van kinderen. Misschien bak ik er wel niks van.'

'Bee, je hoeft er geen diploma voor te hebben of zo. Ga er maar van uit dat ze hetzelfde is als jij maar dat ze een luier draagt en iets vaker moet eten en slapen.'

Bridget knikte onzeker, zich afvragend of die uitspraak puur informatief was of dat het een verkapte belediging was.

'Maar als je het niet wilt, begrijp ik dat.'

'Nee, ik wil het wel. Ik zal het doen. Ik zal mijn best doen.' Ze hoorde zichzelf iets beloven terwijl ze zelf nog niet overtuigd was.

'Dank je. Dat betekent heel veel voor me,' zei hij. Hij keek alsof hij het meende.

'Ik ben ook blij,' zei ze. Het was niets voor haar om iets te zeggen wat ze niet meende. Ze vroeg zich af of ze er net zo klein uitzag als Brian.

Carmen stond in de Vera Wang-boetiek om de duurste jurk van New York te kopen, toen ze de speciale ringtone van haar agent hoorde.

'Hoi Lynn.'

'Hé, schatje! Ik heb ongelooflijk nieuws. Grantley Arden is aan het casten voor zijn Katrina-opus en hij wil je zien. Ze hebben al een productiekantoor in New Orleans opgezet. Hij wil dat je ernaartoe komt om met hem en een paar van de producers te praten. Ze hebben al een toezegging van Matt Damon.'

'Dat meen je niet.'

'Dat meen ik wel.'

'Wanneer?'

Ze willen volgende maand afspreken, de achtentwintigste. Dus je hebt nog wel even. Maar het lijkt me handig als je een paar dagen van tevoren gaat zodat je de omgeving een beetje leert kennen. Ben je er al eens geweest?'

'Nee.'

'Nou, je moet echt gaan. Luister naar het accent van de mensen daar, wandel een beetje rond, ga uit eten, neem zo veel mogelijk in je op. Het is een film over de stad. Je moet het je echt eigen maken. Dat is wat Grant altijd tegen me zei. Ik e-mail je het script zodra ik het binnen heb.'

'Ik werk tot 24 maart.'

'Ga dan zodra je klaar bent. En reken erop dat je daarna nog een week blijft, voor het geval ze je op film willen zetten of willen dat je kennismaakt met de mensen van de studio. Ik wil niet dat je zonder aanbod naar huis komt.'

Toen Carmen ophing ging haar hart tekeer. De verkoopster kwam met een rek jurken aanzetten, maar Carmen kon er niet meer naar kijken. Hoe kon ze op dit moment nou over jurken nadenken?

Carmen bedankte de vrouw, verontschuldigde zich en liep de straat op. Ze liep Madison Avenue af en weer terug en belde iedereen van haar team, en toen belde ze Jones.

'Ik sta versteld,' zei hij. 'Weet je al iets van de rol?'

'Nee. Nog niet.'

'Carmen, dit is groot. Dit kan groter zijn dan alles wat je tot nu toe hebt gedaan.' Ze moest de telefoon van haar oor af houden omdat hij schreeuwde.

'Ik weet het.' Na Jones belde ze haar moeder.

'Is het een soort auditie?' vroeg haar moeder.

'Ze willen me zien,' zei Carmen ongeduldig. 'Als je een naam hebt, zoals ik, hoef je geen auditie meer te doen,' hoorde ze zichzelf een beetje uit de hoogte zeggen. Ze besefte dat ze net zo klonk als Jones als ze zo praatte.

'O. Oké.'

Carmen wilde haar moeder altijd op haar knieën krijgen, maar als ze haar zover had, kreeg ze medelijden. Ze gaf toe. 'Maar het is net zoiets als een auditie.'

'En zien ze ook nog andere mensen voor die rol?' vroeg haar moeder, wat Carmen interpreteerde als: 'Dus eigenlijk heb je nog niets om over op te scheppen, toch?'

Toen ze had opgehangen overwoog ze haar vader te bellen, maar ze deed het niet. In tegenstelling tot haar moeder zou haar vader gelijk denken dat ze de rol al binnen had en dat het contract al getekend was. Hij zou waarschijnlijk direct aan iedereen vertellen dat ze de hoofdrol had. Zo ging het, als je een idee was.

Carmen voelde zich leeg en onbevredigd toen ze naar het centrum liep. Ze had het gevoel dat ze net uit een driesterrenrestaurant kwam zonder iets in haar maag. Haar vingers jeukten en het liefst zou ze nog een paar telefoontjes plegen, maar ze kon Bee niet bellen. Ze kon Lena niet bellen, en god, natuurlijk kon ze Tibby niet bellen. Hoe snel veranderde haar zoete wijn in azijn.

Het was dat oude gevoel: zolang ze iets niet aan de Septembers had verteld, was het nog niet echt. Ze dacht aan haar bruiloft, haar robotachtige pogingen om die te organiseren. Haar leven dat zich zonder haar vriendinnen ontspon, was helemaal geen leven.

Lena droeg iets bruins en had haar rode jurk in de tas zitten die ze als handbagage bij zich had. Ze had zeven uur in de lucht moed zitten verzamelen, dus na de landing op Heathrow liep ze direct door naar de dames-wc's. Ze wurmde zich uit haar trui, T-shirt en broek. Het hokje was klein en ze stootte een paar keer met haar elleboog tegen de metalen wand.

'Hallo?' klonk een stem uit het hokje ernaast.

'Nee, niets. Sorry,' zei Lena, half uitgekleed en bijna in paniek.

Toen ze uit het hokje kwam, zat de rode jurk aan één kant helemaal omhoog en gedraaid. In de spiegel zag ze dat haar haar aan de achterkant overeind stond en ze had donkere kringen onder haar ogen. De zwarte panty stond helemaal niet goed. Ze dacht moedeloos aan haar bijnaam op de middelbare school: Aphrodite. Wat is er in godsnaam met je gebeurd? vroeg ze zich af.

Ze ging het hokje weer in en bonsde nog een paar keer

tegen de wand tot ze haar panty uit had en de platte flatjes weer aan. Ze bekeek haar blote benen. Ze waren wit, maar ze had ze tenminste een dag geleden nog geschoren. Hoe koud was het in februari in Londen? Ze keek weer naar beneden. Haar benen waren al rood en ze had kippenvel. Ik ben hier zo slecht in, dacht ze.

Ze borstelde haar haar. Ze deed lippenstift en mascara op. Ze probeerde ook oogschaduw aan te brengen, maar de eerste keer zag ze eruit alsof ze had gevochten. Ze waste het eraf en deed een nieuwe poging. Na de derde poging gaf ze het op. Ze deed haar gouden ronde oorbellen in.

Nadat er heel veel mensen binnen waren gekomen en weer waren weggegaan, baby's waren verschoond en een wc was overspoeld, keek Lena ongelukkig in de spiegel naar het eindresultaat. Ze haalde de envelop met het adres uit haar tas.

Ik zou eerst moeten bellen, dacht ze. Ze had het nummer echter niet en volgens de centrale (geen bandje, maar een echte Londenaar!) was er op dat adres alleen een geheim nummer. Ze was belachelijk blij dat ze een echte stem aan de andere kant van de Londense lijn hoorde.

Het was vreemd om zomaar naar dat adres te gaan. Maar wat ze deed was sowieso vreemd. Het was vreemd van Tibby dat ze een brief voor Kostos had geschreven. Het was vreemd dat Lena duizenden kilometers aflegde om de brief persoonlijk te overhandigen terwijl ze niet eens wist wat erin stond. God sta haar bij, in haar rode jurk.

Ze zag Tibby's gezicht voor zich zoals ze op de foto van hun diploma-uitreiking was, de foto die haar elke dag vanaf haar computerscherm achtervolgde. Ik zou willen dat ik beter van je had gehouden, dacht Lena, maar dit is wat ik heb.

Draag geen angst anders zal niemand weten dat
je er bent.
Je bent er.

– CAT STEVENS

Londen was koud in februari. Dat was niet verbazingwekkend. Lena zat achter in de trein met haar versleten wollen jas om zich heen gewikkeld. Ze wilde dat ze haar panty had aangehouden. Ze rende bijna van het treinstation naar de metro.

Ze had de route een paar dagen daarvoor op een kaart uitgestippeld en had hem uitvoerig bestudeerd. Ze moest onder andere door een druk deel van het treinstation naar het metrostation lopen.

Kostos woonde ergens waar het Eaton Square heette, bij King's Road. Toen hij lang geleden in Londen woonde, het jaar nadat ze elkaar hadden leren kennen, leefde hij in een buurt die Brixton heette, tegenover een pub en schuin tegenover een tent die Speedy Noodle heette. Ze herinnerde zich nog zo goed de opwinding als er een envelop in de brievenbus lag met het adres in Kostos' – voor een jongen – nette handschrift. Ze herinnerde zich ook nog duidelijk de spanning die ze voelde wanneer ze dat adres op de ene na de andere envelop schreef.

Brixton Hill, Lambeth. Dat was voor haar het begin van een gedicht. Het riep een bepaald gevoel op. Eaton Square veel minder. Het was nieuwer voor haar, en tijd en herinnering gaven woorden poëzie. Het klonk iets koeler, bedacht ze, het liet minder aan de verbeelding over. En toch klonk het wel sterk. Hoe vaak had ze al niet naar dat adres gekeken, had ze zich voorgesteld hoe Kostos woonde, wat voor sfeer het huis had en in wat voor buurt het stond.

Ze bleef even staan om zich te oriënteren. Ze was de ondergrondse uit gekomen en stond op Sloane Square. Ze liep een paar keer de verkeerde kant op, tot ze de straat zag die ze in moest.

Ze vond de straat en een rij huizen met de juiste nummers en ging de goede kant op.

14, 16, 18. Ze bleef staan en keek op de plattegrond die ze had geprint. Zijn huis moest vijf nummers verder zijn. De herenhuizen waren ongelooflijk chic en mooi. Woonde hij ook in zo'n soort huis?

Ze liep langzaam verder. Eaton Square werd steeds kouder. Haar benen waren niet gewoon koud, maar verkleumd. Ze keek nog een keer op de plattegrond en naar het adres dat hij op de envelop had geschreven.

Ze liep aarzelend langs een ander huis, en nog een, en vroeg zich af of dit van die huizen waren die in appartementen waren opgedeeld. Ze waren absurd groot voor één eigenaar, toch? Als het appartementen waren, dan hoopte ze maar dat Kostos' naam bij de bel of de brievenbus stond.

Ze ging langzaam verder, alsof er een heel sterke wind stond die haar probeerde tegen te houden, maar uiteindelijk was ze bij nummer 28. Ze keek tegen het huis op. Het was bijna lichtgevend wit, van kalksteen, en het had een portiek. Aan beide zijden van de grote glimmende zwarte deur stond een sierboompje.

Ze liet haar blik langs de zijkanten van de deur gaan in de hoop dat ze ergens een rij bellen zag, maar ze zag er maar één, in glimmend brons. Was dit zijn voordeur? Waren dit zijn perfecte kleine boompjes? Zijn ramen, ook die op de hogere verdiepingen? Zou ze echt de drie treden op lopen en op de bel drukken?

Het gevoel van intimidatie was in Oia weggesmolten, maar nu was het op volle kracht terug. Hij was een rijke en succesvolle man. Hij woonde in een groot herenhuis in een chique buurt in Londen. Hij lunchte met de minister van Financiën. Wat haalde Lena zich in het hoofd? Wat had ze zich voorgesteld bij het afleveren van deze brief?

Wat deed ze hier in hemelsnaam? Ze hoorde hier niet, op geen enkele manier. Ze had het gevoel dat ze in deze omgeving was gefotoshopt. De hele onderneming kwam plotseling zo kinderachtig over, als het doorgeven van briefjes in de brugklas.

Ze keek weer naar het huis. Het was kwart voor zeven. Er brandde licht. Waarschijnlijk was hij thuis.

Ze keek naar de brievenbus. Zou ze hem daar gewoon in doen? Hoe strikt had Tibby het bedoeld: 'in levenden lijve'?

Ze stapte de eerste trede op. Ze stak haar hand in haar tas en haalde de envelop eruit. Ze deed nog een stap en stond op de tweede trede. Ze keek naar de brievenbus. Ze zette nog een stap en maakte de gleuf van de brievenbus voorzichtig open. Met ingehouden adem schoof ze de envelop in de brievenbus en draaide zich om. Ze liep de drie treden af en stond stil.

Nee, dit was niet goed. Misschien had ze zich wel vergist. Misschien woonde hij hier niet meer. En wat nog belangrijker was: ze was helemaal hiernaartoe gekomen om de brief persoonlijk aan hem te geven, en dus zou ze die ook aan hem geven.

Tibby had geprobeerd om Lena iets moedigs te laten

doen, dat was wel duidelijk, en Lena zou na alles wat er was gebeurd niet opgeven en Tibby teleurstellen. Wat had ze nog te verliezen?

Lena draaide zich om en liep terug de treden op. Ze trok de brief uit de brievenbus en drukte voordat ze erbij kon nadenken op de bel.

Haar hart sloeg over. Ze zag Kostos voor zich; tegenover haar op de bank met zijn armen om haar enkels.

Ze kon het. Het maakte niet uit hoe groot dit huis was en dat hij een biljoenencontract moest afsluiten. Hij gaf om haar. Ooit had hij zo veel van haar gehouden dat hij een ring voor haar had gekocht en had gedacht dat hij met haar wilde trouwen. Oké, de ring had hij in de caldera gegooid en hij had haar naam vervloekt, maar ze was ooit belangrijk voor hem geweest.

Terwijl ze wachtte tot de deur openging probeerde ze het beeld vast te houden van zijn slaperige gezicht op de bank van haar grootouders.

De deur ging open, maar het gezicht dat verscheen was niet van hem. Het was het gezicht van een donkerharige vrouw in een zwarte cocktailjurk en hoge hakken. Het was een mooi gezicht met donkerroze lippenstift, een gezicht dat was opgemaakt om uit te gaan. Misschien woonde Kostos hier niet meer.

Lena's stem moest van heel ver komen. 'Is dit de woning van Kostos Dounas?' vroeg ze. Ze stond te bibberen onder haar jas.

'Ja, dat klopt. Kan ik iets voor je doen?'

Het gezicht van de vrouw kwam achterdochtig over en gaf Lena helemaal geen welkom gevoel. Lena keek naar de envelop in haar hand. 'Ik heb iets voor hem,' zei ze zwakjes.

De vrouw stak haar arm uit. 'Ik geef het wel aan hem.'

Lena keek naar de witte hand met de verzorgde nagels en de schitterende saffieren ring. Ze keek opnieuw naar de envelop met Tibby's handschrift erop. Dit was veel erger dan de brievenbus. Ze wist dat Tibby dit niet bedoeld kon hebben.

'Is hij er toevallig?' vroeg Lena timide.

De vrouw bekeek haar van top tot teen en Lena voelde zich ongelooflijk koud en bewust van zichzelf. 'Ben je een bekende van hem?' vroeg de vrouw.

'Ja. We kennen elkaar, van vroeger,' zei Lena dapper.

De vrouw leek te twijfelen. Ze keek naar Lena's oude jas en haar blote benen. Ze deed een stap naar achteren en draaide zich naar de trap. 'Schat, er is iemand voor je aan de deur,' riep de vrouw bijna lachend, alsof Lena voor haar niets meer was dan een verwarde, raar geklede grap.

Lena bleef verstijfd staan. Waarom was dit niet in haar opgekomen? Natuurlijk was hij iemands 'schat'. Natuurlijk. Hij was geen student meer die met vier huisgenoten in een appartement tegenover de Speedy Noodle woonde en die lange brieven aan Lena schreef. Hij was een man met macht die in een chique buurt in een groot, indrukwekkend huis woonde; de schat van een vrouw met een saffieren ring en een gemene blik.

Lena sloeg haar armen over elkaar, uit bescherming hield ze zichzelf vast, en stelde zich eindelijk een voor de hand liggende vraag: was deze vrouw zijn echtgenote?

Toen ze op Santorini waren, had Kostos niet gezegd dat hij was getrouwd, maar was dat nodig geweest? Hij was aardig voor haar geweest, had haar geholpen, misschien uit loyaliteit jegens haar grootouders, en zij had hem geen enkele vraag over zijn leven gesteld. Het was niet zo dat hij iets had achtergehouden. Het idee dat er nog iets tussen hen zou kunnen zijn was waarschijnlijk niet eens in hem opgekomen.

Lena's blik ging achter de vrouw langs, omhoog de trap op, want ze dacht dat ze daar beweging zag. Ze bleef in een vreemde serene, zelfpijnigende toestand toekijken terwijl Kostos de brede, hoge trap af kwam. Hij was ook gekleed om uit te gaan, maar zijn overhemd was nog niet helemaal dicht en zijn stropdas hing los om zijn nek. Zijn haar was nog nat, waarschijnlijk van de douche.

Het hele beeld drong tot haar door: de prachtige maar gemeen kijkende vrouw die in de hal stond, de knappe Kostos die de trap af kwam, het glanzende interieur van dit geweldige huis van hen, de massa roze lelies in de vaas in de hal. Klik. Ze had alles binnen één kader gevangen en de foto van al die dingen was verwoestend.

Lena voelde zich net een kind. Nee, kleiner dan een kind en minder waard. Ze voelde zich net een muis. Nee, kleiner dan een muis en minder beweeglijk. Haar leven was zo klein en zo weinig waard dat je er een spuugpropje van kon maken en het met een buis kon wegschieten.

Toen hij bij de laatste treden was, drong het tot hem door wie er aan de deur was en vertraagde zijn pas. Hij was verrast, dat was zeker, maar wat hij nog meer was kon Lena niet zien, omdat ze niet langer kon kijken. Ze keek de andere kant op.

Met een bibberende hand hield ze Tibby's brief naar voren, en de vrouw pakte hem aan. 'Het spijt me dat ik jullie heb gestoord,' zei ze ernstig. Ze draaide zich om, ging de drie treden af en rende weg, weg van dat huis, zo snel als haar verlamde benen konden.

Zodra Brian de deur van de studeerkamer achter in het huis had dichtgedaan, begon Bridget aan haar tocht terug in de tijd.

Het begon met Bridget en Bailey die elkaar boven hun kommen met cornflakes aankeken.

'Bee,' zei Bailey tegen haar. 'Beebee. Bee. Bee.'

'Goed zo,' zei Bridget een beetje trots. 'Dat ben ik.' Ze had zich niet gerealiseerd dat ze een perfecte naam had voor anderhalfjarige kinderen die nog moeten leren praten.

Bailey gooide haar kom om en de melk en cornflakes verspreidden zich over de tafel. Ze lachte.

Bridget dacht aan Brians tip. Er was nog iets waarin Bailey en zij verschilden: zij zou niet zomaar haar kom omgooien.

Bridget ruimde de troep op en toen leek de dag eindeloos lang voor haar te liggen. Ze probeerde zich te herinneren wat zij leuk had gevonden.

'Kom, we gaan naar buiten,' zei ze. Ze tilde Bailey uit haar hoge stoel en zette haar op de grond. Ze pakte haar handje vast en nam haar mee naar de tuin aan de achterkant.

Het leek wel of het gras licht gaf. Het kleine bos gonsde. De wereld voelde fris en jong, een plek waar nog niets ernstigs gebeurd kon zijn.

'O, kijk! Jullie hebben een riviertje!' riep Bridget uit.

'Viertje,' herhaalde Bailey.

Bridget kroop met Bailey onder de deken van bladeren naar de rand van het water. Het was een perfect riviertje. Precies zo'n riviertje als er door het bos aan het eind van Tibby's oude straat had gestroomd. De tijd ging daar zo langzaam dat ze geen idee had hoeveel dagen ze er wel niet samen hadden doorgebracht.

'Kijk, je kunt naar de overkant! Je kan op de stenen lopen.' Ze schommelde Bailey aan haar armpjes van steen naar steen terwijl Bailey glibberde en uitgleed.

Bridget vond het leuk om te zien hoe voorzichtig Bailey deed, maar haar balans was niet erg goed. Ze hoopte maar dat ze Baileys kleine arm niet gelijk uit de kom zou trekken. Baileys ogen waren groot en ze keek onzeker naar het water dat langs de stenen stroomde. Bridget vroeg zich af of ze bang was.

'Nog een keer,' zei Bailey zodra ze aan de andere kant waren.

'Goed,' zei Bridget. Ze gingen weer naar de andere kant, glijdend en glibberend, maar Bridget kon niet zien of Bailey het nou leuk vond of niet.

'Nog een keer,' zei Bailey weer, en dus deden ze dat.

Ze gingen heen en terug en heen en terug, heel geconcentreerd, tot er een voet verkeerd ging en in de ondiepe stroming terechtkwam. Bailey keek op om te zien of ze dit leuk moest vinden of niet. Bridget lachte en zei: 'Ha! Koud!'

Baileys ernstige gezichtje veranderde en er verscheen een lach van pure vreugde. 'Ha!' zei ze. 'Ha! Ha!'

Bridget zag haar eigen uitdrukking weerspiegeld op Baileys gezichtje. 'Haha!'

Toen ze niet bang meer waren voor het water, gingen ze op zoek naar dingen die ze konden vangen. Het eerste wat voorbij kwam drijven was een soort mug met lange poten, die Bridget van het wateroppervlak pakte. Ze liet hem over haar hand kruipen en Bailey keek er gefascineerd naar en raakte hem aan. Bridget wist niet precies hoe het beest heette. 'Mug,' zei ze.

'Mug,' herhaalde Bailey, terwijl ze de g inslikte. Ze keek

Bridget aan alsof ze een genie was. Het was fijn om bij iemand te zijn die zo snel onder de indruk was.

Bridget zette de mug voorzichtig terug. Hoe kinderlijk ze zich ook voelde, ze wist dat een kind het beestje net zo makkelijk tussen haar vingers zou pletten of op een steen zou gooien. Als kind dacht je er niet aan om een mug in een groter perspectief te plaatsen.

Ze stonden samen op een grote steen en Bridget hield Bailey aan één handje vast en met hun vrije hand zochten ze in het water naar rivierkreeftjes. Bridget ving er een en hield hem trots omhoog, terwijl hij met zijn poten in de lucht bewoog.

'Grote mug,' zei Bailey langzaam. Er was zo veel beweging dat ze te bang was om hem aan te raken.

'Hij doet niks.' Bridget hield Baileys vinger ertegenaan zodat ze kon voelen hoe slijmerig hij was.

'Bijt,' zei Bailey. Ze trok een eng gezichtje en klapte haar mond dicht.

'Nee, hij bijt ons niet. En wij bijten hem ook niet.'

Dat vond Bailey grappig, of ze dacht dat ze het grappig moest vinden. Ze deed haar mond wijd open en lachte een beetje nep. Bridget zag dat ze nog maar acht tanden had, allemaal aan de voorkant, en dat er nog veel ruimte zat waar de kiezen moesten komen.

'Hier, zet jij hem maar terug,' zei Bridget. Ze zette hem voorzichtig in Baileys handpalm. 'Zachtjes, hè?' zei Bridget terwijl Bailey haar handje dichtdeed en er een krakend geluid klonk.

'Oké, zeg maar gedag.'

Bailey wierp de vermorzelde, halfdode rivierkreeft in het water. 'Dag, dag!' riep ze vrolijk.

Waarom wilde je dat ik dit deed, Tib? Waarom moest ik dit van je doen?

Lena liep straat in, straat uit. Ondanks haar plattegrond met de uitgestippelde route, had ze geen idee welke kant ze op moest en keek ze nauwelijks waar ze liep.

Misschien zou Lena nu begrijpen wat iedereen behalve zij allang begreep: Kostos was verdergegaan met zijn leven. Hij was allang uit het zicht verdwenen.

Tibby had het niet op die manier gezien omdat zij Lena altijd overschat had. Of ze had juist gewild dat Lena eindelijk begreep dat het voor haar ook tijd was om door te gaan.

Zonder erbij na te denken liep ze van de ene buurt naar de andere.

Ten slotte had ze het zo koud gekregen en was ze zo moe dat ze niet meer kon. Ze wilde niet in haar eentje in een restaurant of een café gaan zitten. Ze dook een supermarkt binnen die nog open was.

Zonder iets te zien liep ze langs de schappen en na een tijd ging ze bij het raam staan. Buiten was het donker en binnen was het fel verlicht, dus zag ze alleen haar eigen droevige reflectie in het glas. Ze wilde zichzelf afleiden en naar het leven op straat kijken, maar in plaats daarvan zag ze haar rode jurk en schaamde zich.

Er was een droom geweest. Ze zou het nooit hebben toegegeven, maar natuurlijk was die er geweest. Zij zou haar rode jurk aanhebben, en Kostos zou haar met andere ogen zien. Hij zou haar hier in Londen zien en opnieuw verliefd op haar worden, misschien zou hij zich realiseren dat hij al die tijd van haar was blijven houden. Hij zou niet alleen de brief in zijn handen nemen maar ook haar. Hij zou haar in zijn armen optillen en al haar tranen en angsten wegnemen. Op een bepaalde manier verlangde ze ernaar om zichzelf aan hem over te geven, zodat hij het zou overnemen, want zij wist het niet meer.

Ze had haar best gedaan om er chic en aantrekkelijk uit te zien, maar in de wereld van Kostos en zijn vrouw (of vriendin of verloofde) was haar poging pathetisch. Rode of bruine jurk, ze bleef iemand die geen indruk achterliet. Normaal gesproken was het iets waar ze goed in was: haar hoop en verwachtingen laag houden, maar zelfs dat talent was verdwenen.

Het kwam door de tijd die ze samen op Santorini hadden doorgebracht. Ze voelde zich zo met hem verbonden, hij was dichterbij dan ooit. Ze had zich voorgehouden dat ze niks meer van hem verlangde, maar dat was niet waar.

Hoe boos ze ook op zichzelf was, ze had nog wat woede voor Kostos over.

'Kan ik je helpen?' vroeg een jonge vrouw achter een van de kassa's.

Lena draaide zich om, keek haar aan en leek weer te beseffen waar ze was.

'Nee, dank je. Sorry,' zei ze met haar hoofd naar beneden. Ze ging naar buiten, de kou weer in, en begon te lopen.

Ze dacht even dat ze misschien wel in Brixton zou komen als ze maar lang genoeg zou doorlopen, maar ze had het sombere idee dat er van hier geen weg daarnaartoe was.

Ze herinnerde zich de nachtwandeling tien jaar geleden, de heuvel in Oia op, omdat ze met hem in hun geheime olijvenbos had afgesproken.

'Ooit,' had hij in het Grieks tegen haar gezegd. Ze sprak toen nog helemaal geen Grieks, dus het had haar veel moeite gekost om te begrijpen wat hij in hemelsnaam had bedoeld.

Het woord was net een speciaal cadeau geweest, een aandenken. Ze had het veilig opgeborgen en af en toe bewonderd, wachtend tot het juiste moment was aangebroken om het te verzilveren.

Wachten en wachten. Daar was ze goed in. Het leven gaf haar een excuus om te wachten en niets belangrijks te doen. Het woord was misschien helemaal geen cadeau, het was eerder een dodelijk virus met een lange incubatietijd.

In haar hart dacht ze dat hij het had gemeend, maar dat was natuurlijk niet zo. Ze herinnerde zich andere delen van dat oude gesprek woord voor woord. Hij had haar gevraagd of ze ook van iemand anders hield en zij had gezegd: 'Ik weet niet of ik het wel kan.' En als reactie had hij gezegd: 'Ik weet wel zeker dat ik het niet kan.'

Ze had gedaan of ze die hele episode min of meer vergeten was, maar dat was niet zo. Maar ze was nog maar een tiener geweest, en hij was niet veel ouder dan zij, dus dan kun je dat soort dingen ongestraft zeggen, toch?

Nee, niet in het kluisje van haar hart. *Ik weet zeker dat ik het niet kan.* Ze had zich aan deze verklaring vastgehouden alsof het een belofte onder ede was geweest.

En nu bleek het allemaal waardeloos te zijn. Ze dacht aan de mooie, hooghartige vrouw in de zwarte jurk. O, ja, dat kun je wel, dacht Lena.

Mensen zeiden allerlei dingen die ze niet meenden. En iedereen hield daar rekening mee. Iedereen, behalve Lena. Waarom geloofde zij wat andere mensen zeiden? Waarom nam ze de woorden zo letterlijk? Waarom dacht ze dat ze mensen kende, terwijl dat duidelijk niet zo was? Waarom dacht ze dat alles bleef zoals het was, terwijl de wereld veranderde?

Misschien omdat zij niet veranderde. Zij geloofde wat mensen zeiden en zij bleef hetzelfde.

Ook ik ben ooit bemind.

– WILLIAM SHAKESPEARE

Natuurlijk begon het te regenen. Rond tien uur die avond hield Lena eindelijk op met lopen. Ze stond kletsnat en koud in een bushokje ergens in een straat die Houndsditch heette en dacht na. Haar vlucht naar Griekenland ging pas de volgende ochtend om tien over tien.

Voor ze vertrok had ze over heel veel dingen nagedacht, maar niet over waar ze die nacht zou doorbrengen. Waarom niet? Misschien had dat te maken met haar onbewuste aannames. Ergens diep vanbinnen had ze misschien gedacht dat alles op zijn plek zou vallen op het moment dat ze Kostos zou zien. Het was het en-ze-leefden-nog-lang-en-gelukkig-deel van het verhaal, dat zich voltrok nadat de roodfluwelen gordijnen waren gevallen en dat nooit werd ingevuld.

Nu ze in het bushokje haar situatie onder de loep nam, kon ze die confrontatie ook net zo goed aangaan. Wat had ze gedacht? Dat hij haar zou zien en in zijn armen zou nemen? Dat hij haar zou optillen en naar bed zou dragen en dat ze de hele nacht zouden vrijen? Was dat het?

Ze bloosde bij de gedachte, eerder uit schaamte dan van verlangen. Misschien had ze het niet gedacht, want zelfs in haar onbewuste fantasieën was ze niet zo dapper.

Een paar mannen in pak keken naar haar terwijl ze voorbijliepen. Een van hen zei iets wat ze niet goed kon verstaan en de anderen lachten. Met haar rode jurk, haar blote benen en haar uitgelopen make-up zag ze er waarschijnlijk uit als een straathoertje.

Ze wilde zo laat geen hotel meer zoeken en bovendien had ze geen cash op zak om iets te betalen. Uit principe had ze alleen een bankpas bij zich en geen creditcard, maar op haar rekening stond zo goed als niks. Ze had niet gedacht dat ze iets nodig zou hebben. Haar vader had bijna alles voor haar reis van tevoren betaald, inclusief de luchthavenbelastingen en een speciale service voor haar mobiele telefoon zodat ze overal kon bellen. Verder had ze een paar honderd dollar in travellercheques, maar die wilde ze niet al op haar eerste avond aanbreken.

Wat kon ze doen? Ze haalde het treinschema uit haar tas en vouwde het open. Twee treinen kwamen er die avond nog bij Houndsditch en als ze de laatste wilde halen, moest ze opschieten.

Ze moest zichzelf dwingen om het droge bushokje te verlaten en de regen in te stappen, de post-teleurstellingsfase van dit avontuur in.

Bridget kreeg 's middags eerder honger dan Bailey. Nog een reden om aan Brians advies te twijfelen. Ze wist niet goed wat ze konden eten. 'Wat wil je?' vroeg ze Bailey.

Bailey staarde haar zonder iets te zeggen aan.

'Wil je yoghurt?'

'Ja.'

'Of wil je een appel?'

'Ja.'

'Wil je een cracker?'

'Ja.'

'Wil je spinazie?'

'Ja.'

'Wil je giftige paddenstoelen?'

'Ja.'

'Oké. Laat maar.' Bridget maakte wat crackers klaar en schilde een appel. Ze vond nog een hard stuk kaas in de koelkast en sneed dat ook in stukjes.

Bailey had al van alles in haar mond gepropt toen Bridget zag dat ze net zo veel modder binnenkreeg. Ze tilde Bailey uit de kinderstoel en droeg haar als een rugbybal onder haar arm naar het aanrecht. Ze voelde met haar andere hand of het water niet te heet was. 'Die moeten we eerst maar eens wassen,' zei ze terwijl ze Baileys handen onder de kraan hield.

Toen Bailey weer in haar stoel zat, had ze nog steeds twee bolle wangen. 'Ga je nog een keertje kauwen?' vroeg Bridget. En toen dacht ze aan de ontbrekende kiezen.

Ze haalde Baileys mond leeg, gooide de resten in de vuilnisbak en sneed alles wat nog op de borden lag heel klein. Toen begonnen ze opnieuw.

Met z'n tweeën aten ze hongerig alle kleine stukjes op. We zijn misschien een beetje hetzelfde, alleen heb ik een paar kiezen meer dan jij, dacht Bridget.

Ze deelden een kom aardbeienyoghurt. Ze had voor hen alle twee een lepel gepakt en terwijl Bridget de helft opat, gooide Bailey haar deel voornamelijk over de vloer en op de tafel. Ik snap wel waarom je dat doet, dacht Bridget.

Na het middageten wilde Bailey per se terug naar de beek. Deze keer was zij het die Bridgets hand vastpakte, zij nam Bridget mee. Toen ze bij de zompige modder aan de rand stonden, staken ze hun tenen erin. Bridget stak haar voeten dieper in de modder en Bailey deed haar na. Bridget had een idee. Ze gingen met z'n tweeën in de modder zitten. Waarom niet? Ze waren toch al vies en het was warm.

Het was perfect, want Tibby en zij vonden het altijd heerlijk om moddertaartjes te maken. Bridget nam een handvol modder en vormde het tussen haar handen. 'Hmm, een taartje,' zei ze en ze bracht het naar haar mond.

Bailey begreep het idee meteen. Ze stak haar handje in de modder en bracht het gelijk naar haar mond. Toen ze naar Bridget opkeek had ze al een moddersnor onder haar neus.

Bridget lachte. 'Je moet het niet echt opeten. Je moet doen alsof.'

Bailey vond dat net zo leuk. Ze deden alsof ze allerlei taartjes aten en daarna maakte Bridget een modderschildpad en een modderzeester. Toen Bailey begreep dat die niet waren om zogenaamd op te eten maar om mee te spelen, maakte ze haar eigen beesten, die niet echt ergens op leken.

Onder Bridgets nagels zat meer modder dan ooit en haar haar was een grote warboel. Bridget voelde de natte modder die door haar broek heen drong en de warme zon die op haar hoofd scheen. Ze deed haar ogen dicht en verbeeldde zich dat ze weer klein was en samen met haar vriendinnetje Tibby aan de rand van de rivier zat. Toen ze haar ogen opendeed was er niets wat dat beeld in de war bracht. Het kleine meisje dat tegenover haar zat had dezelfde intensiteit, was net zo snel voor iets te winnen, had hetzelfde elfachtige gezichtje en hetzelfde lichte haar dat nooit langer leek te worden.

Bridget was door een opening in de tijd gestapt, terug naar een eenvoudiger periode in haar leven, ze was terug bij Tibby en ze deden de dingen die zij en Tibby leuk vonden. Haar gedachten werden langzaam rustiger en geleidelijk aan ontstond er iets wat op stilte leek, en dat was alles waar ze op dit moment naar verlangde.

Lena was precies elf uur voordat haar vliegtuig zou opstijgen bij de gate. Ze dacht niet dat er in de annalen van de reisgeschiedenis iemand voorkwam die eerder bij de gate was geweest dan haar vader, maar nu had ze van hem gewonnen. Ze poetste haar tanden en waste de make-up van haar gezicht aan een van de veertien wastafels (ze had ze geteld) in de damestoiletten.

Terug bij de gate ging ze bij het grote raam zitten waar je de vliegtuigen kon zien taxiën. Op dit uur gebeurde er echter niet veel. Ze wilde wakker blijven. Dat leek belangrijk, want wie weet wat er met haar kon gebeuren. Ze sloeg haar armen om haar tas, voor het geval dat.

Misschien was ze weggedoezeld, ze wist het niet zeker, maar ze schrok op door het gezoem in haar tas. Het duurde even voordat ze begreep dat het haar telefoon was. Ze was vergeten dat iemand haar hier kon bellen. Ze pakte hem en nam gelijk op. Het moest haar vader of haar moeder zijn. Wie anders belde haar nog?

'Lena?'

'Ja?'

Haar hoofd tolde. Het was haar vader niet en het was ook zeker haar moeder niet.

'Waar ben je?'

Ze was suf en in de war. 'Met wie spreek ik?' vroeg ze.

'Met Kostos.'

Haar gedachten gingen sneller en in een andere richting. Hoe kwam hij aan haar nummer? 'Hoe kom je aan mijn nummer?'

'Ik heb je moeder gebeld.'

O, shit. Oké, ze wist wie ze hierna zou bellen.

'Waarom ben je in Londen?' vroeg hij.

Om hem te zien. Om hem een brief te geven. Om zich in zijn armen te laten vallen, waarna de lichten zouden dimmen en de rode gordijnen dicht zouden gaan. Ze kon hem niet eens de helft van de waarheid vertellen. 'Ik heb gewoon een overstap.'

'Waar ga je heen?'

Daar kon ze hem ook geen eerlijk antwoord op geven. Het zou lijken of ze hem stalkte. Ze deed haar ogen dicht en probeerde iets te bedenken. 'Naar Italië, voor de kunst.' Het klonk alsof ze een script voorlas. Ze had een hekel aan liegen.

'Hoelang ben je hier?'

'Ik vertrek morgenochtend.'

'Lena, je bent helemaal naar mijn huis toe gekomen. Waarom rende je ineens weg?'

Omdat je in een groot huis woont met een mooie enge vrouw. Omdat je mijn hoop de grond in hebt geboord en me pijn hebt gedaan. Omdat je lang geleden 'ooit' hebt gezegd, terwijl je dat niet meende. 'Ik wilde alleen die brief afgeven. Ik had het idee dat ik je stoorde, jou en je...'

'Mijn?'

'Je...' Lena wist niet wat ze van hem was. Ze wilde niet gedwongen worden om het te vragen.

'Bedoel je Harriet?'

'Ik bedoel de vrouw die opendeed. We hebben ons niet aan elkaar voorgesteld.'

'Ja, dat is Harriet,' zei hij ongemakkelijk.

'Ben je getrouwd? Woon je samen?' Haar masochisme verbaasde Lena niet, maar haar directheid wel. Aan de andere kant wist ze het antwoord toch wel. Er was iets aan die bloemen in de hal waardoor ze in elk geval een deel van het verhaal begreep.

'Nee, we zijn niet getrouwd. Ja, we wonen samen. Lena, waar ben je? Ik weet dat het al laat is, maar vind je het goed als ik naar je toe kom? Ik wil je graag spreken.'

Ze wist precies waarover hij haar wilde spreken en zij wilde niet luisteren. Waarschijnlijk hoorde hij ergens in zijn hoofd zijn eigen woorden. De woorden die hij meer dan tien jaar geleden tegen haar had gezegd nadat hij de grond onder haar voeten had laten verdwijnen door met Mariana te trouwen, een maand nadat hij had beloofd voor altijd van Lena te blijven houden. *Ik hou van je. Het zal nooit voorbijgaan. Nooit.*

Nu voelde hij zich waarschijnlijk slecht omdat hij haar had gekwetst, net zoals hij zich toen slecht had gevoeld. Hij moest aan haar gezicht hebben gezien hoe ze zich voelde. Ze had het geprobeerd te verbergen maar daar was ze nooit goed in geweest. Zeker niet als hij in de buurt was. Gelukkig was ze dit keer niet ingestort.

Dit keer. Hoe vaak kon je een man je hart laten breken? Wat was er met haar aan de hand? En als ze dan eerlijk tegenover zichzelf moest zijn, dan moest ze zich ook afvragen hoe vaak ze zijn hart had gebroken.

Hij zou proberen de waarheid voor haar te verzachten, een paar excuses maken, pogen om haar eer te redden en hun vriendschap benadrukken. Hij wilde zich goed kunnen voelen. Zorgen dat Valia zich niet zou omdraaien in haar graf.

Hem zien zou echter niets oplossen. In elk geval niet voor Lena. Het zou de dingen alleen maar erger maken.

'Zeg me waar je bent, dan kom ik naar je toe.'

Ze zou hem echt niet vertellen waar ze was. Dat ze te naïef was geweest om een hotel te boeken en te arm om er nu nog een te zoeken. 'Jij hebt jouw leven, Kostos, en dat respecteer ik. Ik had moeten bellen voordat ik kwam. Het spijt me dat ik dat niet heb gedaan.'

'Alsjeblieft, Lena? Vertel me alsjeblieft waar je bent. Ik moet je zien.' Zijn stem klonk vreemd, verwrongen. Ze vroeg zich af of hij tijdens zijn mooie avond met 'Harriet' had gedronken.

Ze besefte dat haar keel pijn deed omdat ze op het punt stond te gaan huilen. Ze was blij dat hij het niet kon zien. Dat niemand het kon zien, behalve de schoonmaakster die met haar kar en een mop de toiletten uit kwam.

Hij was even stil. 'Kan ik je nog een keer bellen? Morgen?'

Ze deed haar ogen dicht en hoopte dat haar stem niet zo verdrietig klonk als ze zich voelde. 'Alsjeblieft, doe dat niet.'

'Maar je begrijpt er niets van.'

Ze wilde zichzelf in de hand houden, maar dat lukte haar niet. Ze huilde hard en hij zou het horen. 'Wat begrijp ik niet? Je kunt toch niets zeggen om het te veranderen.'

Allebei waren ze even stil. Ze hield de telefoon van zich af tot ze zichzelf weer een beetje bij elkaar had geraapt.

Toen hij weer begon te praten klonk zijn stem gedempt. Ze had deze verandering eerder bij hem opgemerkt. Hij klonk vlakker. 'Oké, als je dat niet wilt, dan doe ik het niet.'

Ze durfde niks te zeggen. Ze bleef stil.

'En hoe zit het met die brief?' zei hij, duidelijk met de bedoeling om het gesprek een andere wending te geven.

Ze probeerde rustig adem te halen. 'Hij is van Tibby. Ik weet niet wat erin staat. Ze heeft er voor mij ook een achtergelaten. Ik moest hem persoonlijk aan jou overhandigen.'

'Ik snap het,' zei hij. 'Dat verklaart het.' Weer die vlakke stem.

Lena wist niet zeker wat het verklaarde, en ze kreeg de kans niet om het te vragen.

'En moeten we samen zijn als we hem openmaken of zoiets?' vroeg hij. Ze wist niet zeker of zijn stem boos klonk.

'Nee, dat stond er niet bij.'

'Er staat op de achterkant dat ik hem niet voor half maart mag openmaken.'

'Dat weet ik,' zei ze. 'Dat staat ook op die van mij.'

De engelen zoeken ons op, en wij herkennen ze pas als ze weg zijn.

– GEORGE ELIOT

Carmen was nooit eerder bang geweest voor een auditie. Normaal gesproken liep ze op haar dure hakken en met opgeheven hoofd naar binnen. Ik zal ze eens wat laten zien, dacht ze meestal met de typische arrogantie van een enig kind. Als ze de rol niet kreeg, dan kregen ze haar niet. En daarmee was het klaar. Maar als ze aan deze auditie dacht, werd ze stil en schuchter.

'De bruiloft is op 17 april. Hoe kan ik nou alles regelen als ik eind maart anderhalve week in New Orleans zit?' klaagde ze een paar dagen later tegen Jones terwijl ze in de badkamer haar make-up eraf haalde.

'Je hebt je telefoon toch. Je kunt het daarvandaan doen.' Het viel haar op dat hij niet aanbood om iets te doen.

'En het eten proeven dan? En de jurk, die moet ik passen. Dat kan ik daar niet doen.'

Jones probeerde iets te lezen in bed en had weinig aandacht voor haar klaagzang. 'Luister,' zei hij uiteindelijk. 'Je moet je op dat gesprek concentreren. Ik meen het. Je moet alleen maar daarmee bezig zijn. Als je de bruiloft één of twee maanden wilt uitstellen, dan doen we dat.'

Carmen keek naar het watje, dat zwart was van de troep van haar ogen. Jones had de bruiloft niet willen uitstellen voor haar oma, maar voor een auditie kon het plotseling wel. Grant Arden was in deze wereld een stuk belangrijker dan oude Carmen.

Wilde zij het uitstellen? Of wilde ze het maar achter de rug hebben? Hoe minder tijd ze had, hoe minder ze over dingen kon nadenken. Dingen als wat ze met Tibby's familie moest doen, of er bruidsmeisjes moesten komen of dat ze die onzin konden overslaan, dat soort vragen kon ze gewoon vermijden. Over gedachten als: mijn god, Carmen, waar ben je in hemelsnaam mee bezig, kon ze makkelijk heen stappen als ze op weg was naar de rode loper. Het was een ingebouwd excuus, voor zichzelf en voor anderen: we hebben het gewoon snel geregeld. Misschien was het zelfs een excuus voor het geval ze dat later nodig had. We hadden er waarschijnlijk niet zo'n haast achter moeten zetten. Ze kon het zichzelf over vijf jaar al bijna horen zeggen.

'En hoe is het met jullie twee?' vroeg Brian aan het eind van de eerste dag toen hij uit kantoor thuiskwam en Bridget en Bailey uitgeput aan de keukentafel aantrof.

Bridget haalde haar schouders op. 'Best goed. Denk ik.' Ze keek naar Bailey. 'Hoe gaat het met ons?'

Bailey deed Bridget na en haalde ook haar schouders op.

Brian bekeek Bailey eens goed en gaf haar een zoen op haar roze oor. 'Meestal doen we haar pyjama wel op een gegeven ogenblik uit en zonnecrème is hier wel echt nodig, maar voor de rest ziet het eruit alsof het prima is gegaan.'

Bailey wilde graag dat haar vader haar na het eten optilde en direct naar bed bracht. Bridget sliep langer en rustiger dan ze in tijden had gedaan.

De volgende ochtend namen Bee en Bailey hun ontbijt mee naar buiten en beiden schreeuwden van opwinding toen er een gele vogel aan kwam vliegen, die op de rand van Baileys bakje met cornflakes landde en ging zitten eten. Ze hadden het er de hele dag over.

Ze speelden een paar uur bij het beekje. Ze vonden een kousenbandslang die ze pestten met een stokje. Ze gaven hem chips maar dat at hij niet. Bridget voelde weer die kinderlijke onaangepastheid in haar bovenkomen.

Op het heetste moment van de dag lagen ze op hun buik op de veranda en tekenden met waskrijtjes. Verder dan dat was het met Bridgets artistieke talent nooit gekomen, maar ze was behoorlijk tevreden.

Terwijl ze naar het bekende geklik van de krijtjes luisterde en die wasachtige geur inademde, realiseerde Bridget zich dat ze het naar haar zin had.

Ze besefte dat het oppassen op een onverwachte manier bij haar paste. Het was net als met uitzendwerk: elke dag bood zich iets anders aan, dus je voelde je niet zo snel gebonden. Het was beter dan uitzendwerk omdat je buiten kon zijn en in je oudste, vieze kleren kon rondlopen. Het was ook beter omdat je je eigen plannen kon bedenken en wat je ook kon zeggen van peuters, een tweejarige baas was een stuk makkelijker blij te maken dan het plaatsvervangende hoofd Personeelszaken.

Loom vroeg Bridget zich af of je diploma's voor dit werk nodig had en of het een beetje behoorlijk betaalde.

Op de derde dag dat Lena op Santorini was, verkocht ze het huis. Ze belde de eerste dag vier verschillende makelaars op, maakte de tweede dag als een gek het huis schoon en ontving de derde dag kijkers en tegen vijf uur had ze een bod geaccepteerd van iemand die bereid was ook de inboedel over te nemen. De vierde dag tekende ze de papieren, ging naar de bank en faxte alle documenten naar haar vader. De vijfde dag had ze een afspraak met een verhuisbedrijf en deed samen met hen papieren, boeken en andere persoonlijke dingen in dozen om naar de Verenigde Staten te laten verschepen. Ze stond zelf versteld van de efficiëntie waarmee alles verliep.

De zesde dag werd ze wakker zonder een project. Ze werd wakker in een opgeruimd huis dat al niet meer echt van haar was, in een bed waar ze maar niet uit kon komen. Ze lag daar en keek hoe het zonlicht over haar deken kroop. Ze had geen brief meer die ze namens Tibby moest afleveren. Ze had geen huis meer dat verkocht moest worden. Ze had geen man meer naar wie ze haar hele leven kon uitkijken.

Ze had... Wat had ze eigenlijk? Ze had grote voeten. Ze had zelfmedelijden. Ze had een ingegroeide nagel aan de grote teen van haar linkervoet. Ze had nog vier dagen voordat ze terug zou vliegen naar de Verenigde Staten.

Ze bleef tot aan de middag in bed liggen. Ze maakte een omelet voor zichzelf. Ze zat een tijdje met gekruiste benen op de vloer voor Valia's kast. Toen stond ze op en keek naar de overgebleven kleren in haar oma's kast, de kleren die weggegooid zouden worden. Ze trok Valia's roze katoenen ochtendjas aan en toen haar zogenaamde Pucci-huisjurk. Ze stopte ze alle twee in haar koffer.

Haar opa was al een tijd geleden overleden. Zijn spullen waren jaren geleden al bijna allemaal weggedaan of weggegeven. Toen ze echter zijn kast opendeed, vond ze een paar zilveren manchetknopen in de vorm van leeuwen. Ze zag ook, tegen de muur geprikt, twee kleine tekeningen die ze die eerste zomer had gemaakt, een van de kerk in het dorp en de andere van de vissersboten bij Ammoudi. Ze herinnerde zich dat ze de tekeningen aan Bapi had laten zien toen ze ze net had gemaakt, en hoe hij zonder iets te zeggen goedkeurend had geknikt. Ze had ze in haar kamer achtergelaten toen ze wegging. Ze had het te zelfingenomen en te ijdel gevonden om ze aan hem te geven, maar het raakte haar dat hij ze mooi genoeg had gevonden en had opgehangen. Het idee dat hij naar ze had gekeken en aan haar had gedacht als ze er niet was, ontroerde haar.

Ze zat een tijdje in het raamkozijn van haar kamer en keek over het sprankelende water van de caldera. De gezonken stad Atlantis zou zich daaronder bevinden. Ze stelde zich voor dat Tibby daar ook was. Ze stelde zich voor dat de Reizende Spijkerbroek daar was. Ze stelde zich voor dat de ring daar lag die Kostos voor haar had gekocht toen hij nog dacht dat hij van haar hield.

Haar beeld van de wereld onder het water was een mooie, serene stilte, een variant op de hemel. Het was de verloren stad van Lena, haar parallelle universum, het leven waar ze naar verlangde maar dat ze niet kon bereiken.

Later die week vonden Bridget en Bailey nadat ze bij de beek hadden gespeeld een paar houten planken in de schuur. Ze sleepten ze naar buiten en probeerden in de bosjes een boomhut te bouwen. Na een uur stortte hij in, wat ze allebei veel leuker vonden dan wanneer hij heel was gebleven. Ze maakten hem nog een keer en nog een keer, steeds gammeler, en lachten als hij naar beneden viel.

Diezelfde avond waren ze met z'n tweeën omdat Brian doorwerkte, en na het eten keken ze naar de laatste zonnestralen en de donker wordende hemel. Ze zagen twee vleermuizen, en toen, in de schemering, de eerste flits van een vuurvliegje. Bridget schreeuwde als een tweejarig meisje en wees: 'Lichtmug! Zag je het? Het lichtje in de lucht?'

Bailey tuurde aandachtig naar de lucht. Bridget kon zien dat ze de woorden eerst zachtjes met haar mond uitprobeerde voordat ze ze hardop zei. Ze was nog zo jong, en toch had ze al datzelfde als haar moeder, die nooit iets wilde zeggen voordat ze wist hoe het zou overkomen.

'Laten we een potje halen en dan vangen we er een,' zei Bridget opgewonden. Ze rende naar de keuken en Bailey kwam achter haar aan. Op een hoge plank vond ze een glazen pot. Bailey keek vol bewondering toe hoe ze met een scherp mes een paar gaten in de deksel prikte. Bridget vroeg zich vaag af hoeveel messen ze in de loop der tijd op deze manier kapot had gemaakt.

Bailey drentelde achter haar aan de tuin in. Ze stond in het donker op het gras en keek aarzelend om zich heen. Bridget vroeg zich af of ze wel vaker zo laat nog buiten was geweest.

'Kom, we plukken wat gras en dat doen we in het potje, dan heeft-ie een gezellig huisje als we er een vangen.' Ze plukte een grasspriet, schroefde de deksel los en deed hem erin.

Dit was iets wat Bailey kon. Ze ging op haar hurken zitten en plukte voorzichtig een voor een grasprietjes. Ze kon er bijna niet mee ophouden.

'Ik zie er een,' zei Bridget. 'Kijk.' Ze wees daar en daar en daar. Bailey stond doodstil op haar blote voetjes in haar witte pyjama in het midden van het grasveld. Haar ogen waren groot.

'Let op,' zei Bridget, terwijl ze het potje op de grond zette. Ze ging achter een vliegje aan en ving hem met haar handen uit de lucht. Ze liep naar Bailey, hurkte en deed langzaam haar handen open. Bailey wilde hem dolgraag zien, maar durfde ook niet dichterbij te komen. 'Zie je hem?' zei Bridget toen het achterste deel van het vliegje oplichtte.

'Zie 'm,' zei Bailey vol bewondering.

Bridget liet hem gaan en Bailey volgde hem met haar blik. Toen begon ze te springen. 'Vang! Vang!' schreeuwde ze.

Bridget rende heen en weer over het grasveld. Bailey rende ook rond maar van pure opwinding. 'Ik heb 'm!' riep Bridget toen ze een ander vliegje had gevangen.

Bailey kwam aangerend. Dit keer kwam ze heel dichtbij zitten en slaakte een gilletje toen het beestje licht gaf.

'We kunnen hem laten gaan of in het potje doen.' Ze wees naar het potje dat in het gras lag.

Bailey maakte een mengeling van opgewonden kreetjes die eindigden met 'potje'.

Bridget wist niet zeker of Bailey wist wat het betekende. Ze ging op haar knieën zitten zodat Bailey het kon zien en hield het vuurvliegje in één dichte hand en opende met haar andere hand het potje, dat ze tussen haar benen had geklemd. Toen opende ze haar hand boven het potje en hield hem plat zodat het vliegje in het potje viel. Ze kon Bailey horen ademen. 'Nu doe jij snel de deksel erop zodat hij niet kan wegvliegen.'

Zodra de deksel vastzat gaf Bridget het potje aan Bailey. Bailey hield het met twee handjes vast en keek ademloos toe, tot het vliegje oplichtte. Van schrik liet ze het potje in het gras vallen. Bridget lachte en raapte het op. Ze stopte het weer in Baileys handjes.

'Behoorlijk gaaf, hè?'

Bailey tuurde in het potje en keek toen naar Bridget. 'Nog een?'

'Zullen we er nog een vangen?'

Bailey knikte.

'Oké. Jij kunt er ook een proberen te vangen.'

Bailey wilde het potje eigenlijk niet neerzetten, twijfelde, maar rende toen toch achter de vliegjes aan. Ze renden met z'n tweeën door het gras. Bailey probeerde Bridget na te doen en zwaaide met haar armpjes door de lucht.

Zodra Bridget er weer een had gevangen en in het potje had gedaan, keek Bailey haar gretig aan en zei: 'Nog een!'

'Nog een?'

'Ja!'

Ze gingen door tot er negen lichtgevende vliegjes in het potje zaten. Bridget vond het zo leuk dat het moeilijk was om te stoppen, en Bailey was niet te stuiten.

'Het wordt daar binnen wel een beetje druk,' zei Bridget uiteindelijk lachend.

'Nog een!' riep Bailey.

'Het zijn er te veel. Straks gaan ze met elkaar vechten.'

Bailey was onder de indruk en hield even haar mond.

'Dan bijten ze elkaar misschien.'

Bailey keek bezorgd.

'Nee, grapje. Ze bijten niet.'

'Niet bijten,' zei Bailey, en ze klapte haar mond dicht.

'Nee, niet bijten.'

Brian kwam vanuit het huis de veranda op gelopen. 'Hé, wat doen jullie daar buiten?' riep hij.

Bailey rende zo snel als ze kon naar het trapje, bijna hyperventilerend, om haar vader de pot met de vuurvliegjes te laten zien.

Bridget glimlachte en keek toe, een beetje beschaamd om haar eigen enthousiasme, maar trots dat Bailey zo blij en uitgelaten was.

Baileys woorden kwamen er als een onverstaanbare brij uit, maar het oplichtende potje sprak voor zich.

'Wauw,' zei Brian keer op keer, terwijl hij met haar het huis binnenliep. 'Wauw. Wauw.' Ze had het potje nog steeds vast.

Bridget ruimde met een tevreden gevoel de keuken op en hoorde Brian Bailey kalmeren en in bed stoppen.

Een uur of twee later liep ze gapend naar haar eigen slaapkamer, maar stopte even bij de kamer van Bailey. Ze deed heel zacht de deur open en glimlachte toen ze Bailey in haar bedje zag liggen, haar handjes om het potje geklemd en de vliegjes nog steeds oplichtend tussen haar armpjes.

Bridget hoopte op een nieuwe lange, droomloze nacht, maar de slaap kwam niet. Hoe langer ze bleef liggen in het tweepersoonsbed in de logeerkamer in het huis dat van Tibby was geweest, hoe rustelozer ze werd. Er waren zo veel redenen voor dit gevoel dat ze er niet over na wilde denken. Maar haar gedachten gingen niet naar de voor de hand liggende redenen zoals Tibby of Eric of de verpleegster Tabitha of Carmen of Lena, haar gedachten gingen verder terug, naar haar moeder. De herinneringen kwamen niet in een logische volgorde maar in flitsen, sommige warm en nostalgisch, andere hard en verwoestend.

En toen, zonder waarschuwing, sprongen haar gedachten weer helemaal terug naar het heden, naar de glazen pot in Baileys armpjes, en toen naar de nabije toekomst, naar de volgende ochtend. Die gedachte maakte haar zo rusteloos dat ze op de rand van haar bed ging zitten en haar voeten op de vloer zette. Ze zag voor zich hoe Bailey wakker zou worden en de dode vuurvliegjes tussen de grassprieten zou zien liggen.

Bridget had in haar leven genoeg vuurvliegjes doodgemaakt om te weten hoe dat ging. Hoe mooi ze 's nachts ook waren als ze licht gaven, in het ochtendlicht zagen ze er heel zielig uit, zo zielig dat je je niet kon voorstellen dat ze in het donker zo schitterend waren geweest.

Ze kon niet tegen het idee dat Bailey ze de volgende ochtend zo zou aantreffen. Wat zou het met Baileys tere zieltje doen? Wat zou ze dan vinden van Bridgets magie?

Hoe had Bridget in hemelsnaam kunnen denken dat het leuk was om vuurvliegjes in een potje te stoppen? Hoe kon ze leven en licht gevangen willen houden? Waarom dacht ze nooit eens na voordat ze iets deed? Ze behoorde tot de laagste klasse, bij de termieten en de kakkerlakken. Ze zouden haar in een potje moeten stoppen, klein en machteloos, waar ze niemand kwaad kon doen.

Bridget sloop de gang op en ging naar Baileys kamer. Ze wurmde de pot uit haar armpjes en sloop terug naar de gang. Ze opende de achterdeur en liep over het vochtige gras. Ze schroefde de deksel los en hield de pot omhoog zodat de arme vliegjes hun vrijheid tegemoet konden vliegen, maar dat deden ze niet. Ze waren kennelijk zo van slag door hun gevangenschap dat Bridget de pot moest omkeren boven het gras om ze eruit te krijgen. Ze keek toe hoe ze zich probeerden te oriënteren.

Jones werd midden in de nacht wakker van een autoalarm en zag dat Carmen naar het plafond lag te staren.

'Wat is er?' vroeg hij

'Tibby wil dat ik op 2 april ergens naartoe ga in Pennsylvania. Als ik naar New Orleans ga, haal ik het niet om op tijd terug te zijn.'

'Hoezo: áls je naar New Orleans gaat?' Het kwam niet eens in hem op om te vragen hoe Tibby haar kon vragen om ergens naartoe te gaan.

'Ja... áls ik ga.'

'Je moet gaan.'

'Ik moet helemaal niet.'

Jones tilde zijn hoofd op, steunde op zijn hand en keek haar vol verbazing aan. 'Je carrière is voorbij als je niet gaat. Ik bedoel: denk eens na, wat zou je agent zeggen? Denk je dat ze je dan ooit nog een keer belt?'

Carmen klemde haar kiezen op elkaar. Ze kon dit soort gesprekken nog zo vaak voeren met Jones, ze wist al precies hoe het telefoontje met haar moeder de volgende ochtend zou gaan – haar moeder zou zeggen: 'Je hóéft toch niet te gaan?' en Carmen zou zeggen: 'Mijn carrière is voorbij als ik niet ga, mam. Wat denk je dat mijn agent zal zeggen?'

'Het leven draait niet alleen maar om werk,' zei Carmen kribbig.

'Nee, natuurlijk niet. Maar zo'n kans krijg je misschien één keer in je leven, en waar zou je hem voor laten schieten? Wat ga je in Pennsylvania vinden? Denk maar niet dat je Tibby daar vindt, als je dat soms hoopt.'

Carmen draaide haar hoofd van hem af. Ze legde haar handen onder het kussen. Ze wilde zelf niet toegeven dat ze banger was voor Pennsylvania dan voor New Orleans. Ze wilde niet dat hij haar weer zag huilen.

'Je kunt daarna naar Pennsylvania gaan,' zei hij iets zachter. 'Na de bruiloft. Tibby zou toch niet willen dat je een gesprek met een van de grootste regisseurs ter wereld misloopt? En ze zou ook je trouwerij niet willen dwarsbomen.' Hij legde zijn hand op Carmens schouderblad. 'Deze dingen zijn belangrijk voor je, dat zou ze heel goed begrijpen.'

Tibby zou begrijpen wat belangrijk was. Daar was Carmen

het wel mee eens. Tibby begreep altijd alles. Maar terwijl ze Tibby voor zich probeerde te zien, wist Carmen ook wat belangrijk was, en het was geen van die dingen die hij noemde.

Ik laat je in mijn dromen
als ik in die van jou mag zijn.

– BOB DYLAN

Bridget werd de volgende ochtend wakker door gehuil. Het drong tot haar door dat haar gezicht nat was en dat ze paniek in haar borst voelde, maar dat het gesnik niet van haar was. Ze wist niet meer waar ze was. Ze keek naar het plafond en probeerde het zich te herinneren. Ze zag een heleboel bedden voor zich, in verschillende appartementen, in het huis van Perry en Violet, in de Sea Star Inn. Pas toen ze rechtop ging zitten en om zich heen keek herkende ze de kamer en verplaatste haar lichaam zich in één keer naar Australië. Het gesnik kwam van beneden; het was Bailey. Ze hoorde Brians rustige stem die haar probeerde te troosten.

Bridget trok snel iets aan. Toen ze in de keuken kwam, had Bailey de glazen pot in haar handjes en huilde. Brian wierp Bridget een wanhopige blik toe.

Bailey zat in haar kinderstoel en hield het potje in de lucht om het aan Bridget te laten zien, maar ze was niet in staat om iets te zeggen. Nadat Bridget de vuurvliegjes had vrijgelaten, had ze het gras teruggedaan in het potje en dat weer bij Bailey in bed gelegd.

Bridget schoof een stoel naar Bailey toe en ging bij haar zitten. 'Zijn de vuurvliegjes weggegaan?' vroeg ze.

Bailey knikte. De blik in haar ogen ging recht naar Bridgets hart en Bridget twijfelde aan alles wat ze had gedaan. Ze probeerde te bedenken wat het ergste was geweest. Het gebeurde vaak zonder dat ze het doorhad. Was het het moment waarop ze zich had laten gaan en levende wezens uit de lucht had gevangen om ze in een potje te stoppen? Of had ze ze nooit vrij moeten laten? Had ze de vliegjes belangrijker gevonden dan een kind? Had ze het potje nooit in Baileys bed moeten terugleggen?

'We weten niet hoe het kan, maar ze zijn ontsnapt,' zei Brian. 'Ze zijn weggevlogen.' Bridget vroeg zich af of er een beschuldigende toon in zijn stem zat.

Bailey knikte.

'Ik zei al tegen haar dat ze veel gelukkiger zijn in de lucht,' zei Brian. 'Maar ze is nog steeds verdrietig.'

Bailey luisterde aandachtig. Ze snikte niet meer, maar haar gezichtje was nat van de tranen en van het snot en ze kon elk moment weer in huilen uitbarsten.

'Wat jammer dat ze weg zijn gegaan,' zei Bridget. Ze begreep dat Bailey niet getroost kon worden door een verklaring. Bridget hoefde niet te vertellen dat ze niet zelf uit het potje waren ontsnapt en dat ze dood waren gegaan als zij ze niet had vrijgelaten. Ze strekte haar armen uit en tilde Bailey uit haar kinderstoel.

Zonder iets te zeggen haalde ze het potje uit Baileys handen en zette het op het aanrecht. Ze drukte Bailey tegen zich aan, hield haar met één arm stevig vast en streek met haar andere hand over haar rug terwijl ze door de keuken heen en weer liep. Na twee of drie rondjes liet Bailey haar hoofdje op Bridgets schouder rusten.

Brian keek haar even dankbaar aan en liep op zijn tenen terug naar zijn studeerkamer. Bridget bleef lopen. Ze verplaatste haar hand van haar rug naar haar hoofdje en weer terug. De rondjes die ze liep werden groter.

Bailey veegde haar neus aan Bridgets T-shirt af en Bridget was haar daar op een bepaalde manier dankbaar voor. Ze voelde dat Baileys opgejaagde ademhaling rustiger werd. Na een tijdje stak Bailey haar duim in haar mond en werd zwaarder.

Toen het rondje zo groot was dat ze over de hele benedenverdieping liepen, begreep Bridget het grotere verdriet dat Bailey zo overstuur had gemaakt. Ze vroeg zich af welke woorden Brian had gebruikt om het uit te leggen. Waarschijnlijk hadden ze te maken met weggaan en misschien had hij zelfs het woord 'hemel' gebruikt, en Bridget wist zeker dat ze Bailey angst hadden aangejaagd omdat ze verbonden waren met niets minder dan het ergste verlies.

Bridget liep de veranda op en liet zich in de schommelstoel zakken. Ze bleef Baileys rug strelen en voelde hoe het lichaam van het meisje dicht tegen haar aan lag.

Ze dacht dat Bailey in slaap was gevallen, tot Bailey plotseling overeind kwam. Ze haalde haar duim uit haar mond en vroeg: 'Nog een keer vangen?'

Bridget zuchtte. Ze kwam in de verleiding om Bailey te beloven dat ze die avond nieuwe vuurvliegjes zouden vangen. Er waren er genoeg. Als ze wilden konden ze elke avond vliegjes in een potje stoppen.

Maar Bridget dacht aan het moment waarop het was misgegaan, een moment dat zo onschuldig lijkt dat je er makkelijk aan voorbijgaat. Dat wilde Bridget hun niet opnieuw aandoen.

'Ze zijn er altijd. In de zomer kun je elke avond naar buiten gaan om ze te zien,' zei Bridget zacht. 'Waar je ook bent.'

Bailey was weer op haar gaan liggen en Bridget streelde weer over haar ruggetje.

Bridget had gedacht dat het minder pijn deed als dat

waar je van hield gewoon verdween. Maar misschien was Bailey minder verdrietig geweest als ze had gezien en begrepen wat er was gebeurd. Hoe dan ook, Bailey en zij waren hetzelfde. Ze waren alle twee op dezelfde plek beschadigd.

Ik weet hoe je je voelt, dacht Bridget. En het kwam niet alleen door Tibby. Zij had ook haar moeder verloren.

De dag dat Lena vanuit Griekenland terugkeerde naar niemand en niets lag er een brief op haar te wachten. Door het kenmerkende handschrift waarin haar naam was geschreven, wist ze onmiddellijk van wie hij was. Hij was vanaf haar ouders' adres doorgestuurd.

'Lieve Lena,' stond er bovenaan in zijn mooie handschrift. 'Je zei dat ik niet mocht bellen, dus schrijf ik je.'

Het heerlijke moment waarop ze haar naam in zijn brief zag staan, werd snel vervangen door een bons, van angst en woede.

Met een wantrouwend hart scande ze de brief op verklaringen, excuses, verzachtende woorden met betrekking tot Harriet. Aan de telefoon had hij gezegd dat ze niet getrouwd waren, maar dat was een laf verhaal. Harriet en hij woonden samen in een extravagant huis en Harriet had een ring met een saffier aan haar trouwvinger. Dat deed je niet als je niet van plan was te trouwen. Een vrouw als Harriet in elk geval niet, dat wist Lena behoorlijk zeker.

Lena zocht in de tekst naar nette zinnen waarin hij zijn spijt uitdrukte, naar het zogenaamde verdriet over het voorbijgaan van dingen en de hoop op een vriendschap in de toekomst. Hij zou zeker schrijven dat hij echt om haar gaf en dat ze bijna familie voor hem was en bla, bla, bla. Dit waren precies de woorden geweest die zij niet had willen horen en die hij nu alsnog aan haar schreef. Maar toen ze haar gedachten even stilzette en eindelijk las wat er stond, zag ze dat het een heel andere brief was.

Terwijl ik vanuit mijn werk langs de rivier naar huis liep, moest ik aan een gebeurtenis met Tibby denken, en ik wilde je daarover schrijven.

Weet je nog dat jij en je vriendinnen, bijna tien jaar geleden, in augustus naar Santorini kwamen om jullie spijkerbroek te zoeken? Bridget zag me als eerste, in een straat in het dorp, en ze herkende me, denk ik. Maar het was Tibby die direct op me afliep. Ik weet niet eens of ze je dit hebben verteld.

Tibby zei: 'Lena is er, wist je dat?' en ik zei dat ik dat niet wist. Ik was in de war door het bericht en in de war door haar. Ze stelde zichzelf voor, maar ik wist wel wie ze was. 'Wil je haar zien?' vroeg ze.

Ze was zo intens en tegelijkertijd zo lief. Ik was een lafaard en vroeg: 'Wil ze mij zien?'

Tibby keek me lang en indringend aan. Ze peilde mijn karakter op dat moment, en als ze haar oordeel over mij had uitgesproken had ik haar direct geloofd. 'Wil jij haar zien?' vroeg ze nog een keer.

Ik weet nog dat ik midden op straat stond, dat Tibby vlak voor me stond en Bee iets verderop, twijfelend, met haar handen in haar zij. Ze wist niet wat beter was voor jou, naar me toe komen of juist op afstand blijven.

Toen ik die meisjes zag, leerde ik jou op een andere manier kennen. Na alles wat er eerder die zomer was gebeurd, vroeg ik me af of jij eigenlijk wel wilde dat er iemand van je hield. En toen ik hen zag wist ik dat dat wel zo was.

Dus, daar was Tibby, een vreemde die geen vreemde was en het bij mij neerlegde. Ik wilde wegrennen, maar dat kon niet. Ik zei tegen haar: 'Natuurlijk wil ik dat. Liever dan wat dan ook.'

Tibby dacht even na en toen knikte ze. 'Oké. Dan moet je aan het eind van de middag naar het huis komen.' En dat heb ik gedaan.

In Londen vind ik het heerlijk om 's ochtends en 's avonds langs de rivier te lopen. Vooral omdat ik eigenlijk nooit in mijn eentje loop.

Vaak loopt mijn vader mee, alhoewel ik eigenlijk geen echte herinneringen aan hem heb. Hij is mijn adviseur, stellig en principieel, de man die me vertelt dat ik het goede moet doen en die weet dat ik weet wat goed is, los van of iets moeilijk is. Soms is het mijn moeder. Mijn herinneringen aan haar zijn niet veel beter, dus gebruik ik mijn verbeelding. Ik projecteer, zou een psycholoog zeggen. Ze ziet er op verschillende momenten anders uit, afhankelijk van mijn behoeftes, neem ik aan. Zij is degene die me altijd begrijpt.

Op mindere dagen, als ik niet zo ver terug wil gaan, is het een van mijn collega's of mijn secretaresse. Vaak is het een vriend, Yusuf of Daniel van m'n oude huis. Vandaag, gisteren en eergisteren was het Tibby. Misschien morgen ook weer.

Lena zat geen uren naar de brief te staren zoals ze vroeger altijd deed. Ze zat niet te denken, te overwegen, te vragen of te trillen. Of eigenlijk deed ze al die dingen wel, maar ze werd plotseling gedreven door een grotere kracht. Ze ging zitten en schreef hem terug.

Jij bent opgegroeid met altijd het uitzicht op de caldera. Denk jij wel eens over de verloren stad die op de bodem van de zee moet liggen?

Ik denk er de laatste tijd veel aan en droom er zelfs over. Ik weet dat het kinderachtig is, maar ik stel me voor dat Tibby daar zwom, op zoek naar onze verloren spijkerbroek, en dat ze een geheime ingang heeft gevonden, en dat ze daar is, en het is er heel mooi en stil en alles gaat langzaam, waar ik vaak naar verlang.

Dat is mijn projectie, zou jouw psycholoog zeggen, neem ik aan, en het houdt me gezelschap. Onze broek was daar ook, en Tibby heeft hem gevonden, dus volgens onze oude mythe heeft ze ons bij zich.

Tibby kijkt af en toe omhoog, stel ik me voor, en ziet de zon die naar beneden komt om haar aan te raken, en de stralen zijn van goud en glinsteren gebroken door het water. Ze kent de geheimen die ze daar beneden delen en die wij niet begrijpen.

Ik vermoed dat er daar in die oude stad meer dingen van mij zijn. En ze hebben allemaal een bepaalde waarde voor me. Ik ben ze kwijtgeraakt en ik mis ze. Daar beneden is een leven dat van mij had kunnen zijn, maar dat is het niet en het gaat verder zonder mij erbij.

In werkelijkheid ben ik waarschijnlijk degene die verdergaat zonder Tibby, maar dat lukt me geloof ik niet helemaal. Het voelt alsof zij zonder mij ergens naartoe is gegaan.

Lena schreef de brief niet alleen snel, ze dacht ook niet na over dingen als inleiding, conclusie of afsluiting. Ze gebruikte ongeveer dezelfde woorden als hij: 'Je oude vriendin Lena.' En dat niet alleen, zodra ze de brief klaar had, stopte ze hem in een envelop, plakte hem dicht, deed er twee postzegels op en bracht hem naar de brievenbus om de hoek voordat ze zich zou bedenken.

Dat was het goede en het slechte van handgeschreven brieven: anders dan met een e-mail kon je hem niet eindeloos opnieuw gaan lezen nadat je hem had verstuurd. Je kon niet proberen om een brief terug te halen. Als je hem eenmaal in de brievenbus had gedaan, was hij weg. Hij was niet langer van jou als je hem had verstuurd, maar van de ontvanger, en die kon ermee doen wat hij wilde. Je kon je nog wel herinneren met welk gevoel je iets had geschreven, maar niet precies met welke woorden. Je had hem weggegeven, en zelf had je alleen nog de herinnering. Zo ging het als je iets aan iemand gaf.

Na het incident met de vuurvliegjes was Bailey niet meer bij Bridget weg te slaan. Tijdens het eten zat ze bij Bridget op schoot. Ze wilde dat Bridget haar 's avonds voorlas. Ze wilde de kusjes van Bridget direct na die van Brian.

Zoals gewoonlijk ging Bridget vroeg slapen. Ze lag in bed en luisterde naar de regen. Ze was verdrietig maar rustig. Haar benen waren zwaar en loom. Helemaal niet onrustig. Ze bedacht dat er een kraan voor nodig was om haar uit bed te krijgen.

Ze dacht aan Eric en de manier waarop hij had gekeken

toen ze wegliep en hem in Pine Street achterliet. Ze dacht aan Carmen en Lena die laatste verschrikkelijke dag in Griekenland, toen ze elkaar niet durfden aan te kijken en dingen tegen elkaar zeiden die bedoeld waren als afscheid.

Ze probeerde voor zich te zien hoe hun dagelijkse leven eruitzag. Carmen in haar protserige loft met haar espressomachine die meer had gekost dan al Lena's spullen bij elkaar. Bood de espressomachine Carmen op de een of andere manier troost? Misschien wel. Misschien begreep Carmen iets wat Bridget niet begreep.

Ze zag Lena voor zich in haar donkere, stille kamertje. Het was er zo donker dat er geen plant kon groeien. Het enige raam in de hele ruimte was ook nog eens van draadglas. Ze zag voor zich hoe Lena haar voeten zat te tekenen en net zo lang haar best deed tot er vier voeten waren en je het verschil niet meer kon zien tussen de echte en de getekende. En Bridget kreeg het niet eens voor elkaar om een grove schets te maken. Misschien begreep Lena ook iets.

Voor het eerst in tijden voelde Bridget een vaag verlangen om met hen te praten, en ze voelde een soort hoop dat het met hen beter ging dan met haar. Het was een vreemde tinteling die haar deed denken aan fantoompijn, maar de tinteling bevond zich ergens veel dieper. Ze had het gevoel dat delen van haar ziel misten, al een hele tijd. Het was niet drie maanden geleden in Griekenland gebeurd, maar lang daarvoor. In Griekenland had ze beseft dat ze verdwenen waren en niet terug zouden komen.

Haar gedachten gingen net weer naar Eric, toen ze plotseling iets op de gang hoorde fladderen. Ze zat in één keer rechtop en voelde een golf adrenaline door haar lichaam gaan. Was Bailey zelf uit haar bedje gekropen? Was er iets aan de hand?

Misschien was er toch geen kraan voor nodig om haar uit bed te krijgen, bedacht Bridget terwijl haar benen uit het bed zwiepten. Op dat moment ging de deur open en vanaf de andere kant van de kamer kwam er een klein figuurtje naar haar toe gefladderd met de lichtheid van een insect. Bailey verscheen naast haar bed. Ze was te klein om er zelf op te klimmen, dus strekte ze haar armpjes uit om opgetild te worden, en Bridget gehoorzaamde.

Bailey kroop onder de dekens, tegen Bridget aan. In verwondering hoorde Bridget het gekraak van Baileys luier, rook de zinkzalf en voelde haar klamme voetjes, die niet verder kwamen dan Bridgets dij. Bailey stopte haar duim in haar mond en deed haar ogen dicht.

Bridget durfde nauwelijks adem te halen, omdat ze de betovering niet wilde verbreken. Ze sloeg haar arm om Bailey heen, wilde haar vasthouden maar ontspande niet, omdat ze bang was dat het gewicht van haar arm te zwaar zou zijn.

De regen kletterde op het dak en drupte langs het raam. Bailey snurkte en draaide en brabbelde en viel uiteindelijk in zo'n diepe slaap dat Bridget vermoedde dat ze nog niet wakker zou worden als ze haar aan haar enkels de lucht in zou tillen.

Het was geen betovering, realiseerde Bridget zich terwijl ze Bailey tegen zich aan drukte. Ze had een moeder nodig. Zoals wij allemaal, dacht Bridget. En zoals de meeste mensen wilde ze in de nabijheid zijn van een ander warm lichaam.

Bridget lag wakker maar ze was niet onrustig. Er waren meer dingen waar je over na kon denken dan plekken waar je naartoe kon gaan.

Soms voelde Bridget 's ochtends vroeg Tibby's aanwezigheid. Niet in de gedaante van een speelmaatje dat heel erg op haar leek, maar gescheiden van haar. In Bridgets sluimerdromen. Het leek of Tibby aan de andere kant van Bailey in een symmetrische boog lag, zodat hun knieën onder Baileys voeten min of meer tegen elkaar aan kwamen. Deze keer nam ze de gedaante van een moeder aan.

Lief,
je kunt niet met een duif worstelen.

– THE SHINS

Bijna alles wat met de bruiloft te maken had was voor Carmen een welkome afleiding geweest. Tot nu toe. Ze zat aan de keukentafel in haar loft, wiebelde met haar been en staarde naar de stapels uitnodigingen. Het lukte haar niet om iets uit haar pen te krijgen.

Tot nu toe was ze tevreden geweest over de uitnodigingen. Ze waren gegraveerd, chic, precies de goede kleur ecru, en absoluut smaakvol. Bovendien kon ze met behulp van de uitnodigingen minstens vier avonden verdoen: adressen opschrijven zonder erover na te hoeven denken hoe haar leven er na de precies uitgestippelde huwelijksreis uit zou zien.

Maar toen ze bij de laatste twee uitnodigingen was, kwam er geen woord meer uit haar pen en was haar energie op. Ze had Lena's ouders uitgenodigd en zelfs Effie. Nu moest ze Lena uitnodigen. Ze had Bee's vader uitgenodigd en haar broer en Violet, alhoewel ze bijna zeker wist dat zij niet zouden komen. Nu moest ze Bee uitnodigen.

Ze tikte met haar pen tegen de metalen tafel. Ze was van plan geweest om ze eerst te bellen, contact op te nemen voordat de uitnodigingen op hun deurmat zouden vallen, maar dat had ze niet gedaan. Toen had ze het plan opgevat om een klein briefje bij de uitnodiging te doen, om in elk geval toe te geven hoe vreemd en ingewikkeld dit was, maar ook dat had ze niet gedaan.

Waar was ze zo bang voor? Ze kon het niet eens in kaart brengen. Ze wilde niet hoeven praten over wat er was gebeurd. Ze wilde het ondoorgrondelijke donkere niet onder ogen zien dat zij drie – misschien alleen zij – wisten en niet konden zeggen. *Ze is niet 'gewoon' verdronken.*

Carmen wilde het niet verwerken. Ze kon het niet.

Het derde plan was om hun adressen op de envelop te schrijven en die rotuitnodigingen gewoon op de post te doen, maar zelfs dat was te moeilijk. Ze wist al hoe ze zouden reageren als ze de uitnodigingen zouden zien. *Ga je dit echt doorzetten?* Wat zouden ze van haar vinden? Ze zouden denken dat ze een lobotomie had gehad. Dat zou hun aardigste reactie zijn.

Kon ze hen ook niet uitnodigen? Dat zou absurd zijn.

Ze probeerde voor zich te zien hoe het zou voelen om met Jones door het gangpad te lopen en hun gezichten tussen de andere mensen te zien terwijl zij en Jones de eed aflegden. Gewoon twee willekeurige gasten. Als ze ze nou op die manier kon zien. Maar dat kon ze niet. Ze kon zich hen niet voorstellen zonder dat ze hun mening met haar deelden. Zij kenden haar beter dan wie dan ook.

Ze probeerde zich voor te stellen hoe het zou zijn om door het gangpad te lopen zonder hun gezichten te zien. Ook dat was onmogelijk.

Zonder hen was haar leven een farce. Met hen was haar leven een farce. Carmen zuchtte en legde haar hoofd op de koude tafel. Haar leven was een farce.

Kostos' antwoord kwam drie dagen later. Er stonden allerlei dingen in, soms grappig, soms verdrietig, maar niets had ook maar iets te maken met zijn vriendin c.q. verloofde Harriet.

Ik droomde vannacht over jouw verloren stad. Vreemd, hè? Je hebt me een droom gegeven. Bedankt daarvoor. Het was er mooi en sereen en ik zag een paar mensen, niet alleen overleden mensen, die ik heel erg mis.

Kun je er scubaduiken? Kan er een transsubstantiatie plaatsvinden in de ene of de andere richting? Kun je op z'n minst heel even naar beneden gaan om gedag te zeggen?

Opnieuw haalde Lena direct nadat ze de brief had gelezen een velletje tevoorschijn en begon te schrijven. Terwijl ze hem schreef was hij voor haar niet zozeer een echt menselijk persoon die ze liefhad en tegelijkertijd verafschuwde omdat hij haar had teleurgesteld. Hij was voor haar eerder een verwant bewustzijn dat steeds bij haar in de buurt was.

Ik heb vandaag Valia's huisjurk aangetrokken. Die met de roze en paarse vierkantjes. Waarschijnlijk weet je nog wel welke ik bedoel, want ze droeg hem altijd.

Ik weet niet waarom ik het deed. Misschien omdat het buiten koud is en zachtjes regent. Hij past mij niet goed, maar het maakt me op een vreemde manier blij. Ik krijg het gevoel dat er nog steeds wat zonnestralen van Oia in zitten en ook wat van Valia's onbedwingbare energie. Je weet dat ik altijd bijgelovig ben geweest als het kleren betreft. Nu wil ik hem niet meer uitdoen. Ik geef vanmiddag figuratief schilderen, maar ik hou hem aan.

Onder het stuk over de jurk maakte ze met kleurpotloden een tekening van Valia in haar roze jurk met de gekke roze plastic slippers. Ze beeldde haar af in de deuropening van haar huis met één hand in haar zij.

Lena ging helemaal op in de tekening en herinnerde zich elk detail van Valia's krachtige houding en haar slaperige, gerimpelde gezicht. Er was een langdurende rivaliteit geweest tussen Valia en haar beste vriendin, Kostos' grootmoeder Rena Dounas, over wie er het eerste wakker was en 's ochtends als eerste op het toneel verscheen.

'Ik ben al uren wakker!' schreef Lena als onderschrift.

Kostos' antwoord liet niet lang op zich wachten.

Ik wist niet of ik moest lachen of huilen toen ik je tekening zag – en ik weet het nog steeds niet. Hij staat op mijn bureau. Het is je gelukt om de vriendschap van zeventig jaar tussen onze oma's in één beeld te vangen.

Je moet een kunstenaar zijn om dat te kunnen.

Zoals je kunt zien heb ik ook iets gemaakt, niet te vergelijken met wat jij hebt gedaan, maar oké... Het is een dekscharnier, voor het geval je dat nog niet had gezien.

Ik was vorig weekend in Oia en heb een vismaaltijd voor mijn grootouders klaargemaakt. Mijn opa had niet veel vertrouwen in mijn kookkunsten en keek afkeurend naar mijn handen. Hij heeft respect voor mannen met eelt op hun handen en ik kon zien dat hij mijn handen te zacht vond.

Dus ben ik terug naar de smederij gegaan, om herinneringen op te halen en om me tegenover hem en misschien tegenover mezelf te bewijzen. De smederij wordt bijna niet meer gebruikt. Bapi is al tien jaar met pensioen. Het kostte me uren om de boel aan de praat te krijgen en nog veel langer om dit kleine armoedige dingetje te maken. Maar vanmorgen ben ik trots met blaren op mijn handen en zwarte nagels naar kantoor gegaan.

Waarschijnlijk heb je niet veel aan een dekscharnier, en het is ook nog niet eens een goede, maar aangezien ik je geen vismaaltijd kan sturen, zul je het er op dit moment mee moeten doen.

Na tien dagen besefte Lena dat ze bijna elke dag een brief kreeg of stuurde.

Bedankt voor de dekscharnier. Zodra ik mijn eerste vissersboot heb, zal ik hem elke dag gebruiken.

Lena wist niet wat ze met haar tijd had gedaan voordat ze begonnen waren om elkaar brieven te schrijven. Ze gaven vorm aan haar gedachten en aan haar dagen.

Kostos' dagen bevatten meer uren dan die van haar, concludeerde ze. Waarschijnlijk hadden ze zo'n vijf of zes uur meer. Zijn brieven waren langer, boeiender en inhoudelijker dan die van haar en op de een of andere manier kreeg hij dat voor elkaar terwijl hij ook nog een zware baan had en een leven.

Lena gaf vier lessen per week en zag behalve Eudoxia niemand. Ze had al sinds oktober geen zin om naar de studio te gaan en te schilderen.

Steeds vaker deed ze bij haar brieven kleine tekeningen en ontwerpjes. Ze maakte een schets van de beruchte witte schoenen met kwastjes van haar opa. Ze tekende een vissersboot, zoals de boten die in de haven van Ammoudi lagen, met een tekening van een prachtige scharnier. Ze maakte een aquarel van een olijfboom, die ze bij het raam liet drogen voordat ze hem opvouwde om op te sturen.

Er waren zo veel dingen waar ze het niet over had. Er waren zo veel herinneringen die met hem en met hen samenhingen, en veel ervan maakten haar verdrietig. Dat waren de gevoelens, de onderwerpen, die niet in haar brieven kwamen.

Kostos bracht ze ook niet ter sprake. Waarschijnlijk niet vanuit dezelfde gevoelige overwegingen, misschien had hij helemaal geen last van deze herinneringen. Maar wat de reden ervan ook was, hij schreef niet over de liefde en dat was een opluchting. Hij schreef ook nooit over zijn verloofde c.q. vriendin en dat was een nog grotere opluchting.

Misschien was dit het soort relatie dat bij Lena en Kostos paste: abstract, een band, maar niet intiem. Ze dacht aan

Markos, de man met wie haar vader al twintig jaar lang op zaterdag altijd tenniste. Het was een vriendschap zoals zo veel vriendschappen waarbij ze niet over zichzelf hoefden te praten of, God verhoede, over hun vriendschap. Haar vader hoorde pas twee jaar na Markos' scheiding dat hij gescheiden was.

'Volgens mij zijn wij de enige twee mensen op aarde die nog brieven schrijven,' had ze Kostos een paar dagen geleden geschreven. Ze hielden geen van beiden van telefoongesprekken of korte e-mails zonder hoofdletters. Maar ze hadden dus duidelijk hun vorm gevonden.

Het was een vreemde manier om hem opnieuw te leren kennen, en om zelf eerlijk te zijn, zonder alle spanning.

Ze keek op van de brief waaraan ze twee uur had zitten werken omdat ze een fijne rand van olijfbladeren had getekend. Je kon moeilijk zeggen dat er geen liefde in deze brieven zat.

'Je hebt me, ons, echt ontzettend geholpen. Ik kan niet eens zeggen hoe ontzettend belangrijk het is geweest.'

Er waren ongeveer drie weken voorbijgegaan en Brian was met een biertje aan de keukentafel gaan zitten nadat hij Bailey in bed had gestopt. Het kwam niet vaak voor dat hij en Bridget een moment hadden om te praten. Hij werkte tot laat en zij ging vroeg naar bed. Hij werkte met een team in Californië en een team in Kolkata, vertelde hij, dus had hij vaak gekke werktijden. Misschien probeerden ze elkaar ook wel te ontwijken.

'Dat hoef je niet te zeggen,' zei Bridget terwijl ze bezig was in een kom rijpe bananen te prakken. Ze had ontdekt dat Bailey alles lekker vond als er maar banaan in zat, dus had ze een recept bedacht voor volkoren bananenmuffins. Eric zou ze ook lekker vinden, schoot er door haar hoofd.

'Ik weet niet hoe ik je moet bedanken.'

'Je hoeft me niet te bedanken.' Ze mengde de droge ingrediënten door elkaar en pakte de eieren uit de koelkast.

'Er is vandaag een pakje voor je bezorgd. Heb je het gezien?'

'Ja, heb ik,' zei Bridget. Ze had een hele stapel boeken voor Bailey besteld. Bailey was dol op boeken over honden en monsters, dus had ze alle boeken besteld die zij vroeger leuk had gevonden. De meeste had ze bij Tibby thuis gelezen: *Good Dog, Carl, Martha Speaks, Harry the Dirty Dog, The Monster Bed, Marvin and the Monster.* Ze had ook de hele *Schoolhouse Rock*-collectie op dvd besteld.

Ze bestreek het muffinblik met boter en zag in haar gedachten Tibby voor zich die het blik kocht. 'Hoe gaat het met je project?'

'Ja, het schiet op. Ik denk nog anderhalve week werk. Ik moet het voor de verhuizing af hebben.'

Hij was stil en ze wist dat hij wilde dat ze zou blijven. 'Wil je dat ik blijf?' vroeg ze.

'Kun je langer blijven?'

'Ja.' Ze zei niet dat ze zich niet kon voorstellen dat ze weg zou gaan.

Ze had gezien dat hij een stapel platgevouwen kartonnen dozen had meegenomen toen hij naar de supermarkt was geweest. 'Ik kan helpen met de verhuizing als je wilt.' Ze was echt heel erg goed in verhuizen.

'Weet je het zeker? Moet je niet ergens anders zijn, of zo?'

Bridget schudde haar hoofd. Ze was nooit goed geweest in doen alsof ze iets bezat wat ze niet had.

Ze wist dat Brian zich waarschijnlijk afvroeg wat er in haar leven speelde, waar Eric was gebleven, waarom ze niemand belde. Maar hij vroeg er niet naar. De lucht was vol van dingen die ze niet aan elkaar vroegen.

'Ik hoop dat er iets is wat ik voor je terug kan doen.'

'Je hoeft niets terug te doen.' Als ze wist hoe ze het zou moeten zeggen, zou ze eerlijk tegen hem zijn en hem vertellen dat ze dit niet voor hem of voor Bailey deed, en zelfs niet voor Tibby, maar vooral voor zichzelf.

Tegen de tijd dat ze klaar was met de muffins en de spullen had opgeruimd, had ze bedacht dat er wel iets was wat Brian kon terugdoen. Zij kon hem een vraag stellen en hij kon antwoord geven.

'Hé, Brian,' vroeg ze.

'Ja.'

Ze wilde hem niet meteen overdonderen zoals ze eerder had gedaan. *Wat is er met jullie twee gebeurd? Waarom hebben jullie afstand genomen van iedereen die van jullie hield? Waarom hebben jullie niet verteld dat jullie een dochter hadden gekregen?* Ze zou hem iets specifieks vragen en iets redelijk eenvoudigs.

'Waren jij en Tibby getrouwd?'

Hij keek haar een beetje verbaasd aan. Het was een simpele vraag, maar het was hoe dan ook een verbreking van hun onuitgesproken overeenkomst. Zijn blik werd wazig. Was ze ook op de vlucht, zoals hij was gaan hopen, of was ze toch gekomen om hem te bespioneren? 'Nee,' zei hij.

Hij moest haar teleurstelling gevoeld hebben terwijl ze haar glas oppakte en naar de deur liep.

'We waren van plan om te gaan trouwen zodra we terug in de VS waren. Tibby wilde wachten, zodat haar ouders en jullie drie er ook bij zouden zijn.'

Bridget kwam langzaam terug naar de tafel.

'Maar daar is het natuurlijk niet van gekomen.' Het leek of hij met zijn 'natuurlijk' veel dingen probeerde te vermijden. Er opende zich een kloof tussen hen en geen van beiden wist hoe ze die weer moesten dichten.

'Daardoor heeft het ook langer geduurd voordat ik terug kon gaan,' voegde hij er op een iets zakelijker toon aan toe. 'Bailey is hier geboren. Omdat we nog niet waren getrouwd moesten er officiële dingen geregeld worden met betrekking tot de voogdij voordat ik met haar het land kon verlaten.'

Bridget knikte.

'Weet je dat ze haar opa en oma nog niet eens heeft gezien?' Er klonk een nauwelijks merkbare barst in zijn stem.

Bridget had zich dat afgevraagd. Ze knikte opnieuw.

'En Nicky en Katherine. En Carmen en Lena.'

Bridget vond het dapper van hem om alle namen achter elkaar te noemen van de mensen die hij miste. 'Ja,' zei ze.

'Maar nu is alles geregeld. Dus dat is de volgende stap, neem ik aan.' Het was een vermoeiend vooruitzicht. Ze zag het aan zijn gezicht.

'Ja,' zei ze weer.

Daarna waren ze stil. Ze haalde de muffins uit de oven en legde er een voor hem op een bord. Ze zou een paar dagen wachten voordat ze hem opnieuw een vraag zou stellen, voordat hij weer iets terug kon doen.

Na ruim drie weken obsessief brieven schrijven en minstens twintig brieven van beide kanten, ontving Lena een brief van Kostos die geheel onverwacht op een schokkende, adembenemende manier eindigde.

Het op één na beste moment van de dag is het moment waarop ik jou een brief schrijf. Het beste moment van de dag is het moment waarop ik een brief van jou ontvang. En de hele dag denk ik: zou het niet heerlijk zijn om gewoon naast elkaar in bed wakker te worden?

Voor het eerst in al die tijd wist Lena niet wat ze moest terugschrijven. Haar hoofd duizelde van de schok, waardoor alle ideeën verdwenen. Ze haalde een velletje papier en legde dat op haar bureau. Verder kwam ze niet. Ze liep met een brullende grasmaaimachine in haar borst rond.

De gevoelens schreeuwden te hard, gingen te snel om te kunnen volgen. Het verhaal van Markos de tennispartner ging dus niet op. Er waren spanning en angst en nog honderdduizend andere dingen, die te veel met elkaar verweven waren om nog te ontrafelen.

Ze zocht op internet naar informatie over Harriet, maar alleen haar voornaam in combinatie met het adres leverde niks op. Ze vond zichzelf stom.

Twee dagen later kwam er nog een brief van hem. Lena scheurde de envelop open voordat ze niet meer durfde. Hij was heel kort. Haar hart bonkte hoopvol. Maar waar hoopte ze op?

Het was maar één blaadje, zeven woorden.

Mijn fout. Gebeurt niet nog een keer.

Dat was niet waar ze op had gehoopt.

De grasmaaimachine stopte. Al het lawaai en de energie sijpelden uit haar weg. Ze was moe, opeens, en meer niet. Ze sliep de hele namiddag en avond en werd pas de volgende ochtend wakker.

Met Valia's ochtendjas nog steeds aan pakte ze een stukje papier en schreef een vraag op.

Hou je van Harriet?

Ze staarde er een tijdje naar, toen gooide ze het blaadje in de prullenbak.

Alle sukkels vinden het verschrikkelijk als je ze sukkel noemt.

– J.D. SALINGER

Bridget en Bailey speelden in de beek en wiedden het bloembed aan de zijkant van het huis. Ze gingen naar het huis van de buren om naar Springs, de kat, te kijken. Bailey was dol op Springs, maar Springs was niet dol op Bailey, die de kat altijd bij zijn achterpoten optilde.

Na het middageten lagen Bridget en Bailey samen op de bank en Bridget las vier keer achter elkaar *Good Dog, Carl*, met vier verschillende accenten.

Bailey viel op Bridgets borst in slaap en Bridget sloot tevreden haar ogen. Ze voelde Baileys lijfje op haar ademhaling omhooggaan en naar beneden zakken.

Bridget hoorde vanuit Brians studeerkamer een Beatlesliedje komen. Het was een van haar lievelingsliedjes geweest, 'I'll Follow the Sun', en met Bailey rustig slapend op haar borst liet ze zich gaan en huilde. Het waren stille, rustige tranen, maar intens verdrietig. Ze gleden langs haar slapen in haar haren en oren.

Hoe kon je haar achterlaten, Tibby?

Het was een vraag die haar honderd keer per dag had gestoken, maar die ze nu pas onder woorden kon brengen.

Hoe kon je ervoor kiezen om zelfs maar één dag zonder haar door te brengen?

Bridget had gedacht dat ze misschien beter zou begrijpen wat Tibby en Marly hadden gedaan als ze geconfronteerd zou worden met het alledaagse leven met een kind. Maar dat deed ze niet. Ze begreep er nog minder van. Elke dag die ze met Bailey doorbracht werd het mysterie groter.

Hoe kon je het doen?

En omdat ze zich bewust was van zichzelf en haar geweten, dacht Bridget aan het ding in haar baarmoeder. Geen ding, maar een mens, een ziel, en ze voelde zich gelouterd. *Kijk naar wat je zelf wilde doen, of wat je van plan geweest was.*

De tranen bleven komen en Bailey ging omhoog en omlaag. Bridget huilde om alle verdrietige mensen. Om de mensen zoals zij, die de paar waardevolle dingen die ze in het leven kregen niet konden zien. Ze huilde om Bailey, om Tibby, om de klomp cellen die zich in haar baarmoeder vermenigvuldigde, en om Marly, haar arme, ongelukkige moeder, die alles had gemist.

Lena verwachtte op de een of andere manier dat woensdag 15 maart nooit zou aanbreken. Dat die op de een of andere manier door de kalender zou worden opgeslokt. De aarde zou in zijn baan een kleine trilling maken en dinsdag zou overgaan in donderdag. Mensen over de hele wereld zouden tandartsafspraken en voetbalwedstrijden missen, maar ze zouden ze inhalen en het leven zou gewoon doorgaan.

Het moment waarop Tibby's dreigende brief opengemaakt moest worden, zou voorbijgaan zonder dat het was aangebroken en het leven in het post-teleurstelling-tijdperk zou zonder bijzondere uitdagingen zijn.

Lena's leven draaide nog maar om een paar dingen en op de avond van 14 maart had ze al deze dingen al gedaan.

De woorden in haar boek drongen niet tot haar door. Ze luisterde niet naar de muziek die op stond. Ze proefde haar eten niet. Ze kon niet slapen. Ze wilde haar minimale greep op de wereld niet kwijtraken, maar zou het niet makkelijker zijn als deze dag werd overgeslagen?

Om middernacht kroop ze uit bed en zette haar computer aan. Haar computer zou niet tegen haar liegen. Als die dag zou worden overgeslagen, dan zou hij dat aangeven.

Om 00.00 uur gaf hij 'woensdag, 15 maart' aan. Was hij eerlijk tegen haar of gewoon conventioneel?

Ze dacht aan Julius Caesar, het was zijn sterfdatum. Dus de dag is gekomen, dacht ze, maar hij is nog niet voorbij.

Zou ze de brief nu openmaken? Ze dacht aan Kostos. Hoe laat was het waar hij was? Had hij hem al gelezen, of niet? Nee, zo veel later was het er niet. Hij lag waarschijnlijk te slapen in zijn bed. Ze wilde zich geen voorstelling maken van zijn bed, voor het geval hij niet alleen was.

Ze pakte de envelop. Ze kon hem openmaken, het was de juiste dag. Maar ergens wist ze dat haar midden-in-de-nacht-op-blote-voeten-status eerder de letter van Tibby's wetten zou volgen dan de geest. En de geest was waar ze opuit was.

Ze nam de brief mee naar bed en hield hem in haar hand tot het ochtend werd.

Om zes uur 's ochtends probeerde ze normaal te doen. Ze at een bagel, zoals altijd. Ze ging naar buiten om bij de krantenkiosk twee blokken verderop *The New York Times* te kopen. Boven aan de voorpagina stond WOENSDAG 15 MAART. In Londen was het nu waarschijnlijk middag.

Zodra ze weer in haar appartement was, liep ze naar de brief die nog steeds in haar bed lag en maakte de envelop open. Er zaten twee dingen in. Een brief van een blaadje, opgevouwen, en nog een andere, kleinere envelop met haar naam op de voorkant. Op de achterkant stond MAAK DEZE ENVELOP OPEN OP 30 MAART.

Hoelang ging dit nog door? Ze legde de dichte envelop naast zich op het bed en vouwde de brief open die ze nu mocht lezen. Het was een geprinte tekst en het leek op een soort uitnodiging.

Ooit is nu. (Of nooit.)
Ga op 2 april alsjeblieft naar het volgende adres,
om 16.00 uur Eastern Standard Time.
Als je besluit te komen, kom dan ook echt en kom alleen.
Zie het als een reis die de rest van je leven kan duren.

Als je besluit niet te komen, dan is dat een einde,
maar ook dan is het een begin.

Bridget wachtte tot drie dagen voor de verhuizing, maar terwijl ze Brian aan het helpen was om de boeken in de woonkamer in te pakken, stelde ze een nieuwe vraag.

'Wilde Tibby een kind?' Dit was een ingewikkelder vraag, en Bridget wist dat.

Hij gaf niet direct antwoord. Hij ging zonder op te kijken door met inpakken. 'Ja, natuurlijk.'

'En jij?'

'Natuurlijk.'

Ze stond stil en keek hem een beetje ongeduldig aan. Tibby was er niet meer. En daar was niks vanzelfsprekends aan.

Hij liep de kamer uit, de trap op, naar zijn slaapkamer, en ze dacht dat ze terug bij af waren, zoals de eerste dag dat ze hier was.

Ze wachtte op een klap van de deur, maar even later hoorde ze hem weer naar beneden komen. Hij had iets meegenomen en gaf dat aan haar terwijl hij op een afstandje bleef staan. Zijn uitdrukking was helemaal veranderd.

Ze pakte het van hem aan en keek ernaar. Ze hapte naar lucht en voelde een schok door haar hele lichaam gaan.

Het was een lijst met een foto erin. Het was een zwartwitfoto en hij moest direct na de geboorte van Bailey zijn genomen, want haar gezichtje was nog helemaal rood en vol rimpels.

Op de foto hield Tibby haar hand onder Baileys hoofdje, haar wang tegen de wang van de baby. Tibby had haar ogen dicht, haar sproeten waren donkere sneeuwvlokken op haar witte huid en haar lieve, fijne gezicht straalde iets uit wat te oud was om te benoemen. Het was de vertrouwde Tibby, maar ze was ook ergens geweest waar Bridget haar niet kon volgen.

Door de foto begreep Bridget het. Ze voelde tranen in haar ogen komen, niet rustig en niet stil. De foto gaf antwoord op haar vraag, en meer dan dat.

Ze gaf hem terug aan Brian en zag dat hij ook huilde. Hij ging op een stoel zitten, liet zijn hoofd in zijn handen zakken en zijn schouders schokten. Bridget liep naar een andere stoel en kroop in elkaar als een foetus.

Ze bleven heel lang zo zitten, ieder op hun eigen stoel. Ze zeiden geen woord, maar het was niet zoals de vorige keer, toen ze hem onder druk had gezet. De sfeer was op een bijzondere manier kameraadschappelijk.

Ze besloot hem een tijdje niets meer te vragen.

Lena overwoog haar wekelijkse afspraak met Eudoxia af te zeggen, maar waarom? Zodat ze op haar bed kon zitten en naar de muur kon staren en nog een keer alles kon overdenken? Was het nodig om de dag weer op die manier door te brengen?

'Mijn liefje, wat is er aan de hand?' was het eerste wat Eudoxia zei. 'Wat is er in hemelsnaam gebeurd?'

Lena keek naar haar koffie, naar Eudoxia en weer naar haar koffie. Op het eerste gezicht leek het belachelijk om Eudoxia te vertellen wat er speelde.

Maar waarom?

Omdat ze zo nou eenmaal niet in elkaar zat.

Maar waarom?

Omdat ze onervaren was en onzeker, en ze hield de minder leuke dingen liever voor zichzelf.

Lena merkte op dat ze haar handen net zo hield als Valia als Valia amfetaminen had genomen. Hoe graag Lena de verwarring ook wilde verbergen en pas met iets wilde komen als er een eindproduct was, op dit moment was het een en al verwarring en helemaal geen product. Ze kon zich de rest van haar leven niet voor iedereen blijven verbergen... of misschien ook wel. Dat was de richting die ze op ging. Ze wist echter van zo'n periode lang geleden dat als je onzeker was maar moedig genoeg om een vriend toe te laten, dat je leven kon veranderen.

'Tibby heeft een brief voor mij en een voor Kostos achtergelaten. Ze heeft een datum en een tijd en een adres opgegeven, ergens in Pennsylvania, en ze heeft ons alle twee uitgenodigd om te komen.'

Eudoxia keek verward. 'Waarom?'

Het was zo bijzonder dat Lena het moeilijk vond om antwoord te geven. 'Ik neem aan om... bij elkaar te zijn, om bij elkaar te komen en bij elkaar te blijven.'

Aan Eudoxia's ogen was te zien dat er iets begon te dagen. 'En als je niet gaat?'

'Dan moet je het uit je hoofd zetten en verdergaan.'

'Tibby wil dus dat je een keuze maakt en niet blijft wachten tot hij misschien komt.'

'Ik zit niet te wachten tot hij komt.'

'Lena.'

'Dan ga je ervan uit dat ik met hem wil zijn. Misschien wil ik dat wel niet.'

'Ik zie toch hoe je kijkt als je het over hem hebt.'

'Wat wil dat zeggen?'

Eudoxia hield haar hoofd schuin. 'Laat ik het anders vragen: wil je zonder hem zijn?'

Lena dacht aan het moment dat ze de laatste keer bij de ferry afscheid hadden genomen. 'Maar dat betekent toch nog niet dat ik met hem wil zijn?' Waarom probeerde iedereen het leven altijd in binaire keuzes te vatten? Zwart of wit, A of B, dit of dat?

Eudoxia was duidelijk niet onder de indruk.

'We hebben elkaar eerder ongelukkig gemaakt dan gelukkig,' zei Lena beledigd. 'Het is gewoon waar. Het is een en al ellende geweest. Als je aan Kostos zou vragen: heeft Lena je gelukkig gemaakt of ongelukkig, dan antwoordt hij als hij eerlijk is hetzelfde als wat ik over hem zou zeggen.'

Eudoxia schudde haar hoofd. 'Dat is ronduit belachelijk.'

Het woord 'belachelijk' raakte Lena als een klap in haar gezicht. 'Is dat belachelijk? En bedankt.'

Eudoxia keek genadeloos. 'Je bent ongelukkig geweest omdat jullie niet samen waren. Als jullie samen waren, zou je gelukkig zijn.'

Lena's gedachten raasden langs hun lange, tragische geschiedenis, al de pijnlijke momenten dat ze afscheid moesten nemen, alle brieven vol verlangens. Kostos die met iemand anders was.

Zo eenvoudig kon het niet zijn, toch? Dat was onmogelijk. Hun problemen waren echt en belangrijk, rampzalig en psychologisch ingewikkeld.

Toch?

En toen gebeurde er iets heel vreemds. Het was alsof Lena's bewustzijn zich verplaatste van haar lichaam naar dat van Eudoxia. Opeens was haar bewustzijn in dat grote, gulle lichaam en keek met haar pientere ogen.

Vanuit die hoge positie zag Lena alles anders, en het leek inderdaad belachelijk. En stom. Het was een van die domme dingen waar Lena zich aan vasthield. Een ander deel van haar mythologie waardoor ze dacht dat eenvoudige dingen onoverkomelijk en ingewikkeld waren.

Met een beschaamd gevoel ging Lena weer terug naar haar eigen lichaam. Als ze zich wilde blijven verschuilen, dan was dit een goed moment om de rekening te vragen en naar huis te gaan, maar ze besefte dat ze dat niet meer kon. Ze zat er middenin.

Lena keek naar Eudoxia's begrijpende gezicht, en bedacht dat ze zich inderdaad belachelijk voelde, maar ze was nog niet helemaal gerust. Er waren ook nog andere problemen. 'In de veertien jaar die we elkaar kennen, hebben we niet meer gedaan dan een paar keer gezoend. Hoe kunnen we zo'n grote verbintenis aangaan terwijl we niet eens weten hoe het echt is als we samen zijn?'

Eudoxia wuifde het weg. 'Anatole en ik hadden elkaar niet eens echt gekust. De meeste stellen in de wereldgeschiedenis hadden elkaar nauwelijks gezoend. De wereld is veranderd sinds iedereen alles doet, en vanaf dat moment zijn mensen ook gaan scheiden.'

'Denk je?' Lena had het pesterig en sarcastisch bedoeld, maar zo kwam het er niet uit.

'Natuurlijk. Dit is juist beter, dan heb je iets om naar uit te kijken.'

Lena spartelde in haar verwarring en onzekerheid en Eudoxia zat daar als de koningin der zekerheid zelve.

'O, en nog iets. Ik denk dat hij gaat trouwen.' Lena legde haar moeilijkste kaart op tafel.

Eudoxia haalde haar schouders op. 'Als dat zo is, komt hij waarschijnlijk niet.'

Lena schoot overeind. '"Dan komt hij waarschijnlijk niet"? En dat zeg je zo? Jij vindt dat ik moet gaan en toch denk je dat hij niet komt?'

'Ik denk niet dat hij niet komt.'

'Maar het is wel een mogelijkheid?'

'Natuurlijk is het een mogelijkheid.'

'Hoe kan ik nou gaan als hij niet gaat? Het is toch ongelooflijk treurig als ik daar in mijn eentje zit te wachten terwijl hij niet komt?'

Eudoxia's uitdrukking werd serieuzer. 'Dat is wat je al heel lang doet, liefje.'

Waarschijnlijk omdat Lena al haar trots verloren was, belde ze Eudoxia drie uur nadat ze elkaar gedag hadden gezegd op.

'Denk jij dat hij komt?'

'Ik weet het niet, liefje.'

'Je deed zo stellig, alsof je weet wat er gaat gebeuren.'

'Dat weet ik niet. Ik weet wel wat ik wil dat er gebeurt.'

'Maar wat dénk je dan dat er gaat gebeuren?' Lena hoorde zelf dat ze klonk als een vijfjarig meisje.

'Ik denk dat je deze beslissing helemaal zelf moet maken. Ik denk dat je moet weten wat je wilt en dat moet proberen te krijgen. Dat is het enige wat je kunt doen. De rest heb je niet in de hand.'

'Oké, oké, dat snap ik.'

'Als je ouder wordt, leer je dat er een zin is, van maar vijf woorden lang, die ontzettend belangrijk is. Als je die zin tegen jezelf kan zeggen, dan kun je verder. Hij gaat zo... Ben je er klaar voor?'

'Ja.'

'Ik heb het tenminste geprobeerd.'

Lena zuchtte. 'Oké. Ik snap het. Ik snap het echt.' Ze was te sneu voor woorden. 'Maar komt hij, denk je? Ik wil alleen weten hoe volgens jou de kaarten liggen. Zeg me eerlijk wat je echt denkt.'

'Ik denk dat Tibby een heel wijs meisje was. En ik denk dat ze van je hield.'

Als we ruziemaken om onze beperkingen, dan houden we ons eraan vast.

– EVELYN WAUGH

De middag dat ze op het vliegtuig naar New Orleans zou stappen stopte Carmen bij de Apple Store en liet haar service overzetten van haar oude telefoon naar de nieuwe die Tibby haar had gegeven.

Ze stond heel lang in de rij en toen moest ze nog eens heel lang op de verkoper wachten, die haar contactpersonen van haar ene telefoon in haar andere moest zetten. Tegen de tijd dat ze eindelijk klaar was, was ze al behoorlijk laat.

Toen ze zich naar haar appartement haastte, zag ze dat de zwarte taxi al stond te wachten om haar naar de luchthaven te brengen. Ze pakte snel de laatste spullen bij elkaar en rende naar beneden. Ze rende weer naar boven omdat ze bedacht dat ze haar make-upspullen was vergeten. Tegen de tijd dat de auto de snelweg op reed was ze een halfuur later dan gepland.

Het zal wel niet zo erg zijn, zei Carmen tegen zichzelf. Luchtvaartmaatschappijen rekenen altijd extra tijd. Ze wilde direct haar e-mail bekijken en een paar telefoontjes plegen, maar de nieuwe telefoon deed niks. Ze zette hem uit. Misschien dat de provider even nodig had om de service over te zetten. Haar vingers jeukten.

Ze pakte een roddelblaadje uit de stoelzak voor zich.

Vroeger was ze dol op dit soort tijdschriften. Aan de universiteit las ze tussen Dostojevski en Marx door de *US Weekly* en de *OK!*. Ze dacht dat ze een kijkje gaven achter de magische schermen van de sterren, maar hoe meer ze over de filmwereld wist, hoe minder leuk ze het vond om dit soort bladen te lezen. Elke keer als ze een pagina omsloeg zag ze de manipulaties, hoeveel eraan was gesleuteld. Ze zag hoeveel omhulsel er was en hoeveel van die schoonheid was gekocht. Ze had altijd vol bewondering naar de foto's van de rode loper gekeken, maar nu zag ze de botox en de gebleekte tanden, uithongering en dubbelzijdig plakband.

Misschien was de magie verdwenen op de dag dat ze zichzelf op een van de foto's had gezien. Het was een rodeloperfoto van haar bij de uitreiking van de Golden Globes, en waarschijnlijk was hij voor een buitenstaander even sprookjesachtig als elke andere foto, maar voor haar was het anders. Het enige waar zij aan kon denken was het zweet dat langs haar rug had gesijpeld, de vieze smaak in haar mond omdat ze drie dagen niet had gegeten, het plakband waarmee haar jurk omhoog bleef zitten, haar verwarring omdat fotografen haar naam schreeuwden en de lach die op haar gezicht geplakt zat. Er was niets sprookjesachtigs aan.

'Hoe laat gaat uw vlucht?' vroeg de chauffeur.

Carmen keek op. 'Eh... kwart voor zes, geloof ik.' Ze keek naar haar telefoon. De vertrektijd stond in haar telefoon. De vliegtuigmaatschappij en de vertrekhal stonden in haar telefoon. Ze kon niet zien hoe laat het was. Shit, ook daar had ze altijd haar telefoon voor. De provider had net zo goed meteen haar hersenen uit kunnen zetten.

'Dat kan nog wel eens krap worden,' zei hij.

'Wat?' Nu hij het zei besefte ze dat de auto al een tijdje

stilstond. Ze keek naar buiten. Ze kwam naar voren om door de voorruit te kijken. 'Wat is er aan de hand?'

'Er zal wel een ongeluk zijn gebeurd. Het staat muurvast.'

In de verte kon ze de Triborobrug zien, maar er stonden nog zo'n miljoen auto's tussen hen en de brug. Ze hoorde de sirene achter zich van een ambulance die erdoor probeerde te komen. De snelweg stond zo vol dat de auto's niet opzij konden gaan om plaats te maken. Er klonk getoeter.

Eindelijk zag ze een klokje op het dashboard. Het was bijna vijf uur. 'Kun je een snellere weg nemen?' vroeg ze.

De chauffeur keek haar over zijn schouder aan. Hij kon geen kant op. De vraag was te stom om te beantwoorden.

Ze zette haar telefoon weer aan, maar nu ging hij vanzelf uit. Misschien was de batterij leeg. Zou ze hem ergens kunnen opladen?

Er gingen twintig minuten voorbij en niemand kon erdoor, behalve twee politieauto's en een ambulance die uiteindelijk door de opstopping wisten te komen. 'Shit,' zei Carmen voor de zoveelste keer. Terwijl haar paniek toenam, staarde ze naar haar telefoon. Wat kon ze doen? Ze kon de luchtvaartmaatschappij niet bellen, ze kon haar manager niet bellen, ze kon het reisbureau niet bellen. Hoe hadden mensen ooit iets gedaan gekregen toen er nog geen mobiele telefoons waren?

Ze las elke bladzijde van de *People*, inclusief de vreemde advertenties achterin. Om kwart voor zes sloeg ze het blad dicht en keek op om te erkennen dat ze officieel haar vlucht had gemist.

'Wat wil je doen?' vroeg de chauffeur.

'Naar het vliegveld maar,' zei ze. Ze voelde zich niet compleet zonder haar telefoon om haar het idee van controle te geven. 'Ik zal een vlucht later moeten nemen.'

Het enige positieve was dat het officiële gesprek donderdag pas was. Ze zou de couleur locale in een iets sneller tempo moeten oppikken.

Ze las *The New York Times* en zelfs de *Financial Times*. Pas om tien voor halfacht stapte ze de auto uit en liep de luchthaven binnen. Ze ging naar de balie van Delta Airlines en legde haar lot in hun handen.

'Ik wil graag met de eerstvolgende vlucht naar New Orleans,' zei ze.

De vrouw van Delta Airlines drukte minstens vijfhonderd keer op elke toets van haar toetsenbord. 'De eerstvolgende vlucht naar New Orleans waar nog een stoel vrij is, gaat donderdagmiddag.'

'Pardon?'

'Ik ben bang dat het niet anders is.' Ze drukte weer op een paar toetsen.

'Hoe kan dat nou? Het is nu zaterdag!'

Ze haalde haar schouders op. 'Dat weet ik ook niet.'

'Weet je het zeker?'

Ze keek weer naar haar scherm. Ze heette Daisy en ze had heel goedkoop blondeermiddel gebruikt. Carmen kon het zich nog niet permitteren om kwaad te worden. 'Het spijt me. De meeste vluchten zijn overboekt.'

'Kun je kijken of er op een vlucht van een andere maatschappij nog plek is?'

'Eigenlijk niet, maar...'

'Alsjeblieft?' Carmen moest zich inhouden om niet over de balie te buigen en het scherm naar zich toe te trekken.

'Oké, ik kijk wel...' zei Daisy. Ze keek, schudde haar hoofd, keek, schudde haar hoofd. Het geklik van haar lange nagels op de toetsen deed pijn aan Carmens oren. Waarom liet iemand die zijn brood verdiende met typen van die belachelijk lange nagels groeien?

'Wát?' Carmen explodeerde uiteindelijk.

Daisy pakte de hoorn van haar telefoon. Ze murmelde wat en knikte een paar keer. Ze keek Carmen aan. 'Er is dit weekend en begin volgende week een of ander groot muziekfestival in New Orleans. Dus vandaar. Niemand heeft nog stoelen. Donderdag pas weer.'

'Niemand?'

'Niemand.'

'Wat moet ik doen?' Carmen zou willen dat ze iemand anders had in wiens handen ze haar lot kon leggen.

Daisy keek alsof ze wilde dat ze iemand anders had die ze kon helpen. 'Tot donderdag wachten?'

'Ik kan niet tot donderdag wachten!' Carmen ontplofte. 'Ik heb een afspraak op donderdag! Misschien wel de belangrijkste afspraak van mijn carrière.'

Zelfs Daisy had daar begrip voor. 'Je kunt ernaartoe rijden,' zei ze.

'Ik heb geen auto.'

'Dan huur je er een.'

'Ik kan geen miljoen uur in mijn eentje achter het stuur zitten!' Ze wist niet eens zeker of haar rijbewijs nog wel geldig was. Ze reed ongeveer twee keer per jaar; als ze naar huis ging om haar moeder te zien en David en Ryan.

Daisy keek haar met een moederlijke blik aan. Carmen bedacht dat je van iedereen wel een moeder kon maken, als je je maar als een baby gedroeg. 'Waarom ga je niet met de trein?' vroeg Daisy.

'Gaat er een trein naar New Orleans?' Carmen was het bestaan van treinen helemaal vergeten. Vroeger had ze het leuk gevonden om in de trein te zitten. Ze had een keer de slaaptrein naar haar vader genomen en dat was best gaaf.

'Natuurlijk, dat moet wel. Je doet er wel een tijdje over.'

'Zou je voor me kunnen kijken?'

'Denk je dat ik dat kan?'

'Tuurlijk. Op je computer.'

'Je kunt beter Amtrak bellen.'

Zou het helpen of juist niet als Carmen in tranen uit zou barsten? 'Ik heb geen telefoon. Hij doet het niet.'

Daisy keek om zich heen of iemand haar kon betrappen als ze een reis ging uitzoeken waar geen vliegtuig aan te pas kwam. Carmen hield opeens vreselijk veel van Daisy.

Daisy opende de internetpagina en typte een paar dingen in. Haar wenkbrauwen gingen omhoog. 'Oké, nou, je gelooft het niet, maar er gaat vanavond om één minuut voor tien een trein vanaf Penn Station die rechtstreeks naar New Orleans rijdt en dan kom je... om kwart over vijf 's ochtends aan.'

'Morgenochtend?'

'Maandagochtend.'

'Dat meen je niet.'

'Jawel.' Daisy keek haar aan. 'Dan haal je je afspraak nog.'

Carmen twijfelde. Ze zou de couleur locale in razend tempo moeten opsnuiven. Was er een andere optie?

'Het is nu bijna acht uur. Als je hem wilt halen moet je nu wel gaan,' adviseerde Daisy.

'Oké, ja, je hebt gelijk. Bedankt.'

'Heel veel succes!' zei Daisy oprecht.

Toen Carmen de hal uit liep keek ze nog een paar keer over haar schouder. Ze vond het vreemd genoeg moeilijk om afscheid van Daisy te nemen. Zou dat betekenen dat ze eenzaam was?

Lena liep langs de rivier. De laatste paar dagen had ze lange wandelingen langs de rivier gemaakt. Het vroor, maar dat voelde ze niet. Het had net zo goed kunnen hagelen. Al zou de rivier buiten haar oevers treden en haar met zich mee onder water trekken, dan zou ze het nog niet in de gaten hebben.

Wat zou ze doen? Wat zou hij doen? Nee, nee, nee, nee. Wat zou zij doen? (Wat zou hij doen?)

Hou op! Daar kon ze niets over beslissen. Het enige wat ze kon beslissen was wat ze zelf wilde. Dit was een alternatieve versie van het dilemma van de gevangene, het dilemma van de verliefde: ze moest doen wat ze wilde doen, ongeacht wat hij zou doen. Ze moest het juiste doen.

Ze dacht terug aan iets wat Effie haar lang geleden had gezegd toen het over onzekerheid en Kostos ging. 'Je moet een beetje vertrouwen hebben,' had ze gezegd.

Maar Effie had niet bedoeld dat ze vertrouwen in Kostos moest hebben, besefte Lena nu. Het ging er niet om dat Kostos er zou zijn en zijn armen om haar heen zou slaan en haar meer lief zou hebben dan wie dan ook. Het ging om vertrouwen in zichzelf. Erop vertrouwen dat het goed zou komen met haar, ook als hij niet zou komen. Ze moest vertrouwen hebben om het te proberen en om te falen. Was ze sterk genoeg om te falen? Was ze sterk genoeg om niet te falen?

'Ik geef je honderd dollar als je deze telefoon binnen tien minuten aan de praat krijgt,' zei Carmen tegen de puisterige jongen in de telefoonwinkel om de hoek van het station.

'We sluiten over vijf minuten, mevrouw,' antwoordde de puisterige jongen.

Carmen keek hem aan. Had hij geen ambitie? Wilde hij geen geld verdienen? Dit land ging naar de knoppen als dit joch er een voorbeeld van was. 'Ik geef je honderd dollar als je hem binnen vijf minuten aan de praat krijgt,' zei ze langzaam.

Hij keek haar angstig aan. Hij was niet moeders mooiste. Zijn adamsappel ging heen en weer. 'Ik kan het proberen.'

'Alsjeblieft. Heel graag.' Moest ze hem vertellen dat ze bekend was van televisie? Ze deed het liever niet, maar soms had het zin bij dit soort jongens.

Hij zette haar telefoon aan, raakte een paar icoontjes aan, keek naar de instellingen en drukte toen op de grote knop. 'Ik zie niet wat er mis mee is,' zei hij.

'Meen je dat?'

Hij reikte hem aan. Ze graaide het ding uit zijn handen.

'Laat die honderd dollar maar zitten,' zei hij grootmoedig.

'Bedankt,' zei ze snel, en ze liep de winkel uit.

Het lukte haar om zonder problemen met haar creditcard een treinkaartje te kopen. Er was geen slaapcoupé beschikbaar, maar er was wel een wagon die de *dinette* heette en daar kon ze eten.

Ze liep langs de kiosk en keek naar de modetijdschriften. Ze had geen tijdschrift nodig. Haar telefoon deed het, ze redde het wel. Ze kon haar script lezen, ze kon bellen. Ze kon e-mails schrijven en haar bruiloft voorbereiden. Ze kon dat spelletje doen waarbij je vliegtuigen moest laten landen. Met een werkende telefoon in haar handen voelde ze haar zelfverzekerdheid langzaam terugkomen.

Ruim voordat de trein vertrok ging ze naar binnen. Ze liet haar hoofd naar achteren zakken en deed haar ogen dicht. Het was ongelooflijk dat ze al deze stappen had ondernomen zonder met Jones te overleggen. Hij was altijd degene tegen wie ze het eerst klaagde. Hij begreep haar fouten en haperingen. Hij leek er zelfs van uit te gaan.

Carmen was blij dat ze twee stoelen had in de donkere trein. Ze was blij dat de stoelen tegenover haar en vlak achter haar vrij waren. Als de batterij van telefoon het zou volhouden, was dit nog niet zo slecht.

Tot Newark zat ze een beetje te doezelen. Toen stopte de trein en stapten er meer mensen in. Ze zette haar grote handtas op de stoel naast zich. Ze keek hoe een stroom mensen door het smalle gangpad kwam en godzijdank doorliep. Als laatste kwam er een man binnen met een kleine jongen en een baby. Hij keek naar de plek naast haar en de twee stoelen tegenover haar. Loop alsjeblieft door, dacht ze. Ze hoorde de man met zijn zoon Spaans spreken.

De moed zonk haar in de schoenen toen ze aanstalten maakten om te gaan zitten. De jongen had een hoge, opgewonden stem. O god, dacht Carmen. En hoelang zou het duren voordat de baby wakker werd en begon te huilen? Ze vroeg zich af of ze een andere stoel zou kunnen krijgen.

Acht dagen voordat de beslissende ontmoeting zou moeten plaatsvinden en vijf dagen voordat Lena Tibby's laatste brief mocht openmaken, deed Lena iets, uur na uur, dag na dag, wat heel slecht voelde. Ze deed het in haar eentje in haar studio en het ging haar veel te makkelijk af. Het was de afschuwelijke gewoonte die ze had afgezworen, maar nu moest ze wel: wachten.

Maar wat kon ze anders doen? Ze voelde zich buitengewoon levendig, springerig en impulsief, en toch zat ze gevangen in een vast patroon en wist ze niet wat ze anders moest doen dan piekeren, piekeren en piekeren, en wachten.

Het kwam vaak in haar op om de meer dan twintig brieven te lezen die Kostos had geschreven, maar iets hield haar tegen. Ik wil niet dat dat herinneringen worden, zoals alles met hem een herinnering wordt. Ze wilde ze niet bijzetten als nieuwe stukken in het grote Lena en Kostos-herdenkingsmuseum. Misschien kwamen ze daar ooit te liggen, maar ze wilde ze in elk geval nog een tijdje tot het heden laten behoren.

Ze keek naar Tibby's dichtgeplakte envelop en had een vreemd idee. Wat zou er gebeuren als ze hem nu open zou maken? Wat zou er gebeuren als ze niet wachtte?

Kan ik dat doen?

Ze voelde een rare gong in haar hoofd. Ze scheurde de envelop zo snel open dat ze bijna de brief verscheurde die erin zat.

Mijn liefste Lena,

Ik weet dat ik bot ben geweest en waarschijnlijk heb je mijn poging om de controle over je leven uit je handen te rukken niet erg prettig gevonden. Maar ik weet dat jij weet, hoe misplaatst misschien ook, dat het uit liefde is.

Je hebt geen tijd meer, Lena. Dat is het bitterste en mooiste advies dat ik je kan geven. Als je nu niet hebt wat je wilt, dan heb je niet wat je wilt.

Ik weet dat je altijd een hekel hebt aan of-ofdiscussies. Jij kiest altijd liever voor optie C, zoals jij het noemt, de derde weg die, lieve Lena, maar al te vaak helemaal geen optie blijkt te zijn. En dus vraag ik van jou nu A of B.

Ik zal eerlijk zijn en je zeggen dat ik hoop dat je voor A kiest. Ik heb het idee dat ik Kostos begrijp. Volgens mij is hij je niet vergeten. Ik denk dat hij ook wacht. Hij houdt afstand, omdat hij weet dat hij jou afschrikt als hij naar jou toe komt. En als hij naar jou toe gaat, zal er altijd twijfel blijven. Jij moet hem tegemoetkomen. Ik denk niet dat er iemand is die je beter begrijpt en meer van je houdt dan de Septembers, Lenny, maar Kostos heeft indruk op me gemaakt.

Als je B kiest, dan zal ik je verder met rust laten, dat beloof ik je. Ik zal je niet verder lastigvallen met nog meer brieven en verzoeken. En ik zal Kostos ook met rust laten. (En om eerlijk te zijn, heb ik geen andere keuze.) Er zal geen twijfel of teleurstelling bij me zijn, waar ik ook ben. Daar hoef je niet over in te zitten want dan heb je je eigen weg gekozen en de beslissing niet langer voor je uit geschoven, en dat is eigenlijk het enige wat ik echt wil.

Misschien denk je dat je daarna recht hebt op meer geluk omdat je hard je best hebt gedaan, maar zo werkt het niet. Voor geluk moet je net zo veel oefenen als voor ongeluk. Maar door te leven, leef je meer. Door te wachten, wacht je meer. Elke dag dat je wacht, wordt je leven iets minder. Elke eenzame dag maakt je een beetje kleiner. Elke dag dat je je leven uitstelt, maakt je minder goed in staat om het te leven. Sorry dat ik je voor het blok stel, mijn vriendin, maar mijn lichaam geeft het op en dit is waar mijn hart nu ligt.

(Ik moet toegeven dat ik hoop dat je deze brief eerder openmaakt dan de datum die op de envelop staat.)

Leef het leven, Lenny, want ik kan het niet meer, en God weet hoe graag ik verder zou willen leven.

Er gebeurden twee dingen in het uur daarna waardoor Carmen het liefst het treinraampje open zou rukken en de trein uit zou springen.

Het eerste was het gehuil. Net toen Carmen haar stoel zo ver als het kon naar achteren had gezet en een deken en een kussen had gekregen van assistent-conducteur Kevin, zoals er op zijn naamkaartje stond, en net toen ze haar ogen had dichtgedaan, begon het. Eerst waren het korte kreten waar steeds een paar seconden tussen zaten, maar de tijd ertussen werd steeds korter, tot het één lange brul was.

Dat meen je niet, dacht Carmen. Met haar ogen half dicht keek ze naar de man, die waarschijnlijk de vader van de baby was. Trouwens, waar was de moeder eigenlijk, vroeg Carmen zich af. Was ze niet met hen meegekomen? Misschien was ze naar het toilet, kwam ze zo terug en zou ze de baby stil krijgen.

Het tweede was de telefoon. Toen Carmen dankzij het gehuil eenmaal wakker was en, dankzij het gehuil, toch niet meer kon slapen, pakte ze de telefoon. Toen ze hem echter uit zijn sluimerstand wilde halen bleef het schermpje zwart. Geen paniek, hij doet het wel, stelde ze zichzelf gerust. Het was een telefoon met kuren, dat wel. Ze hield de ronde knop even ingedrukt. Nog steeds zwart. Oké, dan was het de batterij. Ze haalde de oplader uit haar tas en vond godzijdank een aansluiting. Ze sloot hem aan en wachtte. Soms kon dat even duren. Ze kende het koppige bioritme van dit soort telefoons beter dan dat van haar eigen lichaam.

Eindelijk kwam hij tot leven. Het schermpje lichtte op en het wieltje draaide als teken dat je moest wachten. Maar toen ze een ander icoon zag, sloeg de angst toe, als het ritme van een langzame trommel tegen het geluid van de horrorfilmsoundtrack van de huilende baby.

Op het scherm lichtte het icoon op dat aangaf dat je je telefoon moest aansluiten op de moedercomputer en moest verbinden met iTunes omdat je anders de lul was. Goed, dat kon dus niet. De moedercomputer met het gigantische scherm stond thuis, in haar loft, en daar kon niemand iets aan doen. Deze dochtertelefoon was minder zelfstandig dan ze zich graag voordeed.

Carmen zette hem zonder veel hoop uit en weer aan. Hetzelfde icoon.

'Shit,' mompelde Carmen. Normaal gesproken zou ze zich bezwaard voelen als ze in de buurt van kinderen vloekte, maar in dit geval zouden zij zich schuldig moeten voelen. 'Shit,' zei ze nog een keer. Ze probeerde snel iets te bedenken. Bij wie kon ze klagen? Wie kon ze de schuld geven? Wie kon ze verleiden?

Niemand. Ze moest het doen met nullen en enen, en die

maakten zich echt niet druk om haar. Ze hield van haar telefoon, maar haar telefoon hield niet van haar.

Met een soort wrevel dacht ze aan Tibby. Mooi cadeau was dit. En toen voelde ze zich ellendig. Hoe kon ze nou boos worden op iemand die dood was?

Ze merkte dat ze zweette. Haar hart bonkte. Ze kon niemand bellen, niet sms'en, ze kon haar script niet lezen. Ze moest Jones echt bellen om te zeggen dat ze hem niet kon bellen.

Ze keek naar het plafond. Ze keek naar buiten, waar het donker begon te worden. Naar de langzaam opstijgende donkere, vervuilende wolken, naar de akelige lichten van het industriegebied bij New Jersey of Delaware, of waar ze ook was. Ze kon niet tweeëndertig uur in deze trein zitten zonder met iemand te praten en zonder iets te doen. Dat kon ze niet.

Je kunt geen zelfmoord plegen vanwege een telefoon, zei een verstandige stem in haar hoofd. Jawel hoor, dat kan wel, antwoordde een minder verstandige stem.

Ze liet haar hoofd op het kussen zakken en probeerde rustig adem te halen. Ze probeerde haar hart langzamer te laten kloppen. Alle trucs die ze gewoonlijk had om zichzelf te troosten of af te leiden waren nu onmogelijk. Haar moeder bellen? Nee. Kijken wat voor weer het wordt? Nee. Haar Facebookstatus updaten? Nee. Haar concurrenten googelen? Nee. Haar horoscoop lezen? Nee.

Als een junkie had ze last van prikkelingen en jeuk en wilde ze de hele tijd krabben. Als een junkie zocht ze zonder het te willen steeds naar uitwegen, hoe zelfdestructief ook. Ze kon in Baltimore uitstappen en een nieuwe telefoon kopen – dan miste ze haar afspraak maar. Ze kon in de trein duizend dollar geven aan degene die haar een telefoon wilde verkopen. Of nog beter: ze kon er een stelen. Het maakte niet uit dat ze dan niet bij haar e-mail kon en geen telefoonnummers had. Wat maakte het uit dat de enige nummers die ze uit haar hoofd kende die van Lena, Bee en Tibby waren?

Als een junkie had ze de hele avond last van misselijkheid. Misschien had ze zelfs last van waanbeelden en zag ze spinnen, ze wist het niet zeker.

Op een bepaald moment merkte ze op dat de baby was opgehouden met huilen en dat hun moeder nog steeds niet was teruggekomen.

Niet wetende wanneer de dageraad aanbreekt
open ik elke deur.

– EMILY DICKINSON

Vroeg in de ochtend had Carmen al een paar keer koffie gehaald in de dinette. Ze bladerde door het saaie blaadje van de spoorwegen.

Ze maakte een praatje met assistent-conducteur Kevin, die uit een dorp kwam dat Goose Creek heette en dat net ten westen van Charleston lag, maar Kevin kende de straat waar haar vader woonde niet.

Carmen ging terug naar de dinette en kocht een zakje walnoten. Ze smeekte Inez, de vrouw achter de balie, om iets wat ze kon lezen, maar ze had niets. Ze had een pak kaarten. Uiteindelijk zocht Inez in haar tas en gaf Carmen het nummer van *People* waarin Carmen in de taxi op weg naar het vliegveld al anderhalf uur had zitten lezen.

Carmen liep langzaam terug naar haar plek. Sinds ze volwassen was, had ze nog nooit lang zonder e-mail, Facebook, Twitter of telefoon hoeven te doen.

Wat hadden mensen gedaan voordat ze telefoons hadden? Ze dacht aan de lange autoritten naar Bethany Beach of de echt lange reizen naar Fort Myers in Florida om haar oudtante en oudoom op te zoeken. Wat had ze toen gedaan? Ze had niet gelezen – zelfs geen tijdschriften, want daar werd ze misselijk van.

Carmen wist weer wat ze had gedaan. Ze kon het zich nu

moeilijk voorstellen, maar ze wist het weer. De jonge, telefoonloze Carmen had uit het raam gekeken en over dingen nagedacht.

Carmen vroeg zich af hoe dat was gegaan. Ze was het zat om nog langer humeurig en verontwaardigd te zijn, dus vroeg ze het zich in alle eerlijkheid af. Had ze eigenlijk nog wel gedachten?

Ze keek uit het raam. Ze probeerde erachter te komen waar ze in hemelsnaam was. Ze dacht dat ze nog niet zo lang geleden de conducteur had horen omroepen dat ze in North Carolina zouden stoppen. Ze zag dat hoe verder ze kwamen, hoe voller en groener de bomen werden. In New York waren de meeste bomen nog kaal en treurig, maar hier zag ze al allemaal knoppen en bloesem. Terwijl de trein naar het zuiden denderde, reden ze de lente in, en legden ze in een paar uur tijd eigenlijk een paar weken af.

Ze kreeg er een beetje heimwee van, door de bloesem, de kersen en kornoeljestruiken en magnolia's en die roze bloemen, hoe ze ook mochten heten. Dat waren de bloemen die in hun oude buurt, waar ze was opgegroeid, in de lente uitbarstten, de bloesem die in haar haar dwarrelde als lentesneeuw. Waarschijnlijk had je die bomen in New York ook, in de parken misschien, maar ze had ze nooit gezien.

Als de trein nu in North Carolina was, dan zou South Carolina hierna komen. Dat gaf haar ook een melancholisch gevoel. Als ze in een vliegtuig had gezeten en over die plekken heen was gevlogen, had ze er geen moment aan gedacht, maar nu kwam ze door de staat waar haar vader woonde sinds zij zes was. Het was de plek waar ze heen ging om hem op te zoeken, waarover ze gefantaseerd had, waar ze teleurgesteld was geraakt en waar ze deels was opgegroeid. Het was de plek waar ze haar stiefbroer Paul had leren kennen en haar stiefzus, Krista. Maar aan Paul dacht ze langer. Hij gaf de hele staat dat moedige maar treurige gevoel dat hij uitstraalde, al wist ze dat hij dat niet wilde. Het was de plek waar Lydia en haar vader waren getrouwd en waar Lydia ziek was geworden en was doodgegaan. Het gaf haar een treurig gevoel om door die staat te reizen zonder hen te zien.

Toen ze de baby hoorde schreeuwen keek ze op. Ze had een brok in haar keel en vroeg zich af of ze verdrietiger was om de dood van Lydia dan ze had verwacht, of dat de telefoon het verdriet van Tibby overdroeg.

De baby huilde niet, voor zolang het duurde. Het was een meisje, zag Carmen. Ze lachte en probeerde een woordje te zeggen. Het was meer gebrabbel, geen echte woorden nog. Het meisje had een olijfkleurige huid en grote, donkere ogen. Ze had fijne, donkere glimmende krulletjes. Wacht maar, dacht Carmen, toen ik zo oud was als jij zag mijn haar er ook zo uit.

Carmen merkte op dat de moeder van het gezin niet naar het toilet was, zoals ze had gedacht, maar kennelijk helemaal niet in de trein zat, want ze had haar de afgelopen tien uur niet gezien. Carmen keek naar de verfomfaaide vader en had medelijden met hem. Het was behoorlijk zwaar om in je eentje met twee kinderen zo lang in de trein te zitten. Had je geen andere keus? vroeg Carmen zich af.

Carmen keek zonder het te willen steeds even naar hem. Ook al was hij verfomfaaid, hij had een soort waardigheid die je zelden zag bij ouders van jonge kinderen. Hij had een donkere ribbroek aan en een spijkerjack met een grijs T-shirt eronder. Toen Carmen door het gangpad was gelopen, had ze gezien dat bijna iedereen inmiddels zijn schoenen had uitgetrokken, maar hij niet. Hij droeg puntige bruinleren schoenen. Ze waren een beetje versleten, maar elegant. Het soort schoenen dat goed geklede zakenmannen droegen.

Hij kwam niet uit Puerto Rico, dat kon ze zien. Om de een of andere reden nam ze aan dat hij Mexicaans was, al was hij behoorlijk lang voor een Mexicaan. Ze hoopte dat hij iets zou zeggen, zodat ze het aan zijn accent kon horen. Ze was eerst helemaal niet geïnteresseerd geweest, maar nu was ze verschrikkelijk nieuwsgierig.

Hij had steil zwart haar. Een beetje lang. Ze moest aan Ralph Macchio denken, uit de originele *The Karate Kid*. Ze schoot bijna in de lach. Ze was tot over haar oren verliefd geweest op Ralph Macchio. Vervolgens dacht ze aan Jones en zijn kaalgeschoren hoofd.

De vader keek even naar haar. Kennelijk voelde hij dat ze naar hem zat te kijken. Ze glimlachte, een soort zoenoffer na alle gemene blikken die ze hùn had toegeworpen tijdens haar telefoon-afkickperiode. Zijn gezicht veranderde een beetje, maar je kon het geen lachen noemen.

In gedachten smeekte ze het jongetje om iets tegen zijn vader te zeggen, en uiteindelijk deed hij dat ook. Hij zei tegen zijn vader dat hij moest plassen. Uit zijn accent kon ze niets opmaken, dus wachtte ze ongeduldig tot de vader iets terugzei, maar de vader was uitzonderlijk zuinig met zijn woorden, was haar opgevallen. Hij knikte alleen. Hij was de latinoversie van Paul. Toen hij echter opstond deed hij iets verrassends. Hij wendde zich rechtstreeks tot Carmen.

'Pardon. Kunt u... kunt u... de baby... misschien voor mij nemen?' Zijn Engels liet hem in de steek en kennelijk had hij geen idee dat ze Spaans sprak.

Ze was zo verbaasd dat ze de baby aanpakte maar niets zei. Hij ging ervan uit dat ze wel wist wat ze moest doen. Ze was een vrouw en misschien dacht hij zelfs wel dat ze zelf moeder was. Hij wist niet dat ze een actrice was.

'Wij zijn zo terug,' zei hij tegen haar, en hij nam het springende, dansende jongetje met zich mee naar de wc voor in de trein.

En dus hield Carmen de baby vast. Eerst was ze angstig. Ze dacht terug aan de tijd toen Ryan net was geboren. Ze was toen achttien en ze moest toegeven dat ze hem niet vaak had vastgehouden. Tibby, zijn peettante, had hem waarschijnlijk drie keer zo vaak vastgehouden.

Carmen probeerde de baby iets dichter tegen zich aan te houden en haar niet vast te houden alsof ze een enge ziekte was. Ze voelde iets zachts op haar schoot, waarschijnlijk de luier van de baby. Het meisje staarde haar met grote ogen aan. Ze wilde niets bijzonders. Ze staarde alleen maar.

'Hé dropje,' zei Carmen. Carmen lachte en tot haar geruststelling lachte de baby terug. Ze wipte een paar keer met haar knie op en neer en de glimlach van het meisje werd groter. Met wie kon je nou zo makkelijk vrienden worden, vroeg Carmen zich af.

'Hé poepie,' zei Carmen met een hoge kirrende stem.

De baby vatte dit als een compliment op en lachte weer. Ze probeerde met haar handje Carmens gezicht vast te pakken, maar Carmen week naar achteren.

Carmen legde de baby net uit hoe het ging met haren, toen de vader en het jongetje terugkeerden.

De vader lachte dit keer echt naar Carmen. Hij nam de baby dankbaar van haar over, maar dat beviel het meisje kennelijk niet. Ze probeerde los te komen en strekte haar armpjes naar Carmen uit. Ze begon die kreetjes te maken.

Carmen voelde zich gevleid, meer dan ze zich ooit in haar

leven had gevoeld. Meer dan toen Bobbi Brown had gezegd dat ze goede botten had. 'Het geeft niet, ik wil haar best nog even vasthouden,' bood Carmen aan. Ze had toch niets anders te doen.

'Jij... vindt het niet erg?' vroeg de vader.

'Nee, helemaal niet,' zei Carmen.

Ze nam de baby op schoot en wipte nog een paar keer met haar knieën op en neer. Ze deed haar jurkje recht en de luier en streek door haar haren. 'Je bent een mooi meisje,' zei Carmen tegen haar. 'Hoe heet ze?'

'Clara,' zei hij.

'O, dat is een mooie naam,' antwoordde Carmen.

Terwijl ze tegen de baby praatte vroeg ze zich af waarom ze geen Spaans tegen hen sprak. Alhoewel haar haar lichter was geverfd en haar accent was bijgeschaafd en ze klonk als een echte New Yorkse actrice, dacht ze toch dat mensen konden merken waar ze vandaan kwam. Was dat dan niet duidelijk?

Als ze bij Jones was, voelde ze het wel duidelijk. Daar heb je Jones met zijn Puerto Ricaanse, dacht ze dat zijn vrienden en collega's tegen elkaar zeiden. Jones is cool, hij gaat met haar trouwen. En voor hem probeerde ze haar afkomst minder zichtbaar te maken. Zij en haar moeder kletsten niet meer uren in het Spaans zoals ze vroeger deden. Ze hield haar kapsel strak en liet haar krullen eruit halen. Ze hield haar oma en al haar tantes en ooms op afstand zodat hij zich niet ongemakkelijk hoefde te voelen en de Puerto Ricanen pittoresk bleven.

Ze dacht aan alle keren dat haar agent en haar manager hadden gezegd: 'We hoeven jou niet te typecasten, jij kunt van alles zijn. Laten we niet voor de Puerto Ricaanse gaan. Dat beperkt je alleen maar.' Ze herinnerde zich dat haar pr-adviseur een aanvraag voor een interview in het tijdschrift *Latina* had afgewezen. 'We kunnen beter kijken of er iets anders komt. Als je hierin staat willen ze je ergens anders misschien niet hebben,' had ze gezegd.

En nu vroeg ze zich af wat er met haar was gebeurd. Wat zou oude Carmen hiervan vinden? Had ze zichzelf zo erg verdoezeld dat ze niet meer was wie ze was?

Clara trok schaterend aan Carmens haar en het kostte Carmen moeite om de plukken uit haar dichtgeknepen vuistje los te krijgen. Toen haar volume omhoogging, haalde de vader een flesje tevoorschijn en Carmen pakte het met alle plezier aan. Ze legde het meisje op schoot en probeerde erachter te komen hoe je het best een fles kon vasthouden. Clara leek te weten wat ze moest doen, maar ze gaf Carmen desondanks de mogelijkheid om zich nuttig te voelen. Ze lachte een paar keer met de speen van de fles in haar mond. Je zag haar lach echter het duidelijkst in haar ogen en Carmen vond het behoorlijk schattig, de basisbehoefte om contact te maken. Beginnen we allemaal op die manier? vroeg ze zich af.

Carmen liet haar leuning zakken en ontspande zich terwijl ze naar de smakkende geluidjes luisterde. Clara's lijfje werd zwaar en het flesje rolde naar de zijkant. Carmen zag dat ze in slaap was gevallen. Voorzichtig nam ze de fles uit Clara's mond en zette hem op de lege stoel naast zich. Ze hield haar stevig vast en trok haar deken over hen twee heen. Carmen draaide haar hoofd om en keek door het raam naar buiten terwijl de lente voorbijraasde.

Ze dacht aan heel veel dingen. Ze dacht vooral aan Pennsylvania en 2 april en aan de dingen waar ze het meest spijt van had. Maar Clara lag op haar borst te slapen. Clara had genoeg vertrouwen in haar om zich aan de slaap over te geven. Hoe vreselijk Carmen dan ook mocht zijn, dit troostte haar.

'Doxie, met Lena,' schreeuwde Lena in haar mobiele telefoon.

'Lena, waar ben je?'

'Op het vliegveld.'

'Waar ga je naartoe? O, mijn hemel...' Ze stopte en maakte een gek geluidje. 'Gá je?'

'Ik ga.'

'Maar het is nog te vroeg, toch?'

'Ik wil niet langer wachten. Ik kan niet langer wachten. Ik ga naar Londen.'

'Vlieg je naar Londen?'

'Ik heb een schilderij verkocht aan een vriendin van mijn moeder. Hij paste bij haar bank.'

'Je klinkt heel anders, meidje.'

Lena's vingers trilden terwijl ze het volgende nummer probeerde in te toetsen. Zelfs in een opwelling was dit moeilijk.

Ze werd direct doorverbonden met Carmens voicemail, zonder dat de telefoon ook maar één keer overging. Dat had ze niet verwacht. Carmen aanbad haar telefoon, meer dan wie dan ook.

Lena wist niet wat ze moest doen. Eindelijk had ze iets te vertellen en nu was er geen Carmen om te luisteren. Dat wat ze te vertellen had, was niet iets om op een voicemail in te spreken, maar ze kon niet anders.

'Carmen, met Lena. Ik heb iets ontdekt. Tibby heeft geen zelfmoord gepleegd.' Er ontsnapte een snik uit haar keel. 'Ze wilde niet dood. Er was iets niet goed met haar. Ze wist dat ze dood zou gaan, maar niet omdat ze dat wilde. Ik weet niet wat er precies is gebeurd of hoe je het moet interpreteren, maar ze heeft iets in haar brief geschreven waardoor ik het wist. Ik weet dat het waar is.'

Lena realiseerde zich dat ze huilde terwijl ze stond te praten, midden in de wachtruimte van gate D7. 'Ze is nog steeds weg, dat weet ik, en het verandert er niets aan.' Ze veegde met haar mouw langs haar neus. 'Maar het verandert alles.'

Ergens tussen Gastonia, North Carolina, en Spartanburg, in South Carolina, gaf Carmen Clara terug aan haar vader en kwam haar grote broer naar Carmen toe. Ze had al gemerkt dat hij jaloers was omdat die stomme baby vrienden had gemaakt en hij niet. Ze wist precies hoe hij zich voelde en ze vroeg zich af of het feit dat ze zich herkende in de emoties van een driejarig kind iets zei over haar eigen ontwikkeling.

Op weg naar de dinette vertelde hij dat hij Pablo heette. Hij gaf haar een handje. Waarschijnlijk was dit voor hem heel vanzelfsprekend als hij ging lopen. Voor hem betekende het niets, maar voor haar heel veel.

Ze keek naar beneden, naar zijn omhooggestoken armpje, en ze herinnerde zich, bijna lijfelijk, hoe dat vroeger was. Haar uitgestoken arm om de hand van haar moeder vast te pakken, de hand van de juf, ze kon zich zelfs herinneren hoe ze hand in hand liep met Bee. Bee sleurde haar altijd door de tuin, rende, maar liet haar hand nooit los. Ze herinnerde zich hoe het voelde om Tibby's hand vast te houden, een tengere en wriemelende hand. En Lena moest je altijd voorttrekken. Zij was altijd langzaam en met haar hoofd ergens anders, zelfs als de ijscoman er stond. Maar ze hielden elkaars hand toch vast, soms met z'n drieën of vieren op een rij, ook al konden ze daardoor niet doorlopen. Waarom deden ze dat, en wanneer waren ze ermee opgehouden? In groep vijf of zes? Op een gegeven moment vonden ze het kennelijk kinderachtig. Zij was waarschijnlijk de laatste geweest die het niet meer wilde.

Pablo zeurde om een Snickers en Carmen wilde er al bijna twee kopen, maar toen herinnerde ze zich hoe het was om je buik vol snoep te hebben als je zo klein was. Halloween, Kerstmis en Pasen waren altijd dagen die eindigden in misselijkheid en tranen. Ze zag zichzelf nog zitten, huilend boven haar paasmandje, elke keer weer.

Ze zette hem op de toonbank en bestudeerde de menukaart. 'Heb je ooit appels met kaas gegeten?' fluisterde ze in het Spaans, alsof het een wereldgeheim was.

Zijn ogen werden groot. Hij schudde zijn hoofd.

'Apart is het lekker, maar bij elkaar, in één hap, is het zo lekker dat het eigenlijk verboden zou moeten zijn.'

Dat vond hij interessant.

'Zal ik laten zien hoe je dat moet doen?' zei ze, terwijl ze om zich heen keek alsof niemand het mocht zien.

Zijn wenkbrauwen gingen omhoog. Hij knikte.

Ze kocht twee appels en een pakje kaas en crackers en pakte een plastic mes. Ze gingen samen aan een tafeltje zitten, hij stond op de stoel tegenover haar, over de tafel gebogen zodat hij alles wat ze deed kon zien. Ze sneed de appel in kleine, rechte stukjes. Ze zag dat hij hongerig toekeek.

'Zo. Maar nu kun je het nog niet eten, hoor, want dan is het gewoon een appel,' vertelde ze hem in het Spaans. Ze sneed de oranje cheddar in blokjes. 'Nu moet je doen wat ik doe,' zei ze tegen hem. Ze legde een stukje kaas op een stukje appel en hij deed hetzelfde. Ze hield het voor haar mond. 'Ben je er klaar voor?'

Hij lachte opgewonden. Kinderen waren zo gevoelig voor een beetje ceremonie. Dat herinnerde ze zich van zichzelf ook. Ze werd door alles meegesleept.

'Oké.' Ze gooide het hapje in haar mond en hij deed haar na. Hij vond het zo spannend dat ze niet wist of hij wel iets proefde. Hij keek naar haar reactie. Ze deed haar ogen dicht en knikte, proefde en kreunde. Hij deed hetzelfde.

'Lekker, hè?' vroeg ze in het Engels.

'Lékker!' zei hij.

Ze aten ieder nog tien hapjes, steeds op een andere manier, als sandwiches, als torentjes. De laatste stukjes wilde hij aan zijn vader geven. 'Mag dat?' vroeg hij.

'Sí,' zei ze.

Pablo gaf uitgebreid instructies en zijn vader at de stukjes dankbaar op. Hij begreep dat het om een geheim van wereldformaat ging.

Carmen ging zitten en keek toe terwijl Pablo het hele verhaal aan zijn vader vertelde, ook al wist hij niet meer precies hoe het ging. Zijn vader luisterde met veel geduld. Hij leek het niet erg te vinden dat de dingen een beetje door elkaar gehaald werden. Carmens moeder was precies zo geweest toen Carmen klein was.

Ze vroeg zich af wat voor een man Pablo's vader was. Hij was waarschijnlijk niet veel ouder dan zij – misschien begin dertig – maar hij zag eruit als een volwassen man. Als iemand die een grens was overgegaan die zij niet kende.

Jones was bijna veertig. Was hij die grens overgegaan? Ze dacht van niet. Misschien kwam het door het vaderschap. Misschien gebeurde dat als je een kind kreeg, iets waarvan Jones had gezworen dat hij dat nooit wilde.

Carmen leunde achterover en keek naar buiten. Af en toe wierp ze een blik op het kleine gezin naast zich.

Clara sliep en Pablo zat tevreden op de grond en speelde minstens een uur met zijn vaders schoenveters. Carmen was trots dat ze niet gewoon twee Snickers voor hem had gekocht.

Er was heel veel veranderd sinds de laatste keer dat Lena bij Eaton Square nummer 28 was geweest. Het verschil was dat ze dit keer gek was.

Deze keer zou ze niet overstuur zijn of gekwetst als Harriet, de verloofde c.q. vriendin, de deur zou opendoen. Lena had Bapi's leeuwenmanchetknopen in de zak van haar spijkerbroek en ze kon alles aan. Kostos kon de deur drie keer in haar gezicht dichtslaan, ze zou niet wegrennen en ze zou pas weggaan als ze gezegd had wat ze wilde zeggen. Ze was hier omdat zij de stap wilde zetten; dus ze zou niet zomaar vertrekken. Dan pas kon ze zeggen: ik heb het tenminste geprobeerd.

Harriet zag er dit keer anders uit. Ze had een spijkerbroek aan en platte schoenen en zag eruit als een normaal iemand. Niet helemaal normaal – ze had twee keer zo veel make-up op als Lena op haar eindexamenfeest – maar benaderbaarder.

Harriet keek haar met een vage blik van herkenning aan. Lena wist dat zij er dit keer ook anders uitzag. Zij had ook een spijkerbroek aan. Haar haren zaten naar achteren, ze droeg een zwart T-shirt, ze voelde zich volwassen. De vorige keer was ze bang. Nu was ze gestoord.

'Is Kostos thuis?' vroeg ze.

Er was niets vriendelijks in Harriet te bespeuren. 'Ben jij hier een tijdje geleden ook niet geweest?'

Geen angst. 'Ja. Een paar maanden geleden.'

De vorm van Harriets ogen veranderde en haar gestalte leek langer te worden. 'Hoe heet je?'

Lena schraapte haar keel. 'Lena Kaligaris.'

'Wat doe je hier?'

'Ik kom voor Kostos.'

'Hij is er niet.' Harriet deed een stap naar voren, maar Lena bleef staan waar ze stond.

'Weet je wanneer hij terugkomt?'

Harriet vroeg zich duidelijk af of ze de deur zou dichtgooien of antwoord zou geven. Er was iets in haar uitdrukking wat op nieuwsgierigheid wees. Een ziekelijk soort nieuwsgierigheid waarom je jezelf verachtte. 'Ik heb geen idee wanneer hij terugkomt. Waarschijnlijk nooit meer.'

'Is dit niet zijn huis?'

'Dit is wel zijn huis, maar hij woont er niet meer. Hij is vertrokken. Ik dacht dat hij dat jou wel als eerste zou vertellen.'

Lena zou niet kleiner worden. Ze zou blijven staan waar ze stond. 'Dat wist ik niet.'

'Jij bent toch dat meisje aan wie hij al die brieven stuurde, Lena Kaligaris? Ik weet het bijna wel zeker. Jij bent degene die al die tekeningen heeft gemaakt die op zijn bureau lagen en zelfs aan zijn spiegel hingen. Dat was jij toch?'

'Ja, die kans is groot,' zei Lena zonder sarcasme. Ze liet zich niet intimideren. Maar wie weet hoeveel andere penvriendinnen Kostos nog had? Ze had wel grotere teleurstellingen gekend.

Harriet lachte vreugdeloos. 'Hij zei dat jullie gewoon vrienden waren. Grapjas. Voor gewone vrienden blijf je niet tot twee, drie uur 's nachts op om brieven te schrijven. Ik dacht dat hij vorige maand naar jou was gegaan.'

Lena keek naar beneden en schudde haar hoofd. 'Nee, dat heeft hij niet gedaan.'

'Nou, veel succes met je zoektocht. Doe hem de groeten.

Hij is een vreemde man, weet je dat? Hij is nooit echt bij je. Mijn oma heeft me gewaarschuwd: blijf nooit bij een man die niet met je wil trouwen, en ik had naar haar moeten luisteren. Maar hé, ik heb er wel een mooi huis aan overgehouden, toch?'

‘Je bent mijn vriend geweest,’ antwoordde
Charlotte.
‘Dat is op zichzelf een enorm iets.’

– E.B. WHITE

Het was niet haar boerderij op het platteland van Pennsylvania.

Ze was een oude vriendin, een omstander en de onofficiële oppas, dus Bridget kon nergens een claim op leggen. Maar na tweeëndertig uur intercontinentaal reizen met een zweterige peuter aan haar lichaam vastgeplakt, na vijf maanden – misschien eigenlijk wel ruim twee jaar – waarin er een stilstand was geweest, liep ze in de schaduw van de wilgen over het erf en voelde zich thuis.

Ze had niet geweten dat ze van oude boerderijen hield, met tien hectare weilanden, grasvelden en bossen, omgebouwde schuren, gastenverblijven, opslagkelders en ijshuizen. Ze had nooit naar zulke dingen verlangd, maar terwijl ze met Bailey op haar heup de plek verkende, ontdekte ze dat het misschien wel zo was.

Misschien kwam het doordat alles op die perfecte eerste lentedag in bloei stond. Misschien kwam het doordat Tibby dit had uitgezocht en had besloten om het 'thuis' te noemen. Misschien kwam het door dat kleine wezentje dat in haar baarmoeder zat en dat haar steeds meer gezelschap ging houden.

'We kunnen hier dieren houden,' zei Bridget tegen Bailey terwijl ze in de donkere stallen op de begane grond van de schuur tuurde. 'Het is net *Charlotte's Web.* We kunnen varkens nemen en schapen en ezels. En paarden.' Ze stond er zelf van te kijken dat ze het woordje 'we' gebruikte.

'En ook...' Bailey deed haar best om de woorden in de goede volgorde uit te spreken. 'Een 'pin.'

'Ik denk dat we al een heleboel spinnen hebben,' zei Bridget, en ze wees opgewonden naar de schitterende spinnenwebben in de hoeken van de stal, alsof ze de loterij hadden gewonnen. Ze liep met Bailey op haar arm over het erf, waaromheen de gebouwen met de overhangende daken bij elkaar stonden.

'Hier kunnen we een moestuin maken. We kunnen tomaten en aardbeien en pompoenen kweken.'

'Bananen?'

'Nou, bananen misschien niet, maar die kunnen we kopen.'

Brian was in de keuken, die nog bijna helemaal leeg was, en probeerde een hapje in elkaar te flansen voor Bailey. Bridget zette Bailey op het aanrecht.

'Hebben jullie dit gekocht?' vroeg ze aan Brian.

'Dit huis? Deze boerderij bedoel je?'

'Ja.'

'Ja.'

'Het hele complex?'

'Tibby was onmiddellijk verliefd toen ze de foto's zag.'

'Wauw.' Het was geen luxe plek. Bridget wist dat het geen miljoen of zo had gekost, maar toch.

'En doordat ik klaar ben met het softwareprogramma hoeven we het niet te verkopen.' Zijn gezicht klaarde een beetje op.

'Dat is goed nieuws,' zei ze. Bridget had het idee dat hij haar probeerde te bedanken.

Ze had altijd geweten dat hij extreem goed was met computers. Ze had wel een paar keer geruchten gehoord dat zijn bedrijf het geweldig deed, maar ze had er niet zo veel aandacht aan geschonken. 'Wat voor een soort programma is het?' Ze wist niet waarom ze daar niet eerder naar had gevraagd.

'Het is een spelletje. Een simulatieprogramma.' Brian zocht in zijn zak en gaf haar een paar sleutels. 'Ik ben nog niet in het ijshuis geweest. Ik heb het alleen op de foto's gezien. Ik ben benieuwd wat jij ervan vindt. Wil je kijken?'

Ze liet Bailey bij Brian en slenterde door het gras. Het ijshuis was het laatste gebouw. Het stond aan de rand van het bos, bijna twintig meter van het hoofdgebouw vandaan. Toen ze dichterbij kwam, zag ze dat er langs de lange zijde een riviertje stroomde.

Het was een miniatuurhuis, met overhangende daken zoals de boerderij, en het was een beetje langwerpig. Ze wilde de sleutel in het slot steken maar merkte dat de deur niet dicht was, dus duwde ze hem open.

Ze stond in de deuropening, verbijsterd en een beetje in de war. Ze had het idee dat ze het al eerder had gezien, of misschien had ze erover gedroomd. De begane grond bestond uit twee eenvoudige rechthoekige kamers. De grote kamer had aan één kant een open keuken en de kleine kamer baadde in het licht, dat via een dakraam binnenviel. Boven was een loft waar je met een ladder kon komen. Vanaf beneden kon Bridget zien dat het hoog was en wit en open, met schuine muren en een dakraam waardoor je de takken van de bomen en de hemel kon zien.

Ze klom de ladder op en toen weer af. Ze liep door de kleine kamer op de begane grond en ontdekte dat er nog een deur was. Ze deed hem open en zag een kleine serre die over de beek helde en vanwaaruit je zo het bos in keek. Ze liep naar binnen en kon het bijna niet geloven. Ze had nooit kunnen bedenken dat een gesloten ruimte zo verschrikkelijk mooi kon zijn. Er stond een oud ijzeren ligbankje tegen de muur. Als je naar de hoek ging en naar beneden keek, kon je het water onder je door zien stromen. Ze kon het bijna niet bevatten; de geur van het bos, het geluid van het stromende water, de bijzondere lichtval. Het was zo perfect dat het bijna pijn deed.

Een beetje duizelig liep ze terug naar de keuken van de boerderij en wilde Brian de sleutels teruggeven. Hij pakte ze niet aan.

'Hoe vind je het?'

'Het is perfect.'

'Tibby dacht al dat je dat zou zeggen.'

Toen de trein in Toccoa stopte, net voorbij de grens van de staat Georgia, moesten ze afscheid nemen van assistent-conducteur Kevin en kregen ze assistent-conducteur Lee. Lee had iets militairs, vond Carmen; het eerste wat hij deed was de reizigers om hun identiteitsbewijzen vragen.

Carmen haalde haar rijbewijs tevoorschijn, dat gelukkig nog geldig bleek te zijn. Lee bekeek haar papieren en haar vervoersbewijs uitvoerig. Hij keek naar haar alsof ze iets voor hem achterhield. Dit keer kom je ermee weg, leek hij met zijn blik te willen zeggen toen hij verder ging.

Carmen luisterde maar half toen de vader schuin tegenover haar de snel pratende Lee probeerde te volgen. Hij pakte zijn portemonnee en haalde zijn rijbewijs eruit. Toen pakte hij zijn koffer en haalde zijn paspoort tevoorschijn. Carmen kon zien dat het geen Amerikaans paspoort was, maar wat voor een paspoort het wel was wist ze niet.

Lee begon ongeduldig te worden toen de vader de treinkaartjes niet kon vinden. Uiteindelijk vond hij ze in Pablo's kleurboek. Assistent-conducteur Lee kon niet glimlachen om de felgekleurde krassen op de kaartjes. Zijn stem klonk steeds harder.

'U begrijpt kennelijk niet, meneer...' Lee hield het rijbewijs vlak voor zijn neus. 'Meneer Moyo, dat ik ook papieren nodig heb van de kinderen.'

Carmen ging rechtop zitten. Lee praatte nu zo hard dat de hele coupé kon meeluisteren.

De vader begreep hem niet en keek verward. Hij liet de treinkaartjes nog een keer zien. 'Kijk maar... voor de jongen...' zei hij. Hij had geen echt kaartje voor Clara maar een soort speciale babyvoucher. 'De baby... klein.'

'Ik zie de kaartjes. Ik hoef de kaartjes niet nóg een keer te zien.'

De vader keek hem verward aan.

'Begrijpt u eigenlijk wel wat ik zeg? Meneer Moyo? Ik wil papieren van de kinderen zien. Zijn dit uw kinderen?'

Lee sprak zo snel en luid dat Carmen wel begreep dat het gebrekkige Engels van de vader hem in de steek liet. Ze voelde haar hart en hoofd bonzen. Ze was blij dat de kinderen lagen te slapen.

'Sorry,' zei de vader voorzichtig.

'Zijn dit uw kinderen?'

Het gezicht van de vader verstijfde even. 'Ja, mijn kinderen,' zei hij uiteindelijk.

'Dank u,' zuchtte Lee. 'En wat ik nodig heb is een bewijs dat dit uw kinderen zijn en dat u het recht hebt om met ze te reizen. Als u dat niet kunt aantonen, dan moet ik u uit de trein zetten.'

De vader schudde zijn hoofd. 'Pardon?'

'Dan moet ik u uit de trein zetten.'

Carmen kon het niet langer aanhoren. Ze stond op. 'Sorry, meneer eh... Lee,' zei ze. Ze had zin om hem een klootzak te noemen, maar ze hield zich in. 'Zo te horen spreekt u niet zo goed Spaans, en meneer Moyo's Engels is niet toereikend voor uw spervuur, dus misschien kan ik helpen,' ging ze rustiger en vriendelijker verder. 'Wat heeft u precies nodig van meneer Moyo?'

Assistent-conducteur Lee keek haar aan. Hij leek niet zeker te weten of ze hem nou beledigde of niet. 'Ik doe mijn werk, mevrouw,' snauwde hij, 'en wat ik nodig heb is een geldig legitimatiebewijs van de kinderen.'

De vader keek van de een naar de ander.

Carmen keek de vader vriendelijk aan en haar blik was duidelijk niet bedoeld voor Lee. Ze glimlachte naar hem. Toen zei ze snel in het Spaans: 'Deze man is een klootzak, maar hij laat u niet met rust totdat hij een soort identificatiebewijs van de kinderen heeft gezien. Hebt u iets? Paspoorten? Geboortebewijzen?'

De vader keek haar verbaasd aan. 'O, wil hij dat zien?' antwoordde hij in het Spaans. 'Natuurlijk heb ik dat. Sorry, dat begreep ik niet. Ik heb de geboortecertificaten in mijn koffer.'

Carmen hielp hem om de spullen uit zijn koffer vast te houden zodat hij de certificaten snel kon pakken. Hij overhandigde ze aan assistent-conducteur Lee, die ze met tegenzin bekeek. 'Als u in dit land blijft, dan moet u de taal leren spreken,' mompelde hij terwijl hij naar de volgende coupé ging.

Carmen schudde haar hoofd. De vader zuchtte opgelucht. Hij stak zijn hand uit. 'Roberto,' zei hij.

'Carmen,' antwoordde ze terwijl ze hem een hand gaf.

Ze ging weer op haar plek zitten en keek naar buiten. Toen ze haar blik naar het gangpad liet dwalen, merkte ze dat hij nu degene was die naar haar keek. 'Dank je, Carmen,' zei hij ernstig.

'Geen dank,' zei ze, ook op een serieuze toon.

Toen ze haar ogen dichtdeed zag ze nog steeds hoe hij naar haar had gekeken. Er was iets in zijn blik wat haar raakte, niet per se onaangenaam, maar zo dat het haar niet losliet. Wat was dat? Iets wat haar ergens diep in haar persoonlijkheid raakte, een deel van haar dat ze bijna was vergeten. Ze moest uitzoeken hoe dat zat.

Ze keek naar de bomen die kilometer na kilometer voorbijschoten, en toen plotseling een open meer, dat het volgende moment alweer verdwenen was. Uiteindelijk kwam ze erachter. Of ze kwam er in elk geval achter waar het mee te maken had: Roberto keek haar aan alsof ze een volwassene was. Even had hij haar over de grens gebracht om met hem aan de andere kant te staan. Hij had respectvol naar haar gekeken.

Dat was het geweest. En het effect dat het op haar had was niet te overzien.

Lena's adrenaline was niet erg handig bij het uitstippelen van stap twee van haar plan. Ze had een leven van controle en beheersing opzij moeten zetten en was naar Londen gegaan met de leeuwenknopen van haar opa en bewapend met bliksemschichten, en nu had ze niets om ze op af te vuren.

Zou Kostos nog op zijn werk zijn? Zou ze hem daar kunnen vinden? Ze zag zichzelf het financiële fort binnengaan en in de gang, voor het oog van vijf secretaresses, zouden ze elkaar opnieuw zien. Wauw, dat zou wat zijn.

Het was maandagavond zes uur. Het zou kunnen dat hij daar nog was. Hij had haar een keer een brief gestuurd in een envelop van zijn werk, dus ze had het adres. Via Inlichtingen kwam ze aan het nummer en belde.

'Mag ik Kostos Dounas van u?' vroeg ze nadat ze een receptioniste had gesproken en was doorverbonden. De vrouw die ze nu aan de lijn had was zeker zijn secretaresse.

'Het spijt me, maar hij is er niet.'

Lena voelde haar donderbui een beetje afzwakken. 'Is hij er morgen?'

Er viel een ongemakkelijke stilte. 'Nee, dat denk ik niet, nee. Volgens mij is hij op het moment in het buitenland.'

'Weet u wanneer hij terug is?'

'Nee, ik ben bang van niet.'

'Oké, weet u misschien–'

'Het spijt me, maar ik kan u verder geen informatie geven.'

Zou hij in Griekenland zijn? Dat was een mogelijkheid. Ze had het nummer van zijn huis op Santorini, dus belde ze.

Nadat de telefoon een paar keer was overgegaan, elke toon hoopvoller dan de vorige, hoorde ze een schorre stem. Ze kende de stem

'Spreek ik met Aleta?' vroeg Lena in het Grieks.

'Ja, met wie spreek ik?'

'Met Lena Kaligaris. Een vriendin van Kostos. Is hij er?'

'Nee, hij is er niet. Ik heb hem twee dagen geleden gesproken. Hij zei dat hij op reis ging. Hij had geen idee wanneer hij terug zou komen.'

'O. En zei hij ook waar hij naartoe zou gaan?'

'Nee, dat heeft hij niet gezegd.'

En je kunt niet altijd een vers ei blijven.
We moeten uitgebroed worden of bederven.

– C.S. LEWIS

Carmen gaf Clara haar middagflesje, en omdat Pablo het zo heel graag wilde kreeg ze ook een paar kleine stukjes appel met kaas. Clara wilde er liever mee spelen dan ze opeten en spuugde de helft weer uit, maar Pablo was opgetogen.

'Lekker, hè?' zei hij in het Engels tegen zijn zusje. Het was grappig dat hij kennelijk zeker wist dat zijn zusje lekker vond wat hij lekker vond. Carmen bedacht dat Pablo nog niet zo heel lang geleden even klein was geweest als Clara en dat hij haar daarom misschien serieuzer nam en er niet aan twijfelde dat zij het ook lekker vond.

Ze probeerde Pablo te leren kwartetten terwijl Roberto met Clara op en neer door het gangpad liep. Daarna gingen ze pesten, wat iets beter ging. Pablo had het de helft van de keren verkeerd, maar hij wilde duidelijk winnen. Ze moest haar best doen niet te lachen om zijn gespannen uitdrukking als hij dacht dat hij een kaart van haar had gewonnen.

Roberto kwam met wraps en broodjes en frisdrank terug en Carmen at haar wrap gulzig op. Ze realiseerde zich dat dit voor het eerst in jaren was dat ze iets in haar mond had gestoken zonder dat ze eerst het aantal calorieën had uitgerekend en sinds haar tiende had ze alleen nog maar lightfrisdrank gedronken.

De auditie leek oneindig ver weg, en feitelijk was dat ook zo. Ze wilde niet dat de trein sneller reed dan hij reed.

Ze kwam erachter dat Roberto oorspronkelijk uit Chili kwam, maar dat hij in de loop van zijn leven steeds meer naar het noorden was gegaan. Hij had in Colombia gewoond en een tijdje in Costa Rica, daarna was hij in Mexico naar de universiteit gegaan en daar was hij gebleven tot hij vier jaar geleden zijn vrouw had leren kennen. Toen was hij naar Texas verhuisd om bij haar te kunnen zijn.

Carmen kauwde op haar caesar-saladwrap en vroeg zich af hoe het zat met zijn vrouw. Wat voor iemand zou het zijn? Het leek haar een ontzettend bevoorrechte positie om de vrouw van deze man te zijn en de moeder van deze kinderen. Carmen zag een hooggeplaatste rechter voor zich met het lichaam van Salma Hayek.

Ze had Roberto niet met een telefoon gezien. Hij moest er een hebben. Had zijn vrouw hem gebeld? Had hij haar gebeld? Misschien toen hij door de trein liep. Of misschien waren zij niet zo'n stel dat elkaar elk moment belde, zoals zij en Jones.

Carmen vroeg zich af hoe vaak Jones haar de afgelopen twee dagen had gebeld en hoeveel sms'jes hij haar had gestuurd. Wat zou hij denken? Ze moest hem op de een of andere manier zien te bellen, bedacht ze, en aan de andere kant was hij letterlijk en figuurlijk mijlenver weg. Vliegtuigen dropten je gewoon op een andere plek, zonder dat ze je echt ergens anders naartoe brachten. Als je met de trein reisde had je pas echt een idee van de afstand.

Met Clara op haar schoot keek ze naar de ondergaande zon. Ze gaf Clara duizend zoentjes op haar hoofd en hoopte maar dat Clara's moeder het niet erg zou vinden. Ze neuriede en zong de liedjes die ze zich van haar eigen moeder herinnerde. De meeste waren in het Spaans en als ze de woorden niet meer wist, verzon ze onzinwoorden. Ze werd een paar keer terechtgewezen door meneer Pablo, die de juiste woorden ook niet wist, maar die wel begreep dat ze van het script afweek.

Uiteindelijk werd het rustig en donker in de trein. Carmen wist niet meer hoe ze straks verder moest zonder het ritmische geluid van de wielen op de rails en het geruis onder haar voeten. Het was alsof ze een extern circulatiesysteem had ontwikkeld met een eigen beschermend hart dat klopte.

Roberto legde de slapende baby in haar kinderzitje op de vloer voor hun rij. Hij legde Pablo op de twee stoelen en dekte hem toe met een deken.

Carmen keek bewonderend toe. Roberto was echt toegewijd als het om zijn kinderen ging. De meeste vaders die ze had gezien deden dit soort dingen een beetje onhandig of alleen voor de show, alsof ze ondertussen wachtten tot de moeder het zou overnemen voordat ze er echt een zootje van maakten. Haar stiefvader, David, was een beetje zo. Maar bij Roberto leek het of hij al die handelingen al duizenden keren had verricht. Misschien zat dat gewoon in hem.

Hij stond in het gangpad en toen hij zag dat de kinderen goed lagen, keerde hij zich naar Carmen en vroeg: 'Vind je het goed als ik even hier kom zitten?'

'Natuurlijk,' zei ze. Ze zette haar handtas opzij. Ze dacht aan haar angst toen ze net in de trein was gestapt en niet wilde dat er iemand naast haar kwam zitten. Nu wilde ze niets liever.

'Wacht,' zei hij voordat hij ging zitten. 'Ik ben zo terug.'

Toen hij terugkwam had hij twee flesjes Heineken en een brownie bij zich. Hij ging zitten en zij klapte het tafeltje uit zodat ze de spullen konden neerzetten. Hij deelde de brownie in tweeën en zij nam een slokje bier en genoot van de knusheid.

'En vertel,' begon hij in het Spaans, 'waar kom je vandaan en hoe komt het dat je Spaans spreekt alsof het je moedertaal is?'

Ze vond het fijn om iets te vertellen. Ze vertelde hem over haar moeder, die als tiener met haar familie uit Puerto Rico was gekomen. Ze vertelde hem dat ze was opgegroeid buiten D.C., in Bethesda.

Ze vertelde hem over de Septembers, maar ze vertelde het met gedeeltelijk geheugenverlies. Ze kon geen beeld van haar leven schetsen zonder het over hen te hebben, dus koos ze nu alleen voor de gelukkige verhalen. Maar niet helemaal, want ze vertelde hem ook over de scheiding van haar ouders, de verhuizing van haar vader. Normaal gesproken vertelde ze dit verhaal alsof het iemand anders was overkomen, maar nu wist ze dat het over haar ging. Misschien kwam dat doordat dit verhaal een plaats was gezakt in de hiërarchie van de tragedies in haar leven. Ze koos voor deze tragedie als dat haar de kans gaf om grotere tragedies te laten liggen.

Ze vertelde hem over haar latere jeugd, haar vreemde fases, de eerste zomer van de Reizende Spijkerbroek en uiteindelijk de laatste. Het verbaasde haar dat ze zo open was. De steen door het raam, haar vaders huwelijk, de eerste zomer van David, haar moeders huwelijk. Eindexamen, de geboorte van Ryan, het eerste jaar aan Williams, de eerste rampzalige reis naar Griekenland. En daar besloot ze te stoppen.

Roberto luisterde aandachtig. Als hij vond dat er iets niet helemaal consequent was, dan liet hij dat niet blijken. Hij had een natuurlijke vriendelijkheid over zich. Zijn uitdrukking leek te reageren op elke draai in het verhaal.

Toen ze stopte, merkte ze dat haar flesje leeg was en dat van hem ook. De brownie was allang op. Ze wurmde zich langs hem om naar de dinette te gaan en een volgend rondje te halen. Toen ze terugkwam keek hij nog steeds bedachtzaam.

Ze wurmde zich weer langs hem en gaf hem zijn biertje. 'En nu jij,' zei ze. 'Vertel me jouw verhaal.'

Hij gehoorzaamde. Hij vertelde over zijn eerste herinneringen in een klein dorpje in de bergen waar hij was geboren. Hij was de jongste van vier kinderen, de enige jongen.

Carmen onderbrak hem even om te vertellen dat zij ook de jongste was, en onmiddellijk daarna bedacht ze dat dat feitelijk niet klopte. Roberto sprak haar er niet op aan.

Hij legde uit dat zijn ouders hippies waren geweest. Ze waren allebei in de stad opgegroeid en kwamen uit hoogopgeleide families, maar al snel na hun huwelijk hadden ze besloten dat zijn vader boer zou moeten zijn en zijn moeder dichteres, en dat ze zouden leven van de opbrengst van het land en hun goede verstand. Na een paar magere jaren accepteerde het gezin het feit dat ze stadsmensen waren. Zijn vader wist niet hoe hij boer moest zijn en zijn moeder wist eigenlijk ook niet zo goed hoe het was om een dichteres te zijn. Ze gingen terug naar Santiago en uiteindelijk kreeg zijn vader een baan in een fabriek in Bogotá. Daar hadden ze geen honger, maar echt gelukkig waren ze niet, vertelde hij.

Hij pakte de droom van zijn ouders op, zoals kinderen wel vaker doen, zei hij. Hij wilde dichter worden. Hij raakte betrokken bij de politiek, en dat liep niet goed af. Hij zat twee weken in de gevangenis en trok zich toen uit de hele scene terug. Hij verhuisde naar Costa Rica en leerde daar surfen. Hij was er goed in, zei hij, waaruit zij opmaakte dat hij waarschijnlijk wereldkampioen was geworden. Hij gaf surfles aan rijke toeristen in een chic resort en kwam erachter dat hij zijn tijd verdeed. Hij verhuisde naar Mexico Stad en meldde zich aan bij de Universidad Nacional Autónoma. Hij studeerde literatuur en economie, haalde zijn graad en promoveerde. En toen ontmoette hij zijn vrouw, Teresa.

Op dit punt veranderde zijn uitdrukking. Zijn verhaal eindigde een beetje abrupt, misschien net zoals haar verhaal was geëindigd. Hij keek uit het raam naar de maan, die bijna vol was, en zij keek naar de zijkant van zijn gezicht. Ze dacht dat ze het zou weten als hij wilde dat ze doorvroeg, maar die indruk kreeg ze niet.

Ze trok haar voeten onder zich. Ze hoorde de conducteur een stop aankondigen in Tuscaloosa, Alabama. Ze dacht aan Bee en haar oma Greta, die hier niet ver vandaan woonden. Ze vroeg zich af waar Bee was en ze miste haar zo vreselijk. Dat had ze zichzelf niet meer toegestaan sinds die dag in Griekenland toen hun leven tot stilstand was gekomen.

Na een lange stilte pakte Roberto zijn verhaal weer op, maar toen hij verderging, klonk zijn stem een beetje anders. Ze merkte dat ze hem wilde aanraken. Niet op een seksuele of ongepaste manier. Ze wilde contact met hem maken om hem te steunen, al wist ze niet waarom.

Teresa was een Mexicaans-Amerikaanse uit Texas. Ze was een literatuurstudente en ceramiste.

Wás, hoorde Carmen. Was.

Ze trouwden in El Paso. Hij zocht een baan. Ze woonden bij haar ouders. Ze kregen Pablo. Roberto vertelde deze dingen met bijzonder weinig emotie. Hij wilde teruggaan naar Mexico, waar hij aan de universiteit kon lesgeven, maar zij vond dat hij eerst Amerikaans burger moest worden, wat hij deed. Hij was een tijdje manager van een tapijtwinkel. Ze kregen Clara.

Hij stopte weer even. Ze legde haar hand op zijn hand. Er kwam iets aan waar ze bang voor was. 'Je hoeft niet verder te vertellen,' zei ze. Ze moest slikken en voelde tranen in haar ogen opkomen, terwijl ze niet eens wist waarom. Ze hadden de gelukkige hoofdstukken gehad. Ze wist waar dit naartoe ging.

Wat een vreemde nacht was dit. Ze moesten alles vertellen. De volgende ochtend zouden ze in New Orleans aankomen en het voelde alsof dit de laatste nacht op aarde was. De kilometers gingen te snel. Het was alsof ze alles aan elkaar moesten vertellen voordat ze afscheid konden nemen. Hun paden hadden zich gekruist, hadden een aantal uren parallel gelopen, en de volgende ochtend zou het lot hen ieder weer hun eigen kant op sturen. Ze hadden alleen nu de kans om het allemaal te vertellen, om het medeleven van een vreemde te winnen.

'Toen Clara zes weken oud was, gingen we naar Mexico Stad zodat haar grootouders haar konden zien. Teresa ging met vrienden uit eten.' Hij stopte. Ze hoorde zijn ademhaling. Niet langer gelijkmatig. 'Ze was onderweg naar huis. Ze werd door een vrachtwagen aangereden op de Paseo de la Reforma.'

Carmen kneep met beide handen in zijn hand, te hard waarschijnlijk. Als hij dapper genoeg was om het te vertellen, god, dan moest zij dapper genoeg zijn om te luisteren. Ze vond het pijnlijk om naar zijn gezicht te kijken. Ze wist hoe dit verhaal zou eindigen.

Waarom zou een man in zijn eentje zo'n lange treinreis

maken met twee kleine kinderen bij zich als hij een vrouw had? Dat zou hij niet doen. Zijn vrouw had hem niet gebeld op zijn mobiele telefoon. Roberto's handelingen als hij de kinderen verzorgde zagen er zo natuurlijk uit omdat dat was wat hij deed. Hij had die handelingen al duizenden keren uitgevoerd, niet voor de show en niet omdat de moeder even weg was, want er was geen moeder.

Hij liet zijn kin op zijn borst zakken. Zij hield zijn hand vast. Hij kwam overeind en liep de coupé uit. Ze keek naar zijn rug, naar de vorm van zijn schouders, naar het ritme waarmee hij liep.

Het was vreemd dat ze na vierentwintig uur met hem in de trein te hebben gezeten hem beter kende dan Jones in drieënhalf jaar. Ze wist niet alleen meer over Roberto; ze kende hem. Hij had haar zijn zwakke plekken laten zien, iets wat Jones nog nooit had gedaan. Misschien had hij die niet.

Toen Roberto even later terugkwam, had hij twee nieuwe biertjes in zijn handen en zijn gezicht was weer normaal. Hij ging naast haar zitten. Hij gaf haar een biertje en hief zijn flesje op om te proosten. Op wat? vroeg ze zich af. *Op alles vertellen.*

Het was de prik van een leeuwenknoop in haar dij toen ze haar benen wilde optrekken in de ongemakkelijke stoel in de wachtruimte van British Airways waardoor ze eraan dacht. Waarom? Dat wist ze niet, maar ze wachtte niet tot het moment voorbij zou gaan. In haar contactenlijst zocht ze de naam op van degene die ze zo lang had genegeerd en belde.

Dit keer werd er opgenomen. 'Hallo?'

'Ef?'

'Lena?'

'Ja, ik ben het.'

'Hé,' zei Effie. Ze klonk op haar hoede en ongewoon koel, maar wat had Lena dan verwacht?

'Het spijt me Effie. Het spijt me echt. Het spijt me dat ik zo lelijk tegen je ben geweest en dat het me zo veel tijd heeft gekost voordat ik dit kon zeggen.'

Eerst zei Effie niets. Lena kon haar horen ademhalen. 'Het was niet allemaal jouw schuld.' Effies stem trilde. 'Je had niet helemaal ongelijk. Ik heb ook fouten gemaakt.'

'Mijn fouten waren veel erger, Ef. Je kwam naar me toe om me te helpen. Je had van alles meegenomen. Je probeerde het echt, en ik niet. Ik gaf je geen enkele kans.'

'Nee, dat deed je inderdaad niet.'

'Nee, dat deed ik niet.'

Effie zei even niets en Lena hoorde dat haar zus haar neus snoot. 'Daarom heb ik die extra tweehonderd dollar die papa en mama me hadden gegeven maar gehouden en heb ik een paar geweldige cowboylaarzen gekocht.'

'Niet!' Lena lachte en Effie snoot nog een keer haar neus.

'Je mag ze wel een keer lenen.'

'Je weet best dat ze me niet passen.'

'Daar heb ik aan gedacht. Ik heb ze extra groot gekocht.'

'O, echt? Dat is lief, Ef.'

'Hé, Len.'

'Mm-mm.'

'Het spijt me van de Reizende Spijkerbroek. Het spijt me echt.'

'Dat weet ik. Het is oké.' Voor de eerste keer meende Lena het toen ze dit zei. Ze wist dat wat er met Tibby was gebeurd niets te maken had met de spijkerbroek. Eigenlijk was ze nu blij dat de spijkerbroek daar in het blauwe water was, bij Tibby.

Ze namen huilend afscheid en Lena keek door de verschrikkelijke terminal, maar voelde zich plotseling een stuk beter. Je kon veel van Effie zeggen, maar je voelde je nooit alleen als zij aan de andere kant van de lijn zat. Ze had gezegd dat ze niet genoeg haar best had gedaan om Lena te helpen, maar dat had ze wel degelijk.

Na hun derde biertje was het Carmens beurt weer. Ze had nog meer te vertellen en Roberto wist dat kennelijk. Hij wachtte op haar.

Ze begon met de eerste paar jaar na college, haar verhuizing naar New York. Ze vertelde hem over de reeks hopeloze baantjes: hostess, jassencontroleur, serveerster, telemarketeer, foodstyliste. Ze vertelde hem over het langste baantje dat ze had gehad (zeven maanden) en het kortste (anderhalf uur). Ze deed verslag van de gelukkige tijd, de twee jaar dat ze met Tibby en Bee in een belachelijk kleine schoenendoos op Avenue C had gewoond, toen Lena vier van de zeven nachten bij hen op de grond had geslapen.

Ze voelde de behoefte om die tijd uit te leggen. Uit te leggen hoe ze toen was. 'Ik was toen... op de een of andere manier groter.'

'Bedoel je... dikker?' vroeg hij, alsof hij zich dat moeilijk kon voorstellen.

'Nee. Nou, dat misschien ook wel, maar wat ik bedoel is dat ik er... was.'

Ze vertelde hem over haar eerste kleine rollen: één woord in de eerste *Sex and the City*-film, dat er ook nog eens uit gesneden werd, zeven woorden in CSI voordat ze werd weggestuurd, een reclame voor een medicijn tegen haaruitval bij vrouwen, waardoor ze twee jaar lang haar huur kon betalen. Ze vertelde alles wat belangrijk voor haar was geweest.

Ze vertelde hem over de ontmoeting met Jones en, niet lang erna, haar rol in *Criminal Court*, waardoor ze bekendheid had gekregen.

Ze stopte even en keek uit het raam. Ze vroeg zich af hoe laat het was. Misschien was dit zo'n nacht dat je helemaal niet ging slapen.

Ze vertelde hem over de periode dat Lydia ziek werd, en weer beter, en toen toch weer ziek. En toen kwam ze bij het moment waarop Tibby vertrokken was, weer verhuisd zoals zo vaak, maar dit keer veel verder weg. Australië was echter niet het probleem geweest, het was het feit dat ze onbereikbaar werd en steeds verder weg leek te zijn. Er was verwarring bij hen allemaal. Wie had Tibby voor het laatst gesproken? Iemand moest met haar praten. Ze hadden in één jaar drie e-mails gekregen en wat ze schreef leek niet eens van haar te komen.

'We zeiden tegen elkaar dat alles oké was. Ik weet niet waarom, maar we dachten dat ze terug zou komen en dat alles dan weer zoals vroeger was en dat ze weer de oude Tibby zou zijn. Ik denk niet dat we de waarheid aankonden, dat ze zich echt van ons had afgekeerd. We wachtten gewoon tot ze er weer zou zijn.' Carmen bracht haar hand naar haar wang.

En toen kwamen de tickets voor Griekenland. De opwinding. Het vliegveld op het eiland. Met z'n drieën samen, bijna springend van opwinding omdat ze Tibby weer zouden zien. Zo veel spanning, zo veel blijheid. Een nieuw leven begon. Dat voelde ze gewoon. En toen. En toen.

Carmen sloeg haar armen om haar benen. Ze leunde met haar kin op haar knie.

En toen het telefoontje. En toen de politie. En toen de ontkenning, en de verwarring, en uiteindelijk het telefoongesprek met haar ouders. Niemand wist meer hoe ze Brian moesten bereiken. En toen de stilte. En de ontdekking van de spullen die ze voor hen had achtergelaten. De afschuwelijke maar incomplete kennis dat het geen gewoon ongeluk was. En toen. En toen. Er was inderdaad een nieuw leven begonnen.

Toen pas tilde ze haar hoofd op en keek naar hem. Haar verdriet was van zijn gezicht af te lezen. Ze zag het duidelijker dan wanneer ze in de spiegel keek. Hij legde zijn grote handen aan weerszijden van haar hoofd en drukte haar tegen zijn borst. Hij hield haar stevig vast en alles viel op zijn plaats.

Terwijl haar hoofd tegen zijn borst lag en hij zijn armen om haar heen had geslagen, reden ze door Hattiesburg, Mississippi, en passeerden ze de grens van Louisiana. Het was een mysterieus iets. Ze wilde heel dicht bij hem zijn, alsof ze hem altijd nodig had gehad en altijd op hem steunde, alsof ze hem niet twee nachten geleden in de trein had ontmoet maar al veel eerder. Alsof hij er altijd was geweest.

Het was de grote eigenaardigheid in haar leven. De mensen van wie ze hield, van wie ze echt hield, waren vanaf het begin af aan bij haar geweest. Vanaf de dag dat ze geboren was had ze niemand aan die groep toegevoegd. Er was een legendarische foto die een paar uur na haar geboorte was gemaakt, een klein rimpelig wezentje in de armen van haar moeder en vader, omringd door de pasgeboren Bridget met Marly, de pasgeboren Tibby met Alice en de pasgeboren Lena met Ari. Vergeleken met Carmen zag de drie weken oude Lena eruit alsof ze klaar was om aan haar rechtenstudie te beginnen. 'We zaten allemaal op jou te wachten!' had haar moeder gezegd toen Carmen voor het eerst bewust naar de foto keek.

En je had de fotocamera vanaf dat moment kunnen laten liggen. Carmens hele leven stond op die foto. Meer beelden waren niet nodig.

Sommige mensen hadden het talent om mensen om zich heen te verzamelen die van ze hielden en van wie zij hielden. Dat talent had Carmen niet ontwikkeld. Natuurlijk had ze veel om Paul gegeven en voelde ze oprechte genegenheid voor David en Lydia. Ze had een keer een echte vonk gevoeld voor een jongen die Win heette, maar haar hart was de meest exclusieve club in de geschiedenis; om echt deel uit te maken van haar leven, moest je Carmen Lowell vanaf de eerste dag gekend hebben.

Ze had geen klein hart, dat was het niet. Dat wist ze. Haar hart was groot. Te groot misschien, te alomvattend, te vernietigend. Maar ze kon niet meer leden toelaten. Als ze het eerlijk aan zichzelf zou vragen, zou ze moeten toegeven dat ze niet echt geloofde dat ze het kon. Hoe kon je anders verklaren waarom ze met Jones was? Waarom ze met Jones zou trouwen? Wat was dat in hemelsnaam voor een idee?

Bovendien betekende een huwelijk met hem dat ze klaar was om zonder bedenkingen een toekomst zonder kinderen tegemoet te gaan. Ze had het opzijgeschoven alsof het niets was. En waarom? Misschien omdat ze niet echt geloofde dat ze van een kind kon houden. Haar hart was compleet, hartelijk dank; ondertekend, dichtgeplakt en gesloten voor nieuwe ondernemingen. Waarom zou dat met een baby anders gaan?

En toen dacht Carmen aan Tibby. Ze dacht aan die zieke, psychische pijn, veroorzaakt door het verlies van Tibby, doordat haar hart kapot was gemaakt – open was gereten en zo erg gewond was geraakt dat geen telefoongesprek, geen sms'je van Jones, geen huwelijksvoorbereidingen of dure jurk haar hart nog konden sluiten. En misschien was je hart sluiten ook geen goed idee.

Met één oog zag ze de eerste schaduwen van de zon die tevoorschijn kwam. Hier zat ze, met die vreemde man die zijn armen om haar heen had geslagen, die ze tot in haar poriën voelde, en ze vroeg zich af of er misschien een tragedie voor nodig was om een nieuw lid tot je hart toe te laten.

Kijk, ik geef geen lezingen of iets kleins voor
liefdadigheid,
als ik geef dan geef ik mezelf.

– WALT WHITMAN

Omdat de verhuiswagen pas de volgende dag kwam en van de nieuwe spullen alleen nog de matrassen waren afgeleverd, gingen Bridget, Bailey en Brian naar een pizzeria in het dorp.

Bailey at drie happen pizza en een stukje pepperoni en viel toen in slaap op Bridgets schoot. Hierdoor bleven Brian en Bridget met veel pizza en een hoop stilte zitten.

Bridget was opgewonden. Misschien door de boerderij, door het ijshuis, omdat Brian had gezegd dat ze haar spullen daar neer kon zetten. Door Tibby's geheimzinnige plannen, door het ontbreken van verbanden. Misschien was het bot om Brian te overvallen boven de pizza en over het hoofd van zijn dochter, maar ze kon haar vragen niet langer binnen houden.

Ze was zelf een beetje verrast door de eerste vraag die uit haar mond kwam. 'Waarom vertelde Tibby ons niet dat ze zwanger was? Waarom heeft ze niks gezegd toen Bailey werd geboren?'

Brian keek haar aan met een blik die moeilijk viel in te schatten. Bijna alsof hij dacht dat ze met hem speelde, van hem verlangde dat hij dingen vertelde die ze al wist. 'Omdat ze er toen ook achter kwam dat ze ziek was.'

'Ziek.' Het woord draaide rond in haar hoofd als een

munt op een tafel voordat hij stilligt. Ze had het gevoel dat ze het woord bijna kon zien draaien, steeds langzamer en zwaarder. Ze wist niet wat ze ermee aan moest. Ze voelde aan dat ze voorzichtig moest zijn. 'Hoe bedoel je, ziek?'

Daar was de gepijnigde blik weer, zijn ongeduld. 'Zoals ik het zeg. Ziek. De ziekte van Huntington. We kwamen er op dat moment achter.'

Bridget haalde diep adem. Ze keek naar beneden, naar Baileys vredige gezichtje, en keek weer op. Ze had het gevoel dat ze in een ijskoude, wilde zee stond te praten. Ze deed haar haar achter haar oor. 'Wat is de ziekte van Huntington?'

Brian kneep zijn ogen een beetje samen. Hij moest op dat moment begrijpen dat ze hem geen retorische vragen stelde. Ze staarden elkaar aan en hielden elkaar op de een of andere manier op afstand. Geen van hen raakte iets aan of bewoog of kauwde.

'Het is een voortschrijdende ziekte,' zei hij uiteindelijk, alsof dat vanzelf sprak en zij het zou moeten weten. 'Daar is ze aan doodgegaan.'

Het zou onmogelijk zijn om alle plekken te volgen waar haar gedachten heen gingen. Haar ademhaling werd oppervlakkig. Ze kon alleen maar hopen dat ze de ene gedachte na de andere kon plaatsen.

'Zijn jullie daarom naar Australië gegaan?'

Brian schoof zijn bord opzij. 'We gingen in oktober voor mijn werk naar Australië. We dachten dat we drie maanden zouden blijven en dan terug zouden komen. In november kwamen we erachter dat ze zwanger was en deden ze een paar onderzoeken.' Zijn hand beefde toen hij zijn biertje pakte. 'Voor kerst werd de diagnose bevestigd. Het enige goede nieuws was dat de baby het gen niet bij zich droeg.

Ik moest er toen niet aan denken om een baby te krijgen, maar Tibby moest er niet aan denken om haar niet te krijgen, wat het ook lichamelijk met haar zou doen. Ze was daarna echter wel bang om terug te gaan. Daar leek niets echt, maar jullie drie en haar ouders en thuis, dat was wel echt. Ze peinsde over hoe ze het aan jullie moest vertellen, wat ze moest zeggen. Ze kon jullie drie of haar moeder niet over de baby vertellen en niet over haar ziekte. Ze wilde het ook niet per telefoon vertellen. Ze wilde het persoonlijk vertellen. Ze wilde dat jullie de baby zagen, en toch was ze bang, omdat ze niet wilde dat jullie zagen wat er met haar aan de hand was. Ik denk dat ze ook wilde dat jullie je haar herinnerden zoals ze was geweest.'

Bridgets bevende handen lagen in haar schoot. Het trillen trok door naar haar voeten en haar schouders en haar kin, en ze hield haar kiezen op elkaar omdat ze klapperden.

'Toen duurde het nog een tijd voordat we alles hadden geregeld. We moesten hier een dokter vinden en een plek waar ze behandeld kon worden. Het duurde een tijd voordat we hier een plek hadden gevonden waar we wilden gaan wonen.'

'Ze wist dat ze dood zou gaan,' zei Bridget langzaam.

'Maar ik denk niet dat ze wist dat het zo snel zou gaan. Dat het tijdens jullie reis naar Griekenland zou gebeuren. Het is belangrijk dat je dat weet. Ik maakte me zorgen om haar, maar zij was ervan overtuigd dat ze sterk genoeg was om op reis te gaan. Ze dacht niet dat het dan zou gebeuren. Na Griekenland, nadat ze het jullie allemaal zou hebben verteld, zou ze naar D.C. vliegen en het haar familie vertellen. Bailey en ik zouden haar daar zien. Ze wilde trouwen met jullie allemaal erbij. We kochten dit huis. We dachten dat ze het in elk geval nog zou zien. Daarna zou ze naar een hospice gaan. Ze ging achteruit. We wisten dat het ging gebeuren. We dachten niet dat het zo snel zou gaan.' Toen hij ophield met praten ontspande hij zijn handen, die hij de hele tijd had gebald. Bridget zag de nagelafdrukken in het vlees staan.

Bridget pakte zijn handen.

Hij trok ze terug. 'Je kunt je niet voorstellen hoelang ze bezig is geweest om plannen te maken en brieven aan jullie te schrijven. Ik dacht dat jullie alles wisten.' Hij nam een flinke slok bier. Hij zuchtte diep. Het leek zijn tranen terug te dringen. De afstand kwam weer terug en ze kon het niet. Ze kon haar gezicht niet stilhouden. Ze kon niet normaal ademhalen. Ze begreep het nauwelijks. Ze wilde hem niet vertellen hoe ver Tibby's plannen waren gegaan, dat ze haar niet meer levend hadden gezien.

Hij keek haar met een lege blik aan, alsof hij duidelijk wilde maken dat hij zijn pijn niet met haar wilde delen. Ze kon niets bedenken wat ze met hem wilde delen. Hij kon het beter alleen doen. 'Wat dachten jullie dan dat er was gebeurd?'

Ze dacht aan alle dingen die door haar hoofd waren gegaan, en al die conclusies die ze daaraan had verbonden. Het was moeilijk om dat weer allemaal uit elkaar te halen, om ze bij te stellen.

Tibby was de zee niet in gegaan om te sterven. Misschien was ze gaan zwemmen om nog één keer dat magische gevoel te ervaren dat ze hadden gehad toen ze tien jaar geleden bij Ammoudi waren gaan zwemmen. Misschien wilde ze dat nog één keer meemaken, omdat het zo bijzonder was geweest. Tibby was ziek en waarschijnlijk was ze zwakker dan ze had gedacht, maar ze was niet van plan om dood te gaan.

Ze keek op naar Brian en had moeite om zich te focussen op zijn gezicht. Ze zou hem niet vertellen wat ze hadden gedacht. Wat ze hadden aangenomen. Wat ze allemaal dachten dat ze wisten en waar ze onder geleden hadden, maar wat ze niet hadden uitgesproken. Ze voelde haar kin trillen en drukte haar lippen op elkaar. 'We wisten het niet.'

Het laatste hoofdstuk van Roberto's verhaal vertelde hij terwijl de kinderen nog lagen te slapen, en de zon kroop omhoog uit Lake Pontchartrain. Er waren nog de laatste refreinen, de coda's die gezongen moesten worden, voordat je kon zeggen dat het klaar was.

Hij had in Queens een baan als manager in een garage gevonden. Ze woonden bij zijn oom, de broer van zijn moeder, die al oud was, en Roberto volgde in de avonduren Engelse les. Ze konden zich geen eigen huis veroorloven. Hij kon geen kinderdagverblijf betalen. Teresa's zus woonde met haar man in Metairie en had aangeboden om tot september voor de kinderen te zorgen, zodat hij vijf maanden had om geld te sparen en zijn leven op orde kon brengen.

'En daar breng je ze nu naartoe?' Ze voelde hoe erg dit voor hem moest zijn.

'Ja, ik denk dat dit het ergste van alles is.'

Het drong tot haar door wat dit voor hem betekende en hoe ver dit afstond van slijmen bij het echtpaar Shaws op een benefietfeest. Dit was een leven waar je wel een paar volwassenen nodig had.

Een tijdje zeiden ze niets. Ze wachtten tot de trein het grote meer over was en tot de kinderen wakker zouden worden. Er was geen nacht meer die hen kon verbergen en die ruimte voor hen maakte. Ze konden zich net zo goed naar het einde haasten.

'En hoe is het met Jones afgelopen?' vroeg Roberto uiteindelijk.

'O, het is de bedoeling dat ik volgende maand met hem trouw.'

Roberto keek haar verbaasd aan. 'Echt?'

'Ja.' Ze haalde haar schouders op. 'Maar dat ga ik niet doen.'

'Nee?'

'Nee.'

'Weet hij dat?'

'Nog niet. Ik moet het hem vertellen.' Ze plukte aan de harde huid rond haar duimnagel. Vergeleken met alle andere dingen was een bruiloft afzeggen niet zo vreselijk belangrijk. 'Eerlijk waar, ik denk niet eens dat hij het heel erg vindt.'

Carmen moest in een razend tempo de sfeer van New Orleans in zich opnemen. Volgens de strikte orders van haar manager moest ze praten zoals de mensen hier, lopen zoals de mensen hier, eten zoals de mensen hier (maar vooral niet iets waar je dik van kon worden), en op z'n minst één begraafplaats bezoeken. En tussendoor moest ze op de een of andere manier het script nog lezen.

Het probleem was echter dat ze geen afscheid van hen kon nemen. Terwijl ze door het treinstation naar het busstation van de RTA liepen, had ze Clara op haar ene arm en sleepte ze met de andere haar trolley achter zich aan, terwijl Pablo haar aan haar vrije pink vasthield. Roberto droeg twee gigantische tassen, één grote tas, een luiertas en een kinderzitje.

Hoe moest Roberto dit in zijn eentje doen? Carmen wist dat hij het de laatste acht maanden alleen had gedaan, maar nu was zij er om zich zorgen te maken over elk klein moment: de eerste bus, de tweede, het metalen autootje dat bijna uit Pablo's zak viel, Clara's flesje! Alsof ze geen stap meer zonder haar konden zetten. Maar misschien was zij wel degene die niet meer zonder hen kon.

Eindelijk waren ze bij het busstation. Het was tijd om afscheid te nemen. Carmen moest gaan. Ze wilde hen niet alleen laten, maar wat moest ze anders? Ze kon moeilijk met hen meegaan naar Metairie. Ze zag al voor zich dat ze zich aan Teresa's zus zou voorstellen, een wuivend gebaar zou maken alsof het niets voorstelde en zou zeggen: 'O, ik ben gewoon iemand die ze in de trein hebben ontmoet.'

Ze had Roberto haar mobiele nummer al gegeven (als ze dat ding ooit weer aan de praat kreeg) en haar nummer in New York (al zou ze daar niet lang meer wonen) en zelfs het nummer van het hotel in New Orleans. Hij had haar ook zijn mobiele nummer gegeven. Ze wist eigenlijk niet waarom. Het had niet veel zin. Het was gewoon een manier om nog geen afscheid te hoeven nemen. Hij had zijn eigen leven. En zij ook.

'Hou je autootje goed vast,' zei ze tegen Pablo. 'Haar luier is zwaar,' zei ze tegen Roberto. 'Denk je dat je genoeg babymelk hebt om het dat hele stuk te redden?' Ze merkte dat ze huilde terwijl ze deze dingen zei.

De bus kwam. Ze hield Roberto te lang vast. Ze zorgde er bijna voor dat hij zijn bus miste. Ze drukte haar gezicht in zijn nek zodat de kinderen haar tranen niet konden zien. Ze geneerde zich omdat ze er een snotterig afscheid van maakte.

Roberto gaf haar een zoen op haar voorhoofd en op haar wang. Zijn grote hand drukte op haar rug en zijn andere hand hield hij bij haar oor. Nu maakte hij zich naast alles ook nog zorgen om haar. Dat was niet wat ze wilde.

Het was een daad van pure wilskracht, maar ze hield zich flink toen ze Pablo en Clara een laatste zoen gaf. Een actrice op haar best. *Ik laat me niet gaan als ik je hoofdje kus. Ik stort niet in als ik dit doe.*

Ze bleef rustig staan terwijl ze zwaaide en zij door het busraam terugzwaaiden. Ze waren al te ver om haar te zien trillen, toch? Ze probeerde rechtop te blijven staan, en toen ging de bus de hoek om.

En toen liet ze zichzelf gaan.

Mijn god, ging er door haar hoofd toen ze midden op de stoep in elkaar zakte en huilde, wat is er met me aan de hand?

Ze sleepte zichzelf naar de taxistandplaats. De hele weg naar het Ritz-Carlton-hotel huilde ze. Ze zette haar koffer in de lobby maar ging niet naar haar kamer. Ze liep langs de rivier. Ze liep heen en weer – hoe vaak, dat wist ze niet.

O, er was genoeg couleur locale. Er was een rivierboot, en er waren mensen die van alles riepen omdat ze iets wilden verkopen. Ze wist dat ze om zich heen moest kijken, maar het enige waar ze aan kon denken was het autootje dat bijna uit de broekzak viel van een jongetje dat ze waarschijnlijk nooit meer zou zien.

Bridget sliep op de kale matras op de grond van het ijshuis. Ze sliep de hele nacht en een flink deel van de volgende dag. Soms had ze het idee dat haar slapende brein beter functioneerde dan haar wakkere brein.

Ze had miljoenen dromen, leek het wel, die allemaal begonnen en ophielden en in elkaar overliepen. Haar opa was er, en Billy, van haar oude voetbalteam in Burgess, in Alabama. Haar oude vriendin Dana kwam erin voor, die nu in een hippe buitenwijk van New York woonde met haar man en twee kinderen. Ze droomde over Carmens keuken in het oude appartement in Bethesda en de schoenen die ze aanhad naar haar eindexamenfeest. Ze droomde over de Baja Sea, waar ze met Eric had gezwommen toen ze vijftien was en het enige wat ze wilde was dat hij van haar hield.

Ze droomde over de tijd in Rehobeth Beach voordat ze naar college gingen, toen zij en Carmen, Tibby en Lena elkaar midden in de nacht aan de rand van de oceaan hadden gevonden en bij elkaar hadden gezeten en de hele nacht hadden gepraat tot het ochtend werd. In haar droom brandde er midden in de cirkel een vuur dat hun gezichten verlichtte en vervormde.

Toen ze haar ogen eindelijk opende, zat Bailey naar haar te kijken, haar gezicht nog geen twee centimeter bij haar vandaan. 'Hé kleine,' zei Bridget suf.

'Hé Bee.'

Ze ging rechtop zitten en Bailey kroop op de matras en kwam bij haar liggen. Tibby's kleine meisje. Er was geen denken aan dat ze dit kind zou achterlaten.

Ze keek naar het gele licht dat door het dakraam naar beneden viel. Ze had geen idee hoe laat het was. 'Wat is er aan de hand? Is je bedje er al?'

'Bed is er al!' zei Bailey.

'Mag ik het zien?'

Bailey klom van de matras en Bridget liep achter haar aan naar het grote huis. Bailey keek steeds achterom, om er zeker van te zijn dat Bridget haar volgde.

Voor de eerste keer had ze er spijt van dat ze haar telefoon in de oceaan had gegooid. Carmen was Carmen, Lena was Lena, zij was zichzelf en het verleden was achter hen weer op zijn plek gevallen. Ze hadden Tibby niet laten vallen. Ze waren oneindig veel minder zonder haar, maar ze waren wie ze dachten dat ze waren. Ze miste hen. Ze moest ze vertellen wat ze wist. Ze moest ze vertellen dat Bailey bestond en de wereld elk uur mooier maakte. God, wat miste ze hen, hoe ze ooit waren geweest.

Niet alleen Baileys bedje was aangekomen. Nadat de vrachtwagen zijn inhoud had uitgestort, arriveerde er een vrachtwagen van Pottery Barn met drie banken van verschillende grootte, een half dozijn gestoffeerde stoelen, eettafels en stoelen, bureaus, bedden, nachtkastjes. Een andere vrachtwagen leverde een heleboel vloerkleden en lampen af. Zij en Bailey zaten op het gras te juichen als toeschouwers van een voetbalwedstrijd en sloegen alles gade.

Ze keek hoe Brian alles coördineerde en was onder de indruk. Zij was goed in verhuizen en weggaan, maar niet goed in dingen kopen, laat staan ze neerzetten waar ze hoorden.

Sommige meubels werden in het gras voor het ijshuis gezet. 'Vind je het erg?' vroeg hij. 'Ik dacht: ik koop de basisdingen vast.'

'Het is jouw huis,' zei Bridget.

'Nee, het is van jou.'

'Brian, dat is het niet.'

'Tibby dacht van wel.'

Ze keek naar hem of ze rancune zag, maar ze zag het niet. Terwijl zij had geslapen had hij haar haar onwetendheid vergeven. 'Kunnen ze de spullen dus binnen zetten?'

'Natuurlijk,' zei ze.

Zij en Bailey zagen de mannen met hun brede riemen een keukentafel naar binnen sjouwen, een tafel, een kleine bank, verschillende stoelen, een bureau, twee tafellampen en een staande lamp, en zelfs een hoofdeinde en een frame van een bed. Toen alles binnen stond liepen zij en Bailey overal omheen en speelden vader en moedertje. Ze vonden het allebei prachtig.

Bridget dacht terug aan het hemelbed dat Eric had gekocht op die laatste dag en dat haar zo overstuur had gemaakt. Ze begreep nu niet meer dat ze er zo door in de war was geraakt. Het leek wel of diegene iemand anders was geweest.

Carmen bleef buiten tot het donker was en liep alleen maar. Ze werd geacht goed naar het leven om zich heen te kijken, maar ze keek vooral veel naar haar eigen leven. Na jarenlang niet meer dan drie gedachten achter elkaar te hebben gehad, vond ze dat nu belangrijker.

Uiteindelijk stopte ze bij een Apple Store en keek met gemengde gevoelens toe hoe ze haar telefoon weer aan de praat kregen, zeker toen ze aan de icoontjes zag dat ze 27 voicemailberichten had, 19 sms'jes en 99 nieuwe e-mails. Ze voelde een steek, een onverwachte blijheid met Tibby's onbetrouwbare telefoon.

Zonder de berichten af te luisteren of de sms'jes te lezen stak ze haar telefoon in haar achterzak en ging weer lopen. Ze stelde zich voor hoe haar treinreis was verlopen als de telefoon het wel had gedaan, als ze mensen had gebeld en had geroddeld en ze 145 berichten had beantwoord, ondertussen boze blikken sturend naar de huilende baby en de vermoeide vader aan de andere kant van het gangpad. Carmen voelde zich als een lotuseter die na een lange, bedwelmende droom eindelijk tot inkeer was gekomen.

Toen ze eindelijk in haar hotelkamer was, gaf een knipperend lichtje op de telefoon aan dat iemand een bericht had achtergelaten. Manager? Agent? Pr-adviseur? Moeder? Verloofde? Ze liet zich op het bed vallen en dacht een tijdje na. Ze was nu al gehecht geraakt aan de binnenkant van haar hoofd.

Maar toen was het tijd om op te staan en de confrontatie aan te gaan. Met tegenzin drukte ze op de knop en luisterde.

'Ik wilde je alleen even laten weten dat we genoeg babymelk hadden, dat we het autootje niet zijn kwijtgeraakt, dat in de luier alleen maar plas zat en dat we goed in Metairie zijn aangekomen.' Roberto maakte een geluid dat Carmen niet goed kon thuisbrengen, een soort kuch. 'Dank je wel, lieve Carmen... voor alles.'

ik hou van mijn lichaam, als het naast
jouw lichaam ligt, het is zo heel anders.
betere spieren en meer zenuwen.

– E.E. CUMMINGS

Nadat Brian Bailey in bed had gelegd, kwam hij bij Bridget in de serre van haar kleine huis zitten. Hij zat op een van de nieuwe keukenstoelen die hij buiten had gezet en zij zat op een krakende ijzeren ligbank. Ze luisterden naar de stroming onder de vloer.

Toen het licht minder werd, begon het te regenen. Je hoorde het kletteren op het dakraam en je zag de druppels opspatten op het water. Het maakte de bomen heldergroen. Het maakte de lucht in de serre voelbaar, bijna alsof je het kon proeven. Het kleine huis was bij zonlicht mooi, maar in de regen was het op z'n allermooist.

'Het voelt misschien niet zo,' zei Brian, 'maar we verenigen het leven hier.'

'Is dat zo?'

'Ja...'

'Zo voelt het niet.'

'Dat komt wel.'

'Wanneer?'

'Over een paar dagen.'

'Echt? Hoe dan?'

'Wacht maar. Je merkt het vanzelf.'

'Oké.'

'Geniet maar van de rust zolang het nog duurt.' Het

klonk alsof hij het tegen zichzelf zei.

'Oké.'

Hij sloeg zijn armen even om haar heen voordat hij zich omkeerde om terug te gaan naar het grote huis. 'O ja, nog iets.' Hij haalde zijn telefoon uit zijn zak. 'Wil je deze lenen?'

'Je telefoon? Hoezo?'

'Voor het geval je iemand wilt bellen.'

Bridget zat heel lang met de telefoon in haar handen in de serre, maar ze belde niemand. Ze sleepte de nieuwe staande lamp naar de serre en was blij dat het snoer lang genoeg was zodat ze buiten bij het licht kon gaan zitten. Ze zat met gekruiste benen op de ligbank en maakte eindelijk Tibby's andere envelop open. Ze was twee dagen te vroeg, maar ze was niet meer bang. Niet zoals eerst.

Lieve Bee,

Onder aan deze brief staat een adres en ik wil dat je daarheen gaat. Het is een beetje dwingend misschien, dat weet ik, en als je niet wilt, dan moet je niet gaan. Het klinkt gek omdat ik er zelf niet ben geweest, maar ik heb het idee dat jij daar thuishoort. Ik heb een soort droom dat je het ziet en gelijk wilt blijven. Misschien lach je erom, mijn altijd verhuizende vriendin, maar er is een klein huis op het erf dat voor jou bedoeld is. Serieus. Zodra je het ziet zul je weten wat ik bedoel.

Er zijn twee belangrijke mensen die daar op je wachten als je ernaartoe gaat. Een ervan is mijn dochter. In juni wordt ze twee. Misschien hakt dit nieuws erin, misschien heb ik je in Griekenland al over haar verteld. De ander is Brian. Hij heeft het zwaar gehad.

Als ik 's avonds in slaap probeer te komen en mijn hoofd vol gedachten en zorgen zit om de mensen van wie ik het meest hou, dan zie ik het hoopvolle beeld voor me van mijn dochter die jouw hand vasthoudt. Mijn droom is dat jullie haar alle drie zullen helpen op te groeien, maar in mijn droom ben jij de spil. Wie weet waarom – misschien is het alleen een gek beeld van mij. Ik weet dat jij niet veel met kinderen hebt, en toch hou ik me vast aan het idee dat jij haar dingen van jezelf leert – je onafhankelijkheid, je moed, je vreugde. Ik zou het heerlijk vinden als ze maar een grammetje van jouw dapperheid mee zou krijgen, Bee. Echt waar. En misschien is dat de kern van mijn wens. Ik wil dat je haar dingen geeft die ik van mijn leven niet had kunnen geven, al was ik nog zo oud geworden. Ik heb het idee dat zij jou ook iets kan geven, al kan ik niet precies bedenken wat. Ik weet het niet. Vergeef me mijn meanderende gedachten.

Er is nog één ding dat ik je wil zeggen. Als ik aan jou denk – en dat doe ik vaker dan je je kunt voorstellen – dan denk ik aan je vele mooie eigenschappen, maar ook aan je levenslust. Ik heb je gezien met al je baantjes, al je huizen, je telefoons, planten en obsessies. Je zou denken dat zo'n wispelturig meisje als jij ook talloos veel vriendjes zou hebben, talloos veel minnaars, maar ik bedacht dat jij dat niet hebt. Jij hebt maar één iemand gehad. Je hebt een keer tegen me gezegd dat Eric jouw baken was en daar heb ik vaak aan gedacht.

Het is zo makkelijk om de dingen over het hoofd te zien die vanzelfsprekend zijn, om ze voor lief te nemen of ze zelfs op te geven. Dus wil ik je vragen om die fout niet te maken.

Achteraf kon Carmen echt niet zeggen wat er nou precies was gebeurd op de auditie, eh, tijdens het gesprek. Ze wist oprecht niet of het nou een totale mislukking was geweest of op een vreemde manier ook een soort succes.

Ze wist dat ze de vergaderruimte in een modern huis in Garden District was binnengegaan. Ze had Grantley Arden herkend van zijn foto. Er waren een paar producers en een stelletje executives, van wie ze de helft al eens had ontmoet op verschillende zakelijke bijeenkomsten, meestal aan de arm van Jones, die nog eerder sokken met sandalen zou dragen dan dat hij hun namen zou vergeten. Carmen wist niet één naam meer. Arden had een spijkerbroek aan en een baseballcap op terwijl de anderen allemaal in pak waren. Er werden handen geschud en luchtzoenen gegeven.

Ze herinnerde zich vaag dat ze was gaan zitten. Ze had

het script niet, dus iemand gaf het haar. Ze had er die ochtend een vluchtige blik op geworpen, maar kende geen enkele tekst uit haar hoofd.

De producers praatten een tijdje over het concept van de film, de visie enzovoort. Er werd flink met hyperbolen gesmeten – verpletterend, verbijsterend, nog nooit vertoond – maar geen van de woorden drong tot haar door. Dat verwachtte ook niemand, realiseerde ze zich.

Daarna vroegen ze haar om een stuk te lezen van haar rol, de flirtende Fiona. Carmen was verbaasd over zichzelf omdat ze de tekst voor het eerst las, maar niet met de voor de hand liggende bewegingen en intonatie kwam, zoals ze van zichzelf had verwacht. Ze had onmiddellijk de onderliggende laag te pakken.

Fiona was eigenlijk een treurig geval. Carmen wist dat ze het grappig moest doen, maar terwijl ze de zinnen las, vond ze de ene nog tragischer dan de andere. Toen ze opkeek had ze tranen in haar ogen. Ze was de laatste tijd behoorlijk emotioneel.

Even was het stil. 'Carmen, kun je even bij me komen?' vroeg Arden haar. Hij nam haar mee naar de hoek van de ruimte en ging dicht bij haar staan, bijna alsof hij zijn armen om haar heen wilde slaan.

'Schatje, ik kan je aderen zien,' fluisterde Arden.

'Echt waar?'

'Ja, allemaal, denk ik.'

Carmens handen voelden een soort huivering van schuldgevoel, maar hoe kon je nou al je aderen bedekken?

'Het spijt me,' zei ze.

'Nee, niet nodig.'

'Waarom niet?' Terwijl ze het zei wist ze dat er nu nog een paar aderen zichtbaar werden die eerder nog niet te zien waren geweest.

'Het is zoals het is. Helaas is dit een komische rol. De andere grote rollen zijn al gecast. Ik heb je hier laten komen voor de komische rol, maar de komedie die ik van je krijg kan ons allemaal kapotmaken. Het publiek voor deze film is hier helaas nog niet klaar voor. Helaas.'

'Oké,' zei ze. 'Ik heb geen idee waar je het over hebt.'

'Weet ik,' zei hij. 'Dat geeft niet.'

'Nou, dan ga ik maar.'

'Ja. Ik bel je als ik weer in New York ben.'

Ze keek hem strak en oprecht aan. 'Waarom?' vroeg ze. Ze had geen behoefte aan bullshit, bleek.

'Omdat we iets anders gaan doen,' zei hij. Hij gaf haar een zoen, geen nepkus in de lucht, maar een echte harde zoen op de zijkant van haar hoofd, en stuurde haar weg. 'Zorg dat Wanda je mobiele nummer heeft.'

'Ik heb geen mobiel,' loog ze.

Hij stond in de gang en keek haar na. 'Probeer ze niet te verbergen,' riep hij haar na terwijl ze naar de lift liep. 'Dat zou zonde zijn.'

Carmen wist dat ze niet opgelucht hoorde te zijn toen ze de hippe villa verliet en de straat in liep. Haar agent zou woedend zijn. Jones zou ontploffen. Maar ze was toch niet van plan om met Jones te trouwen.

Ze wist nu hoe de belangrijkste ontmoeting in je leven voelde, en dit was het niet.

De sessies met Arden en de anderen hadden nog een paar dagen door moeten gaan, ze hadden haar op film moeten zetten, ze mocht niet zonder contract terugkomen. Oeps. Ze was nog geen kwartier binnen geweest en ze was naar huis gestuurd.

Huis. Thuis. Dat was ingewikkeld. Waar was haar huis? Waar ging ze naartoe?

En toen wist ze waar ze naartoe moest – naar Pennsylvania, op 2 april – en ze was niet bang meer maar hoopvol.

Londen was een stad waar je strandde, concludeerde Lena. Heathrow was een vliegveld waar je bij het raam in slaap viel en waar je op de toiletten je tanden poetste en waar je je ongelooflijk verloren voelde.

Ze kon nu toch niet gewoon teruggaan, of wel? Het was donderdag en de dag van de afspraak, 2 april, was zondag. Betekende dat dat Kostos al naar Pennsylvania onderweg was? Maar dan zou hij toch niet zo vroeg zijn vertrokken? Misschien was hij ergens anders naartoe, en had zijn reis helemaal niks met haar te maken. Zou dat het zijn?

De volgende ochtend was ze moe en verdrietig. Het was slopend om zo lang met een donderwolk rond te lopen. Ergens tussen het moment dat ze moest huilen in de tijdschriftenkiosk en het moment dat ze haar lunch uitkotste in het toilet, rinkelde haar mobiel.

'Hallo?'

'Lena, ben jij dat?'

'Ja.' Al het bloed in haar lichaam zakte in één keer naar haar voeten. 'Met wie spreek ik?'

'Met Kostos. Ik sta beneden, voor je huis. Ik heb al honderd keer aangebeld. Waar ben je?'

Ze sloot haar ogen, hield de telefoon even tegen zich aan terwijl haar hele lichaam trilde en ze een soort lach- en huilspasmen probeerde tegen te houden.

'Ik ben in Londen. Op zoek naar jou.'

Hij was met stomheid geslagen. 'Waarom? Waarom ben

je in Londen? Waarom ben je niet hier? We zouden elkaar toch in de Verenigde Staten ontmoeten!'

Er kwam een vreemd rauw geluid uit haar keel. Misschien was het een soort lach. Hij had het over hun ontmoeting alsof zijn intentie altijd duidelijk was geweest.

'Omdat ik niet kon wachten,' zei ze. 'Ik wilde de stap zetten.'

Kostos was even stil, maar toen hij weer begon te praten schreeuwde hij bijna. 'O, Lena. Ik kon ook niet wachten.' Hij lachte. 'Ik wilde er helemaal voor gaan.'

Ze stond nog steeds te trillen. 'Ik ook helemaal.' Haar wangen brandden. Ze lachte en trilde te veel om te praten.

'Ik wil je zo graag zien. Ik kan niet langer wachten.'

Ze maakte een soort jammerend geluidje, een snik bijna. Ze was in de war. Ze kon geen woord uitbrengen.

'Lena, wil je daar blijven en dat ik met het eerstvolgende vliegtuig naar Londen kom? Of wil je naar mij toe komen?'

Lena slikte haar tranen weg en hoewel haar stem nergens op leek antwoordde ze zelfverzekerd: 'Blijf daar. Ik kom naar je toe.'

Bridget gebruikte Brians telefoon om Eric vlak na middernacht te bellen, negen uur bij hem. Ze viel bijna flauw toen hij opnam.

'Met Bee,' zei ze schaapachtig, hunkerend.

'Waar ben je?'

Ze was zo blij om zijn stem te horen. 'Ik ben in Pennsylvania. Bucks County, ten zuiden van een stadje in New Jersey. Het heet Belvidere,' zei ze. 'Ik moet je zo veel vertellen.' Plotseling kwam er een snik uit haar keel.

'Is alles oké?'

'Ja. Denk je dat je hiernaartoe kunt komen?'

'Naar Pennsylvania?'

'Als je naar New York vliegt is het met de auto nog maar een uur en twintig minuten rijden.'

'Wanneer?'

Ze besefte dat ze belachelijk voorbarig was. Ze had nergens recht op. Ze kon niets van hem verwachten. Hij was degene die was verlaten, en haar ellende maakte het er voor hem niet makkelijker op.

Ze probeerde rustig te worden en zich in hem te verplaatsen. 'Ik weet dat je moet werken. Je kunt niet halsoverkop vertrekken. Wanneer denk je dat je kunt komen?'

'Ik kan wel halsoverkop vertrekken,' zei hij. 'Wanneer wil je dat ik kom?'

'Nu? Morgen?'

'Weet je zeker dat het goed met je gaat?'

'Ja. Ik moet je iets belangrijks vertellen.'

Eric zei niets. Ze kon het hem niet kwalijk nemen. Dit was niet hetzelfde als bij hem terugkomen. Ze had het hem nooit makkelijk gemaakt, vanaf het begin af aan niet. 'Bridget, is het iets wat ik leuk ga vinden?'

Ze sloot haar ogen. 'Ik hoop het zo.'

Eric belde vanuit de huurauto dat hij er over een uur zou zijn, en Bridget kon niet blijven zitten wachten. Ze stond een uur lang langs de weg, uit te kijken naar een auto die ze niet zou herkennen. Ze had een hekel aan wachten.

Ze voelde haar hart bonken toen ze eindelijk zijn gezicht door de voorruit zag. Toen hij langzamer ging om te keren, schreeuwde ze als een gek en sprong op de achterklep. Hij lachte en reed de laatste paar meters met haar op de achterklep naar het complex. Het was een bewijs van zijn liefde dat hij zich altijd door haar uitgelatenheid liet meeslepen en gelukkig van haar werd.

Zodra hij de auto uit stapte sprong ze boven op hem. Ze wierp hem op het gras en rolde hem om. Dit was misschien de keerzijde van een lange vriendin. Hij lachte toen ze hem over zijn hele gezicht zoende. Ze stak zijn handen onder zijn shirt. Zijn vreugde was oneindig groot, zelfs na alles wat er was gebeurd.

Eindelijk liet ze hem overeind komen. Hij kon zelfs gaan staan en om zich heen kijken. 'Het is hier prachtig. Waar zijn we?'

'Dit is de boerderij die Brian en Tibby hebben gekocht voordat ze overleed.' Ze schudde haar hoofd. Voelde even het verdriet, maar besloot dat het moest wachten. 'Ik heb je zo veel te vertellen.'

'Alsjeblieft, ik wil alles horen.'

Ze nam hem mee naar het ijshuis. Ze wilde hem eerst aan Bailey voorstellen, maar die lag te slapen, dus bracht ze hem gelijk door het kleine huis naar de veranda aan de achterkant. Dit was de plek waar zo'n gesprek moest plaatsvinden, vond ze.

Ze gingen op de krakende ligbank zitten. 'Ik zal je alles vertellen en het is een lang verhaal, maar eerst zal ik je het korte verhaal vertellen.'

'Oké.' Hij keek een beetje zenuwachtig en zo ontzettend lief. Toen ze hem de avond ervoor had gebeld, dacht ze dat ze wist hoe erg ze hem miste, maar nu ze hem zag realiseerde ze zich dat ze hem nog erger had gemist.

'Oké.' Zij was ook zenuwachtig. 'Oké. Het is dus zo...'

Hij keek doodsbang. Ze bad dat hij niet nog banger zou kijken nadat het grote woord er eindelijk uit was. Ze friemelde aan de uiteinden van haar haar, dat er hopeloos aan toe was. Ze kneep haar ogen dicht. Ze slikte heel veel speeksel weg. 'Ik krijg... We krijgen een baby.'

'Wat?' Even viel er niets aan zijn gezicht af te lezen, maar toen klaarde het helemaal op. 'Wát?'

'Ik ben zwanger. Twintig weken ongeveer, denk ik. Nog langer zelfs. Het moet de nacht voordat ik naar Griekenland ging gebeurd zijn.' Ze praatte heel snel.

Hij keek aandachtig naar haar lippen, alsof hij het moeilijk vond om haar te verstaan en het niet allemaal begreep. 'Ben je zwanger?'

'Als ik sta, kun je het al een beetje zien.' Ze ging staan en legde zijn hand op haar buik.

Hij keek naar haar buik en zijn eigen hand alsof ze hem alle twee heel onbekend voorkwamen.

'Die ring die ik had was verlopen en ik was vergeten een nieuwe te halen. Volgens de verpleegster moet het zo zijn gegaan.'

'De verpleegster?'

'Van het gezondheidscentrum. In Sacramento. Daar ben ik erachter gekomen.'

Eric knikte langzaam. Hij keek niet naar haar buik maar naar haar gezicht.

'Het spijt me dat ik het je nu pas vertel. Het spijt me echt. Ik had het je moeten vertellen, maar ik kon het niet. Ik was bang en ik wist niet wat ik moest doen.' Haar stem bibberde en plotseling wist ze niet wat hij ervan dacht. 'Het kan nog, ik bedoel, het is nog niet te laat om het... niet te doen,' zei ze snel. Maar dat was niet waar. Voor haar was het veel te laat. 'Of misschien moet ik zeggen dat ik je niet onder druk wil zetten, dat je eh... geen rol hoeft te spelen als je het niet wilt – ik bedoel, ik begrijp het als je hier niet klaar voor bent...'

Aan de manier waarop hij naar haar keek zag ze dat hij het wist. Hij kende haar. Hij wist dat het niet makkelijk was geweest. Ze realiseerde zich dat hij voorzichtig was. Zo voorzichtig dat hij nauwelijks slikte, nauwelijks bewoog. Hij was makkelijker met zijn gevoelens, maar net als iedereen wilde hij niet dat zijn gevoelens kapotgeslagen werden. 'En wat voel jij?' vroeg hij neutraal.

'Ik voel dat wij de ouders zijn.'

'En is dit iets waarvan je zeker weet dat je het wilt?'

Ze had tranen in haar ogen en ze liet ze komen. 'Ja. Dat weet ik zeker.' Ze kon zich niet meer voorstellen dat ze het niet wilde. Degene die het niet had gewild was een vreemde geworden. 'Ik heb er een tijd over nagedacht, en ik geef toe dat ik het eerst niet wist. Maar ik weet, ik wéét dat ik het wil.' Ze veegde haar tranen weg en hield haar haren aan de achterkant vast. 'De vraag is, is dit iets wat jij wilt?'

Hij schoof naar haar toe op de krakende ligbank. Hij sloeg zijn armen om haar middel en trok haar op zijn schoot. Hij drukte haar stevig tegen zich aan. Hij legde zijn gezicht in haar hals.

'Dit is iets wat ik wil,' zei hij en zijn stem sloeg over. 'Dit is iets wat ik altijd heb gewild.'

Toen Lena in New York uit het vliegtuig kwam was het eerste gezicht dat ze zag dat van hem. Het was hem op de een of andere manier gelukt om al pratend, omkopend of worstelend helemaal bij de gate te komen om haar op te wachten.

Ze zag hem op haar af komen lopen, met grote, langzame stappen, zijn grijze tweedjas wapperde open. Zijn ogen bleven op haar gericht. Hij glimlachte niet, hij keek niet alsof hij sorry wilde zeggen. Hij keek serieus, zoals een serieuze man keek die iets deed wat serieus was.

Daar gaan we. Ze liep naar hem toe en hij naar haar, zo ver als hij kon komen, de menigte in van mensen die uit elkaar gingen, voorbij de gate met de grondsteward die boos naar hem keek en hem nariep. Maar hij zei niets terug en keek zelfs niet om. Hij bleef haar aankijken en zij keek niet weg. Ze dacht niet over zichzelf na en was niet zenuwachtig. Ze hoefde niet te glimlachen of zich af te vragen wat ze moest doen. Ze wist het zeker.

Toen ze naar hem toe liep zag ze de andere mensen niet meer. Ze zag de vastberadenheid in zijn blik en ze voelde het ook. Dit is het dus, dacht ze, en ze wist dat ze de rest van haar leven tegemoet liep, zonder twijfel of vraag of zelfs maar een blik de andere kant op. Ik kies jou, dacht ze. Wat er ook gaat gebeuren, hier kies ik voor.

Ze liep door tot hij vlak voor haar stond. Even stonden ze tegenover elkaar en keken elkaar aan. Ze wist niet precies wat er daarna gebeurde. Hij sloeg zijn armen om haar heen, zij sloeg haar armen om hem heen, ze stond op haar tenen en hij drukte haar tegen zich aan, zo hard als maar kon.

Mensen liepen langs hen en de grondsteward bleef argwanend naar hen kijken. Kostos zette haar weer op haar voeten en ze kusten elkaar alsof ze duizend jaar hadden moeten wachten tot ze dit, en alleen dit, konden doen.

Op een gegeven ogenblik waren alle mensen verdwenen en de grondsteward had het opgegeven en was bezig op te ruimen. Ze lieten elkaar los en keken weer naar elkaar.

Hij gaf haar een hand en ze liepen richting de bagagehal. Ze zeiden niets tegen elkaar. Zwaaiden met hun armen als kleine kinderen, alsof ze geloofden dat er van alles kon gebeuren, alsof ze geloofden dat ze elk moment konden opstijgen en hoog door de lucht konden zweven. Alles wat ze wilden kon. Waarom niet?

Ze keek naar hem en hij lachte. Ze was dol op de terminal van British Airways.

‘Hé,’ zei hij. ‘Het is ooit.’ Dat laatste zei hij in het Grieks.

Country roads,
take me home.

– JOHN DENVER

In een gehuurde Ford Focus reed Carmen stapvoets over de verwarrende wegen en wist zeker dat ze was verdwaald. Ze was de avond daarvoor van New Orleans naar New York gevlogen en was lang genoeg in hun loft gebleven om Jones te zien en te vertellen dat ze niet wilde trouwen. 'Nu niet of nooit niet?'

'Nooit,' zei ze zo vriendelijk als ze kon. Ze wist niet wat hij erger vond: dat, of het feit dat ze te vroeg en zonder contract uit New Orleans was teruggekeerd.

Hij deed niet eens zo bitter, alleen toen hij haar zei dat hij de loft hield. Hij leek te verwachten dat zij erom zou gaan vechten, maar ze zei dat het prima was. Ze was toch niet van plan geweest daar te blijven. Ze had er nooit zo veel van gehouden als hij en bovendien zou een derde van de huur voor haar nog te veel zijn.

Hij bleef het eerste uur op de rand van het bed zitten kijken hoe zij haar spullen inpakte. Hij zei haar dat ze een grote fout maakte, en zij knikte, al wist ze dat het niet zo was. Hij zei haar dat geen enkele vrijgezelle vrouw van boven de dertig in New York nog een man vond om te trouwen, ook al was ze knap, en zij knikte al vond ze het behoorlijk beledigend. Hij zei haar grootmoedig dat dit alles wat ze op zakelijk vlak met elkaar hadden niet zou beïnvloeden, en zij knikte ook al geloofde ze er niets van.

Ze pakte een grote koffer in waarmee ze het wel een aantal weken zou uithouden en regelde dat de rest van haar spullen ingepakt zou worden en verzonden werd naar het huis van haar moeder en David. Er was niets waarvoor ze voor augustus in New York hoefde te zijn, als de opnames van de serie weer begonnen, ervan uitgaande dat ze er niet uit geschreven werd.

Ze sliep die nacht in een heerlijk eenvoudig niet-hip hotel in Midtown en huurde 's ochtends een auto. Het was een vreemd gevoel om de stad uit te rijden met haar koffer achterin. Ze had geen huis, geen verloofde en geen idee waar ze heen moest. Geen enkel idee.

In Tibby's briefje had gestaan dat ze Carmen aan iemand wilde voorstellen. Waar ging dat over? Wie zou Tibby nou in contact met haar willen brengen? Ze hoopte maar dat het niet een of ander blind-dateachtige afspraak was. Dat zou wel heel vreemd zijn. Net als Lena en Bridget mocht Tibby Jones niet, maar Carmen kon zich toch niet voorstellen dat ze zoiets had geregeld.

Shit. Ze stopte om nog een keer de kaart te bestuderen. Waarom probeerde ze in Belvidere, in Pennsylvania, te komen? En waarom was je minder verdwaald als je via de juiste weg daar kwam dan via de verkeerde weg?

Maar ze draaide toch om en zette door. De brieven gaven geen enkele aanwijzing of ze de persoon die Tibby aan haar wilde voorstellen misschien de afgelopen twee jaar had ontmoet, en toch vertrouwde Carmen haar. Ze kon er niets aan doen, en hoe het ook zou gaan, de omgeving was prachtig, met bossen en boerderijen en glooiende heuvels en geelgroene dalen met lentebloemen.

Even na twaalven reed ze de oprit op. Ze zag het nummer op de witte brievenbus bij het hek. Ze reed langzaam de weg op en keek naar de mooie boerderij, de schaduwrijke binnenplaats en de kleinere gebouwen eromheen, inclusief een traditionele rode schuur.

Ze stond stil en tuurde over het stuur. Ze wilde net uitstappen om naar de deur te lopen en aan te kloppen, toen de deur openzwaaide en er een lange, magere man naar buiten kwam met een peuter op zijn arm. Haar hersenen probeerden de informatie te verwerken en vast te stellen wie deze mensen waren, toen er iemand uit de schuur kwam rennen die opeens de kenmerken van Bridget aannam. Als in een droom draaide ze haar hoofd weer om en zag de man met de baby in Brian veranderen. Ze was te verbaasd om uit de auto te stappen totdat Bridget het portier openzwaaide en haar naar buiten trok.

Ze was hier absoluut nog nooit geweest en toch was het de eerste plek in maanden waar ze een vertrouwd gevoel kreeg. Bee sloeg haar armen om Carmen heen en hield haar heel lang vast, zo niet-gekunsteld dat het voelde alsof er niets was veranderd.

'Waar zijn we?' vroeg ze.

Brian stond een paar meter verderop en Bridget deed een stap naar achteren. Carmen liep naar hem toe om hem te omarmen, maar toen ze het kleine meisje zag, stond ze stil en keek naar haar. Ze had een heel vreemd gevoel. Ze kende dit meisje, maar ze had haar al heel lang niet gezien.

'Dit is Bailey,' zei Brian.

Tibby had een kind. Carmen was te verbijsterd om iets te zeggen.

'Ik heb je zo veel te vertellen,' zei Bridget opgewonden.

Het was als een droom die je na de dood kon hebben, waarin mensen die je verloren had weer tot leven kwamen, vrienden weer van je hielden, wat je ook had gedaan, en je fouten je hoe dan ook werden vergeven.

Bridget greep Carmens hand vast, zo vanzelfsprekend en lief als de oude Bee zou doen, en trok haar richting een geel huisje net achter de grote boerderij.

'Volgens Brian zou Lena vandaag ook moeten komen.'

Lena was iemand die ondanks verdriet het geluk kon herkennen, en daardoor was het geluk dat zich die dag ontvouwde robuust.

Het bestaan van Bailey, een klein meisje dat uit haar herinneringen leek te komen, was extra bijzonder door het verlies van haar moeder. *Je hebt ons een manier gegeven om van je te blijven houden, Tibs. Je moet weten dat dit kind altijd moeders zal hebben.* Baileys gezichtje was zo ontwapenend en zo mooi dat Lena de andere kant op moest kijken.

Al snel nadat zij en Kostos waren aangekomen, was ze met Bridget en Carmen in het gras gaan zitten om te horen wat ze al begrepen had uit Tibby's laatste brief. Hoe pijnlijk de feiten ook waren, ze begreep het nu. Iedereen had op zijn eigen manier op de tragedie gereageerd, en de blijdschap om hun hereniging was des te groter in het licht van het verdriet.

En Kostos was er. Uit de aarde van oneindig veel teleurstellingen bloeide vreugde op, in alles, maar dan ook alles wat zij en Kostos deden. Naast hem zitten in de auto op weg hiernaartoe, een kop koffie voor hem kopen bij het benzinestation (vragen hoe hij het wilde zodat ze het wist voor de volgende duizenden keren dat ze koffie voor hem zou inschenken), een Milky Way delen, verdwalen op de kleine landweggetjes, water morsen op haar schoot in de auto terwijl ze uit de fles probeerde te drinken, hij die haar broek met twee zakdoekjes probeerde droog te deppen.

Er was aantrekkingskracht in alles wat ze deden: haar hand die het wisselgeld voor de tol in zijn hand legde, zijn hand die haar haar achter haar oor schoof omdat hij de kaart niet kon zien. Elke keer als hij naar haar keek. Elke keer als zij naar hem keek.

En toen was er die speciale blik waarmee ze elkaar aankeken toen ze het kingsize bed zagen staan in het geweldige appartement in de schuur dat voor hen was bedoeld. Elk jaar dat ze niet samen waren geweest zat in hun blik.

Hoe konden ze nog langer wachten? Kostos trok haar mee de badkamer in en greep haar van opwinding vast, tot ze de voetstapjes van Bailey hoorden op de houten vloer.

Tibby had hun de kinderdroom van de liefde gegeven, het gevoel dat je alles hebt wat je nodig hebt, zonder het te hoeven vragen, zonder dat je wist wat je precies nodig had.

Lena herkende in elk moment van die dag, misschien door haar geluk meer dan de anderen, de hand van een artiest. Tibby was de afgelopen vijftien jaar bezig geweest om een script te schrijven, en dit was haar cadeau aan hen, haar meesterwerk.

Terwijl Lena met Kostos naar de boerderij liep om met z'n allen spaghetti te gaan eten, keek ze omhoog naar de sterren en bedankte Tibby. Haar gedachten hoefden niet heel ver te reizen om haar te bereiken.

Wat was het beste? Dat vroeg Carmen zich af toen ze op de matras lag, die nog helemaal nieuw rook, in een slaapkamer van dit lieve huisje dat volgens Brian echt van haar was.

Het beste was om Bee en Lena te zien en te weten dat alles goed zou komen. Het was Bailey voor de eerste keer zien en begrijpen, nog voordat iemand iets hoefde te zeggen, wie zij was. Het was Lena en Kostos hand in hand zien lopen. Het was Lena's geluk. Het was Bee's zwangerschap en de blijheid die zij en Eric uitstraalden.

Het verdrietigste was ongetwijfeld om achter Tibby's verhaal te komen. Om te weten wat ze had moeten doorstaan. Maar misschien was het ook het mooiste; weten dat ze al die tijd van hen had gehouden, dat ze niet gefaald hadden, weten dat hun vriendschap niet was mislukt, dat het verleden niet anders was geweest dan ze hadden gedacht.

Terwijl Carmen daar lag en alle gedachten toeliet, zette ze haar angst opzij en liet ze haar verdriet en haar geluk samengaan. Tibby's ziekte had buiten hun vriendschap gestaan, buiten hun invloed. Het was geen mislukking van hun band. Maar Tibby had het wel voor hen verborgen gehouden en dat was een ander soort mislukking. Ze had hen niet toegelaten in die donkerste periode in haar leven. Ze hadden het niet kunnen tegenhouden, maar ze hadden haar wel kunnen steunen en dat was niet gebeurd. Waarom niet? Waarom had ze hen niet toegelaten?

Het was waar dat kinderen hun gezin op een dag moesten verlaten, maar wij zijn niet goed in weggaan, dacht Carmen. Tibby had niet geweten hoe ze hen moest achterlaten. Ze had geen voorbeeld. Misschien dacht ze dat ze niet zouden weten hoe ze ermee moesten omgaan. *Misschien hadden we dat ook niet geweten.*

Carmen herinnerde zich een droom die Tibby een keer had gehad over haar overgrootmoeder Felicia die de Reizende Spijkerbroek als haar eindexamencadeau had laten opzetten. Ze herinnerde hoe Tibby de afschuw in haar droom had beschreven. *Maar hij moet kunnen bewegen!* had ze geschreeuwd. Carmen vroeg zich af of ze dat ergens in de loop der tijd waren vergeten. Hij moest blijven bewegen. Misschien moesten ze hem zelfs laten gaan.

Op het tafeltje naast het bed stond een glas met narcissen en in de drie kleine slaapkamers boven en in de kamers beneden stonden een paar mooi gemaakte meubels. 'De rest kun je zelf aanvullen,' had Brian gezegd. 'Ik wilde alleen dat de basisdingen er zouden zijn, snap je? Om te kunnen beginnen.'

Carmen had hem verward aangekeken en hem niet geloofd.

'Ik bedoel, het hoeft niet,' voegde hij er snel aan toe. 'Wat je wilt. Je kunt het ook zo laten, het is gewoon een plek die er altijd voor je zal zijn.'

Het was moeilijk voor te stellen dat dit haar eigen plek was, verbijsterend dat Tibby hier allemaal over had nagedacht. Tibby had haar best gedaan om het makkelijker voor hen te maken.

Carmen voelde de tranen langs haar wangen op het kussen lopen, terwijl ze in dit bed lag, met het raam open en het krekelgeluid dat uit het gras en de bomen kwam, met Bridget en Eric in het kleine huis achter en Lena en Kostos in de schuur, en Brian en Bailey in het huis naast dat van haar. Wat een gelukkige omgeving. Wat een verschil met het Vietnamese restaurant, de krantenkiosk en de lampenwinkel waar ze aan gewend was.

Ze herinnerde zich nog heel goed hoe moeilijk Tibby het die zomer had gehad toen ze naar college zouden gaan. Hoelang ze hadden gepraat over het begrip 'thuis'. Wat zou hen binden? Waar zou dat ooit zijn?

Hoe kan ik binnen in me haar symfonie en haar
lied laten herleven tot zo'n diepe vreugde
dat het me zal overwinnen dat ik met muziek,
lang en luid, een kathedraal kan bouwen in de
lucht.

– SAMUEL COLERIDGE

Epiloog

Je zult het wel leuk vinden om te horen dat we het laatste ritueel dat Tibby had voorbereid om in Griekenland te doen, alsnog hebben uitgevoerd. Ik, Carmen, de laatste die aankwam, stelde het voor. Het voelde goed om het zo te doen, en ik heb altijd een zwak gehad voor ceremonies.

Op een veel grijzere dag in november had Lena haar moeder gevraagd om de koffer op te sturen die ze vanuit Santorini naar het huis van haar ouders had gebracht.

We maakten ons los van de groep, die nu was uitgebreid met Tibby's ouders en Nicky en Katherine, die in de grote boerderij bij Brian en Bailey verbleven. We besloten om de ceremonie in de loft in de schuur te houden, want met de glanzende houten vloer en de hoge open ruimte deed die ons het meest aan Gilda's aerobicstudio denken, waar onze moeders elkaar hadden ontmoet en waar we het ritueel vroeger altijd uitvoerden. Het ontbreken van de broek en de lijfelijke afwezigheid van Tibby maakten het niet minder effectief.

We sloegen niets over. De kaarsen en de Pop-Tarts, de kaasballetjes en de tranen, alles was er. Bridget zong haar longen uit haar lijf op Gloria Estefan. Daar zou Tibby om hebben moeten lachen. We hielden elkaars handen vast, wat de puber Tibby belachelijk zou hebben gevonden, maar ik wist zeker dat ze het ook zou willen.

Terwijl ik naar de hoop op de gezichten van mijn vriendinnen keek, kon ik niet anders dan ook achter me kijken, naar de put waar we de vijf maanden ervoor, of eigenlijk de laatste twee jaar, in hadden gezeten. In gedachten zag ik hun gezichten voor me toen we deze koffer voor de eerste keer openmaakten. Maar waarom zou je jezelf dat aandoen?

Hoe had Tibby al deze veranderingen bewerkstelligd? Ik weet het niet. Er zijn altijd geheimzinnige dingen in onze vriendschap geweest.

En hoe zal het verdergaan? Ook dat weet ik niet. Tibby's ouders en zus en broer gaan waarschijnlijk zondag weg, maar hoe het met de rest zit weet ik niet. Ik heb een klein huis dat ingericht moet worden. Ik heb een klein meisje om van te houden. New York is makkelijk te bereiken als ik één of twee keer in de week een auditie heb, als ik dat wil. Ik heb een hart dat kennelijk open is gegaan. Ik ben blij waar ik ben.

Eric denkt erover om naar een kantoor in New York over te stappen, en drie dagen in de week heen en weer te gaan zodat Bee hier dieren kan houden, een moestuin kan aanleggen en samen met Bailey haar baby kan laten opgroeien op een plek waar ze gelukkig is.

Bridget maakt een oudere, en natuurlijk dikkere indruk, maar ik heb haar nog nooit zo zien stralen. Lena heeft een schaar gekocht en als een echte kapper de dode punten van haar haar geknipt. Ik heb haar haren in de gootsteen gewassen met mijn allerbeste en allerduurste shampoo en we hebben uren op haar bed zitten praten terwijl ik het uitkamde.

Kostos moest weg voor zijn werk. Alhoewel ze hier niet

voor altijd zullen blijven, zie ik ze nog niet zo snel vertrekken. 'We wonen nu al samen,' zei hij vanmorgen lachend aan de ontbijttafel tegen Lena. 'Wat zouden onze grootouders daarvan vinden?'

Twee dagen geleden was hij verdwenen en kwam terug met een enorme schildersezel voor Lena, die hij trots uitklapte bij de ramen aan de noordkant, waar het licht het best is.

En te midden van ons allemaal is Bailey, die ons altijd blij maakt. Het lijkt erop dat we verdwaald waren en eenzaam onze weg hebben gezocht naar deze plek. Terwijl we niet wisten waar we naar op zoek waren, heeft Tibby het voor ons gevonden. Ze moet geweten hebben hoeveel we te geven hebben.

Lang geleden had Tibby een vriendinnetje dat Bailey heette en naar wie kleine Bailey is vernoemd. De eerste Bailey stierf afschuwelijk jong, en haar dood heeft Tibby hard geraakt. Maar Tibby heeft me een keer gezegd dat het meisje voordat ze stierf haar alles had gegeven om gelukkig te worden, als Tibby maar wijs genoeg was om het aan te nemen.

En nu waren wij degenen die moesten aannemen wat Tibby ons had nagelaten. Ik neem aan dat je kunt zeggen dat Tibby's magie diep gaat en zal blijven. Ik weet niet wanneer wij zullen gaan.

Wat ik wel weet is dat we er klaar voor zijn om onze weg te vervolgen. Samen of apart, en hoe ver we ook bij elkaar vandaan zijn, we zijn in de ander. We gaan samen verder.